Septemberfrühling

von Piet Brender

Roman

Bibliografische Informationen der Deutschen
Nationalbibliothek: Die deutsche Nationalbibliothek verzeichnet
diese Publikation in der Deutschen Nationalbibliografie;
detaillierte bibliografische Daten sind im Internet unter
http://dnb.dnb.de abrufbar.

© 2017 Piet Brender
www.pietbrender.de
Herstellung und Verlag:
BoD – Books on Demand; Norderstedt

ISBN: 978-3-7431-9032-0

Meiner geliebten Rotfüchsin

Prolog

August 2014

Gibt es noch Hoffnung? Heute soll es sich zeigen. Die Hitze der letzten Wochen hat sich erschöpft. Noch verborgen haucht die Sonne ein zartes Rouge auf das Mausgrau der Morgenwolken. Monika steht in der Schlafzimmertür, blickt auf ihn, ihren Mann, ihren Andreas. Seine grauen Haare fallen ihm über die Stirn und seine Lippen schmollen, weil das Kissen es so will. Manchmal, wenn er es im Schlaf so umarmt, sieht er aus wie ein großer, kleiner Junge, der von seinem nächsten Abenteuer träumt. Die getrennten Schlafräume, Folge der zurückliegenden dramatischen Ereignisse, schmerzen sie noch immer. Nur Zeit und frisches Vertrauen können die Wunden ihrer einst so unangreifbaren Liebe heilen. Ihr Lächeln an der Tür ist blass, durchzogen von Schmerz und Enttäuschung. Doch da ist ihr Geschenk zu seinem Geburtstag, an diesem Spätsommertag. Ein Besuch in einer Wohlfühllandschaft. Zeit, Wärme, Düfte, Genüsse, zusammen mit ihr. Es soll der langersehnte Neuanfang werden.

»Guten Morgen, Andreas, was hältst Du davon, wenn ich uns ein Frühstück mache.«

Die Waldsauna ist ein großer, trapezförmiger Raum. Bis zum Boden öffnen sich Fensterflächen zum Parkgelände hin. Ein mächtiger Saunaofen in der Mitte spreizt zu jeder Seite großzügig drei Etagen Holzbänke aus. Auf ihnen plaudern in kleinen Grüppchen ältere Damen. Dazwischen sie beide, nebeneinandersitzend, in vorsichtiger Nähe. Ein Saunaaufguss ist angekündigt. Es erscheint eine junge, stupsnasige Frau mit blondem Bubikopf. Ihr kurzer Wickelrock, ihr bauchfreies Shirt, all das strahlt hier in ihrer »Nicht-Nacktheit« einen besonderen Sex-Appeal aus. Munter erläutert sie das bevorstehende Ritual, streut augenzwinkernd Regeln in die Gruppe. Ungefragt lodern in Monika die immer gleichen Ängste auf. Steht Andreas nicht wie JEDER Mann auf jüngere Frauen? Gefällt ihm, was er gerade sieht? Verstohlen wendet sie ihren Blick zu ihm. Er lächelt, meint sie, schaut sie an, entspannt. Es tut gut. Wenige Momente später schleicht sich in Monikas Wohligkeit ein Druck, ein leichter Schwindel im Kopf, ein huschendes Warnzeichen, nur einen kurzen Schreck wert.

»Ich gehe schon einmal, es wird mir zu heiß«.

Feuchter Rasen saugt von unten an ihrer Hitze. Noch leicht taumelnd nimmt sie seine Hand entgegen. Sie kühlen sich im Schwimmbecken ab, das außer einem älteren Herrn nur ihnen Beiden zu gehören scheint.

Kühle Wasserwirbel umströmen ihre nackten in langen Zügen durch das Außenbecken ziehenden Körper. Innere Hitze und der kalte Schleier des Beckenwassers erzeugen einen frischen Kontrast. Überall prickelt es, als planschten sie in Prosecco.

Andreas sieht sie vor sich, seine Moni. Ihren blonden, wilden Schopf hält sie über Wasser. Darunter verschwimmen in den Wellen die Konturen ihres hellen Körpers, die sich rhythmisch spreizenden Schenkel, die ausgreifenden Arme. Am Beckenrand angekommen, lehnen sie sich am kühlen Edelstahlgeländer an. Sie stellt sich vor ihn, spontan presst sie ihre Lenden an sein kaltes Glied, ungefragte Sehnsucht überkommt ihn. Ein hitziger Kokon glüht unter Wasser, will plötzlich eine Metamorphose der Verschmelzung. Doch Monikas Seele scheint zu stocken, ihr

Kuss, den sie ihm schenkt, wirkt scheu, unsicher. Ihre kühlen Lippen, ihre Umarmung, bleibt ein vages Versprechen, kurz nur. Durch einen Spalt schimmert tiefe Sehnsucht in seine Seele, die sie einst durch die Welt getragen hat. Dann, als habe sie sich nur geirrt, wendet sie sich wieder ab.

»Lass uns noch eine Runde schwimmen. Das kühle Wasser tut gut.«

Er schluckt kurz.

»Schwimm nur, ich beobachte Dich so gerne dabei.«

Er spürt, die Arme ausgebreitet, das kalte Metall auf dem Rücken. Über ihm schweben zerrupfte weiße Wolkenflocken, die der Sonne mehr und mehr Raum zum Wärmen geben. Das Becken ist fast leer. Noch immer zieht nur der alte Mann weiter stoisch seine Runden.

Und er spürt den Schmerz. Ihre junge Liebe, dieses damals so unerwartete Geschenk des Lebens, liegt in Scherben. Wie zwei verzweifelte Kinder, denen das Wertvollste zerbrochen war, versuchten sie in den letzten Monaten, aus den Bruchstücken den alten Zauber wieder herzustellen und waren endlich resigniert. Es würde nie mehr dasselbe sein. Die Floskel, gemeinsam alt zu werden, hatte einen bitteren Beigeschmack bekommen.

Jetzt steht er hier nackt im Schwimmbecken eines Saunaparks, gefangen in den gleichermaßen beruhigenden wie reizenden Anblick seiner geschmeidig im Wasser dahin gleitenden Frau. Er will sie nicht verlieren.

Sie spürt seinen Blick. Vier Jahre ist es her, als er ihr aus heiterem Himmel begegnet ist. In dieser Zeit hatten sich Wünsche erfüllt, Wege aufgetan, von denen sie früher nichts geahnt hatte. Und doch kam alles anders.

Die gleichmäßigen Bewegungen, der beruhigende Rhythmus im kalten Wasser, all das verführt sie in einen Tagtraum. Andreas und sie fahren in einem uralten Campingbus die Küste Kroatiens entlang. Zikadenmusik fließt durch das offene Fenster, umhüllt die Liebenden mit warmer Vorfreude. Die Enden ihres sonnengelben Seidentuches winken den vorbeirauschenden Oleanderbüschen zu. Sie freut sich auf den ersten dalmatinischen Rotwein, auf frische Tomaten und gegrillten Seehecht. Ihr Liebster sitzt auf dem Beifahrersitz und glüht ihr seine Vorfreude durch seine adriablauen Augen entgegen.

Plötzlich schwillt der Lärm der Zikaden an. Sie hört nichts anderes mehr. Der laute Schall wirft das Auto um und sie verliert die Orientierung. Sie tauchen ins Meer, schlucken Wasser, aber es ist nicht salzig. Und es ist kalt, es ist ihr so furchtbar kalt. Du bist hier im Becken, im Saunapark, will ihr eine Stimme noch zuflüstern.

Andreas sieht eine abrupte Unordnung in Monis Bewegung. Ein Gurgeln, ein unkoordiniertes Rudern und Zappeln, sie taucht kurz unter, wirbelt einen Arm hoch. Starr, bewegungslos für einige Sekunden steht er da. Ist es ein alberner Spaß oder ein Krampf? Dann flutet Adrenalin seinen Körper, schießt grässliche Alarmsignale in sein vorderstes Bewusstsein und lässt seine Stimme tief und heiser schreien: »MONI! MONI!!« Er durchpflügt das hüfthohe Wasser, bemerkt idiotisch sachlich dessen schweren Widerstand. In seinem Hirn laufen die Gedanken um die Wette. »Warum bist Du nicht mitgeschwommen? Warum bleibt sie nicht einfach stehen, es ist doch nicht tief? Mein Gott, ich bin ganz nackt! Ich brauche Hilfe!

»Hilfe! Hallo Sie da! Schnell! Meine Frau!« Der Schwimmer hat schon innegehalten, schaut ratlos auf seine untergetauchte

Moni. »Mein Gott, sie ertrinkt!« Immer noch zwei Meter. ›Himmel, bitte, lass sie nicht ertrinken‹, schreien seine Gedanken auf. Und als er sie erreicht, als er sie packt, ihren Kopf über Wasser holen will, als er merkt, dass sie auf der ganzen rechten Seite schlaff ist, als er ihr ins bewusstlose Gesicht sieht, da kommt ihm eine verheerende Ahnung. Peter, ihr erster Mann, er ist am Schlaganfall gestorben. Es ist....

Der andere Mann ist jetzt bei ihm, bei ihr, sie alle sind nackt.

»Kommen sie, wir müssen sie erst einmal aus dem Wasser tragen.«

Andreas nickt, fasst sie so gut es bei einem nackten, halb gelähmten Körper geht unter die Achseln. Das Wasser ist jetzt kalter zäher Sirup. Bis zur Leiter sind sie gekommen. Er japst atemlos, in seinem Kopf schlägt ein Hammer Nägel ins Hirn. Der Helfer, ein guter Schwimmer, aber alt schon, mit dürren Muskeln, ist bleich vor Anstrengung. Monika röchelt tief und unwirklich, die Lider halb geöffnet, die Augen verdreht, den Mund zur schiefen Fratze verzogen. Er erkennt sie kaum wieder. Mit einem Mal fühlt er sich wie auf einem kalten Mond, hilflos, ohne Schutzanzug. Um ihn herum nur Kälte und Dunkelheit. Ihm wird schwarz vor Augen. Jemand packt seinen Arm, zieht ihn daran hoch. Er stolpert im Halbdunkel die Edelstahlsprossen hinauf, stößt sich sein Schienbein, doch der Schmerz läuft sofort in die Dunkelheit davon. Der Jemand setzt ihn auf die Bank, murmelt dumpfe, verwaschene Wortfetzen auf ihn ein. Er sieht ihn verschwommen, ohne Konturen. Dann schreit der Jemand und wird mit einem Mal ganz klar, ganz deutlich und ganz ernst.

»Ist das Ihre Frau?! Hallo, können Sie mich hören?!«

»Ja, ja, was ist mit ihr?«

Rasender Schwindel erfasst ihn, zieht ihn mit aller Wucht auf die linke Seite. Er zwingt sich zu seiner Moni zu schauen.

Da ist ein Mann über sie gebeugt, der sie küsst. Nein!

Er muss sie beatmen. Um Himmels Willen! Er will zu ihr, ihr helfen. Doch dann wird es Nacht. Der Tag ist vorbei.

Und das Leben?

Teil 1- finden (Oktober 2010)

1. Begegnung

Monika

Ich muss verrückt sein. Seit 38 Jahren schufte ich als Krankenschwester, Burnout, dann der Tod meines Mannes und jetzt? Halse ich mir solch eine Aufgabe auf. Betreutes Wohnen. Und ich soll das Ganze zum Laufen bringen.

Ich habe meine 45-jährige Kollegin mit Alzheimer dahin vegetieren sehen. Ich habe meinen Mann nach seinem ersten Schlaganfall zu Hause gepflegt, weil ich es nicht ertragen hätte, ihm dem gleichen Schicksal zu überlassen. Und jetzt dieses Angebot in Bonn. Leiterin eines Wohn-Projektes für Senioren. ›Selbst-bewusst Mit-gestalten‹. Der Slogan ist vielversprechend, die Stiftung hat eine soziale Marktlücke erkannt. Ich sitze im Zug nach Ulm. Das Pilotprojekt, ich muss wissen, was auf mich zukommt. Wage ich diesen großen Schritt? Wenn ja, dann heißt es Abschied nehmen von meinem geliebten Münster, der Stadt, in der ich so viele Jahre gearbeitet und gelebt habe. Dort verlor ich vor drei Jahren meinen Mann an das Ungeheuer namens Apoplex. Das Krankenhaus ist mir mittlerweile zum Ort des Grauens geworden. Aber jetzt schon Frührente? Oh nein, nicht mit mir! Ich starte noch einmal durch.

In Gedanken versunken bemerke ich, wie die Abteiltür sich öffnet. Bis eben war ich noch allein. Irgendein Pedant hatte am

Diensttagvormittag für diese Strecke reserviert, der Zug ist fast leer. Das muss er sein, wir sind gerade in Essen.

»Guten Tag«, sagt der Typ und schaut auf meine nylonbestrumpften Füße, die genau auf seinem Platz liegen, weil ich diese verhassten hochhackigen Pumps erst einmal in die Ecke pfeffern musste. Aber in Mokassins hätte ich ja kaum erscheinen können.

»Guten Morgen«, erwidere ich und stelle spontan fest: Schlank, halblange, graumelierte Haare, offener freundlicher Blick, netter Typ!

»Haben Sie am Fenster reserviert? Kein Problem, meine Füße wollten nur auch gerne mal nach draußen schauen.«

»Nein, nein. Das Abteil ist doch ganz leer, da kann ich mich gerne auch woanders hinsetzen, lassen Sie nur.«

»Oje, jetzt bin ich also unsichtbar?«

»Wie bitte, ach, nein, ich meine...«

»Sorry, das war frech. Nein, unsichtbar bin ich nicht, ich weiß. Vor allem in diesem blöden Anstandslook, den ich heute tragen muss.«

Und ich bin froh, dass ich mir heute noch die Fußnägel lackiert habe.

»Ach das stört mich überhaupt nicht.« Wieder bleibt sein Blick auf meinen Füßen haften. Er nimmt daneben Platz.

»Was meinen Sie mit Anstandslook?«

Der hat ja keine Ahnung. Wenn Maria mir dieses Oma-Ding nicht aufgeschwatzt hätte, könnte ich jetzt wie gewohnt in Jeans und bequemem Wollpulli hier sitzen. Und dann diese Rüschenbluse. ›Das muss so sein, Du willst doch seriös wirken‹, redete sie auf mich ein. Und ich dumme Nuss hab mich überreden lassen.

»Normalerweise laufe ich nicht so overstyled herum.

Ach was erzähl ich da. Ich bin aufgeregt, weil ich mir heute in Ulm eine Einrichtung zum Betreuten Wohnen anschaue.«

»Sie? Das halte ich aber doch für übertrieben. Sie sind doch...« Der Typ schaut mich aus meerblauen Augen an. Sie funkeln wie ein sonnenbeschienener Ozean.

»Was? Oh Gott!«

Nein, der ist ja drollig. Oder unverschämt? Doch ich kann nicht anders. Ich muss herzhaft lachen. Und er lacht mit.

»Sie meinen, ich suche mir dort einen Platz aus?«

Ich kann mich kaum beruhigen.

»Nein, ich selber übernehme demnächst in Bonn eine solche Einrichtung. Ich bin Krankenschwester, ich.... Das war schon lange mein Wunsch, eine lebenswerte Bleibe für alternde, noch aktive Menschen zu organisieren.«

Ich trockne vorsichtig die Lachtränen, bevor sie mein Makeup ruinieren. Der Typ schaut mich verdattert an. Seine Zurückhaltung wirkt lebendig. Etwas sprüht von innen. Seine Augen. Aus ihnen strahlt positive Energie. Monika beherrsch Dich, Du bist nicht zum Daten unterwegs.

»Als Krankenschwester habe ich viel Elend bei alten Menschen gesehen. Vernachlässigung, Abschiebung. Die Angehörigen sind überfordert, schicken sie ins Krankenhaus und nach ein paar Tagen? Peng sind sie wieder zu Hause.«

»Ehrlich gesagt konnte ich die letzten Jahre den Blick in ein Krankenhaus von innen vermeiden. Gott sei Dank. Ich bin ein schlechter Patient, ich halte es nicht lange aus in dieser beengten Atmosphäre. Aber mein Vater zum Beispiel, der hat Parkinson, achtzig ist er jetzt. Geistig ist er ja fit, nur wird es mit seinem Gebrechen ständig schlimmer. Meine Mutter ist..., ja wie sie eben sagten, überfordert.

Aber keiner will unseren Vater im Heim sehen. Irgendwann klappt sie noch zusammen und dann ist niemand vorbereitet.«

Er schaut nachdenklich aus dem Fenster, es arbeitet in ihm, das merke ich.

»Ach, ich überfalle Sie mit meinen Geschichten. Jetzt ist gut. Übrigens ich heiße Monika, Monika Mahlert. Und Sie? Wen habe ich jetzt total aus dem Konzept gebracht?«

Er erzählt mir, dass er Andreas heißt. Einfach Andreas. Ein schöner Name. Und er ist auch aufgeregt, weil er in Stuttgart einen Vortrag über Brunnenbau in Afghanistan halten soll. Ingenieur für Umwelttechnik ist er, irgendwie faszinierend.

»Ist das nicht gefährlich. Ich habe neulich erst gelesen, dass gerade im Norden von Afghanistan die Taliban aktiv sind.«

»Ach das geht. Wir werden immer gut über die dort stationierten Bundeswehr-Truppen informiert und die Behörden vor Ort haben ein gutes Gespür dafür, wann es brenzlig wird.«

»Und Sie bauen also Brunnen. Das finde ich ja spannend.«

»Also, nein, nicht ich baue sie, aber ich plane und überwache den Bau. Ja klar, es ist spannend, manchmal erfüllend, aber oft auch frustrierend. Erst hängen sie sich rein in das Projekt und zwei Jahre später ist alles wieder vernachlässigt, oder sogar zerstört. Andererseits interessieren sich viele Geologen für Afghanistan, weil sie dort Unmengen wertvoller Bodenschätze vermuten. Da geht es nicht nur um Kupfer und Eisenerz, sondern vor allem um ›Seltene Erden‹. Na ja, wir müssen halt zusehen, dass wir unsere Trinkwasserrohre in die Grundwasserschicht bekommen, also den Brunnen abteufen. Wir machen das im Spülbohrverfahren, aber ich glaube, das wird jetzt ein bisschen zu speziell und ich will Sie nicht langweilen.«

Seine Stimme ist angenehm, so weich. Sie passt irgendwie

stimmig zu seiner Erscheinung.

»Hören Sie, Sie langweilen nicht. Nicht mit dem Thema und nicht mit Ihrer Anwesenheit. Haben Sie was dagegen, wenn ich etwas stricke? Ich muss, also ich bin ein bisschen wollsüchtig, wissen Sie? Ich leide sozusagen unter Woll-Lust.«

Oje, Monika, da hast Du ja wieder einen rausgehauen. Also doch Speed-Dating. Dabei läuft in dieser Hinsicht zurzeit gar nichts mehr. Ich habe das Gefühl, dass ich mit rasender Geschwindigkeit auf das Tor mit der Zahl 60 zustürme und dahinter steht dann: sexfreie Zone, Sie haben ihr Ziel erreicht. Grauenhaft. Und dann sitz ich hier wie eine rüschige Oma und stricke.

»Nein, warum sollte ich, nur zu. Ich muss sowieso noch einmal meinen Vortrag durchgehen.«

Ich bin in das Strickwerk meiner neuen Fußstulpen versunken, da stürmen vier junge Leute das Abteil. Gerade dem Teenie-Alter entschlüpft und schnatternd wie eine Gänseschar. Andreas muss aufrücken. Meine Schuhe liegen irgendwo bei ihm und ich bekomme meine Füße kaum so schnell eingezogen. Er streift sie und diese Berührung knistert elektrisierend, ich erschrecke über mich selbst.

»So, jetzt haben Sie ja doch noch ihren Fensterplatz«, überspiele ich den Vorfall. Sein Lächeln ist da schon tief in mir angekommen.

»Hey, seid doch mal ein bisschen leiser. Das Paar hier muss ja denken, wir sind eine Horde wildgewordener Spinner.«

Ich mustere die junge Frau mit dem attraktiven, oval geschnittenen Gesicht, eingerahmt durch hellblonde, löwenmähnige Locken, offensichtlich die Sprachführerin. Ihre aparte Hornbrille strahlt intellektuell.

»Wieso Paar, wie kommen Sie darauf«, frage ich und muss in mich hineinlächeln. Wie haben wir beide denn gewirkt, als die hereinstürmten?

»Na, sieht halt so aus, auf den ersten Blick.«

»Oh Mann, wie peinlich«, rutscht es einem Typen mit dunkler, fast gesichtsfüllender schwarzer Haarmatte heraus.

»Stell Dich nicht so an. Ihr könnt ja schon mal ein bisschen an Eurer Kommunikation arbeiten, für unser Praktikum«, kontert Löwenmähne.

Ein schmalgesichtiges Mädchen, schüchtern und mit roten raspelkurzen Haaren sowie ein Jüngling mit dem Versuch eines flusigen, blonden Vollbarts spielen derweil an ihren Smartphones herum.

»Was ist das denn für ein Praktikum«, fragt Andreas jetzt.

Gesichtsmatte wirkt angenervt. Löwenmähne entgegnet:

»Wir sind vom neuen Bachelorstudiengang ›Pflegewissenschaften‹. Wir dürfen das erste Mal eine Senioreneinrichtung in Bonn besuchen.«

»Na viel kriegen wir dort bestimmt nicht zu sehen. Sedierte Alte, die gebeugt auf Fernseher starren oder mit Einheitsbrei abgefüttert werden.« Blondbart blickt dabei kaum von seinem Handy auf.

»Also kaum ein Unterschied zu Ihnen, ich meine wegen gebeugter Haltung und starrendem Blick auf den Bildschirm«. Verdutzt schaut er mich an.

»Wie jetzt?«

»Na ja, Sie kommen mit einer vorgefertigten Meinung herüber und merken gar nicht, dass Sie selbst eine Steilvorlage für Klischees bieten. Zufällig kenne ich mich mit Altenpflege aus. Nun, in einem kann ich Ihnen Recht geben. Die Bewohner werden viel zu oft medikamentös abgeschossen und das Essen ist auch oft eine Katastrophe.«

»Na, sag ich doch«, bleibt er stur.

»Sorry, woher kennen Sie sich denn so gut aus«, will nun Löwenmähne von mir wissen.

»Erstens bin ich seit fast vierzig Jahren Krankenschwester...«

»Respekt«, rutscht es da Gesichtsmatte heraus.

»... und zweitens möchte ich dazu beitragen, die Altenpflege menschlicher zu gestalten.«

»Hey, das ist ja super«, meldet sich die Rothaarige.

»Deswegen wollen wir, also ich ja Pflegemanagement studieren.«

»Und wegen Management, Iris!«, brummt der Dunkle hinterher.

Jetzt meldet sich Andreas, der die ganze Zeit aufmerksam das Gespräch verfolgt hat.

»Das genau wird der Spagat sein. Alles soll effizienter und wirtschaftlicher werden, dabei ist für würdige Pflege und gut bezahltes Personal zu wenig Geld vorhanden.«

»Deswegen ja, Pflegemanagement«, beharrt er.

»Ja, aber pflegt ihr auch selber, ich meine die ganze harte Arbeit bei schlechter Bezahlung, für die man kaum noch Interessenten findet?«

Die Ältere schüttelt etwas nachdenklich den Kopf.

»Ich weiß, das ist ja alles noch nicht klar. Aber deswegen machen wir ja das Praktikum, um überhaupt mal einen Eindruck zu bekommen.«

Plötzlich kommt mir ein Gedanke. Ich suche in meiner Handtasche nach meinen Visitenkarten und reiche eine der Blonden herüber.

»Also, wahrscheinlich werde ich eine Einrichtung für Betreutes Wohnen in Bonn aufbauen. Dort werden rüstige

Senioren möglichst selbständig und begleitet wohnen. Ich denke, dass wir mal gute Pflegemanager wie Euch dafür brauchen können. Und – Du, wie heißt Du, wenn ich fragen darf?«

»Marlene«, sagt sie mit freudig tanzenden Locken.

»Marlene, melde Dich, wenn Ihr mal Fragen habt. Das Problem mit alten Menschen kann man nur mit den Jungen lösen, so viel ist klar.«

»Hey super, kann ich auch so 'ne Karte kriegen«, und plötzlich sind sie tatsächlich alle neugierig. Es fühlt sich gut an.

Als wir Bonn erreichen, verlässt uns die bunte Gruppe und es ist wieder so still und geheimnisvoll wie zuvor. Wir bleiben alleine in unserem Abteil, als Paar. Außenstehende können manchmal ganz entwaffnende Eindrücke vermitteln. Immer genauer betrachte ich diesen Andreas jetzt. Mir gefallen seine sinnlichen, offenen Lippen. Sie haben so gar nichts Verkniffenes. Er muss sich früher verletzt haben, am Kopf, denn entlang der Stirn zieht sich eine große Narbe. Warmherzig wirkt er. Er bleibt dort sitzen, schön. Wie lustig, wir ein Paar. Oh, mein Gott, Monika, was denkst Du da! Am besten ich stricke wieder, dann komme ich auf andere Gedanken. Zum Beispiel, dass ich gerade merke, dass meine Füße kalt sind. Und die Schuhe liegen da hinten, irgendwo bei ihm. Nein, ich habe keine Lust, ihn zu fragen, ob er.... Nein, ich habe Lust auf etwas Anderes. Ich..., ja ich will ihn berühren.

›Du spinnst Monika!‹

›Nein tu ich nicht, basta!‹

Wie ich ganz vorsichtig meine Füße an seine Beine herantaste und merke wie sie unter den Stoff seiner Anzughose passen, beobachte ich ihn ganz genau. Schreck steht ihm in den Augen, doch er rührt sich nicht.

»Meine Füße sind kalt geworden«, lächle ich ihn an. Und dann stricke ich weiter und fange unwillkürlich an, seine Beine mit den Zehen zu streicheln. Plötzlich fällt mir dieses wunderbare Lied der Sängerin Katie Melua ein, ›Nine Million Bicycles‹, und ich summe es vor mich hin. Im Moment ist diese intime Situation mit einem unbekannten Mann namens Andreas einfach nur schön. Wie eine kleine, zauberhafte Tauperle, die man nicht besitzen kann und die doch in dem Augenblick, da man sie sieht, ein unvergessliches Juwel ist. Er holt mich aus den Gedanken zurück.

»Was wird das denn da«. Seine Stimme klingt belegt, er spürt es. Ich weiß es.

»Das? Werden Stulpen für meine Knöchel. Ab Herbst brauche ich die, weil ich so verfroren bin. Die sind aus Alpakawolle. Hier wie meine Armstulpen«. Ich streife einen ab und reiche ihn herüber.

»Willst Du mal fühlen? Ich darf Dich doch Andreas nennen?«

»Ja ..., klar« Er nimmt meine Stulpe entgegen, lässt sie durch die Hand gleiten und dann? Dann nimmt er sie und atmet ihren Duft, meinen Duft ein. Ich ..., ich bin irgendwie erregt und erschrocken. Mit einem Mal weiß ich gar nicht, wie das hier weitergehen soll. Habe ich mich zu weit vorgewagt?

»Du sollst sie fühlen, nicht riechen«, versuche ich, die Spannung zu lösen und fordere lächelnd mein Wollstück zurück.

»Es riecht aber wunderbar«, sagt er mit einem verklärten Blick. Wenn er wüsste, dass für mich fast alle meine Wollsachen immer auch einen sinnlichen Hintergrund haben. Manchmal dachte ich, dass zart schmeichelnde Pullover, Stulpen oder Schals die fehlende tiefe Zärtlichkeit in meiner gut versorgten Ehe kompensierten. Ich verwöhnte mich selbst damit. Und jetzt dieser Mann, der meine Lieblingsstulpen atmet. Das geht einfach zu schnell, ich weiß, ich habe es provoziert.

Ich muss..., ja ich muss mal, das ist es.

»Kannst Du bitte mal schauen, ob da bei Dir meine Schuhe abgeblieben sind?«

Er wirkt geschockt und errötet.

»Bin ich zu weit, habe ich...«

»Nein, aber ich würde gerne den Sanitärservice der Bahn begutachten.«

Auf der Toilette streite ich wieder einmal mit mir, das alte Spiel.

›Sag mal spinnst Du! Dir steht der größte Schritt Deines Berufslebens bevor, Du willst es mit 54 Jahren nochmal wissen und der Welt zeigen, dass Du es noch drauf hast und da flirtest Du ungeniert mit einer Zufallsbekanntschaft. Dir fliegt noch Dein Leben um die Ohren.‹

›Ach ja? Besteht denn das Leben nur aus Ehrgeiz und Beruf. Habe ich nicht seit jeher auf Nähe und Zärtlichkeit verzichtet? Mein Mann, ja der war immer lieb, immer besorgt, immer korrekt. Nur Lieben konnte der nicht.‹

›Tja meine Liebe, das ist vorbei und Du sagst doch selbst immer: Jeder ist für sein Schicksal selbst verantwortlich. Jetzt ist halt Showtime und nicht Rendezvous. Und wenn Du Dich jetzt auf ein nächstes Date einlässt, erste Treffen, verliebt sein, dann, dann...‹

›Dann was?‹

›Dann gefährdest Du Deinen klaren Kopf.‹

Ich lasse etwas von dem Rinnsal aus dem Wasserhahn über meine Hände laufen. Eine Wohltat ist es nicht. Aber ich halte inne und schaue in den kleinen Spiegel. Alt bist Du geworden, Falten am Hals, an den Augen. Nein, das wäre jetzt wirklich keine gute Idee. Gerade weil er nett ist. Das kriege ich jetzt nicht in den Griff.

Vielleicht später. Aber wann ist später? Ich kehre zurück. Wie zum Trotz strahlt wieder eine leuchtende Herbstsonne ins Abteil. Den ersten Novemberschleier haben wir hinter uns gelassen.

Wir blieben beim Du, doch ich vermied jede weitere Annäherung. Ich tat so, als wären wir einander sympathische Reisende. Wir plauderten belanglos über die bevorstehenden Auftritte und die allgemeine Aufregung davor, die ja auch ihr Gutes hat. Zudem beehrten uns in Mainz ältere Herrschaften in unserem davor so abgeschlossenen Abteil. In Mannheim waren wir wieder alleine, das Gespräch war abgeebbt. Bis plötzlich die Durchsage kam: »In wenigen Minuten erreichen wir Stuttgart Hauptbahnhof.«

»Oh, hier muss ich aussteigen«, brachte Andreas hastig heraus und packte eilig seine Sachen. Ich war innerlich angespannt, denn seine Nähe wirkte nach wie vor. Er hatte etwas ausgelöst in mir.

»Monika, ich würde sie... äh dich gerne wiedersehen. Kann ich eine Deiner Visitenkarten haben?«

Nein, das ging nicht, das hatte ich mir fest vorgenommen.

»Oh, tut mir Leid, das waren die Letzten.«

»Dann könntest Du mir Deine...«

»Andreas, bitte, ich.... Müsst ihr Männer eigentlich immer gleich eine große Sache aus jedem Flirt machen?! Ich habe vor drei Jahren meinen Mann an seinen zweiten Schlaganfall verloren, nachdem ich ihn vorher zwei Jahre gepflegt habe. Ich bin – ja Du wirst es vielleicht kaum glauben – 54 Jahre alt, also wahrscheinlich ein ganzes Stück älter als Du. Das Letzte was ich im Moment in meiner Situation gebrauchen kann, ist eine ungewisse Affäre!«

»Eine Affäre? Entschuldigung, ich wollte Dich nur wieder erreichen, weil, weil ich Dich...«,

Andreas sah jetzt total verzweifelt aus, mein Gott, ich wäre am liebsten weggelaufen.

»...Weil ich Dich total sympathisch fand, äh finde. Na ist gut. Tut mir leid, wenn ich aufdringlich war.«

»Hey, Andreas...«,

Scheiße, jetzt kommen mir auch noch die Tränen, beherrsch Dich gefälligst,

»Entschuldigung, ich hab's nicht böse gemeint. Das ist mir alles im Moment zu viel. Ich weiß, ich habe ja als Erste Signale gesendet, aber... Ich bin sicher, wir sehen uns wieder. Viel Glück. Es war nett. Nein, es war schön.«

»Danke, viel Glück auch Dir. Es war... egal, alles Gute.«

Und dann verschwand er, geknickt, genau wie ich. Wie wahrscheinlich ist es, dass man in diesem Alter zufällig einem Menschen begegnet, bei dem schon nach kurzer Zeit... Nein, es ist nicht Liebe auf den ersten Blick, das ist was für Teenager. Nein, bei dem Du nach kurzer Zeit das Gefühl hast: In der Nähe dieses Menschen fühlst Du Dich gut, stimmig, aufgehoben. Zwangsläufig musste ich jetzt an Peter denken, meinen verstorbenen Mann. Ja der behütete mich auch und doch hat eines immer gefehlt. Es war dieses innige Gefühl, am richtigen Ort mit dem richtigen Menschen zu sein, mit dem Herzen, mit dem Geist und ja, auch mit dem Körper.

Und dann rückte mich wieder diese eine Stimme in mir zurecht:

›Monika, reiß Dich zusammen, da draußen wartet die Wirklichkeit auf Dich.‹

2. Peter

2005/2007

Es hat Peter schwer getroffen und er hat – wie immer - nicht mit mir darüber geredet. Seit achtzehn Jahren kümmert er sich in der inneren Abteilung des Clemens-Hospitals gut um seine Patienten. Daneben hat er auch noch die Wirtschaftlichkeit seines Handelns im Blick. Er ist zehn Jahre erster Oberarzt der Klinik II für Pneumologie. Kein anderer hat mit so viel Routine und Erfahrung die rasante Entwicklung der Lungenkrebsbehandlung vorangetrieben. Und doch hat man ihm einen deutlich jüngeren Oberarzt der Uniklinik als Klinikleiter vorgezogen.

Als wir damals nach Telgte bei Münster zogen, war Julia gerade sieben geworden, sie musste schon ein Jahr nach der Einschulung in Lübeck die Schule wechseln. Auch für mich war es eine harte Entscheidung aus der gewohnten Umgebung meiner Heimat an der Ostseeküste ins Münsterland zu wechseln.

Doch Peter stand schon immer wie ein Fels in der Brandung. Er ließ keinen Zweifel aufkommen, dass wir es gemeinsam schaffen werden.

Jetzt da er so fest mit der Übernahme der Klinikleitung gerechnet hatte, sehe ich ihn grau und verfallen, um Jahre gealtert.

»Ich bin müde«, sagte er an diesem denkwürdigen Abend. Ich ahnte, dass in ihm keine Tages- sondern eine Lebensmüdigkeit wirkte. Wir gingen früh ins Bett.

Ich hatte noch mit unserer Tochter in Lübeck telefoniert, sie gefragt, wie ihr Referendariat in der Astrid-Lindgren-Schule läuft, ihr meine Sorgen über ihren Vater kundgetan.

»Er wird darüber hinweg kommen. Papa braucht vor allem seine Patienten. Er hat einen starken inneren Kompass. Mach Dir keine Sorgen, Mama«, beruhigte sie mich.

Ein Stöhnen weckte mich und der Digitalwecker zeigte mir diese Zeit, die mir später immer wieder Angst einflößen sollte: 2:22 Uhr. Peter lag neben mir mit verzerrtem Gesicht, leerem Blick, ein Speichelfaden lief ihm aus dem Mund. Ich wusste sofort, was es war. Sein Puls war schwach. Rasch legte ich ihn auf die Seite, nahm mein Handy und rief den Notarzt. Dann holte ich hektisch das Blutdruckgerät. Alles lief wie im Film ab. Eine Situation, wie ich sie in der Klinik zigmal erlebt hatte. Das Notarzt-Team war schnell und brachte ihn in die Uniklinik. Ich hatte in diesen ersten zwanzig Minuten die Tiefe dieses Ereignisses nicht an mich herangelassen. Erst als ich mich auf den Stuhl im Wartebereich der Intensivstation setzte, griff die kalte Hand der Erkenntnis an mein Herz. Es stolperte, klopfte hilferufend an die Brust, die Rippen eng wie ein Käfig. Jetzt liefen rasend die Gedanken in meinem Hirn Amok. Julia, ich muss sie informieren oder soll ich warten, bis sie mir sagen, wie es um ihn steht. Der Urlaub, wir müssen stornieren. Was wenn Peter es nicht überlebt, oh Gott. Oder wenn er zum Pflegefall wird, das Haus. Alles überschlug sich. Schmerz und Angst rangen miteinander. Für Trauer fehlte noch der Platz.

Die folgenden Tage wurden zu den schlimmsten meines Lebens. Julia reiste sofort an und gemeinsam bangten wir zunächst ums Überleben von Peter. Dann schlich sich die Gewissheit in unser Bewusstsein, dass die Hirnblutung bleibende Schäden hinterlassen würde. Der behandelnde Arzt machte uns keine Hoffnung auf eine Besserung. Zwar war Peter bei Bewusstsein, doch die Sprache hatte er vollständig verloren. Die Lähmung fesselte ihn auf Dauer ans Bett. Damit bewahrheitete sich für mich die Furchtbarste aller Varianten. Als erfahrene Krankenschwester und als seine Frau wusste ich, solch ein Leben ist nicht mehr lebenswert für ihn. Ich aber hatte nicht darüber zu entscheiden und Peter war als Arzt strikt gegen jeden Einfluss auf das ärztliche Handeln. Hätte er für sich selber anders entschieden? Ich konnte ihn nicht mehr fragen. Und Julia unsere Tochter? Sie war gebrochen, verzweifelt. Ihr Vater, ihre Leitfigur, ihr Rückgrat.

Ich entschied, mit Unterstützung eines Pflegedienstes selbst für Peter zu sorgen. Es saugte die Kraftreserven aus. War es Pflicht? War es Dankbarkeit, ihn selber zu pflegen?

Die Trauer kam wie eine Krebsgeschwulst. Ein eisiges Geflecht wand sich durch meinen Körper und drohte mich innerlich aufzufressen. An dem kannibalischen Mahl beteiligten sich auch meine vertanen Chancen. Meine Feigheit, Peter die Unzufriedenheit mit meinen unerfüllten Wünschen mitzuteilen. Meine Angst, ihn durch emotionales Aufrütteln zu verschrecken oder zu verlieren. Ich, die Starke, die auf Station Anweisungen gab, mich mit Oberärzten fetzte und Intrigen unterband, war zu Hause sprachlos geblieben angesichts eines Mannes, der liebevoll, fürsorglich und zugleich patriarchalisch und gnadenlos konsequent war. Die ersten Wochen ließen noch Tränen auf seine regungslose Bettdecke fallen, dann versiegten auch sie, denn mein Brunnen war leer und ich dachte, ich müsste seelisch verdursten. Ohne meine Tochter und meine Freundin Maria, hätte ich wohl irgendwann einfach aufgehört zu leben.

Am 27.11.2007 erlitt mein Mann Peter eine zweite Massenblutung, die zu seinem sofortigen Tod führte. Endlich konnte ich Abschied nehmen, denn alles, was ich ihm noch zu sagen und zu danken hatte, war ich lange vorher an seinem Bett losgeworden. Ob er es noch begriffen hat, werde ich wohl nie erfahren. Nun begann mein zweiter Lebensversuch.

3. Die besondere Tochter

Monika

Die Einrichtung zum Betreuten Wohnen bei Ulm liegt inmitten eines historischen Klosterhofes. Sie überzeugt mich. Die Bewohner dürfen ihr Lebensumfeld aktiv und eigenständig mit gestalten. Was für ein Unterschied in den Gesichtern, welch eine Energie bringen sie auf, um eigenes Gemüse anzubauen, ein Brotbackhaus zu betreiben oder eine Reparaturwerkstatt für Fahrräder bereit zu halten. Hier heißt man Jung und Alt, Flüchtlinge wie Einheimische willkommen. Ich nehme diese Eindrücke als Aufruf mit, das Projekt ›Bonn‹ in solch einem Geiste zu erwecken.

Kaum sitze ich im Nachtzug nach Münster, drängt sich jemand anderes zurück in mein Bewusstsein. Mein schüchterner Reisebegleiter. Andreas mit den verwuschelten grauen Haaren und den meeresblauen Augen, den ich am Schluss so abrupt vor den Kopf gestoßen hatte, sitzt plötzlich im Abteil dabei. Leider nicht wirklich, aber ich spüre ihn. Wie gerne hätte ich einfach wieder meine Füße an seine Beine gelegt. Bestimmt hätte er diesmal wohlig geschnurrt. Warum überhaupt sollte ich in meinem Alter nicht in der Lage sein, Beziehung und berufliche Herausforderung in den Griff zu kriegen? Hatte ich nicht pflegebedürftigen Mann, Halbtagsstelle und Finanznot bewältigt? Ich erschrecke bei diesem Argument. Damals hätte es mich auch das Leben kosten können, wenn meine Tochter mich nicht so grandios unterstützt hätte. Papas Liebling, das war sie, schon immer. Es half ihr, dass er die zwei Jahre noch zu Hause von mir gepflegt wurde. Aber jetzt, warum bin ich jetzt nicht mal dran? Ich werde mit Julia sprechen. Sie hütet ohnehin gerade das Haus, weil sie alte Freunde aus Münster besucht.

Julia drückt mich herzlich. Seit ihrer Festanstellung als Lehrerin im Landeschuldienst, wirkt sie ausgeglichener, selbstbewusster. Ihr asymmetrischer Pagenschnitt erfüllt dazu die nötigen Klischees der gestrengen Lehrerin.

Zuhause angekommen stehen Julia und ich mit einem Becher frisch gebrühten Kaffee in der Küche.

»Also Julia, ich hätte nicht gedacht, wie sehr man sich um älter werdende Menschen kümmern kann. Die bieten so viel und lassen vor allem die Bewohner selber machen. Das ist fast wie eine Kommune, vorbildlich. Und stell Dir vor, der Leiter der Stiftung kommt auf einen Gegenbesuch nach Bonn, schon in drei Wochen. Ach es gibt noch so viel zu tun. Ich bin ganz aufgeregt.«

»Na nun lass uns erst mal setzen. Gut schaust aus, mit Deinem feschen Kostüm.«

»Ach hör auf. Ich ärger mich jetzt noch über Maria und ihren Rat. Die meisten liefen dort leger und sportlich herum, außer die Nonnen natürlich.« Ich muss kichern.

»Na ja, aber auch die wirkten nett. Hätte ich nie gedacht, dass die so fortschrittlich sein können.«

»Mama, Du solltest mal überlegen, dass Du keine vierzig mehr bist. Warum regst Du Dich über so ein schönes Kostüm auf. Du siehst damit richtig edel aus.«

»Danke, dass Du deine Mutter an ihr Alter erinnerst, aber edel, bitte, das passt gar nicht zu mir. Im Übrigen, auch wenn ich nach meinem Pass eine alte Schachtel bin, ich hatte einen ganz schön heißen Flirt im Zug. Der Typ sah total süß aus.«

»Mama, Du hörst Dich ja an, wie ein durchgeknallter Teenie. Was soll das denn jetzt.«

»Ja hör mal, und wenn schon. Ich kann doch flirten wann und mit wem ich will. Du bist gut. Ich muss doch nicht so prüde leben wie Du.«

»Mama, jetzt reicht´s! Ist es meine Schuld, dass Paul mich hat sitzen lassen wegen so einer dämlichen Studentin. Entweder man ist seriös und hat eine Aufgabe, der man sich stellt oder man, man... bumst sich so durchs Leben.«

»Jetzt ist aber mal gut. Wer bumst sich durchs Leben, wenn Du schon auf einmal solche Kraftausdrücke gebrauchst. Ich habe seit Papas Tod...«

»Von Dir rede ich doch gar nicht. Ich meine Paul.«

Julia schluchzt in ihre Hände und lehnt sich an meine Schulter.

»Julia, ist ja gut. Das mit Paul ist schon fast ein Jahr her. Die Welt dreht sich weiter. Hier nimm das Taschentuch.«

Sie schnäuzt sich und erwidert mit grimmigen Blick:

»Das hat Papa nicht verdient.«

Das Telefon klingelt. Julia nimmt wie selbstverständlich das Gespräch an.

»Julia Mahlert, wer ist da bitte?«

Ärgerlich erwarte ich, dass sie mir den Hörer reicht. Doch sie spricht einfach weiter.

4. Amors Pfeil

Andreas

›Meine Damen und Herren, ich fasse zusammen. Wie ich ihnen zeigen konnte, sind in den von mir beschriebenen Regionen in Nordafghanistan die meisten Aquifere in tiefen und schwer erreichbaren Schichten gelegen. Es gilt oft mehrere Aquicluden, also Grundwassersperren zu durchdringen. Auch außerhalb von Deutschland wenden wir hier die wesentlichen Umweltauflagen an, prüfen jede Bohrschicht und warten die Bohrgeräte regelmäßig, um eine künstliche Kontamination auszuschließen. Weiterhin müssen wir durch Sperrschichten aus Bentonit verhindern, dass entlang des Brunnenleiters Oberflächenwasser in den Grundwasserleiter gelangt. Nur durch Vertrauen in die strengen europäischen Anforderungen können wir unsere afghanischen Freunde davon überzeugen, dass eigene Sorgfalt und Pflege der Garant für die Langlebigkeit ihrer Brunnen ist.

Vielen Dank für ihre Aufmerksamkeit.‹

Geschafft! Es lief gut, es gab zahlreiche Nachfragen, mehr zu Afghanistan als zum Brunnenbau, aber insgesamt bin ich zufrieden. Die Luft hier im Süden ist mild, doch es wird früh dunkel. Soll ich noch einen Trip nach Stuttgart unternehmen? Mit einem Mal überkommt mich eine melancholische Stimmung. Sie ist nicht weg, diese Monika. Ich sehe ihre Sommersprossen vor mir, ihre spitze, freche Nase und dieses Funkeln in den Augen, als hätten sich Sprenkel von Bernstein in ihren Pupillen verirrt. Vor allem aber spüre ich ihre Füße, fast mädchenhafte, zarte Füße, aus denen die lackierten Fußnägel schimmerten, wie kleine

Ringe an ihren Zehen. Habe ich schon einmal bewusst auf Frauenfüße geachtet? Ja, ich durfte Sabines Füße massieren, als diese ihr kalt waren. Jeder Versuch sie zu streicheln endete jedoch in einer Lachsalve und der dann sehr ernsten Aufforderung, sie nicht zu kitzeln.

»Das mag ich nicht«, beendete sie den Versuch. Damit wurde dieser Teil zur verbotenen Zone.

Vor meinen Augen sehe ich sie sitzen, vertieft in ihr Stricken, völlig mit sich im Reinen. Vierundfünfzig? Niemals. Ok, fünfundvierzig. Zu alt für mich? Kein Gedanke. Aber warum hat sie am Schluss so reagiert? Was habe ich falsch gemacht? Sie schien Angst vor einer Beziehung zu haben, aber das kann man doch auf sich zukommen lassen und jederzeit neu entscheiden. Ich bin naiv. Aufkommende Gefühle lassen sich nicht einfach abstellen. Aber was, wenn sie ähnlich empfunden hat wie ich? Sie ist doch keine oberflächliche Aufreißerin. Ein besonderer Zauber umfing uns in den gemeinsamen Stunden im Abteil.

Ich mache mich auf den Weg ins Hotel und beschließe, meine Gedanken in einem Bierbad zu ertränken.

Am nächsten Morgen ist nichts besser, weder mit dem vom Kater zermürbten Hirn, noch mit den Gedanken an Monika. Ich träumte, ich hielte ihren Stulpen noch in der Hand und suchte sie im Zug. Der aber stellte sich als Labyrinth mit unzähligen, seitlichen Abzweigungen heraus. Auf jedem Tisch eines jeden Abteils lag ein anderer Stulpen in einer anderen Farbe und ihre Besitzerinnen riefen mir immer zu: ›Hier riechen sie mal, meine riechen auch gut.‹ Dann lachten sie hämisch. Am Ende des Zuges reichte die letzte Waggontür auf eine Startbahn am Flughafen. Monika entschwand gerade als letzter Gast in einem utopischen Flugzeug, die Kabinentür schloss sich hinter ihr.

Eine Sicherheitskraft hielt mich zurück und bedauerte:

»Da können sie nicht mitfliegen, das ist ein One-Way-Flug zum Mond für ausgesuchte Erstbewohner. Sorry.«

Schweißgebadet, mit rasenden Kopfschmerzen sitze ich im Bett. Es ist erst sechs Uhr. Ich brauche einen starken Kaffee und ein Frühstück. Und einen Internetzugang.

Eine Stunde später halte ich – Google sei Dank – einen Notizzettel in der Hand mit der Telefonnummer einer Monika Mahlert, Krankenschwester im Clemens-Hospital Münster. Ich weiß nicht, ob sie solo ist. Ich weiß nicht, ob die Nummer aktuell ist. Es bleibt mein einziger Hoffnungsschimmer, mit ihr in Verbindung zu treten. Ich starre aufs Tastenfeld und wähle endlich die Nummer. Nach quälend langen vier Freizeichen meldet sich eine weibliche Stimme:

»Guten Tag, Clemens-Hospital Münster, Kinder- und Jugendmedizin, Sie sprechen mit Frau Wegener, was kann ich für Sie tun?«

»Ich suche eine Frau Monika Mahlert. Könnte ich mit ihr sprechen?«

»Oh, das tut mir leid, Schwester Monika arbeitet nicht mehr in unserer Abteilung.«

»Ja, können Sie mich dann dorthin verbinden, wo sie jetzt arbeitet.«

»Das kann ich nicht entscheiden, da ich nicht weiß, ob Frau Mahlert das möchte.«

In den zäh fließenden Sirup antworte ich:

»Frau Mahlert und ich sind gute Bekannte. Ich denke, es ist o.k., wenn sie...«

Nach einer förmlichen Schweigezeit:

»Also hören Sie, wir dürfen nach der neuen Datenschutzrichtlinie keine konkreten Nummern von

Mitarbeitern weitergeben. Aber ich denke, sie müsste im Telefonbuch von Telgte stehen, wenn Ihnen das weiterhilft.«

Keine fünf Minuten später wähle ich die Nummer der einzigen Monika Mahlert in Telgte, ich bin aufgeregt.

»Julia Mahlert, wer ist da bitte?«

»Oh! Äh! Hallo, guten Abend hier spricht Andreas Lobesam, ich hätte gerne eine Frau Monika Mahlert gesprochen.«

»Was wollen Sie von ihr?«, kommt es ungewöhnlich schroff zurück. »Meine Mutter kennt keinen Herrn mit diesem Namen.«

»Wir haben uns im Zug kennen gelernt, gestern auf der Fahrt von Münster, also ich von Essen nach Stuttgart und ich...«

»Ach ja? Ich sagte ihnen bereits, meine Mutter kennt keinen Andreas und jetzt möchte ich Sie bitten, uns nicht weiter zu belästigen.« Das Freizeichen lässt mich brutal zurück.

Meine Hände zittern. Ich fühle mich wie ein kleiner Idiot, wie ein abgekanzelter Schuljunge. Ich glaube es nicht. Was mache ich hier eigentlich? Vielleicht sollte ich diese ganze idiotische Geschichte so schnell wie möglich vergessen. Ist doch auch Blödsinn, an diese eine Liebe zu glauben, die ich mir immer so gewünscht habe. Andreas, wann wirst Du endlich erwachsen!

Da klingelt das Telefon erneut. Ich starre auf das Display, es ist die gleiche Nummer. Wird mir jetzt noch eine Beleidigung hinter her geschoben. Es hat schon dreimal geklingelt. Soll ich es ignorieren? Viermal. Und dann mich den Rest meines Lebens fragen, ob ich besser rangegangen wäre? Fünfmal. Ich nehme an. Zu spät. Stille. Ermattet lasse ich die Schultern sinken.

Es klingelt erneut.

»Hallo, bist Du es Monika.«

Wieder Stille.

»Andreas? Der Andreas aus dem Zug?«

»Ja, ich wollte Dich nicht belästigen, aber... ich wollte Dich sprechen..., wenn Du überhaupt möchtest.«

»Sorry für eben, das war meine Tochter. Die ist manchmal etwas impulsiv und... Können wir morgen reden? Hier ist es gerade etwas kompliziert, weißt Du?«

»Falls Du eine Beziehung hast, ich würde niemals..., also...«

»Nein, Andreas, habe ich nicht. Jedenfalls keine offizielle.«

»Ach, das heißt, da ist was am Laufen?«

»Ja, möglicherweise...«

»Oh, na dann...«

»Heißt Andreas, wirklich netter Typ.«

Sie seufzt und im Hintergrund höre ich die Tochter laut vernehmlich: »Du spinnst, Mama«.

»Tja, wie Du wohl mitbekommst, weiß die Jugend ja alles besser. Ruf mich doch morgen so gegen neunzehn Uhr an. Geht das?«

»Ja, gerne!«

Die Achterbahn hat mich geschafft. Krampfhaft halte ich noch immer mein Handy in der Hand.

Meine Rückfahrt in der Bahn nervte. Ich verpasste meinen Anschluss, die Reservierung für die Katz und der Zug brechend voll. In der Kakophonie aus endlosen Handygesprächen, Technomusik aus Walkmännern und den unüberhörbaren Krankheitsberichten einer ältlichen Damentruppe kam ich kaum dazu, meine Gedanken zu ordnen. Dabei hätte ich mich gerne noch auf die nächsten zwei Umweltprüfungen von Großbaumaßnahmen vorbereitet, für die meine Firma den Zuschlag erhalten hatte. Mir gegenüber saß eine ältere Dame mit metallic-blau schimmerndem Haar. Der fahrlässige Blickkontakt mit ihr brachte mir sofort einen Redeschwall ein.

»Furchtbar, nicht wahr, dass die immer und ständig mit ihren Dingern telefonieren müssen, das gab es früher nicht. Auch die Bahn, die hätten sich früher solche Verspätungen mal leisten sollen. Ach ja, wissen sie das lange Sitzen, das ist ja auch nichts für mein Weichteilrheuma. Mein Orthopäde sagt, das wäre Fibrom-Nystalgie oder so ähnlich. Da könne man nicht viel machen, außer viel Bewegung. Der ist gut. Gerade wenn ich mich viel bewege, dann schmerzt es ja so. Und nachts, sie glauben gar nicht, wie einem das den Schlaf rauben kann. Ja ja, seitdem ich sechzig geworden bin, ist halt alles nicht mehr so wie früher. Wissen Sie, damals habe ich Kunstturnen gemacht, am Hochpferd. Die jungen Leute gehen ja heute kaum noch in den Sportverein. Ich weiß auch nicht, wo das noch alles hinführen soll.«

Ich nickte Verständnis heuchelnd und versuchte mir diese alternde Frau als große Schwester von Monika vorzustellen. Kaum zu glauben, dass diese beiden Frauen aus einer Generation stammen. Ich überraschte mich plötzlich doch bei dem Gedanken, ob eine fünf Jahre ältere Frau für mich ein Problem sein könnte. Nüchterne Sachlichkeit konkurrierte mit meinem frisch entfachten Gefühlschaos. Was genau verlieh meinem Herzen gerade solche Flügel. Ja, ich will Monika unbedingt näher kennen lernen. Und ja, sie reizt mich ungemein.

Plötzlich verschwanden der Geräuschpegel und das deprimierende Geplapper meines Gegenübers hinter einem sanften Schleier der Erinnerung. Fast meinte ich, sanfte Füße an meinem Bein zu spüren, da hörte ich von der Dame ein »Entschuldigung, es ist aber auch eng hier. Früher gab es da viel mehr Platz im Zug.«

Wann war ich das letzte Mal..., ja, wann war ich je so verliebt. In Sabine? Mit einem Mal waren da die Gedanken, Sabine, meine Ex-Frau und Monika zu vergleichen. Sabine und ich erwiesen sich offensichtlich als untauglich für ein gemeinsames Altwerden, so trennten sich unsere Wege vor drei Jahren. Bisher gab es keine Frau, auch nicht Jeanette, mein unglückliches außereheliches Abenteuer, die einen Vergleich lohnte. Hier hatte ich nun mit einer Wildfremden einige Stunden im Zug verbracht. Mich überkam das Gefühl, gerade etwas verloren zu haben, bevor ich es richtig gefunden hatte.

5. Sabine und Jeanette

1979

Der große Gemeinschaftsraum im Souterrain des CVJM Mülheim zierte sich mit Papiergirlanden, Luftschlangen und buntem Konfetti. Man gab den Abschluss-Tanztee für den Fortgeschrittenenkurs. Auf den kleinen Vierertischchen standen Tropfkerzen, Knabbergebäck lag in knallbunten Plastikschalen, der ganze Saal strahlte eine fröhlich-flimmernde Stimmung aus. Gerade quälte mich die Drehung beim Cha-Cha-Cha. Sabine, meine Freundin, korrigierte mich immer wieder. Da brach das ›Oje Como Va‹ von Santana ab und sie spielten ›I´m not in Love‹ von 10 CC. Was für ein abrupter Wechsel zum Schmuseblues. Wir beide strahlten uns nur an. Acht Wochen schon dauerte der Zustand der akuten Verliebtheit in dieses zuckersüße Mädchen mit ihren kastanienbraunen, wallenden Locken, den dunklen, alles verschluckenden großen Augen und ihrer zarten Stimme. Bereitwillig nahm ich ihren weichen Körper in die Umarmung dieses erotischen Tanzes auf, der eigentlich nur aus Spüren bestand. Mit dem ›Stehblues‹ konnte man in aller Öffentlichkeit intim sein und doch gesellschaftsfähig bleiben. Nur einige Neider ohne feste Tanzbeziehung setzten sich jetzt schmollend zu ihrer Cola an die Tische. Ich dagegen roch das weiche Haar von Sabine, ihren betörenden Duft nach Sandelholz und Zimt. Ich spürte die weiche Haut ihrer Wange und natürlich unsere Becken, die sich bisher nur bekleidet so nahe kommen konnten.

16 junge Jahre zählte Sabine, als wir uns im Tanzkurs begegneten. Ich warf den ganzen Charme eines 18-Jährigen in die

Waagschale, um ihr zu gefallen. Da machte es sich ausgezeichnet, dass ich mit frisch bestandenem Führerschein und einem alten Kadett-B-Sport-Coupé in die Liga der interessanteren Jungs aufgestiegen war. Nicht einer der ›Mein-Papi-ist-reich-Schnösel‹, die sich gleich zum Abi einen orange-farbigen VW Scirocco vor die Haustür stellen ließen. Aber immerhin besaß ich eine eigene Kiste. Ich träumte nachts und tagsüber mit offenen Augen nur noch von diesem wundervollen Mädchen, das so herzhaft lachen konnte und auf eine ganz freche Art schüchtern tat.

Wir neigten im hauchenden Klang des Songs unsere Gesichter einander zu und unsere Lippen fanden sich zu einem langanhaltenden Kuss, der nach Himbeerlipgloss schmeckte und mir die Sinne schwinden ließ. Sie musste meine Erregung spüren, es gefiel mir mittlerweile. Ich konnte es kaum erwarten, dass wir – ob mit oder ohne die Billigung ihrer strengen Eltern – uns endlich lieben konnten.

»Hey Du Frechdachs, ich sollte Dich nicht so wild machen«, hauchte mir Sabine ins Ohr und erzeugte damit nur neue Sinnesstürme in meiner jetzt viel zu engen Wrangler-Jeans.

»Schade, dass wir hier nicht allein sind, ich würde Dir jetzt gerne die Bluse ...«

»Psst! Wenn uns jemand hört.«

»Na und, jeder weiß doch, dass wir uns lieben.«

»Ach Andreas, ja. Aber Du musst mir ein bisschen Zeit lassen, ok?«

»Klar doch«. Ich klang dabei nicht gerade hoffnungsfroh, aber es musste wohl sein. Das Lied war zu Ende und ein flotter Foxtrott kühlte die inneren Gemüter und erhitzte unsere Körper im Tanz. Egal, ich fühlte mich einfach nur glücklich.

Mein Plan stand fest. Die Eltern von Sabine musste ich davon überzeugen, dass sie auf die Ferienfahrt des CVJM nach Finnland mit durfte. Als eingeteilter Jugendleiter wusste ich, dass in dem Hüttendorf in Piilopirtti die älteren Paare eigene Hütten bewohnen durften. Ohne Genehmigung von Sabines Eltern war daran jedoch nicht zu denken. Als ich Sabine einweihte, traf mich eine unerwartete Reaktion.

»Das ist aber verdammt weit weg. Außerdem hatten Birgit und ich an dem Wochenende uns eigentlich zum Schoppen nach Essen verabredet. Du weißt doch bei Quelle ist jetzt großer Sommerschlussverkauf.«

Fassungslos schaute ich sie an.

»Aber Sabine! Finnland, wir könnten nach Finnland! Wir leben in Holzhütten, es gibt eine große Sauna, einen See direkt nebenan.«

Sabine schmollte. »Ja, das hört sich schon interessant an und ich finde es ja auch toll, dass Du mich dabei haben willst. Aber da gibt es doch Millionen Stechmücken, oder nicht?«

Ich war sprachlos und während ich ihre Hände hielt, sah ich auf dem Boden vor mir deutlich einen Schatten auf unser junges Glück fallen. Kaum spürte ich ihre Hände noch, da antwortete sie:

»Also gut, ich spreche mit meinem Vater. Er hat letztens noch gesagt, Du wärst ein anständiger Kerl und ob es mir denn ernst wäre, mit unserer Freundschaft, Du weißt schon.«

Wie ein kurzer, kalter Windhauch flog der Zweifel wieder davon. Es blieb ein kleiner Stachel der Erinnerung an dieses Gespräch, der sich in bestimmten Situationen immer wieder entzünden sollte. Mein Wunsch nach Naturabenteuern, nach spannenden Ausflügen, er riss sie nicht mit. Dann flammte diese Skepsis in mir wieder auf. Dagegen liebte sie den Glamour der Shopping-Malls und Outlet-Center. Sie saugte Daily-Soaps und die Promiwelten auf, als fände sie dort das Glitzerglück der Goldgräber. Sie war gemütlich, ich unternehmungslustig.

Sie blieb an der Oberfläche und ich innerlich aufgewühlt. Trotzdem war Piilopirtti der Ort unserer ersten Liebe, der ersten schüchternen Intimküsse, die mich fast besinnungslos vor Glück machten. Ihr Duft, ihr Geschmack und ihre betörende Stimme vernebelten den Blick auf die subtile Art, wie sie mich ihre Wünsche wollen ließ. Die heiße, frühe Glut mündete über die Jahre in ein kaum angefachtes Glimmen, dem Gewohnheit aber keine Neugier mehr innewohnte. Mir fehlten die Vergleiche, denn Sabine war meine erste Frau, Piilopirtti der Verlust unser beider Jungfernschaft.

2007

28 Jahre später und eine gefühlte, kinderlose Ehe-Ewigkeit zog unsere Dämmerung herauf. Sie trug den Namen Jeannette.

»Wenn es Dir so wichtig ist, einen Trip in die Vergangenheit zu machen, bitte, dann tu es, fahr da hin.«

Geräuschvoll sortierte Sabine das Besteck in die Schubladen. Ich fasste sie sanft von hinten an den Schultern, sie hielt kurz inne.

»Ich weiß, es ist über zwanzig Jahre her, seit ich zuletzt im CVJM Jugendleiter war. Du selbst hast damals gesagt, wir sollten uns nicht so viel aufhalsen mit Studium, Wohnung einrichten und so.«

Sabine drehte sich zu mir und ihr Blick verriet Wut und Enttäuschung.

»Ach, bin ich jetzt Schuld daran, dass Du Deine Jungenabenteuer nicht mehr ausleben konntest.«

»Nein, das meine ich doch nicht damit, aber es geht jetzt gar nicht um verpasste Jugendzeiten. Es ist doch eher wie ein Klassentreffen. Seit 30 Jahren gibt es diese Patenschaft mit Tours.

Und jetzt wollen sich viele der damaligen Jugendleiter dort treffen. Es ist doch nur ein Wochenende, Schatz.«

Sabine nahm einen Stapel Teller aus der Geschirrspülmaschine und platzierte sie heftig neben mir auf die Ablage.

»Wie gesagt, fahr da hin. Du bist erwachsen.«

Über uns schwebte ein Meer von flockigen, weißen Schäfchen, als wir in Tours angekommen aus dem Reisebus stiegen. Juliluft flimmerte, der Duft von Akazien und Liguster umwehte uns. Ich atmete tief durch und half dann Marianne beim Hervorkramen der Reisetaschen aus den Katakomben des Gepäckabteils.

»Herrlich, oder?« Torsten, mein Jugendleiterkollege aus alten Zeiten reckte sich, sodass sein behaarter Wohlstandsbauch unter seinem sonnengelben T-Shirt hervorlugte. Er ließ mit dieser Fahrt die Mode der 70er aufleben. Quietschgrüne Cordhose und verwitterte Clogs ergänzten das Ensemble. Er bewahrte das Zeug in einem alten Koffer auf, um jeden Karneval die früheren Kumpels mit dem heiß geliebten Retrolook zu beglücken.

»Bon Jours, mes Amis, herzlich willkommen in unsere schöne Stadt. Kommt, ich zeige Euch Eure Appartements.«

Da stand sie, ein Traum von einer Frau. Schulterlanges, schwarzes Haar, Augen wie funkelnder Topas, eine honigfarbene Haut und ein Lächeln ..., mir wurden die Knie weich. Mit ihrer zierlichen Gestalt, ihrer lebendigen Gestik und in dem luftigen Sommerkleid wirkte sie auf mich wie eine quirlige Elfe.

»Ach ja, ich bin Jeannette«, und sie umarmte mich und die Anderen mit zwei Küsschen auf die Wange, dieser schönen französischen Begrüßungszeremonie. Als ich ihre seidigen Haare auf der Haut spürte, stieg der Duft eines Orangenhains in meine

Nase. Der verführerische Pheromon-Cocktail entfaltete in mir seine verwirrende und betörende Wirkung.

Die abendliche Sonne pinselte zarte Rosatöne auf die Wolkenflocken. Das Gästehaus der Partnergemeinde lag am Rande der Stadt direkt an der Loire. Dort genossen wir unser gemeinsames Abendessen. Der Duft der Quiche Lorraine, das Aroma der Artischocken und das knusprige Baguette erzeugten ein behagliches Wohlgefühl. War es Zufall, dass sich Jeannette neben mich gesetzt hatte? Ihr süßer Akzent, mit dem sie ihr nahezu perfektes Deutsch garnierte, betörte mich noch mehr. Während sie mir von ihrer Stadt, ihrer Familie und den Freunden bei der Jugendarbeit erzählte, nahm ich eigentlich nur ihre sinnlichen Lippen, die kleine spitz zulaufende Nase und ihre aus den Haaren hervorlugenden zarten Ohren wahr. Ich war verzaubert, gefährlich verzaubert.

»Sag mal, Andi, was ist mit Dir los. Bist Du grad auf einem anderen Planeten. Du siehst aus, als hättest Du eine Glücksdroge genommen«, zwinkerte mir Torsten zu, der sich gerade mit Aurelie unterhielt, einer frischen, sommersprossigen, rotlockigen Mittdreißigerin.

Ich grinste nur zurück, zu einem Kommentar war ich gerade nicht aufgelegt.

Jeannette erhob sich und schlug ihr Cidreglas mit einem Löffel an, es wurde still.

»Liebe Freunde aus Deutschland, wir haben uns eine kleine Party ausgedacht, so wie früher, wenn wir unsere Spieleabende gemacht haben.«

Ich dachte an mein Früher, an eine Zeit, als Jeannette noch gar nicht auf dieser Welt existierte. Wie alt mochte sie sein? 25, 30?

Höchstens.

»... und werden wir jetzt also die Mannschaften für unsere Spiele auslösen, d´accors. Torsten, Du fängst an.«

Welche Spiele, dachte ich. Für einen Moment war ich in Träumereien gefangen. Doch da war schon klar, dass Torsten und Madeleine, eine frühere Jugendleiterin in unserem Alter ihr gemeinsames Mannschaftslosglück gefunden hatten. Die jungenhafte Madeleine wirkte eher ruhig und zurückhaltend. Sie trug eine graublonde Kurzhaarfrisur. Doch ihre blauen Augen zeigten Vorfreude an der geplanten Veranstaltung.

»Na gut, Torsten, dann sehen wir mal, was wir noch von früher drauf haben.«

Jeanette hielt das nächste Papierröllchen hoch und funkelte mir zu.

»Andi, wer wird mit Dir spielen?«

Ihr Lächeln entblößte ihre wunderschönen, gleichmäßigen Zähne. Und im nächsten Röllchen stand der Name, ihr Name: Jeanette. Was für ein Zufall, dachte wahrscheinlich nicht nur ich und errötete. Das anschwellende Gelächter machte mir klar, dass unsere angeregte Unterhaltung und damit meine Faszination für diese Frau nicht verborgen geblieben waren.

Im Verlaufe des Abends verwandelten wir uns alle in die jungen Teenager aus damaligen Zeltlagerzeiten zurück.

Wir balancierten zur Tanzmusik gekochte Eier zwischen den Stirnflächen. Jeanette und ich fielen zurück, da wir - nervös durch diese Nähe - unser Ei als erste der Schwerkraft opferten. Wir lachten und glucksten. Rücken an Rücken aneinandergebunden, sollten wir dann mit Accessoires von Berühmtheiten verkleidet erraten, wen der jeweils Andere darstellte. Man durfte nicht reden, aber summen oder Geräusche imitieren. Torsten mühte sich als John Wayne mit einer Reiterpose und kläglichen Coltschüssen ab, während Madelaine es als Pippi Langstrumpf mit der Zopfperücke und dem berühmten Lied von der unvollkommenen Arithmetik leichter hatte. Sie wirbelte Torsten den Haarschmuck schwungvoll an die Wangen und summte ihm den Ohrwurm zu.

Ich versuchte, als Charlie Chaplin mit den Füßen seinen Gang zu imitieren, und stieß mit meinem Hut sanft gegen Jeanettes Nacken, vergeblich. Doch wer war Jeanette. Sie ließ eine wallende Lockenmähne nach hinten fallen, sodass mir die blonden Perückenhaare rechts und links ins Gesicht fielen. Und dann spürte ich ihren Fuß, wie er unter dem Stuhl meinen Unterschenkel entlangstrich. An meinen Hinterkopf gelehnt summte sie: › I wanna be loved by you...‹. Da wusste ich, dass Marylin Monroe mich bezirzte. Wir lagen auf dem zweiten Platz, als das letzte Spiel begann.

»Ihr habt hier eine Schale mit Gummibärchen und eine leere hier. Wer als erstes den ganzen Inhalt von links nach rechts in die Schalen transport ..., ihr wisst schon, der hat gewonnen.«

Der Gag war, dass wir auf Kissen kniend die Hände hinten zusammen gebunden hatten. Es blieben nur die Mundwerkzeuge. Ja, ich erinnerte mich an dieses gefährliche Spiel. Sabine, die damals bei der Jugendfreizeit dabei war, fand es nicht witzig, dass ich wohl bewusst nicht mit ihr zusammen gelost wurde. Mir wurde schwindelig, bei der Vorstellung gleich von Jeanette Gummibärchen aus ihren zarten Lippen zu übernehmen, ohne dabei die Beherrschung zu verlieren. Cool bleiben, dachte ich mir und unsere Münder berührten sich. Wärme, Samt, Atem, alles wirbelte in mir. Die anderen drei Paare waren schon beim dritten Transportgut, als wir uns vom ersten Bärchen trennten. Da ging Jeanette auf's Ganze und sammelte den Rest der süßen Bande mit einem Schwung in ihren Mund. Ich starrte mit großen Augen auf die vollen Backen, sie kam mir entschlossen entgegen.

Ihre Augen funkelten und sie bedeutete mir mit einer ruckartigen Kopfbewegung, ich solle jetzt mitmachen. Unsere Lippen berührten sich fest und heiß. Sie öffnete ihren Mund, langsam und in sinnlicher Pose, den Kopf über mich gebeugt, entließ sie einen nach dem anderen die glitschigen, süßen Bären in meinen Mund. Sie schob sie mit der Zunge, glitt mit den Lippen an meinen entlang. Ich hätte lauthals vor Lust gestöhnt, wenn mir dann nicht die ganze Ladung aus meinem Mund gefallen wäre. Schließlich, wie das Umlegen eines Schalters, entfernte sie sich von mir und rief: » Los, toute suite, jetzt rein damit. Wir haben gewonnen!«

Sie hüpfte, wie ein junges Schulmädchen, doch die anderen empörten sich.

»C´est une imposture! Das ist Betrug«, ereiferte sich Madelaine. Jeannette aber schmunzelte nur.

»Die Regeln wurden eingehalten, wir haben nicht die Hände benützt.«

Mir war das im Grunde egal, in mir wirbelten Gefühle und Gefahren, die sich daraus ergaben. Mein Kopf war Sehnsucht, mein Körper spielte mit, ich hatte Mühe meine Erregung von vorhin zu verbergen.

Schnell waren sich alle einig, dass es ja nur ein Spiel war. Es hatte Spaß gemacht und wir tanzten ausgelassen zur Musik der 70er und 80er. Nach einer Weile nahm Jeanette mich an die Hand und bedeutete mir, ihr zu folgen.

»Es ist so schön warm heute Nacht, komm, ich zeig Dir was, lass uns schwimmen gehen.«

Sie lief mit mir einen geschwungenen Waldpfad entlang zu einem Weiher. Das Wasser glitzerte mondsilbern. Einige Unken sangen melancholisch, Grillen zirpten, das Schilf flüsterte uns aufmunternd zu. Jeanette stand am Ufer. Lasziv wiegte sie ihre Hüften, wie eine Tänzerin. Dann streifte sie ihr Kleid über den

Kopf und ich sah ihre kleinen, spitz zulaufenden mit dunkelbraunen festen Nippeln gekrönten Brüste.

»Was ist? Hast Du noch keine Frau nackt gesehen. Los, zieh Dich aus.«

Dann fiel ihr Höschen. Im milchigen Mondlicht blitzte ihre nackte, haarlose Scham auf, bevor diese von ihren schlanken Beinen ins Wasser getragen wurde.

Meine schlagartig aufgetretene Erektion konnte ich durch hastiges Entkleiden und den gewagten Sprung vom Steg in den Teich gerade noch verbergen. Doch Jeanette machte sich keine Mühe, irgendwelche Scham zu zeigen.

Wir schwammen keuchend vor Aufregung einige Male umeinander, bis sich Jeannette vor mich stellte. Das Wasser reichte ihr bis zum Bauchnabel. Ihre Brustwarzen waren von der Kälte hart und glänzten feucht. Das nasse Haar fiel ihr wirr ins Gesicht. Dann schlang sie die Arme um mich und küsste mich - diesmal ohne Gummibärchen im Mund. Die kalten Lippen und die heiße Zunge, die in mir schlängelnd für Aufruhr sorgte, erregten mich. Ihr an mich gepresstes Becken spürte meine Gefühle und rieb sich sanft an mir. Ich umfasste unter Wasser ihre kleinen, festen Pobacken. Meine Kehle füllte sich mit Sinnesglück. Ich schluckte, doch der Quell der Erregung füllte sich immer mehr. Mein ganzer Körper war durchflutet von den Reizen dieser Frau.

Jeanette stellte sich jetzt auf die Zehenspitzen, das Signal, sie anzuheben. Ich ging ein wenig in die Knie und schob sie näher an mich heran. Selbst unter Wasser spürte ich mit meiner Eichel, wie bereit ihr zarter Intimmund mich aufnehmen wollte. Das Glück schoss in einem Pfeilhagel durch meine Lenden, in die Brust, verteilte sich wie heiße Glut in mir. Sie hob die Beine rechts und links von mir und ließ sich ein Stück nach hinten gleiten.

Rhythmisch perlte das dunkle Nass des Sees von ihren Brüsten und wurde gleich wieder vom weichen Nass des Weihers umspült. Ich meinte, ohnmächtig werden zu müssen. Wellen gleich goss sie mit jedem meiner Stöße eine Woge glühender Lust in mich hinein. Mein Samen strömte wild zuckend in ihren Schoß, unter Wasser, wie selbstverständlich, wie in einem Märchen. Doch im Moment der Erfüllung überkam mich die Erkenntnis, dass wir hier nicht im Märchenland waren. ›Ich bin verheiratet, ich habe nicht verhütet, ich...‹

»Jeanette schaute mich mit ihren dunklen Augen an und flüsterte wissend:

»Keine Sorge, mon amour, mein heißer Geliebter. Ich passe auf, dass kein Geschick passiert, Du verstehst.«

Ihr Kuss benebelte mich erneut. Doch der weghuschende Schatten am Ufer entging mir dennoch nicht. Wir wurden beobachtet.

Unser elektrisierendes Bad im sommerlauen Weiher hatten Jeannette und mich unvorsichtig werden lassen. Im Traum hatte ich nicht an Zeugen gedacht. Wer hatte uns beobachtet? Zurück am Ufer sammelte ich verlegen meine Kleidung, versuchte in der Umgebung etwas zu erkennen, sah jedoch Niemanden. Doch Jeannette hatte offensichtlich noch nicht genug. Nackt schmiegte sie sich von hinten an mich, strich mir über meine von Kälte und Erregung sensiblen Brustwarzen. Wahnsinn - dachte ich - dass Männer da reagieren können. Noch spähte ich blinzelnd in das umliegende Gebüsch. Da hörte ich einen Mann stöhnen und ahnte hinter einer kleinen Hecke, dass sich ein Liebespaar verwöhnte. Torsten und ja, es musste Madelaine sein und ich überließ mich den erneuten Liebkosungen von Jeanette. Ruckzuck hatte sie in ihren flinken Händen meinen Besten zum Leben erweckt. Mit einem energischen Ruck drehte sie mich zu ihr. Sie kniete schon, verloren in wohligen französischen Komplimenten für meinen erigierten Penis. »Quel beau Cherie«, stöhnte sie und dann fanden ihre Hände meine kalten Hoden und ihr Mund meine Eichel und dann den Rest. Ich sah Sterne, ich fühlte Blitze, die mich elektrisiert zucken ließen. Ich fühlte Haare, einen zarten Kopf, der rhythmisch an mir Explosion Nummer zwei vorbereitete. Und gerade als ich nicht anders konnte als schreien und spritzen gleichzeitig, da kroch Torsten aus dem Gebüsch mit einem Gesicht, dass mich sofort ernüchterte. Er sah aus, als würde ihm ein Gespenst begegnen. Noch in Schockstarre zog ich mein noch zuckendes Glied zurück.

»Ce qui se passe, was ist los?«, fragte Jeannette unschuldig. Sie sah Torsten und lachte.

»Na hast Du Madelaine ein bisschen glucklich gemacht?«

Unglaublich. In dem Moment wusste ich, dass sich meine Welt verändern würde.

Die ganze Rückreise grübelte ich, wie ich mit Torstens Wissen umgehen sollte. Wohlgemerkt, Torsten war nicht verheiratet. Kein Grund also, sich auf einen Gleichstand beim Seitensprung zu verlassen. Torsten zeigte sich einsilbig. Das bedeutete, er nahm mir übel, was geschah. Es half nur die Flucht nach vorn. Ich ging im Bus zu ihm.

»Hör mal, das mit Jeannette, das war...«

»War was? Mensch Andreas, Deine Sabine, was hast Du Dir dabei gedacht, hä!«

»Du, das war das erste Mal, ich weiß auch nicht.«

»Super. Nachher nichts mehr wissen, das ist typisch.«

»Aber Du! Du hast es Madelaine doch auch besorgt.«

»Irrtum, mein Lieber, das war Aurelie. Und wir wollen uns wiedersehen. Ich bin solo, schon sechs Monate. Vergessen?«

»Ja, ich weiß. Was soll ich denn machen. Ich will doch nicht, dass das mit Sabine, also...«

»He, das musst Du mit Dir selber ausmachen. Ich sage nichts. Aber, damit das klar ist. Sollte sie mich konkret fragen, dann werde ich nicht lügen.«

Mit einem Mal wurde mir klar, wie brisant meine Lage war. Torsten war es, der früher heimlich nach Sabine schmachtete. Er, der Nichttänzer wurde jedoch von mir ausgestochen. Unserer Freundschaft hat das nicht geschadet, aber wirklich vergessen hatte er es wohl nicht.

»Gut, alles klar. Ich denke, es bleibt mir nichts übrig, als es ihr zu beichten.«

»Du weißt, was sie mit Dir macht?«

»Wahrscheinlich, aber Du hast doch ganz klar gesagt, was ich von Dir erwarten kann.«

»Tja mein Freund. Ich habe nicht fremd gevögelt.«

›Arschloch!‹, dachte ich und meinte mich gleich mit.

Sabine spürte es. Frauen spüren es immer. Erst plätscherte unser Small-talk so dahin, ›Na, wie war's, habt ihr Spaß gehabt, muss ja superwarm gewesen sein.‹ Sabine ließ keine Wut erahnen, aber wirklich liebevoll ging auch anders. Dann, wir saßen beim Abendessen, tastete sie sich vor.

»Du, sollen wir nachher kuscheln, ich hab Dich vermisst. Was sagst Du?«

Die Sekunden tickten laut in meinem Kopf und jede rief: ›Chance vertan, Chance vertan‹. Das Zögern war Verdacht pur.

Wahrheit oder Lüge? Glück und Angst oder Pech und Inferno?

Es brach aus mir heraus.

»Sabine, ich ..., ich habe Dich in Frankreich betrogen.«

In mir stieg panische Hitze auf. Ich schaute Sabine an, sah, wie auf ihrem Gesicht ein Hurrikan der Gefühle losbrach. Schrecken mit großen, getroffenen Augen, den Mund starr offen, dann verengten sich Pupillen. Muskeln der Verachtung, der Wut wurden angespannt. Ihre Hand griff nach irgendwas, bis sie einen Kaffeebecher fand. Und noch ehe das erste Wort als Pfeil auf mich abgeschossen wurde, schleuderte die Artillerie das Keramikgeschoss in meine Richtung. Knapp konnte ich ausweichen, doch das war nur der Anfang.

»Ich hab es gewusst, Du Wichser! Du mieser umher pimpernder Hurensohn. Es war Dir wohl nur darum gegangen, oder!? Bin ich Dir nicht mehr gut genug!? Und war sie jung!? Ich wette, es war so ein französisches Flittchen, das jedem, der ihr über den Weg läuft, einen bläst! Und Du wagst es...«

»Sabine, warte doch, es tut mir leid. Ich weiß...«

»Was weißt Du!? Ich habe hier gesessen, habe Deine Stimme am Telefon gehört und gedacht, irgendwas läuft da. Ja glaubst Du, ich merke sowas nicht!? Wie oft hast Du es getrieben? Mit einer, mit zweien, vielleicht gleichzeitig. Das wolltest Du doch bestimmt immer schon mal!«

Diesmal traf mich ein Teller, genau an der Stirn. Ein stechender Schmerz. Blut fiel mit den Scherben zu Boden, tropfte in mein Auge.«

»Hau ab!!! Ich will Dich nicht mehr sehen!!! Nie wieder, hörst Du!!!«

Ich trat den Rückzug an, moralisch unterlegen, ohne jede sinnvolle Verteidigung, restlos besiegt. In den irgendwann ausstehenden Waffenstillstandsverhandlungen sah ich mich schon als Versaille-Opfer. Hätte ich anders handeln sollen? Hätte ich ein Verschweigen riskieren sollen? Nein. Mir war klar, das hier war nicht aufzuhalten. Ich hätte meinen Schwanz in Tours im Zaum halten sollen. Mir blieb keine Wahl, als Jochen aufzusuchen. Ich flog raus. Achtkantig.

Erst Tage später, als Sabine im Ton mäßiger, aber in ihrer Entscheidung endgültig war, dachte ich über Hintergründe nach. Nicht, dass ich meine Schuld leugnen wollte. Aber hätte es passieren können, wenn zwischen Sabine und mir alles in Ordnung gewesen wäre? Was heißt überhaupt in Ordnung. Sollte in einer Ehe nicht Liebe gegenwärtig sein statt Ordnung? Aber was ist denn Liebe. Sabine und ich, war das Liebe? Als klar war, dass für Sabine nichts anderes infrage kam als die Scheidung, da spürte ich in mir etwas. Keine Wut über Sabines Entscheidung, nein, ein Bröckeln meiner Gefühle für sie. Nicht die Wuttiraden, Beschimpfungen lösten diese Distanz aus. Es ging tiefer. Irgendetwas fehlte. Nur ich, ich war ja schuldig, fühlte mich schuldig. Da war im Moment zu wenig Platz für eine tiefe Ursachensuche.

Von Jeannette habe ich nie wieder etwas gehört, sie war für mich ohnehin kein Grund, mich von Sabine zu trennen. Sie war aber Katalysator für eine Unzufriedenheit in mir. Oder wollte ich einfach nur mal eine andere Frau vögeln? Dieses Bild sollte ich Monate, ja noch Jahre mit mir herumtragen.

Und jetzt? Jetzt habe ich diese Monika tatsächlich aufgespürt. Ich fühle mich aufgewühlt. Jung. Anders als damals. Anders als bei Sabine. Anders auch als bei Jeannette.

6. Monikas Vergangenheit

Monika

Unmittelbar nach unserem Disput wegen des Telefonats mit Andreas meldet sich wieder meine innere Besserwisserin.
›So Unrecht hat Julia nicht. Du hörst Dich an wie ein liebeskrankes Mädchen‹.
Wütend wische ich die anschwellende Träne aus meinem Auge.
»Ich lass mir wohl von meiner Tochter eine Moralpredigt halten. Soweit kommt´s noch«, antworte ich der Stimme laut.

Ich klopfe an Julias Zimmertür.
»Was willst Du?!«
Als ich die Tür öffne, sehe ich einen gepackten Koffer, Julia in Jacke und Rucksack. Ich bin erschrocken.
»Vorläufig hat das keinen Sinn mit uns, Mama. Wenn Du zur Vernunft gekommen bist, kannst Du Dich ja melden.«
»Julia, jetzt beruhige Dich doch erstmal. Ich kann ja verstehen, dass Dich das schockt. Und noch weiß ich ja gar nicht, ob was draus wird. Ich weiß, Du hast Deinen Papa geliebt...«
»Ich liebe ihn immer noch, was man ja wohl von Dir nicht mehr behaupten kann.«
»Ach Julia, natürlich trage ich Papa noch in meinem Herzen. Aber die Welt dreht sich weiter. Wir sind hier für uns verantwortlich, auch für unser eigenes Glück.«
»Ja ich weiß, dass Dir Dein persönliches Glück immer besonders am Herzen lag. Papa war da anders. Diszipliniert und

demütig. Er hat mir beigebracht, dass man ohne Verzicht auf dieser Welt nichts Großes bewegen kann.«

Kälte durchfließt mich bei diesen Worten. Es bricht der uralte Konflikt auf. Muss man für sich selber Gutes tun, um Kraft zu schöpfen für Andere und für Größeres? Oder gilt es asketisch zu verzichten und sich aufzuopfern? Spät habe ich erkannt, dass Peters Liebe eigenen Verzicht voraussetzte und dass er diese Erwartung auf andere übertrug. Julia war sein Ein und Alles, ihr gab er jede Hilfe und verwöhnte sie auch. Aber er trichterte ihr auch sein Credo ein und stellte so die Verbindung zwischen seiner abgöttischen Liebe zu seiner Tochter und seiner moralischen Grundhaltung her. Ich dagegen verlor nicht meine rebellische Haltung. Klar versuchte ich, ihm eine ›gute‹ Ehefrau zu sein. Doch seine zermürbende Aufopferung für die Arbeit, für die Familie, ließ wenig Platz für Fantasie in der Liebe.

»Julia, ich glaube, es ist tatsächlich das Beste, wenn wir beide jetzt etwas Abstand voneinander haben. Ich könnte Dir so Vieles entgegnen, es würde jetzt gar nicht bei Dir ankommen. Reden aber müssen wir ganz dringend, bald.«
»Wie gesagt, wenn Du wieder bei klarem Verstand bist, Mama. Ich melde mich.«
Und dann fuhr sie fort.

1977

Schweißnass, feuerglühend reite ich dahin. Nicht auf einem Pferd. Es ist eine knorrige Kugel aus verkanteten Ästen, die in einem mir nicht erklärlichem Tempo über einen spiegelglatten

Boden jagt. Jeden Moment werde ich hinabstürzen, ich fühle mich schwach und betäubt. Der Boden vor mir wölbt sich zu einem Bogen. Rechts und links droht dunkler Abgrund. Die Kugel springt, hüpft. Die Äste stechen in mein Gesäß. Nur ein dünnes Hemd bedeckt meinen fiebrigen Körper. Bedrohlich klappen die Seiten rechts und links von mir immer weiter ab. Es bleibt nur ein schmaler Grat. Jetzt kippt der Boden auch vor mir ab. Wir rutschen. Meine Hände umklammern zwei kantige Astenden. Doch ich bin zu schwach. Die Hände, sie lösen sich. Ich werde schneller als die Kugel, falle vornüber. Der Boden, dieser nach Wachs und Karbol riechende Boden kommt auf mich zu. Die abgeklappten Seiten richten sich jetzt auf und umschließen mich, rechts, links, vorne, hinter mir. Sie sperren mich ein. Schwarze, tiefschwarze Nacht umfängt mich. Keine Luft. Ich japse, will schreien. Mit aller Kraft öffne ich die Augen. Da sehe ich sie vor mir. Schwester Prudentia.

Ich erschrecke, denn mit ihrer Haube kommt sie mir beim Wachwerden aus dem Albtraum zunächst wie ein weißer Raubvogel vor, der mich verspeisen will.

»Kind Du hast geträumt. Und mein Gott, das Fieber, es ist schon wieder so hoch. Ich hole den Doktor. Du brauchst Dein Penicillin. Ich mache Dir Wadenwickel, das wird das Fieber senken.«

Sie legt ihre kühle Hand auf meine Stirn, die noch immer im Fieberwahn brennt. Langsam ziehen dünne Erinnerungsschwaden durch mein vom Scharlach betäubtes Hirn. Ich hatte diesen Jungen versorgt. Kalkweiß lieferte man ihn ein mit einem akuten Leistenbruch, gerade einmal 16 Jahre und fast noch ein Kind. Nach der OP bekam er Fieber und einen feuerroten Hals. Das böse Wort machte die Runde, Scharlach, es sei Scharlach. Es dauerte nicht lange und ich merkte an mir ähnliche

Symptome. Einen halben Tag zu lang schlich ich der Wahrheit davon. Doch sie erwischte mich im Reinigungsraum mit einem Fieberschub. Jetzt liege ich auf der Isolierstation, gerade selber als Krankenschwester examiniert. Ich fühle mich am Scheideweg zwischen meiner Welt im Krankenhaus Ost in Lübeck und den Dämonen der Schattenwelt irgendwo dort draußen.

Penicillin, diese Wunderwaffe, die seit nun fast zwanzig Jahren, diesem Dämon die Stirn bietet, verscheuchte ihn in meine Träume. Dort tobte er, doch Prudentia tröstet mich und hebt mich zurück in den weißen Schoß der Inneren Medizin.

Novalgintropfen schmelzen die innere Hitze und in meinen Arm tropfen Kampftruppen gegen den Streptokokkus in meine Vene. Ich erwache aus einem traumlosen Schlaf, sehe den verhassten Haferschleim und eine große Kanne Kamillentee auf dem Nachttisch stehen.

Auf der Bettkante sitzt mein Held. Dr. Mahlert, der junge, hochgewachsene Assistent, der einmal ein großer Internist werden will. Momentan ist er gerade Stationsarzt auf der Chirurgie, dort wo ich seit vier Wochen frisch eingesetzt bin. Mit einer Mischung aus Furcht, Bewunderung und Erregung begleite ich ihn auf den Visiten, wenn er sich in seinem blitzsauberen Arztkittel, die blonden Haare akkurat gescheitelt den Patienten widmet. Bei uns Krankenschwestern ist er beliebt. Seine Anweisungen sind klar, deutlich und er duldet keine Ausreden. Aber er behandelt uns würdevoll. Er lobt uns und betont gegenüber den Patienten immer wieder, dass ohne die aufopferungsvollen Krankenschwestern, der beste Chirurg nichts ausrichten könnte.

Mehrmals schon hat er seinen Blick länger als nötig auf mich gerichtet und mir Dinge gesagt wie:

»Das haben sie ausgezeichnet gemacht, ein sehr schöner

Verband. Aus ihnen wird einmal eine sehr gute Schwester.«

Seine graublauen Augen schienen noch mehr Worte schicken zu wollen, doch über die Lippen kamen sie nicht. Mich irritierte die innere Unruhe, die er in mir auslöste. Kein Vergleich zu den albernen Jungs in der Krankengymnastik oder an der Obertrave, wo man uns Mädels hinterherpfiff, wenn wir in unseren Schlaghosen am Ufer entlang schlenderten. ›Häschen, Jeansbrumme, Supermutter‹ riefen sie uns ungeniert hinterher.

Kein Mann erreichte bisher mein Bewunderungsschloss, in dem ich auf einen Prinzen wartete. Ja, so schwärmten wir doch alle. Musste es ein Arzt sein? Nicht unbedingt. Musste er gut aussehen? Ganz bestimmt. Wir selber versuchten, mit hautengen Schlaghosen und bunten Blusen in das Blickfeld der Männer zu gelangen, vom Himbeerheini bis zum großen Zampano.

Doch Dr. Mahlert stand über alle dem. Nicht Worte, sondern Gesten, Blicke, die Stimme ließen ihn wirken. Dieser Cocktail drang tief in mich ein und ließ ihn in meinen Träumen erscheinen.

»Na, Schwester Monika, da haben Sie uns aber einen gehörigen Schrecken eingejagt. Prudentia, das Penicillin können wir ab morgen als Saft geben. Ich glaube nicht, dass sie nächste Nacht noch fiebern wird. Und Sie meine Liebe« und dann nahm er meine kleinen schwitzigen Finger in seine warme, wohlige Arzthand, »sie müssen viel trinken und ab morgen dürfen sie sich etwas anderes wünschen als Haferschleim.«

»Herr Doktor«, musste ich da entgegnen, »gewünscht habe ich mir den nicht. Aber ich freue mich sehr, dass sie mich besucht haben. Danke.«

»Nun ja, besucht nicht, ich hatte ohnehin Nachtdienst. Aber ich bin gerne gekommen.«

Ich wurde rot, meine Ohren glühten, wie peinlich.

»Aber wenn sie wieder gesund sind«, raunte er mir leise zu,

während Prudentia im Bad die Waschschüssel ausschüttete, »würde ich sie gerne einmal zu einem Kaffee einladen.«

Dann nahm er erneut meine Hand, doch diesmal war es fast ein Streicheln und ich meinte, jetzt auf der Stelle ohnmächtig werden zu müssen.

Der morgendliche Aufschwung war trügerisch. Das Fieber blieb aus, doch mitten am Vormittag bekam ich Herzstechen. Erst war es nur ein unbestimmtes Zwicken im Brustkorb, dann umklammerte mich eine eiserne Faust und ich fühlte, wie mein junges Herz auf und davon stolpern wollte. Doch dem Käfig in meiner Brust konnte es nicht entfliehen. Mir wurde schwindlig, die Alarmglocke holte Hilfe, die ich nicht mehr mitbekam, denn ich wurde ohnmächtig.

Es mussten Tage vergangen sein. Immer wieder tauchte ich kurz aus einem verschwommenen, albtraumhaften Nebel auf. War es im Traum oder im Wachen, dass ich immer wieder das Gesicht von Dr. Mahlert vor mir sah, sorgenvoll und mitfühlend. Jetzt, wieder gestärkt, sehe ich piepsende Geräte um mich, Schläuche, die durch grüne Pumpen betrieben in mich eindringen und verschiedene Flüssigkeiten zuführen. Ein Arzt kommt hinter der spanischen Wand an mein Bett, ein Mann mit dunklem Vollbart, fast schwarzen Augen und einer Haut wie Milchkaffee.

»Hallo meine Kleine, ich bin Dr. Kamuzu. Du bist hier auf der Intensivstation. Aber mach Dir keine Sorgen, Du bist drüber weg. Es stand sehr ernst um Dich. Dein Herz, es war entzündet von den Streptokokken.«

Ich atme erst einmal tief durch. Was war ich? Sterbenskrank? Oh, mein Gott, ich danke Dir, schoss es mir durch den Kopf.

»Ich kenne Sie nicht, wer sind sie?«

»Na gut, Du bist noch etwas verwirrt. Ich bin Dr. Kamuzu, aus

Ägypten. Meine Familie ist nach Deutschland gezogen. Wir sind eine uralte Medizinerfamilie, seit, na ja über 100 Jahren. In Kairo habe ich schon Intensivmedizin gemacht. Und Du? Du bist Krankenschwester, hier im Haus, richtig?«

»Ja, auf der Chirurgie, erst seit vier Wochen. Wo ist Dr. Mahlert?«, rutscht es mir ungeduldig heraus.

Der Ägypter bricht in tiefes, herzhaftes Lachen aus.

»Das habe ich mir gedacht«, und er beugt sich zu mir und sagt verschwörerisch:

»Du hast einen großen Verehrer. Das ganze Krankenhaus spricht darüber.«

Mir wird so heiß, dass ich glaube, mein Gesicht müsste vor Hitze aufplatzen. Keinen Ton bekomme ich mehr heraus.

»Oh mein Gott, junge Mädchen.«

»Ich bin volljährig«, antworte ich empört.

»Ja, ja, das weiß ich, volljährig. Und doch so unerfahren in der Liebe.«

Ich schmolle sichtbar.

»In Ägypten, da könntest Du jetzt stolz und glücklich sein. Ein ehrenwerter Mann hat seine Liebe bekundet. Er kam so oft er konnte zu Dir, sogar nachts. Er hat sich Urlaub genommen. Bei uns ist das so gut wie ein Heiratsantrag.«

Sein warmherziger Blick durchströmt mich und mit einem Mal spüre ich Glück bei diesen Worten.

»Ist es wahr? Dr. Mahlert hat sich Sorgen gemacht? «

Und dann will ich wieder ohnmächtig werden. Da steht er, leibhaftig. Dr. Peter Mahlert.

»Hallo Anwar, wie geht es unserer Kleinen?«

»Ich bin nicht klein«, protestiere ich und werde schon wieder rot.

»Es geht ihr viel besser, Peter, Sie hat es geschafft. Ich lasse

Euch allein. Bis dann, Monika«, verabschiedet sich dieser geheimnisvolle Arzt. Da steht er an meinem Bett, setzt sich auf die Bettkante und nimmt meine Hand.

»Monika?« Ich schlucke bei der vertrauten Anrede.

»Die Zeit, die Du hier auf Leben und Tod gelegen hast, die hat mir eine Erkenntnis geschenkt. Du konntest das alles nicht mitbekommen. Aber Einigen aus meiner Umgebung ist es nicht verborgen geblieben. Ich habe gebetet, dass Du gesund wirst, weil ich Dich«, er wendet sich kurz von mir ab, fasst sich wieder und spricht weiter.

»Weil ich Dich brauche. Ich weiß, das ist jetzt sehr viel auf einmal für Dich. Aber die Situation war eben eine Besondere. Also das mit dem Kaffee trinken und ausgehen und so weiter, das holen wir nach. Aber ich konnte nicht warten, denn mein Herz sagte mir am Krankenbett, was zu tun ist.«

Ich war sprachlos. Überwältigt. Und noch gar nicht wirklich bereit. Diese Liebeserklärung noch am Krankenbett band mich an ihn. Nicht, dass ich ihn etwa nicht begehrt hätte. Er war regelmäßiger Gast in meinen Träumen. Aber so wie ich hier lag, war es beschlossen. Er hat mich nicht gefragt, er hat es gesagt. In diesem Moment blieb ich stumm.

»Du musst jetzt nichts sagen. Werd erst mal gesund. Dann sehen wir weiter.«

Ich wurde gesund und wir wurden ein Paar. Meinen ersten Kuss von ihm erlebte ich, nach einem vornehmen Essen in der Schiffergesellschaft. Wir liefen über die Fischergrube zur Untertrave und dann nahm er mich in den Arm, strahlte mich aus seinen graublauen Augen an und sagte:

»Ich bin der glücklichste Mann der Welt, denn ich habe das süßeste Mädchen erwischt.«

Seine Lippen waren warm und der Kuss fordernd und intensiv. Ich war froh, von ihm gehalten zu werden, denn meine Sinne spielten verrückt und tief in meinem Bauch kribbelte es. Die Wärme breitete sich aus bis in Regionen, die ich bis dahin nur zaghaft selber erkundete. Kein Junge, kein Mann, war bisher hierhin vorgedrungen, denn es waren keine Märchenprinzen, nicht einmal angehende Ritter.

Es war eine schöne Zeit, denn Peter war der aufmerksamste Mann, den ich bisher kannte. Nun gut, es waren nicht viele bisher. Doch fühlte ich mich auf eine Weise geborgen, die mich trug. Er achtete meine Arbeit, meine Weise mit Menschen umzugehen. Nur mein ungestümes Wesen, meine verrückten Flausen, die tadelte er bisweilen, aber er tadelte liebevoll. Es kam, wie es in den scheinbar schönen Märchen immer kommt, wir heirateten und ich war nun nicht nur Krankenschwester, sondern angesehene Arztfrau. Ich würde noch feststellen, dass dies nicht immer gut für mich war. Und vor allem sollte ich merken, dass ich durch die frühe Heirat eine Freiheit aufgab, die mir später bitter fehlen sollte.

1986

Acht Jahre war ich mit Peter verheiratet. Er war der Ritter, der mich vor dem Fieber speienden, Herz zerbeißenden Drachen Streptokokkus gerettet hatte.

Peter entsprach dem, was man einen fürsorglichen, umgänglichen und höchst anständigen Ehemann nennen konnte. Seine Tochter verwöhnte er, mich behütete er. Nicht, dass ich das gewollt hätte. Ja, er gab mir Sicherheit, Beständigkeit. Aber er bremste genauso oft meine wilden Ideen aus. Segelfliegen - zu gefährlich. Rock´n`Roll-Kurs zu verrückt. Liebe im Freien - unerhört. Leider gab er auch Julia viel zu viele Stopp-Schilder mit auf den Weg. Doch die Kleine sog die behütende Bevormundung durch ihren Papa lange als etwas Erstrebenswertes auf.

Ich blieb nur drei Jahre für Julia zu Hause. Es kamen Kindergarten und Au Pair. Die österreichische Austausch-Studentin ermöglichte mir, wieder in meinen Beruf als Krankenschwester einzusteigen. Ich empfand es als Rettung, denn Peters unsichtbare Grenzzäune lähmten mich und ließen in mir eine nagende Unzufriedenheit anwachsen.

An einem Samstag im März, Julia schlief, im Fernsehen lief der Denver Clan, kuschelte ich mich an ihn. Ich hatte Sehnsucht, nach seinen Händen, seinen Lippen. Zärtlich knabberte ich an seinem Ohrläppchen.

»Nicht Schatz, jetzt guck ich doch hier.«

»Ach, blöde Serie, ich könnte mir was Schöneres vorstellen. Du nicht auch?«, und strich ihm frech zwischen seinen Hosenbeinen entlang.

»Also gut, Du hast es so gewollt.«

Er küsste mich ungestüm, grob schob sich seine Zunge in meinen Mund. Doch es erregte mich. Hastig gingen wir ins Schlafzimmer. Mein Hausanzug fiel zu Boden, da sah ich, wie Peter seine Hose fein säuberlich über dem Butler ablegte und sein Hemd aufknöpfte. ›Immer ordentlich‹, seufzte ich in mich hinein. Ich warf mich in Höschen und BH aufs Bett, ersehnte ein Vorspiel. Erwarten konnte ich es nicht, denn er blieb fantasielos auf diesem Gebiet. Wo brachte man eigentlich den Jungs bei, dass Frauen nur drei erogene Zonen hätten: Mund, Brüste und Muschi, wie Peter mein Lustzentrum nannte. Er erledigte sein Programm, schnell, routiniert, fehlerfrei. Den BH geschickt geöffnet, einige knetende, von Gurren begleitende Liebkosungen meiner Brüste, kaum, dass er merkte, dass ich da überaus empfindliche Knospen hatte. Küsse, die tatsächlich auch mal mein Ohr streiften, dann der kontrollierende Griff, ob ich schon feucht genug war und dann ....

Diesmal gab ich nicht nach und ließ ihn gewähren, nur weil körperlich meine Grotte schon bereit war. Ich wollte schweben, unter Zärtlichkeiten wogen und wehrte ihn erst einmal ab.

»Nicht so schnell, Schatz. Bitte, küss mich noch mehr, überall.«

Peter hielt inne und schaute, als hätte man ihm seinen Fernseher während einer Liveübertragung ausgeschaltet.

»Was ist los, Moni, ich bin gerade so schön in Fahrt gewesen.«

»Ja, Du ...«

»Und Du auch, ich hab´s ja wohl gemerkt. Was ist los. Ich denke, Du wolltest mit mir schlafen.«

»Natürlich, aber warum muss alles immer so schnell gehen? Ich finde es schön, wenn Du mich küsst. Auch auf dem Bauch, an meinen Hüften und ... da unten.«

Peter drehte sich abrupt auf den Rücken und stöhnte entnervt.

»Mann! Monika, wie oft, habe ich Dir schon gesagt, dass ich das pervers finde. Ich bin Internist, ich kenne Anatomie und Physiologie des Körpers. Wer kommt auf so eine schwachsinnige Idee, mit seiner Zunge rumzuspielen, wo uriniert wird, wo Kinder geboren werden. Deine Muschi ist für meinen ...«

»Ja ich weiß, für Deinen, wir dürfen ihm keinen Namen geben. Du hast es noch nie ausprobiert, mich da unten zu küssen ...«

»Und ich werde es auch nicht. Mein Gott Monika, wann wirst Du endlich erwachsen?«

Ich war schockiert. Nicht allein von der Zurückweisung, vor allem von der rüden Bewertung meiner heimlichen Sehnsüchte.

»Was heißt hier pervers. Was soll denn an Liebkosungen zwischen zwei Liebenden pervers sein. Ich hab´ Dir das bisher noch nie so deutlich gesagt, aber...«

»Aber was, was hast Du mir bisher verheimlicht.«

»Verheimlicht! Du spinnst ja wohl!«

Hastig zog ich mich wieder an, stand enttäuscht am Abgrund dieses Abend.

»He, wie redest Du mit Deinem Mann?! Ich sorge für all Deine Annehmlichkeiten, ermögliche Dir sogar, Deiner Arbeit nachzugehen, indem wir uns ein sündhaft teures Au-Pair-Mädchen leisten...«

»Das heißt also, ich gebe mich dem Luxus hin, zu arbeiten?«

»Ja, und vernachlässigst dabei unsere Julia. Sie braucht eine starke moralische Stütze, die sie von Dir bei solchen Einstellungen...«

»Es reicht!!! Du, Du, Du bist ja von Sinnen!!! Du stellst mich da, als wäre ich eine, eine Hure!!!«

Ich war heiser vor Zorn. Peter stand auf und warf sich den Morgenmantel über, sein Blick kalt wie Eis.

»Das habe ich nicht gesagt. Aber ich frage mich doch manchmal...«

Und dann war sie da. Meine Ohrfeige. Mitten in seinem Gesicht. So schnell ich sie ausgeteilt habe, so plötzlich wurde mir bewusst, was sie auslösen würde. Nein, mein Mann würde mich nicht schlagen. Dazu ist er viel zu souverän.

»Raus! Raus aus meinem Haus!!!«

Julia stand in der Tür, wie lange schon wusste ich nicht.

Ich wollte zu ihr.

»Raus, habe ich gesagt!!!« Peters Stimme glich einem Donnerknall in einer aufgeladenen Sommernacht. Unerbittlich zeigte sein Zeigefinger mir die Richtung auf. Julia rannte auf ihren Papa zu, auf ihn! Eiszapfen durchbohrten mein Herz. Ich musste weg, sofort, jetzt.

Nachdem ich über eine Stunde rastlos im Hausanzug, eine Windjacke hastig darüber geworfen, durch die Straßen geirrt war, gelangte ich zur Wohnung von Maria. Welch ein Glück, dass auch sie in Telgte lebt. Durchfroren klingelte ich. Es dauerte gefühlte fünf Minuten, bevor eine Stimme aus den vergilbten Plastikritzen der Sprechanlage mir zurief.

»Hallo, was... , wer ist da?«

»Ich bin´s, Monika, Maria, bitte mach auf, mir ist kalt.«

»Monika?«

Die Ritzen schwiegen wieder.

»Bitte, ich muss mir Dir reden.«

Nun summten sie und ich drückte die verbogene Messingtür des Wohnblocks auf. Maria wohnte im dritten Stock, rechts. Zitternd erreichte ich ihren Wohnungseingang und ließ mich bereitwillig von ihr in den Arm nehmen. Sie stand im kurzen, himmelblauen Nachthemd dar und bot in dessen Transparenz einen wohligen, weichen, tröstenden Anblick. Ihr Körper umschloss mich mit Wärme und dem süßen Duft von Kokos.

Dann heulte ich ihren Stoff nass und ergab mich meiner Verzweiflung. In schluchzenden Bruchstücken stolperte mein Ehedrama über meine Lippen.

»Komm, ich lass Dir ein Bad ein, Du bist ja kalt bis auf die Knochen. Und dann trinken wir einen Tee.«

Stumm und dankbar beobachtete ich, wie Maria die Badewanne füllte und mich dann sanft entkleidete. Ich reduzierte mich auf ein kleines Mädchen, sehnsüchtig nach Wärme suchend.

Ich sah Maria an. Zart streichelte sie über meinen Kopf, strich sanft den Rücken entlang und ließ leise warme Worte über mich rieseln.

»Meine arme Moni, ach, mein Würmchen, komm Liebste.«

Ihre Stimme drang wie süßer Honig in mein Herz. Ich spürte Zärtlichkeit, in den sich der Hauch des Verlangens einschlich. Es mögen sich diese Laute auf mich legen, als Lippen, als Hände, als das, wonach ich dürstete.

Ich stieg in die große Wanne und nahm die Hitze und den Duft nach Zitronenmelisse wahr. In wohligen Nebel getaucht, sah ich, wie Maria ihr Nachthemd abstreifte, sah ihre vollen Brüste, ihre molligen Schenkel, sah, wie sie sich zu mir in die Wanne setzte, direkt hinter mich. Sie nahm mich auf, gab mir Lehne, Stütze, Trost. Sie schöpfte Wasser auf meine Schultern, über den Rücken, verteilte den zitronigen Duft der Melisse und hauchte mir »Süße«, ins Ohr. »Meine Süße. Wie kann man einem so zauberhaften Menschen wie Dir wehtun.«

Das Wasser träufelte auf meine Brust, benetzte meine Warzen. Ihr folgten sanfte Finger, wie rollende Regentropfen, den kleinen Rundungen folgend, flüchtig erst, dann wiederholend und mich umspielend. Ich wollte protestieren, wollte mir bewusst werden, was mit mir geschieht. Doch die Lippen an meinem Nacken, die Finger im heißen Wasser, die jetzt meine Schenkel entlang strichen, sie flüsterten: ›Jetzt bist Du an der Reihe, lass es zu‹.

Ich hörte mich stöhnen. Ich ließ meine Hände Marias Gesicht hinter mir berühren. Ich ließ meinen Rücken die pralle Wonne ihrer Brüste spüren. Ich ließ zu, wie die eben noch grob erregten

Lustlippen von Maria ganz sanft aneinander gerieben wurden. Sie streichelten sich gegenseitig. Marias Hände tanzten wie eine Ballerina auf mir und ich summte die Melodie der Lust dazu. Tief in diesem Meer aus Entspannung und Begierde wogten Wellen in mir auf. Nie gekannte Schwingungen, die mich erhitzten, aufwühlten. Ich drückte mich fest an Maria. Doch sie setzte sich in einer schnellen Bewegung in der Wanne vor mich. Jetzt gegenüber sitzend, nahm sie meinen Kopf in ihre Hand und küsste mich. Küsste mich, wie noch kein Mensch mich zuvor geküsst hatte. Unsere Lippen elektrisierten einander, tasteten sich ab. Zungen umspielten sich, formten die Konturen der Lippen nach. Sanfter Druck folgte gierigem Saugen. Meine Grotte spürte ihren Finger, sehnte sich nach der reibenden Kuppe, die mein Lustzentrum fand und schließlich explodierte in meinem Kopf ein Feuerwerk aus Farben und Sternen. In meinem Schoß entlud sich eine Befreiung, eine Woge, die endlich ihren weiten, weißen Sand zum Auslaufen und Versickern fand.

Im Abklingen dieses Rausches erwachte die Vernunft und ließ mich Erröten.

»Oh, Maria, was machen wir da?«

»Falsche Frage, meine Süße. War es schön?«

»Oh ja«, stöhnte ich noch immer benommen.

»Aber, wir..., ich bin doch...«

»Nicht jetzt. Ich hab das nicht geplant. Ich weiß selber nicht so genau. Ich erzähl Dir später mehr. Jetzt möchte ich dem nachspüren, was ich mit Dir so Wunderbares erlebt habe. Ich fühle mich so lebendig, wie lange nicht mehr.

Lass es jetzt einfach zu. Ok?«

Was später folgte, war das aufgestaute Outcome von Maria, die seit langem schwelende und doch nicht dürfende Erkenntnis, dass sie Frauen liebt. Sie eine Lesbierin in einer Zeit, in der man dies nur Exoten zugestand. Außenseitern dieser Gesellschaft.

»Monika, ich weiß, wir können kein Liebespaar werden. Das macht mich schon lange traurig. Das eben, das heute war für mich die Erfüllung meiner Träume, denn ich liebe Dich. Aber...«.

Sie stockte, ihr blauer Augenhimmel füllte sich mit satten Tropfen. Ich legte meinen Zeigefinger auf ihre Lippen.

»Psst. Sag´ jetzt nichts. Es war wundervoll, wie liebevoll Du zu mir warst. Ja, es hat mich verwirrt und ja, ich bin nicht les... , also liebe keine Frauen.«

Maria blickte zur Seite.

»Merkst Du es. Nicht einmal Du kannst dieses Wort ohne Scham aussprechen.«

»Ich bin nicht lesbisch, Maria, so. Und ich finde gar nichts dabei, dass Du es bist. Außerdem lasse ich mich zehnmal lieber von Dir liebkosen, als von einem groben Mann.«

Mein Gott, was rede ich da. Was ist mit Peter. Ich selber war total verwirrt.

»Maria, es ist..., ich liebe Dich auch, halt wie eine Freundin. Und das wird immer so bleiben. Wenn du es auch möchtest.«

Maria umarmte mich fest, nicht zärtlich, eher verzweifelnd, wie eine Ertrinkende.

»Ich danke Dir. Und ich werde Dich nicht enttäuschen.«

»Das kannst Du gar nicht. Dazu bist Du ein zu wunderbarer Mensch.«

Der rationale Teil meines Hirns rief mir meine häusliche Situation in Erinnerung.

»Ich muss zu Julia. Und zu Peter. Ich muss für mich eine Entscheidung treffen. Ich weiß, Du bist für mich da. Aber ich gehe erst morgen. Ein wenig soll er schmoren. Kann ich bei Dir schlafen?«

»In meinem Bett? Nein, war ein Scherz. Oder besser gesagt, ein bisschen Wunsch. Nein ich mach Dir die Schlafcouch fertig.«

Mein Gefühl allerdings sagte zur Vernunft: 'Ich glaube nicht, dass es das letzte Mal war, mit Maria‹.

7. Glühende Leitung

Andreas

Selten habe ich einem Abend so entgegengefiebert. Neben mir steht ein Glas Sylvaner, ich sitze entspannt in meinem Lesesessel und wähle die Nummer von Monika.

»Hi Andreas.«

»Hallo Monika, wie geht's Dir.«

»Gut, jetzt. War ziemlich stressig, gestern.«

»Ich hab gar nicht überlegt, dass Du vielleicht noch hättest unterwegs sein können. Hast Du einen Nachtzug genommen?«

»Ja, aber das geht schon. Als Krankenschwester bin ich Nachtschichten gewohnt. Nein, es war meine Tochter, die gestern rumgesponnen hat.«

»Wie alt ist sie denn?«

»Neunundzwanzig.«

»Ups. Stress wegen mir, oder was?«

»Ach, da lass uns jetzt nicht drüber reden. Ich bin ja fast schon erwachsen. Da werde ich ja wohl...«

»Wirst Du wohl was?«

»Einen Mann kennenlernen dürfen.«

»Lass mich raten. Andreas? Netter Typ?«

»Bisschen schüchtern, aber tolle Augen hat er. Tief, wie eine Lagune. Nein ehrlich, es war einfach schön, wie Du mich angeschaut hast.«

»So? Wie habe ich Dich denn angeschaut. Ich dachte, eher verdattert, überrascht...«

»Freudig überrascht. Ich weiß nicht. Ich hab das ganz spontan gemacht. Einfach so.«
»Das mit den Füßen.«
»Mmh.«
»Das war schön.«
Für einen Moment sagen wir nichts, spüren einfach.
»Wo bist Du gerade?«
»Na zu Hause, Du hast mich doch auf Festnetz angerufen?«
»Ja, ich weiß. Wo in Deiner Wohnung. Ich möchte mir vorstellen, wo Du gerade sitzt...«
»Liegst?«
»Ja, oder liegst.«
»Ich habe gebadet.«
»Oh.«
»Ungewöhnlich?«
»Nein, aber es regt meine Fantasie an.«
»Ach ja? Wie sieht die denn aus?«
Mir wird heiß. Ich sinke tiefer in meinen Sessel.
»In was hast Du denn gebadet?«
»Schöne Frage von einem Mann. In ›Entspannung des Orients‹. Mohn, Sandelholz, Arganöl.«
»Da muss sich ja Deine Haut ganz toll anfühlen.«
»Warte, ich probier´s«
»Und?«
»Schön weich, wie Samt.«
»Und wo?«
»Auf meinem Sofa.«
»Nein...«
»Nein?«

»Ich meine wo ist Deine Haut samtig?«

»An welcher Stelle möchtest Du es denn wissen?«

Meine Stimme verrät meine Erregung.

»Was hast du denn an?«

»Gute Frage. Einen Morgenmantel. Sonst wär´s mir ja zu kalt. Und ich trage keine Stulpen.«

Wir lachen beide. Ich atme durch.

»Ok, fühlen sich Deine Schultern weich an?«

»Du bist süß.«

»Keine Sorge, mich interessieren durchaus auch andere Körperstellen an Dir.«

»Das will ich hoffen. Aber nein, ich habe meinen Bauch gemeint, dieses unbändige Wesen, das wegen ungezügelter Naschereien immer rundlicher wird.«

»Stelle ich mir hübsch vor.«

»Spinner. Ja, ja, ihr braucht immer was Rundes.«

»Du hast eine tolle Figur, echt.«

»Im Oma-Kostüm.«

»Ich bin nicht blind und... ich habe Fantasie.«

»Genau das gefällt mir an Dir. Du wirkst auf mich so lebendig, innen drin. Weil im Zug, da warst Du ja eher schüchtern.«

»Stimmt schon. Aber ich bin noch nicht ganz fertig mit meiner Neugier. Du liegst also auf dem Sofa mit Bademantel, bestimmt so ein ganz flauschiger...«

»Nein Frottee, ich muss Dich enttäuschen. Du weißt schon sportlicher Typ und so.«

»Ok. Und Dein Bauch fühlt sich samtig an.«

»Ja.« Ihre Stimme ist nur noch ein Hauchen.

Fast liege ich in meinem Sessel. Bevor ich weiter nachbohren möchte, kontert sie.

»Und Du? Sitzt hoffentlich nicht in mausgrauer Jogginghose

bei einer Flasche Bier am stumm geschalteten Fernseher.«

»He! Was soll das, was denkst Du von mir.«

Meine gespielte Entrüstung hält sie nicht auf.

»Tüte Chips, daneben Kicker, Autobild und...«

»Stopp, stopp, stopp. Du verdirbst mir ganz die Stimmung. Wie war das vorgestern bei den Kiddies im Zug, von wegen Vorurteile.«

»Ja, dann sag mir, wie sieht es bei Dir aus.«

»Also ich habe einen schönen alten englischen Ohrensessel, das ist mein Leseplatz, da sitze ich, na ja mittlerweile liege ich fast drin.«

»Hab ich Dich schon so geschafft?«

»Nein, erregt.«

»Schön. Und weiter, was hast Du an. Trinkst Du was?«

»Ja, ich habe einen Sylvaner an und trinke meine Lieblingsjeans von Mustang, dekoriert mit einem hauchdünnen Muscle-shirt.«

»Wow! Und witzig bist Du auch.«

»Ok, das mit dem Muscle-Shirt war geflunkert, ein Hemd, ich trage am liebsten Hemden, aber ohne Krawatte.«

»Oh, hast Du Angst, ich halte Dich für einen Spießer? Deine Haare gefallen mir. Ich finde es schön, wenn Dir die so ins Gesicht fallen.«

»Danke. Und Du hast total süße Sommersprossen und ein süßes Lächeln, und...«

»Hey, langsam, bewahr Dir noch ein bisschen auf. Vielleicht will ich ja öfter solche Komplimente von Dir hören.«

»Das wäre toll. Heißt das, Du hast es Dir anders überlegt, mit dem zu früh und so?«

»Mm, ich muss Dich allerdings warnen. Ich bin nicht unkompliziert und ich habe eine Tochter, die sich wie ein schwarzer Ritter gebärdet, der das Schloss vor Eindringlingen bewahren muss.«

»Kann die sich nicht vielleicht um ihren Lover oder Mann kümmern?«

»Andreas, das ist nicht so einfach. Das wird früher oder später sowieso auf uns zukommen.«

Der Zauber drohte aus unserem Gespräch zu entweichen.

»Nein, ist ok. War 'ne doofe Frage. Ich möchte Dich wiedersehen. Und, ich sage es ganz ehrlich.«

»Ja?«

»Es hat mich voll erwischt, ich bin, ich hab...«

»Du brauchst es nicht zu erklären. Erstens merke ich das auch so und zweitens. Ich will Dich auch... wiedersehen. He, was hältst Du vom Wochenende? Samstag? Ich könnte Dir Münster zeigen. Sagen wir 14:00 Uhr am Rathaus, das findest Du, oder?«

»Klar doch, hört sich gut an. Dann genieß noch den Abend im Morgenmantel.«

»Nur im Morgenmantel, für Dich, Andreas. Wir telefonieren, ja?«

8. Freundschaft

Andreas

Eine unruhige Nacht entlässt mich aus Träumen, in denen mir Frauen aus meinem bisherigen Leben begegneten. Einfach machten sie es mir nicht. Ich wurde taxiert, bewertet und für zu leicht, zu jung, zu alt oder zu schüchtern befunden. Während ich unbekleidet und frierend die Hände schützend vor mein Geschlecht hielt, diskutierten Sabine, Jeannette, Monika und zwei weitere Freundinnen, was man mit mir anstellen solle. Plötzlich stand ein Diener in steifer Livree neben mir, meine Kleidung über dem Unterarm. Er bedeutete mir förmlich, ich könne jetzt gehen, meine Anwesenheit würde nicht mehr benötigt. Im Herausgehen hörte ich nur mit mitleidigen Blicken garniertes, glucksendes Gelächter. Im Herübergleiten aus der Traumszene überkommt mich eine tiefe Traurigkeit und Verunsicherung. Wieder einmal nagt mein verkorkstes Liebesleben an meinem Ego. Als ich mich wieder sicher in meinem Schlafraum weiß, hebt sich Monis Gesicht aus dem Traum hervor und es lächelt. Unsicherheit fällt ab von mir, ich trage erneut das Gewand des Verliebten.

Ich werde Jochen anrufen, geht es mir durch den Kopf. Der wird Augen machen, der alte Haudegen. Da ich mir diesen Freitag frei genommen habe, besteht vielleicht die Möglichkeit, sich mit ihm zu treffen. Er hat sowieso gerade Urlaub nach seinem letzten Kosovo-Aufenthalt als Hygieniker. Jochen ist Arzt bei der Bundeswehr und dort für Infektionsschutz und Gesundheitsfragen zuständig. Hygieniker im Einsatz nennen sie es dort. Spannend, was er dort so alles erlebt. Wir kennen uns schon seit Studentenzeiten an der Ruhr-Uni in Bochum, er in der Medizin und ich in den Ingenieurwissenschaften. Ihm habe ich auch die Verbindungen zu Afghanistan zu verdanken. Jochen ist ein Urgestein, unverbesserlicher Optimist und Genussmensch. Seine Frau Hildegard hat in über zwanzig Jahren Ehe Einiges mit ihm durchgemacht. Letztlich sind die Beiden jedoch ein routiniertes Team, die ohne den Anderen nicht mehr leben können.

»Komm vorbei. In einer halben Stunde gehe ich mit den Hunden, dann können wir reden. Bin mal gespannt, was Du da wieder angestellt hast.«

Nach einem verträumten Frühstück mache ich mich auf den Weg. Der Tag schenkt mir mit seinem bronzeglitzernden Oktoberlicht eine wärmende Atmosphäre für den Ausflug nach Mülheim, keine fünf Kilometer von hier entfernt. Jochen ist mein bester Freund und vor allem so was wie die Beicht- und Prüfstation für all meine Lebensexperimente. Sein Wort hat mehr Gewicht, als das meines Vaters je hätte haben können. Besonders aber liebe ich seine beiden Berner Sennen Hündinnen Samantha und Tamara. Mit ihrem schwarz-braun glänzenden Fell, ihren weißen Blessen auf der Nase und dem unwiderstehlichen Blick kann ich den zwei Hundedamen nicht widerstehen. Beim Wiedersehen muss ich sie erst einmal herzlich knuddeln.

Es ist Mittag, wir stehen an einem abgeernteten Weizenfeld. Stroh und Weizenkörner duften einen letzten Hauch Spätsommer zu uns herüber. Samantha und Tamara tollen den Feldweg entlang, während ich Jochen von meiner Begegnung mit Monika erzähle.

»He, Junge, Dich hat´s aber ordentlich erwischt. So hast Du ja nicht mal bei Jeannette geglüht!«

»Das kannst Du überhaupt nicht vergleichen. Das mit Jeannette war eine Dummheit, aus der Situation damals mit Sabine heraus. Ich ...«

»Also, mal langsam mein Kleiner. Du hast damals vom ultimativen Sex gesprochen und dass Dir genau das so viele Jahre gefehlt hat.«

»Vergiss es! Ja, das war schon..., also sicher hat das mir..., ich rede doch im Moment gar nicht von Sex und so.«

»Sondern? Du bist verliebt. Du kennst die Dame doch erst zwei Tage. Genau genommen drei Stunden.«

»Mensch Jochen, begreifst Du nicht. Alleine in diesen drei Stunden, da ist so viel mit mir passiert. Es ist, als ob ich jemandem begegnet bin, auf den ich Jahre gewartet habe.«

»Aha. Dann hättest Du Dich vielleicht vorher mal ein bisschen beeilt. Die Frau ist fünf Jahre älter als Du. Was erwartest Du denn vom Sex mit sechzig.«

»Sag mal, spinnst Du jetzt?! Sie ist 54. Und das sagst Du? Soll ich daraus schließen, dass bei Dir tote Hose ist. Du bist gerade mal zwei Jahre jünger.«

Jochen lacht sein dröhnendes, herzhaftes Lachen, sein gewaltiger Bauch wippt auf und ab, dass fast die Jacke platzt.

»Ja, mein Lieber. Erstens ist das bei Männern anders, na ja bei den Meisten, ich will nicht sagen, dass ich noch so wild wie früher bin. Und dann...«, er macht eine bedeutsame Pause, » ist Hildegard 10 Jahre jünger als Deine Monika.«

Er steigert sich in seinen Lachkrampf. Tränenüberströmt nimmt er meinen Arm und schaut mich halb belustigt, halb mitleidig an.

»Oh sorry Andreas, ist nicht so gemeint. Ich hab mir nur grad vorgestellt, wie Du später mit Deiner zehn Jahre älteren Frau mit uns auf Tour bist und bittest, wir sollten ein bisschen langsamer machen, weil...«

»Du bist unmöglich! Weißt Du, wie überheblich Du gerade klingst. Du hast Monika noch nicht einmal gesehen, wir sind alle keine Teenies mehr und dann spielst Du Dich auf wegen fünf, nicht zehn Jahren, Monika ist fünf Jahre älter als ich...«

»Ja, ja, es tut mir leid. Das war unfair. Aber Du hattest Dich doch damals auf diese Jeannette mit ihren 30 Jahren eingelassen, weil es Dir in Deiner Ehe langweilig geworden ist.«

»Hat denn Langeweile oder auch sexuelle Ideenlosigkeit nur mit dem Alter was zu tun?«

»Also Junge, pass auf. Ich hör jetzt mit meinem Genörgel an Deiner Monika auf. Du denkst sicher im Laufe der Zeit noch öfter darüber nach, was es im Falle einer langfristigen Beziehung bedeuten kann, wenn Deine Frau deutlich älter ist als Du. Das interessiert uns doch heute noch nicht. Jedenfalls freu ich mich für Dich, Kleiner. Bring Sie mal vorbei, dann kann ich Dich vielleicht noch besser verstehen.«

Jochen legte seinen starken Arm um meine Schulter. Ich schmollte. Auch die klare Oktobersonne konnte einige düstere Gedanken nicht vertreiben. Es wird Zeit, dass ich Monika wiedersehe. Ich will mehr von ihr wissen, ich will spüren, was hinter dieser Anziehung steht, die mich wie ein Magnet zu ihr zieht.

9. Das erste Rendezvous

Monika

Noch im Halbschlaf höre ich das Telefon. Mist, ich hab' es im Flur gelassen. Der Radiowecker leuchtet mir eine Neun mit zwei Nullen entgegen. Was schon so spät? Ich erreiche das Telefon, es ist Andreas, ich lächle unweigerlich.

»Hallo, mein Lieber, ich habe verschlafen.«

»Wieso, heute ist Samstag, da darfst Du ausschlafen, oder ist Deine alter Ego so streng mit Dir?«

»Nein, Du hast ja Recht. Ach ja, ich hab' mir überlegt, wir könnten uns im Café Arte treffen. Das liegt in der Königsstraße. Das ist so ein Künstlercafé mit Life-Musik, Lesungen und so. Das wird Dir gefallen.«

»Hört sich toll an. Kannst Du mir übrigens noch Deine Handynummer geben, falls was dazwischen kommt?«

»Klar doch.« Ich diktiere sie ihm.

»Ich habe eine Überraschung für Dich und... ich freu mich sehr«.

»Ich auch, bis später«.

Aufgeregt bin ich heute und spüre wieder dieser knisternden Atmosphäre nach, wenn ich mit Andreas spreche. Doch dann schwirren andere Gedanken durch mein Hirn, die mich innerlich nervös machen. Da ist Julia, deren Verhalten mir ein Rätsel ist. Nicht erst jetzt. Sie hat bisher keine guten Erfahrungen mit Männern gemacht oder sollte ich vielleicht sagen, die Männer mit ihr? Irgendwie stammen Julia und ich von ganz verschiedenen

Planeten ab. Wo ich losstürmen möchte, da bremst sie ab und prüft das Gefahrenpotenzial. Wo ich neugierig bin, da beruft sie sich auf das Bestehende, das vermeintlich Sichere. Der Schlüssel dazu scheint Peter gewesen zu sein, wobei ich gar nicht so sehr an die Gene denke. Die sind es möglicherweise auch. Habe ich zu passiv zugeschaut, wie Peter unsere Tochter geprägt hat. Ich ließ es zu, dass er bei Konflikten Julia zu sich nahm und ohne mein Beisein Erziehungs- und Klärungsrituale vornahm. Ich fand mich damit ab, dass sie mir erklärte, sie hätte mit Papa alles geregelt. Sie hätte jetzt verstanden.

Als sie in die Pubertät kam und ich ihr beim ›Frau werden‹ Hilfe sein wollte, wehrte sie oft ab mit den Worten: »Das weiß ich doch schon alles. Ich werde mich sowieso nicht von irgendwelchen Männern abschleppen lassen. Papa und Du, Ihr seid mir Beispiel genug.« Ich habe es versäumt, ihr meine Zweifel an der wirklichen Erfüllung und Freiheit eines Liebes- und Ehelebens á la Mahlert zu vermitteln. Im Grunde wollte ich ihr die heile Welt nicht zerstören. Ihre Beziehungen waren kurz, kompliziert, ihre Freunde für mich kaum erreichbar. Die grundlegenden Ursachen für das jeweilige Scheitern behielt sie für sich. Nur einmal, als sie von einer Studienreise aus Madrid zurückkehrte, schwärmte sie mir von einem Musiker vor, der sie total betört und in ihr Schwingungen nie gekannter Tiefe ausgelöst habe. So hatte ich sie noch nie erlebt. Ich strahlte zurück und fragte, ob sie ihn wiedersehen würde.

»Ach, Mama, das ist doch hoffnungslos. Madrid, Straßenmusiker, das kann nicht klappen. Ich werde wohl begreifen müssen, dass dies eine einmalige Reise in eine Traumwelt war.«

»Julia! Warum kämpfst Du nicht darum. Du bist jung. Erzähl' mir mehr von diesem jungen Mann. Wie sieht er aus?

Welche Musik macht er denn?«

»Mama, hast Du nicht verstanden. Im Leben geht es um viel Wichtigeres. Ich will das Vergessen und deshalb gibt´s auch keine Details. Es ist besser so. Wo ist Papa eigentlich?«

Und damit war das Thema abgehakt.

Nachdenklich machte mich auch ein Anruf gestern von diesem Professor Doktor von Wachtner. Er ist Leiter einer Stiftung, die eine ganze Reihe von Einrichtungen zum Betreuten Wohnen übernommen hatte. Dazu gehörte auch das neue Projekt in Bonn, das ich demnächst leiten sollte. Er war es, der mir vor drei Tagen in Ulm beim Abschlussgespräch meines Besuches einen Termin in Bonn in Aussicht stellte. Schon da war ich von seinem Auftreten beeindruckt. Ein beinahe zwei Meter großer, stattlicher Mann in einem gedeckten dunkelblauen Anzug, tadellose Krawatte, aufwändige Manschettenknöpfe und eine tiefe, sonore und weiche Stimme. Er wirkte freundlich-charmant und gab mir das Gefühl, dass ich in der Stiftung gebraucht würde. Ich und niemand Anderes.

Dieser Professor meldete sich auf meinem Dienstapparat mit »Gernot Wachtner, guten Tag Frau Mahlert. Schön, dass ich Sie erreiche, wie ist es Ihnen ergangen, seit wir uns in Ulm gesehen haben.«

Ich musste mich erst einmal fassen, weil ich im Leben nicht jetzt schon mit einer Kontaktaufnahme gerechnet hatte.

»Ja, ach guten Tag Herr Professor, das ist ja eine Überraschung. Ja, gut geht es mir. Es gibt halt als Stationsleitung immer viel zu tun.«

»Ich bin sicher, dass Sie das mit Bravour hinbekommen. Mein Eindruck von Ihnen war grandios. Wir suchen genau solche engagierten Personen, die sich von neuen Herausforderungen nicht abschrecken lassen. Wissen Sie, ich habe ein Gespür dafür. Bei Ihnen verbinden sich soziale und Führungsfähigkeiten aufs Vortrefflichste. Nun, ich würde sie gerne in Bonn treffen, um das weitere Vorgehen zu besprechen. Ich könnte Sie mittags in ein wirklich gutes Restaurant ausführen, um das Vertragliche vorab, vielleicht bei einem guten Riesling zu besprechen, vorausgesetzt Sie sind einverstanden.«

»Also, na ja, natürlich, grundsätzlich.« Ich stotterte mir eine Bedenkzeit zurecht. »Aber sollten wir das nicht besser in der Einrichtung, weil ...«

»Oh, ich verstehe. Da bin ich wohl ein bisschen mit der Tür ins Haus gefallen. Selbstverständlich können wir uns auch im Haus Herbstsonne treffen. Alles Weitere wird sich dann schon ergeben.«

Alles Weitere? Ich war alarmiert und musste kurz trocken schlucken.

»Ja, natürlich. Wann dachten Sie denn?

»Würde es Ihnen nächste Woche am Donnerstag passen?«

»Ja, warten Sie, ich schaue gerade auf meinen Terminkalender...«

Oh Gott, ich und Terminkalender, was denkt er jetzt, der vielbeschäftigte Professor. Schnell merke ich, dass dem Donnerstag nichts im Wege steht.

»Also gut, Donnerstag, wann und wo sollen wir uns treffen?«

»Das macht meine Sekretärin gleich mit Ihnen aus. Frau Mahlert, ich freue mich sehr, Sie dann wiederzusehen. Auf eine gute und fruchtbare Zusammenarbeit und Ihnen noch einen schönen Tag. Auf Wiederhören.«

Dieser Anruf irritierte mich, war er doch genau um die Spur zu persönlich, als ich es von solch einer Geschäftsbeziehung erwartet habe. Ich streife mit einem mir selbst geltenden Kopfschütteln die Gedanken ab und bereite mich emotional auf das viel nahe liegendere und schönere Ereignis heute vor. Andreas. Ich lebe heute und jetzt. Ich werde mich sportlich geben, meine Angels-Jeans und meinen moosgrünen selbstgestrickten Pulli anziehen. Ach ja, die Regenjacke darf ich nicht vergessen, es soll ja regnen. Es wird Zeit, dass er die Original-Monika kennenlernt.

Es ist fünf vor zwei, als ich das Café Arte erreiche. Eigenartigerweise hatte ich Andreas kurz nach Eins auf dem Display meines Handys, doch es blieb bei zwei Klingeltönen. Beim Rückruf war die Mailbox dran. Ach, dachte ich, vielleicht hat er sich nur verwählt, der wird sich schon melden, wenn was ist.

Andreas

Eitelkeit ist ein schlechter Ratgeber, doch das merkte ich zu spät. Ich genieße den Luxus eines Firmenwagens, nichts Großes, aber ich bin zufrieden mit dem langstreckentauglichen Passat. Als Hobby gönnte ich mir letztes Jahr dann einen Oldtimer. Es mag Spinnerei sein, Sentimentalität oder auch Trotz, weil es Jahre zuvor zwischen Sabine und mir ein Streitthema in unserer Ehe war. Ich bin in meiner Jugend mit den damals legendären Sechszylindern von Opel groß geworden. Mein Vater fuhr Admiral, Commodore, zum Schluss war es das große Flaggschiff Monza. Vor zwei Jahren musste er wegen seiner Parkinson-Erkrankung das Autofahren aufgeben.

Mein Traum war seit jeher ein Opel Commodore A GSE, ein elegantes Coupé der 68er-Zeit mit schwarzem Vinyldach, handschmeichelndem Holzlenkrad, in rot-schwarzer Rallyelackierung. Ein sinnliches Auto, für die Augen, für die Ohren, für die Seele. Genauso ein gut erhaltenes Modell konnte ich erstehen. Also beschloss ich Monika an diesem ersten Rendezvous mit meinem ›Herrn Jansen‹ zu besuchen. Den Namen gab ich ihm auf der Jungfernfahrt von Berlin nach Essen, wo ich ihn von einem kauzigen Amischlitten-Spezialisten erstanden hatte. In mir fand er den Liebhaber für seine rare Entdeckung in einer Privatgarage. Er prüfte genau, ob es mir um Leidenschaft oder Geldanlage ging. Und auf der Überfahrt saß plötzlich der imaginäre ›Herr Jansen‹ neben mir. Ich stellte ihn mir vor in Cordhose, Sportsakko, Schnäuzer, der Inbegriff des Beinah-Revoluzzers der Endsechziger, der zwar gerne wollte, sich jedoch nicht traute. Das passte zu diesem Auto, sportlich, rassig, aber kein Porsche, edel, aber kein Mercedes, also von allem etwas.

Um neun Uhr hatte ich eine noch etwas verschlafene, süß klingende Moni am Telefon. Ich ließ mir ihre Mobilfunknummer geben und wir verabredeten uns zu 14:00 Uhr im Café Arte in der Königsstraße in Münster. Sie schwärmte von der wundervollen Atmosphäre dort.

»Ich habe eine Überraschung für Dich und... ich freu mich sehr«, schloss ich.

»Ich auch, bis später«, hauchte sie.

Regen war angekündigt. Ich verdrängte dies beim Anblick eines strahlendblauen Oktoberhimmels über mir. Gelbrot glühende Ahornschöpfe reckten sich in das Azurblau, letzte Sonnenblumen nickten sommermüde mit ihren schweren Samenständen Richtung Boden. Ich genoss die Nebenstrecken, um aus dem Ruhrgebiet fließend in das Münsterland einzutauchen, vorbei an Wasserschlössern, den schnurrenden Klang des Sechszylinders im Ohr. Ich hatte mir gut eine Stunde mehr Zeit gelassen, um in Münster anzukommen.

Hinter Dülmen kriechen graue Wolken in das schöne Herbstbild. Als erste Regentropfen auf die Scheibe fallen, stelle ich mit Schrecken fest, dass die Scheibenwischer nicht funktionieren. Ehe ich überlegen kann, was dies für meine Sicht bedeutet, ergießt sich ohne jede Vorankündigung ein heftiger Schauer über das Land. Schlagartig sehe ich nichts mehr. Panik überkommt mich. Geschwindigkeit drosseln, Warnblinkanlage an, mir ist heiß. Ich fahre auf einer vierspurigen Bundesstraße, der Verkehr ist dicht, hinter mir Lichthupe, vor mir? Ich weiß es nicht. Panisch kurbele ich die Fensterscheibe herunter. Gischt sprüht mir prasselnd ins Gesicht. Verschwommen sehe ich ein Schild ›Autohof Senden‹. Ich versuche, auf die Ausfahrt zu gelangen, links am Auto vorbeischauend, fast im Schritttempo. Rechts überholt mich ein LKW. Um ein Haar verreiße ich das Steuer aus purer Furcht zermalmt zu werden. Mit pochendem Herzen suche ich durch die rechte Seitenscheibe eine Haltemöglichkeit. Hinter mir drängt eine hupende und blinkende Blechwalze. In der Regenwand erkenne ich vor mir eine Ampel. Sie leuchtet grün, ich nähere mich, jetzt ist sie über mir, gelb und dann aus dem Blick. Ich rolle über eine Kreuzung, sehe links eine wild gestikulierende Fahrerin auf mich zu kommen. Es war schon rot, denke ich noch und bringe nach wenigen Metern schweißgebadet meinen Herrn Jansen zum Stehen. Erschöpft sinke ich über meinem Lenkrad zusammen.

»Was ist denn mit Ihnen los, brauchen Sie Hilfe? Das war ja lebensgefährlich, was sie da veranstaltet haben!«

Ein Mittvierziger mit Vollbart steht neben meinem Auto und blickt mich sorgenvoll an.

Ich atme tief durch, sortiere meine Gedanken.

»Meine Scheibenwischer, die gehen nicht mehr.«

»Oh Scheiße, na das hätte ja noch viel schlimmer ausgehen können. Soll ich den ADAC anrufen?«

»Nein, danke, das ist sehr nett, aber das kann ich auch. Ich muss... , vielen Dank jedenfalls für ihr Angebot.«

»Na gut, hier stehen sie erstmal sicher. Das ist ein Park & Ride Parkplatz.«

»Ja, Wiedersehen, danke.«

Ich krame mein Handy hervor. ›Akku fast leer, sofort an ein Netzgerät anschließen‹ steht dort. Scheiße! Der Mann ist schon weg. Und jetzt? Erst Pannendienst oder erst Moni. Hier gibt es einen Autohof, erinnere ich mich. Ich wähle Monis Nummer. Zweimal ertönt ein Freizeichen, dann ist mein Gerät tot.

»Mist! Mist! Mist!« Ich knalle das Gerät auf den Beifahrersitz, vergrabe grob mein Gesicht in meinen Händen.

›Erst mal muss ich mich um das Auto kümmern, also zum Autohof‹, geht es mir durch den Kopf. Es regnet immer noch, jetzt gleichmäßig und ergiebig. Ich ziehe mir meine Herbstjacke über das schon durchnässte Hemd und pflüge durch die Regenwand in Richtung der von weitem leuchtenden Tankstelle. Als ich dort ankomme, ist meine Jacke ebenfalls klatschnass bis aufs Innenfutter. Ich muss Monika erreichen, wer weiß, wie lange ich hier brauche.

Der Werkstattmeister lässt mich eine halbe Stunde schmoren. Ein blondiertes Autokatalogmodel in der Kundenannahme kann nicht mal entscheiden, ob ich ihr Telefon benutzen kann.

»Da muss ich erst unseren Meister fragen. Der ist da eigen. Was meinen Sie, was alles für Leute hier ankommen. In die

Türkei, nach Albanien, nur eben mal telefonieren.«

»Hallo entschuldigen Sie mal, ich will nur meine Freundin in Münster anrufen. Ihr Bescheid sagen, dass was dazwischen gekommen ist.«

»Hey, in dem Ton schon gar nicht. Nehmen Sie Platz, der Meister ist noch an einer schwierigen Sache dran.«

Monika

Ich ärgere mich über das typisch miese Münster-Wetter. Heute Morgen glühten noch zartrosa die Morgenwolken am Himmel. Jetzt lässt der Himmel nasse Bindfäden herab, sodass ich nach kurzer Zeit beschließe, mir im Café einen Platz zu suchen. Hier draußen würde ich trotz Regenjacke in kürzester Zeit nass und verfroren sein. Es war nicht einfach, einen Platz mit Blick nach draußen zu ergattern, doch hinten links finde ich etwas.

Ich sitze mittlerweile eine halbe Stunde bei einem langweiligen Mineralwasser, da bestelle ich mir trotzig ohne Andreas den ersten Cappuccino. Hatte sein Anruf doch etwas mit der Verabredung zu tun? Ich warte. Eine weitere halbe Stunde vergeht. Sämtliche Versuche, ihn auf seinem Handy zu erreichen schlagen fehl, es ist abgestellt. Ihm ist was passiert, geht es mir durch den Kopf. Er hat versucht, mich anzurufen, hat vielleicht einen Unfall gehabt. Quatsch, Du und Deine Fantasie entgegne ich mir selbst. Ärger mischt sich in meine Sorge. Im Hintergrund höre ich das laufende Radioprogramm des WDR, das sich wie ein Hintergrundfilm über den Café-Raum legt. Warum muss eigentlich überall immer Musikgedudel laufen, selbst in den wirklich schönen Locations.

›Aktueller Verkehrsfunk‹ lausche ich, ›keine Meldungen‹.

Um vier Uhr und nach einem weiteren Cappuccino, mit Koffein und Wut im Blut verlasse ich das Café. Die emotionale Entwicklungskurve treibt mich wie eine Achterbahn durch das Panoptikum der Gefühlswelt. Gerade stürze ich die Trauerkurve hinunter, muss Tränen verbergen. Was um Himmels willen ist dazwischen gekommen? Warum erreiche ich ihn nicht? Ist er ein Schwätzer? Unzuverlässig?. Zu Hause angekommen pfeffre ich meine Kleidung im Schlafzimmer auf den Boden und werfe mich in den Hausanzug. Am liebsten würde ich jetzt eine Flasche Gin aufmachen und mich mit Martinis besaufen. Ich kann mich gerade noch beherrschen.

Andreas

Als ich endlich den ölverschmierten und mürrischen Hüter der Werkstatthütte vor mir habe, raunt der durch seinen nikotinvergilbten Schnurrbart:

»Was gibt´s denn, ich hab hier die Bude voll mit Truckern, die es alle eilig haben.«

Ich unterdrücke eine unfreundliche Antwort, um mir nicht alle Chancen zu verderben.

»Meine Scheibenwischer sind ausgefallen, ganz plötzlich, mitten im Regenschauer. Ich habe eine wichtige Verabredung...«

»Eine Lady«, ruft die Anmeldetussi frech dazwischen.

»Ist ja egal, aber ich kann so nicht weiterfahren.«

»Haben Sie schon die Sicherung überprüft?«, mault er zurück.

»Nein, ich bin eben grad erst auf dem Parkplatz da hinten gestrandet.«

»Also gut. In einer halben Stunde wird einer meiner Leute ihr

Auto anschauen. Sie können ja solange bei Mäckes 'nen Burger reinziehen.«

»Ach, da wäre noch was. Könnte ich ein Telefonat von hier führen. Ist nur Ortsgespräch, hier in Münster.«

Der Gilbbart brummt. »Von mir aus. Eins! Wir sind kein Telefonshop.«

Genervt und verzweifelt greife ich zum schmierigen Hörer im Büro und wähle Monis Handynummer. Sie müsste schon unterwegs sein, mittlerweile ist es nach halb zwei.

Sie geht nicht ran, die Mailbox springt an und teilt mir mit: ›Versuchen Sie es zu einem späteren Zeitpunkt noch einmal‹. So ein Mist, auch das noch!

»Kann ich noch ein Gespräch auf Festnetz versuchen, da geht sie nicht ran«, bitte ich zerknirscht.

»Mann, Sie kosten mich Nerven. Aber nur kurz, wir haben hier zu tun.«

Währenddessen schaut mich die nicht sehr helle wirkende Mitarbeiterin triumphierend und laut Kaugummi schmatzend an, als wolle sie sagen: ›Hey, falscher Typ am falschen Platz, wa?‹

Ich ahnte es. Moni war wahrscheinlich schon unterwegs. Auch hier keine Möglichkeit, ihr eine Nachricht zu hinterlassen. Ich lege auf.

»Danke«, heuchle ich, denn mein Wagen steht noch immer da draußen und es hat sich eingeregnet.

Es ist drei, als ich endlich mit einem jungen Monteur im Werkstattwagen Herrn Jansen erreiche. Nach einer Weile konstatiert er hilfsbereit: »Kabelbruch, das muss ersetzt werden.«

»Aha«, antworte ich matt und sehe meine Zeit davon rennen.

»Und? Wie schnell können Sie das reparieren?«

»Ich frag den Meister, ob ich sie dazwischen schieben kann.«

»Ach, wissen Sie, wie man von hier in die Münsteraner

Innenstadt kommt?«

»Mit dem Taxi, der Bus, das ist 'ne Viertelstunde von hier entfernt, der fährt nur jede Stunde.«

Fieberhaft überlege ich, ob es Sinn macht, noch zum Treffpunkt zu kommen, wenn ich dann schon zwei Stunden zu spät bin.

Ich lege jeden Stolz beiseite und frage den jungen Mann, ob ich vielleicht sein Handy benutzen könnte.

»Klar doch«

Monis Apparat ist ausgeschaltet, vielleicht aus Trotz. Ich könnte heulen.

»Und, sollen wir ein Taxi rufen?«

»Nein, wenn Sie ein Wort für mich einlegen könnten, bei ihrem Chef, das wäre prima.«

»Klar. Der ist sonst nicht so. Nur heute, da kommt wieder mal alles zusammen. Und diese Trucker aus Osteuropa, kaum ein Wort deutsch und alles muss immer schnell gehen. Rischli, Rischli oder so.«

Der Versuch, ein Ladegerät für mein Handy zu bekommen scheitert. Ob Monika überhaupt noch im Café sitzt, ich weiß es nicht. Ihre Stimmungslage kann ich nur erahnen.

Monika

Als es halb sieben ist, wird mir klar, dass unser Treffen geplatzt ist. Wut und Trauer weichen einem Gefühl der Gleichgültigkeit, da mir meine innere Stimme sagt, es wird sich aufklären. Früher oder später erfährst Du, was heute schief gelaufen ist.

Andreas

Um sechs Uhr tausche ich meinen Oldtimer gegen eine Rechnung von 190 Euro ein.

»Der Ölstand war zu niedrig, das Batteriekabel war marode und Wischwasser fehlte auch. Sie sollten sich besser auf ihre Reisen vorbereiten«, maulte mich Gilbbart zum Abschluss an. Obwohl nur die Hälfte davon stimmen konnte, will ich endlich weg hier. Mein Ziel ist ihre Adresse in Telgte. Der Blick auf die schöne dunkelrote Rose auf der Rückbank zeigt mir wie eine Uhr die verstrichenen Stunden. Ohne Wasser sind die samtigen Blätter jetzt welk und stumpf. Ich selber rieche nach Schweiß und muffiger Nässe, meine Kleidung ist noch immer nicht trocken, meine Haare fühlen sich zerzaust an, egal.

Es ist halb sieben, die graue Dämmerung hat jeden Horizont geschluckt. Trotzig hat der Regen pünktlich zu meinem erneuten Aufbruch aufgegeben. Ich biege wie ein geprügelter Hund in die ruhige Wohnstraße ein, finde das kleine, mit Rosensträuchern und Efeu umhüllte Haus mit der hoffentlich richtigen Adresse. Sanftes Licht streut aus einem Fenster etwas Hoffnung in meine verwundete Seele. Ich nehme die ramponierte Rose, atme tief durch und betätige den Klingelknopf. Nach einer gedehnten Minute, ich will schon gehen, weil ein zweites Klingeln mir zerstörerisch erscheint, sehe ich Monikas Schatten und die Tür öffnet sich.

»Guten Abend mein Herr. Was kann ich für Sie tun? Ich habe gar keinen Besuch erwartet. Ach nein, warten Sie, in Münster, da gibt es ein sehr schönes bekanntes Café, das Café Arte, da wollte ein gewisser Andreas vorbeischauen. Kennen Sie den?«

Sie trommelt mit den Fingern der linken Hand ungeduldig am Türrahmen.

»Lass es mich erklären, und..., gleich vorneweg, ja ich habe wohl ganz großen Mist gebaut.«

»Ich hab mich wirklich sehr gefreut, auf unser... Treffen. Ich meine, ich konnte Dich nicht mal erreichen.«

»Ich Dich auch nicht«, gab ich trotzig zurück. Mein ›leeres‹ Handy war jedoch kein gutes Argument.

»Ach, interessant...«, fauchte sie.

»Nein, klar, ich habe nicht gemerkt, dass mein Akku fast leer war und dann bin ich kurz vor Münster mit dem Auto hängen geblieben und...«

Ich vergrub meine Hände im Gesicht und murmelte daraus hervor:

»Es ist einfach alles schief gegangen, es hat niemanden interessiert, dass ich Hilfe brauchte...«

Ich öffne mein Gesicht wieder und ergänze...

»... und ich habe alles versucht, Dich zu erreichen. Ich bin jetzt hier, zu spät, stinkend, verdreckt, mit einer welken Rose, aber ich bin hier, weil...«

Da merke ich, dass mir die Rose zu Boden gefallen ist. Hastig hebe ich sie auf und überreiche sie ihr. Ihr Blick ändert sich, wechselt von Verärgerung über Verwunderung zu Mitgefühl.

»Dann komm erst mal rein, Du siehst ja wirklich furchtbar aus. Sie könnten mal ein bisschen auf Ihre Garderobe achten, junger Mann«, schmunzelte sie jetzt.

Erst jetzt wagte ich, sie zaghaft zu mustern. Ein Frottee-Bademantel verbarg einen weinroten Hausanzug. Sie trug gleichfarbige Clogs, offenbar hatte sie nicht mehr mit meinem

Eintreffen gerechnet.
»Eigentlich wollte ich mir einen Tee machen. Du könntest wohl auch einen vertragen. Also, herzlich willkommen, Andreas, ist halt alles ein wenig anders, als geplant.«

Beklommen überschreite ich die Schwelle von Monikas Haus. Keine Ahnung, was aus diesem Abend noch wird.

Monika

Mein Gott, jetzt denk nach. Andreas ist im Bad, was willst Du? Willst Du aufs Ganze gehen, jetzt die Chance nutzen? Er ist hier. Er will Dich. Du willst ihn.‹

›Ja‹, antworte ich mir aufgeregt und überlege schnell, was ich anziehen soll. Nichts Angels-Jeans, nichts Pulli. Was habe ich denn. Ich reiße meinen Kleiderschrank auf. Toll. Voll bis oben hin, aber nichts was ich jetzt brauchen könnte. Ich krame in meiner Schublade mit der Unterwäsche. Ich finde noch einen hübschen dunkelgrünen mit Spitze verzierten Slip - Verzweiflungskauf bei Hunkemöller vor einem Jahr. Den passenden BH müsste ich auch noch haben. Ach ja, ich springe zum Schrank zurück, da das schwarze Nachthemd, geht immer. Dann ziehe ich wieder den Bademantel über, Frottee, sportlicher Typ, was soll´s.

Ich hab ihm angeboten, Sachen von Peter hinzulegen. Ehrlich gesagt ganz schlechte Idee. Erstens will ich ihn darin nicht sehen und zweitens, na ohne Kleidung wird es bestimmt gleich einfacher. Ich glühe innerlich, bin schon jetzt erregt bei der Vorstellung. Oh Gott, vielleicht ist er schon mit Duschen fertig.

Spiegel, wie sehen meine Haare aus? Chaotisch, naja, das sind sie ja immer, egal. Ich klopfe an.

Andreas

Ich glaube es noch gar nicht. Erst habe ich alles vermasselt und jetzt stehe ich hier bei Monika unter der Dusche. Meine Nacktheit hat etwas Beschämendes und doch Erregendes, denn mit einem Mal spüre ich, dass es heute passiert. Monika ist mir nicht wirklich böse. Die Dusche hat mich belebt. Ich wickle mir das Badetuch um meine Hüfte und hoffe inständig, dass ich jetzt nicht in die Klamotten Ihres verstorbenen Ehemannes schlüpfen muss. Ich stelle mir eine frisch gebügelte Altherrenunterhose vor, grässlich. Andererseits, meine Sachen sind verschwitzt und feucht. Noch in Gedanken höre ich es klopfen.

Sie steht da, im Morgenmantel mit ihren frechen, struppigen Haaren und dem unvergleichlichen Sommersprossenlächeln, wow!

»Hallo, wie fühlst Du Dich?«
»Wie neu geboren. Danke. Wolltest Du mir nicht Sachen von Peter bringen? Obwohl, ich...«
»Genau, das will ich nicht. Ich habe alles von Dir in die Waschmaschine getan. Jetzt haben wir ganz viel Zeit.«
Sie geht auf mich zu, nimmt meinen Kopf in ihre Hände und küsst mich. Samtige Lippen kosten von mir, ich öffne meinen Mund, will den duftenden Hauch ihres Atems in mich aufnehmen. Wir spielen mit den Mündern, ich spüre ihre Zungenspitze, wie sie zarte Silben in meinen Mund tupft. Mir ist heiß und mein

Bester regt sich. Ich schaue sie an.

»Du siehst wundervoll aus und Du hast so weiche Lippen.«

Ich will wissen, ob sie noch diesen Hausanzug darunter an hat und löse den lockeren Knoten des Bademantels. Hauchzarter Stoff schmeichelt ihrer hellen Haut, ein schwarzes Negligé glänzt mich an. Ihren schlanken Hals, meine Lippen wandern an ihm entlang. Sie wirft den Kopf in den Nacken, stöhnend, bereit. Da löst sich mein Handtuch und ich stehe nackt vor ihr, mit einem nicht zu verbergenden Ständer.

»Ups«, jetzt habe ich aber einen deutlichen Vorsprung«, lache ich. Sie lacht mit.

»Na und? Wenigstens spüre ich, dass ich Dich scharf mache. Ihre gespreizten Finger, ihre frechen Nagelspitzen auf meinem Rücken jagen elektrisierende Schauer durch meinen Körper. Jeden Zentimeter meiner mir unsichtbaren Landkarte spüre ich jetzt dort. Näher kommt sie mir, immer näher und fühlt meine unverkennbare Lust. Ihre Hände greifen fest in meinen Po, kneten Lustwolken in meinen Schoß, entfachen eine innere Glut. Lippen und Zähne vermählen sich zu einem feuchten Lustbiss an meinen Hals, hinterlassen einen süßen Schmerz. Von überall jagt mir diese irre Frau Liebespfeile in meinen sehnsüchtigen Körper.

»Autsch, meine Wilde«, spiele ich den Empörten und schiebe ihren Morgenmantel sanft von den Schultern, er fällt zu Boden.

»Lass uns ins Schlafzimmer gehen«, haucht sie und nimmt mich an die Hand, wie einen Liebesschüler. Sie ist umwerfend. Ich will mehr, will sie sehen, spüren, riechen.

Ich folge ihr, gierig. Mit leuchtender Lust in den Augen, wirft sie sich nach hinten auf das Bett, ihr zarter Saum rutscht hoch, zeigt alabasterweiße, schlanke Schenkel. Es ist ihr Signal. Ich knie über ihr, trinke Bernsteinglanz aus ihren Augen, sehe Jugend, sehe Sehnsucht und Verlangen. Meine Hände tasten den

Weg unter Ihren Po, nehmen langsam, wie beiläufig ihr Negligé mit. Es wandert knisternd über den Rücken, den Kopf und wird zu einem duftenden Knäuel neben ihr. Ihre Haut, ein Traum wie Sommerweizen, warm und weich, ein Meer voller, kleiner, gesprenkelter Sommersprossen, keine Frau je zuvor, die mich so erregt hat.

»Oh, meine Süße, wunderbare Moni, Du bist aufregend. Ich möchte alle Deine kleinen Sommersprossen küssen, jeden Einzelnen. Ich begehre Dich«, quillt es aus mir heraus.

Meine Lippen fliegen, streifen, küssen, stoppen, halten kurz inne, tasten hier, saugen dort. Unsere Zungen umspielen sich, trinken einander, schlürfen Lust. Mund, Nase, unsere Gesichter sind eine Spielwiese der Leidenschaft. Nassgeküsst, und doch feurig entflammt.

Verzweifelt versuche ich, ihren BH zu öffnen, gemeinsam schaffen wir es und müssen lachen. Es ist ein glückliches, übermütiges Lachen. Kleine, zarte Brüste, gekrönt von dunkelrosa Knospen recken sich mir voller Verlangen entgegen.

Fast andächtig, mit sanfter Geste umfasse ich ihre wunderbaren Wölbungen, meine Daumen huschen wie zufällig kurz über ihre Hügelspitzen. Ein kurzer Schauer durchfährt sie, lässt ihr Becken beben. Meine Zunge umwandert, umschmeichelt ihre weiche Haut. Mein Kreisen erregt sie, lässt ihre Nippel steif und hart werden, bis ich sie mit heißen Lippen aufnehme, sauge und stöhne vor berstender Lust. Weiter gleite ich, küsse die beiden Hübschen noch einmal, wandere zum Bauch, schmecke, ihren Nabel. Meine Nase atmet sie, die sie nach Mandeln, Aprikosen duftet. Ach, vergraben möchte ich mich in ihr. Ihr grünes Spitzenhöschen, begrenzt den wilden Sehnsuchtsort, den unentdeckten, ihren intimen Venushügel.

Zitternd streife ich diese letzte Hülle über ihre schlanken Beine, sie spürt jeden Zentimeter ihrer Haut, heiß, mich erwartend.

Erregt greift sie zwischen meine Schenkel, erwischt meinen Besten. Warme, fordernde Finger entflammen mich. In mir wallt eine drohende Explosion auf. Kurz zucken Ängste in mir auf. Nur nicht vorzeitig kommen. Beruhige Dich, Andreas, es ist das erste Mal, da darf alles passieren.

Unsere Lippen finden sich erneut. Begierige Küsse, ihre drängende Zunge zeigt mir ihren Wunsch. Wild entschlossen nimmt sie meinen Liebesdolch, führt ihn an ihren nass erregten Lustmund, bereit, mich aufzunehmen.

Hin und her reibt sie ihn an ihren weichen Lippen, ich kann es fühlen, ihre nasse Lust, ihr trinkendes Begehren, als würde ich sie dort küssen. Wie sie wohl duftet, wie ihr Nektar wohl schmeckt?

Ich will sie jetzt, will den heißen Schlund spüren, ihre Hitze, ihr Feuer, dringe tief in sie ein. Es entflammt mich sofort. Alle Sinnesraketen sind gezündet, der kurze Countdown ist nicht mehr zu stoppen. Sie zuckt, stöhnt, wölbt sich mir drängend entgegen. Ich spüre, wie sich ihr Liebesmund um mich klammert. Zuckend schenke ich ihr meine heiße Lustlava. Meine Wahnsinnsgeliebte brummt, stöhnt, windet sich. Oh mein Gott, es ist so schön, wir klammern uns aneinander. Ein kurzes, wildes Feuer, doch im Moment sind wir nur ein Knäuel aus Liebe.

Wie eine süße Ewigkeit fühlen sich die Minuten an, die wir so ineinander liegen, unserem tiefen, glückstrunkenen Atem nachspürend. Ich möchte so bei ihr bleiben, sie tief spüren, am liebsten für immer.

Ich küsse ihr Ohr, lasse meine Zunge den Hals hinunterwandern, sie genießt es.

»Ich habe Hunger«, hauche ich ihr zu. Sie schmunzelt.

»Na, das haben wir gerne. Erst eine heiße Nummer abziehen und dann...«

Dann was, war es ihr zu schnell? Ich schaue sie an.

»Es tut mir leid, dass es nur so kurz war, aber Du hast mich so rasend vor Lust gemacht, da konnte ich...«

Sie legt mir einen Finger auf die Lippen.

»Schsch. He, es war für uns das erste Mal. Und ich weiß gewiss, es ist nicht das letzte Mal. Ich habe Dich so sehr gespürt. Und ich will..., ja ich will noch viel mehr, das spüre ich hier«, und sie deutet auf ihr Herz.

Tief in mir überwältigt mich die glühende Erkenntnis, dass ich diese Frau liebe.

»Moni, ich glaube, ich bin...«

»Warte, bewahr es auf. Lass uns beide noch besser kennen lernen. Jetzt mache ich uns was zu essen. Baguette? Antipasti? Rotwein?«

»Fantastisch«.

Langsam, ganz sanft ziehe ich meinen erschlafften Liebesstab aus ihr. Ihre Muschi glänzt feucht und aufregend. Ein erregender Anblick.

»Und ich helfe Dir, ich bin ein fantastischer Hilfskoch«.

»So nackt«, lacht sie, »Warte ich gebe Dir den Morgenmantel von Peter, was anderes habe ich nicht.«

›Na gut, wenn´s sein muss‹, denke ich, ich hätte auch nackt mit ihr am Tisch gesessen.

Während ich ins Esszimmer schlendere, betrachte ich die Einrichtung des 80er-Jahre-Bungalows. Die Möbel wirken spießig, altbacken, sie passen nicht zu Monika. Mürrische Eiche, rüstiges Schmiedeeisen, düstere Leuchten, wie bei einer Burgführung fällt es mir ein. Doch viele Accessoires scheinen

Monikas Handschrift zu tragen. Ein luftiges Aquarell einer Provence-Landschaft, ein kunstvoll-minimalistisches Ikebana-Gesteck. Hier sind zwei konkurrierende Lebensstile aufeinandergeprallt. Nun sitze ich mit ihr auf dieser wuchtigen Eckbank und genieße hungrig ihre Leckereien.

Monika

Verliebt schieben wir uns gegenseitig Baguette Stückchen und Oliven in den Mund. Der rustikale Tempranillo beschwingt und tut gut. Meine Zungenspitze leckt lüstern einen Basilikumkrümel von seiner Lippe. Mit meinen Fingernägeln fahre ich ihm über die nackten Schenkel, ich bin schon wieder spitz. Wir albern, necken uns. Mein wunderbarer Lover überschüttet mich mit Komplimenten. Natürlich, Peter hat mich geliebt. Er hat mir sogar außerhalb von Geburtstag und Hochzeitstag Blumen geschenkt. Doch meine Sommersprossen, meine Ohren, mein Bauchnabel waren ihm nie auch nur eine Bemerkung wert. Höchstens riet er mir mal, wegen eines Muttermals zum Dermatologen zu gehen.

Ich genieße diesen Rausch an Bewunderung, schwebe auf seinen Liebesbekundungen. Auch ich greife immer wieder nach seinen Beinen, lasse meinen Fingernagel sanft darauf entlanggleiten und bringe ihn so aus dem Konzept. Er fängt an zu stottern, der Süße.

Dann, wir haben die Vesperplatte fast leergeputzt, beugt er sich über mich und küsst mich erneut. Fordernd, leidenschaftlich, lüstern. Seine Zunge spielt in meinem Mund intime Szenen nach. Ich stöhne, lass mich zurückfallen. Wird es mir zu viel? Nein, ich will. Will ihn wieder spüren. Das Geschirr? Spülen? Bad?

Ich muss nochmal, kommt mir der unpassende Gedanke.

»Ich brauche zwei Minuten, hauche ich ihm zu.«

»Ich auch«, lacht er mich an.

Ich zünde im Schlafzimmer zwei Windlichter an, schlage die Tagesdecke zurück und gebe uns beiden mein Laken frei. Dass alles so schnell gehen würde, hätte ich im Traum nicht gedacht. Zweifel? Nein, im Moment spüre ich mein Begehren und das Gefühl, dass mir Andreas unendlich guttut.

Er kommt ins Schlafzimmer ohne den unpassenden Bademantel von Peter. Der wandert als Nächstes in die Altkleidersammlung.

»Ich komme lieber wieder als Original zu Dir«, haucht er und schwingt bewusst lasziv die Hüften. Sein Andi regt sich bereits wieder.

Ich springe vom Bett auf, als würde ich mich auf ihn stürzen.

»Du alter Verführer!«

»Junger Verführer, bitte schön.«

»Du bist gemein«, und dann küsse ich ihn wild und auffordernd, meine Zunge kämpft mit seiner, ich rase vor Begierde. Schwungvoll drehe ich ihn zum Bett und werfe ihn auf das Laken. Überrascht schaut er mich an.

»Na, mein junger Liebhaber, dann zeig mal, was Du drauf hast.« Und ich knie mich über ihn, halte seine Hände über ihm auf der Matratze fest. Immer wieder will ich diese Lippen küssen, ich glaube, ich werde gerade süchtig danach. So hat mich definitiv noch kein Mann je geküsst. Und, hey, so habe ich noch nie geküsst. Es ist irre.

Mit sanftem Druck befreit er seine Hände, greift zart nach meinen Brüsten, umkreist sie mit seinen Fingern, als wären es tausend Hände. Er macht mich schon wieder nass, dieser liebestolle Hengst. Meine Nippel lässt er durch die Finger gleiten. Ich werfe den Kopf nach hinten, stütze mich auf seinen Schienbeinen ab. Ich hebe mein Becken, kann es schon wieder nicht abwarten, ich muss... ihn... jetzt... spüren. Mit einem Ruck beuge ich mich über ihn, greife seine harte Lanze und pflanze mich mit einem Ruck auf diese schöne, glatte Eichel. Tief ist er in mir und jetzt gibt er mir den Rhythmus, zu dem wir eben nicht gekommen sind. Sein Becken lässt mich hüpfen, lässt meine Brüste springen, während er die Hände darüber gleiten lässt. Es bebt in der Brust, im Schoß, in meiner Kehle. Seine Augen sind groß, feucht glänzend, zeigen mir seine ganze Lust. Immer noch wild gestoßen, beuge ich mich zu ihm herunter, lecke wild über seine Lippen, seine Nase, sein ganzes Gesicht. Er hält inne, umklammert meinen Po. Hebt mich, senkt mich wieder, fast dass ich aus ihm heraus flutsche. Ich brumme heiser, will ihn tief, ganz tief. Und dann hüpfe ich, immer schneller, schreie, schreie meine ganze Lust hinaus, oh Gott, ja da ist sie diese heiße, diese Wahnsinnswelle. Nur Hitze spüre ich, heiße, überquellende, mich ausfüllende Hitze. Ich werfe mich auf ihn. Er hält meinen Po, ganz fest. Ich glaube, ich will diesen Mann nie mehr loslassen. Wir stöhnen beide, erschöpft von der überwältigenden Macht der Sinnlichkeit, die uns beide erfasst hat.

Andreas

Irgendwann haben wir uns gelöst, unter der Decke aneinander gekuschelt. Irgendwann sind die Teelichter erloschen, haben wir selig geschlummert. Irgendwann in der Nacht habe ich sie erneut gespürt, als ich an ihrem Rücken lag.

Wir haben uns im Halbschlaf ein drittes Mal geliebt, wie eine große Ozeanwelle, auf und ab wogend, tiefgründig.

Als ich morgens erwache, streicht sie über mich gebeugt eine Haarsträhne aus meinem Gesicht. Der Morgen beginnt mit einem sanften Kuss, zauberhaft.
»Guten Morgen, mein Unersättlicher.«
»Wir haben nochmal, stimmt´s?«
»Ja, ich weiß nicht wie und warum ich das alles konnte, aber Du hast es möglich gemacht. Zauberer.«
Ich nehme sie in den Arm, spüre ihre Wärme und bin einfach nur glücklich. Sie schaut mit ernster Miene auf die Narbe, die meine Stirn seit dem Unfall zerfurcht hat. Sanft streicht sie darüber.
Wo hast Du die her? Bist Du in einer schlagenden Verbindung gewesen?«
»Blödsinn. Niemals. Sowas gab´s bei uns auch nicht. Ach das, das ist ...«
»...eine lange Geschichte? Das höre ich doch immer wieder. Egal, ich will sie hören.«
»Na gut. Es war bei einer Wanderung mit meiner Frau Sabine, vor vielleicht fünfzehn, sechzehn Jahren. Sie war ja von Anfang an skeptisch. Pyrmonter Felsensteig, Oktober. Es ging über Felsen und durch Schluchten. Dumm war, dass es Tage vorher geregnet hatte. Der Boden war glitschig. Sabine glitt auf einer schiefen Steinplatte aus und rutschte den steilen Abhang bis zu einem kleinen Baum, an dem sie sich festhielt. Panik stand in ihren Augen garniert mit vielen Funken Wut.

Ich stieg vorsichtig herab, bis ich auf ihrer Höhe war. Schritt für Schritt half ich ihr, den Fuß in geeignete Tritte zu setzen. Wir hatten beide große Angst, denn unter mir ging es nochmal einige Meter in die Tiefe. Am letzten Stück, ich schob ihren Po mit meiner Hand noch einmal nach oben, damit sie sich hochziehen konnte, da rutschte ich selber ab. Ich konnte mich nur noch an einen Schlag gegen den Kopf erinnern und dann wurde es schwarz um mich. Einige Minuten schwebte ich im bewusstlosen Nirwana, redete nur wirres Zeug. Ich ließ mir erklären, dass ich an mehreren kleinen Bäumen und Sträuchern vorbei bis auf einen Haselstrauch gefallen war. Es blieb bei Prellungen und Schürfungen und dieser großen Platzwunde. Es muss furchtbar geblutet haben, ich sah aus wie ein Halloween-Monster. Sabine und zwei dazu gekommene Wanderer rannten ca. 300 Meter weiter um die Kurve zu der Stelle, an der ich gelandet war. Ich schleppte mich mit Hilfe meiner Retter zum nächsten Anfahrpunkt für Krankenwagen und wurde doch tatsächlich mit Blaulicht in die Klinik gebracht. Sabine wollte danach keine ›riskanten‹ Wandertouren mehr machen. Ich konnte es ihr nicht verdenken.

Monika

Wir haben gemeinsam gefrühstückt. Es war so anders als unser rastloses Liebesmahl gestern Abend. Liebevoll, harmonisch, zärtlich. Er hat den Tisch gedeckt, eine feuerrotblühende Aster gepflückt, sie zur leidenden Rose gesellt. Ich habe uns Kaffee gekocht, ihm Zutaten für ein Müsli hingestellt. Er genoss das Frühstück mit Hingabe. Amüsiert hat ihn die Art, wie ich meinen Toast esse. Morgens brauche ich einen Berg Süße. Der Honig läuft über und meine Finger sind immer, immer klebrig. Köstlich, wie er meine Finger abgelutscht, meinen Mund abgeschleckt hat. Wäre meine Muschel nicht noch erschöpft von unserer Liebesnacht, ich hätte ihn schon am Frühstückstisch wieder vernascht. Wenn wir uns begegneten, wechselten wir verliebte Blicke oder küssten uns. Wir strahlten uns an. Es waren belanglose Dinge, über die wir sprachen. Was esse ich gerne, wo habe ich mich einmal sehr wohl gefühlt. Wir genossen einfach unsere Nähe. Dabei hätte ich so viele Fragen gehabt. Aber dieser Morgen sollte der wundervolle Abschluss unserer ersten Nacht sein und ich wollte dem nachspüren.

Ich ließ mir seinen Stolz, den Opel Commodore zeigen, den er poetisch ›Herr Jansen‹ getauft hatte. Wir gondelten kreuz und quer mit ihm durch das Münsterland und küssten uns. Wir holten unseren Besuch im Café Arte nach und küssten uns. Wir küssten, küssten, küssten, liefen händchenhaltend durch das neblige Münster, kaum einen Blick für die Sehenswürdigkeiten. An diesem Vormittag erlebte ich ein ganz anderes Gefühl von Geborgenheit, als es Peter mir gab. Ich spürte einen Wunsch nach Nähe, auch von seiner Seite, der uns immer wieder aneinander kuscheln ließ. Ich konnte ganz ich sein und ihm doch so nah. Irgendwann ging unser Tag zu Ende, Andreas musste zurück, sich auf den Arbeitstag am Montag vorbereiten. Tja, auch mir stand das bevor. Der Abschiedskuss vor meinem viel zu großen Haus in Telgte war der Bittersüßeste. Ich konnte den Nächsten kaum erwarten.

10. Africa calling

Andreas

Der Montag holte mich gnadenlos in die Realität zurück. Beim Frühstück spürte ich noch Monikas Nähe. Ihr Duft, der zarte Mandelgeschmack ihrer Lippen, der strahlende Blick, die Lachfältchen um ihre Augen, all das durchströmte mich. Spät im Büro angekommen, wollte ich erst einmal ihre Stimme hören. Am Handy wirkte sie kühl. Ich erschrak. Erst als sie mich erkannte, klang sie wieder weich und einfühlsam wie gestern. Einige unangenehme Nachrichten setzten sie unter Stress, sie hatte keine Zeit. Schade.

Mein Chef Heribert fing mich im Büro ab.

»Warst Du schon mal in Afrika?«

»Nein, wieso?«

»Du weißt, dass wir mit der GIZ...«

»Das ist die Gesellschaft für internationale Zusammenarbeit, richtig?«

»Richtig. Mit der haben wir ein Projekt in Mali.«

»Ja, habe ich von gehört. Ist da nicht der Kollege Marquardt aktiv.«

»Exakt. Den hat es mit der Bandscheibe erwischt. Er wird wohl operiert werden müssen. Eigentlich sollte er Anfang November wieder nach Bamako fliegen.«

»Und? Was soll das heißen. Weshalb sagst Du mir das?«

»Nun ich wollte Dich vor der Teambesprechung vorwarnen. Es kommt nur einer als Ersatz in Frage. Es läuft gerade ein Projekt zur Wasserversorgung in verschiedenen Distrikten.

Unsere Expertise ist da unerlässlich, wir sind vertraglich gebunden.«

»Du meinst, ich soll da hin?«

Mir brach der Schweiß aus. Nicht dass ich mich je vor einem Auslandsaufenthalt gedrückt hätte. Meine Arbeit war schließlich eine der Argumente, warum Sabine es abgelehnt hatte, mit mir Kinder zu haben. Sie scheute sich vor der alleinigen Verantwortung, wenn ich Wochen, manchmal Monate im Ausland unterwegs wäre. Gerade jetzt freute ich mich darüber, die nächste Zeit in Deutschland eingesetzt zu werden. Meine Vortragstätigkeit stand als Signal für ruhigere Zeiten.

»Ja, Du. Du kannst ein bisschen Französisch, bist das Klima gewohnt.«

»He, mach mal langsam, Feyzabad ist Nordafghanistan, das kannst Du wohl nicht vergleichen. Aber egal. Das wäre nicht so schlimm. Es ist nur..., privat ist das gerade nicht so...«

Ich zögerte, dachte an meine Professionalität. Konnte Monika ein Hinderungsgrund sein? Mein Herz schrie ›Nein, bitte tu es nicht‹. Doch der verlässliche Berufsingenieur überlegte schon, um was genau es sich in Mali handeln würde.

»Wie lange soll ich vertreten?«

»Oh, ich denke drei Wochen, vielleicht sechs, je nachdem, wie es mit Marquardt weitergeht.«

»Nicht länger als sechs Wochen.«

»Ich kann´s nicht versprechen, aber aller Voraussicht nach nicht. Du sagst ja? Ehrlich gesagt, Du hast ohnehin keine große Wahl. Wir haben nur Dich dafür. Das weißt Du, oder?« »Ja schon. Ich muss es nur erst mal verdauen.«

Und ich muss es Monika beibringen, oh je. Ich darf gar nicht dran denken.

In der Teambesprechung freuten sich die Kollegen über meine Zusage. In Henning Marquardt´s Abteilung holte ich mir die Unterlagen zum Projekt. Ich müsste ihn so bald wie möglich anrufen und mir von ihm wichtige Details geben lassen. Offensichtlich begann man jetzt in Mali, die kritische Wasserversorgung in der Landwirtschaft systematisch zu verbessern. Vor allem Frauen sollten ihre Agrarkompetenz optimieren. Bei der Wassergewinnung gab es jede Menge Umwelttücken. Hier könnten wir beraten.

Gerade war ich in diese Arbeit vertieft, da hörte ich einen vertrauten Klingelton, meine Mutter. Es musste was passiert sein. Auf der Arbeit störte sie mich nie.

»Ja, Mutti, ist was passiert?«

»Der Papa ist gestürzt.«

»Was?! Ist es schlimm? Ist er im Krankenhaus?«

»Nein, schon wieder hier.«

»Wie? Du warst schon im Krankenhaus? Wann ist es denn passiert?«

»Heute Nacht. Er war auf dem Weg zur Toilette, ich habe es zu spät gemerkt. Dann ist er die Stufe, ... jedenfalls hat er sich das halbe Ohr am Tisch abgerissen. Es hat so furchtbar geblutet, ich dachte, er müsste verbluten.«

Meine Mutter ist tapfer, zäh und unnachgiebig, wenn sie sich etwas in den Kopf gesetzt hat. Dies gilt vor allem, was die Pflege ihres Mannes angeht. Früher musste sie oft seine herrische Art ertragen, doch gebeugt hatte sie sich nie. Jetzt, wo der Parkinson ihn eingemauert und gebückt in ein abhängiges Leben zurückgeworfen hat, nahm er dankbar die Pflege seiner starken Frau an. Meine älteren Geschwister Frank und Ulrike wohnen in der Nähe unserer Eltern.

Ihr kleines Häuschen steht in Urbar bei Koblenz.

Meine Geschwister und ich sind uns einig. Vater gehört in ein Pflegeheim, weil Mutter es nicht mehr schaffen kann.

»Und wieso ist er jetzt schon wieder entlassen? Was sagen denn Frank und Ulrike dazu?«

»Du weißt doch, wie die Kliniken heute sind. Selbst das Lazarett der Bundeswehr hat jetzt ganz kurze Liegezeiten. Er war aber im ›Kemperhof‹. Seine Wunde ist versorgt, mit seinem Schädel ist alles gut, er war ja im Kernspind.«

Und sein Ohr? Wer kümmert sich darum?«

»Da kommt jetzt täglich der Pflegedienst.«

»Mama, das ist doch alles Zuviel für Dich. Kann man Papa nicht in eine Kurzzeitpflege geben? Du, ich habe nämlich eine Frau, also die Monika kennen gelernt, die ist Krankenschwester...«

»Ach, Andi, lass gut sein. Die Ulrike kann mir zur Hand gehen.«

»Mutti, die Ulrike hat´s selber im Kreuz. Sie hat ihre Arbeit, macht nebenher diese Heilergeschichten.«

»Da misch Du Dich mal nicht ein. Das machen Ulrike und ich schon untereinander aus. Papa kommt jedenfalls nicht ins Heim. Das können wir uns außerdem gar nicht leisten. Weißt Du, was das kostet?«

»Aber ihr könntet doch ins Betreute Wohnen. Monika, also die Bekannte oder besser gesagt, ach das habe ich Dir noch nicht erzählen können, meine Freundin...«

»Ach was, Du hast eine neue Freundin? Das wurde aber auch Zeit, mein Junge. Allein sein ist doch nichts auf Dauer.«

»Ja, Mutti, das erzähl´ ich Dir später. Aber die Monika, die übernimmt ausgerechnet in Bonn demnächst so eine Einrichtung.

Betreutes Wohnen, weißt Du? Wo man sich selbst versorgt, handwerklich oder irgendwas selber machen kann und jederzeit Hilfe bekommt, wenn es nötig ist.«

»Ich brauche aber noch keine Betreuung.«

»Aber Papa braucht sie, Mensch Mutti! Es geht doch um Euch als Paar.«

Das Schweigen meiner Mutter sendet Verletztheit aus.

»Ich weiß, dass Du das jetzt noch alles kannst. Aber wie lange noch?«

»Und was ist mit dem Haus. Du weißt, wie Papa daran hängt. Wir leben seit 40 Jahren hier am Rhein.«

»Das Haus ist irgendwann zu viel für Euch. Parkinson geht immer weiter, mach Dir doch nichts vor, Mutti. Die Treppen, das enge Bad und Du wirst auch nicht jünger. Und übrigens, Bonn liegt auch am Rhein.«

»Mein Junge, ich werde jetzt erstmal Papa seine Medikamente geben. Nachher kommt der Pflegedienst und dann sehen wir weiter. Ich wollte Dich nur informieren.«

Der Trotz in ihrer Stimme macht mir klar, dass eine weitere Diskussion zu nichts führt.

»Pass auf. Sag mir Bescheid, wenn sich etwas Neues ergibt und... , was sagst Du, soll ich Euch am Wochenende mal besuchen kommen.«

»Ja Junge, mach das. Und bring doch Deine Monika mit, ja?«

»Mal sehen. Auf alle Fälle kann ich Dir dann in Ruhe alles erzählen. Und alles Gute für Papa, drück ihn. Und grüß alle anderen auch von mir. Bis dann.«

Nach dem Gespräch wird mir klar, dass mit Monika mein Leben nicht einfacher wird. Aber reicher wird es. Und sinnvoll und erfüllend. Ach wenn ich sie doch heute schon wiedersehen könnte. Der Rest des Tages bestand in hektischen Vorbereitungen für meinen Aufenthalt in Mali. Ich sollte gleich zum Betriebsarzt. Untersuchungen, Impfungen, Malariaprophylaxe, all das musste zügig eingeleitet werden. In meinem Kopf sah ich Bilder von großen, staubigen Städten, von Hüttendörfern, von Menschen mit tiefschwarzer Hautfarbe. Alle in mir angesammelten Klischees zu diesem dunklen unbekannten Kontinent drängten sich mir ungefragt in meine Gedankenwelt.

11. Land unter

Monika

Der Montag kam wie eine Welle über mich, die eine liebevoll gebaute Sandburg unterspült. Noch in seligen Gedanken an mein letztes Telefonat mit Andreas gestern Abend, kam ich um sieben in die Klinik. Barsch wurde ich auf dem Flur vom Leiter der Pflegedienstleitung, Bruno Borschke empfangen.

»Du bist spät, ich muss Dich dringend sprechen, komm bitte in mein Büro.«

Ich kramte genervt den Transponder hervor.

»Darf ich noch meine Sachen ins Büro bringen?«

»Ja, aber beeil Dich, es gibt Ärger.«

Trotzig machte ich mir erst mal einen Kaffee und ging mit dem Becher in Brunos Büro. Sein wuchtiger Glatzkopf glühte noch roter als sonst, die Haut über seinem Siebentagebart war schorfig, er befand sich wieder mal im Dauerstress.

»Die Gastroenterologie schlägt Alarm, der Chefarzt dort droht mit Kündigung, wenn die personelle Situation nicht augenblicklich verbessert wird. Und - noch schlimmer - die Klinikleitung hat eine vorübergehende Kürzung der Untersuchungszahlen bei Koloskopien und ERCPs kategorisch ausgeschlossen. Wir befinden uns im Konkurrenzkampf mit der Uni. Wenn wir nicht von der Klinik-Bildfläche verschwinden wollen, dann müssen wir die Zahlen halten.«

»Schön, und warum sagst Du mir das alles? Woher soll ich denn Personal nehmen? Frag doch die Personalabteilung, aber ich sag Dir gleich, Endoskopie-Fachpfleger sind seltener als

Hebräisch-Dolmetscher. Viel Spaß.«

»Das ist nicht lustig!«, brüllte Bruno jetzt.

»Schrei nicht rum, sonst geh ich gleich, ich hab das nicht nötig...«

»Ach ja? Was soll das denn heißen?! Bist Du auf dem Absprung?«

Ich muss aufpassen, noch ist meine neue Tätigkeit nicht vertraglich abgesichert. Die Einrichtung soll im Mai starten.

»Nein, Blödsinn, also, was denkst Du, soll ich tun.«

»Als erstes Mal, wieso musstest Du gleich zwei Schwestern auf die Qualifizierung zum Fachpfleger schicken?«

»Fachpflegerin, bitte.«

»Emanze!« Ich schmunzle in mich hinein, Chauvie, kontere ich innerlich.

»Weil die Übergangsfrist der Fachgesellschaften ausläuft. Wenn wir zertifiziert bleiben wollen, ja? Konkurrenz Uniklinik und so, ja? Dann ist das halt nötig!«

»Das hättest Du schon viel früher machen müssen!«

»Sicher, als der Krankenstand so hoch war, als wir zwei neue Untersuchungsplätze eingerichtet hatten, erinnerst Du Dich, alles abgelehnt.«

»Scheiße!«

»Die hilft uns jetzt auch nicht weiter.«

Für einen winzigen Moment huscht ein Schmunzeln über Brunos Lippen. Eigentlich mögen wir uns, respektieren einander.

»Also der Chef sagt, er braucht sofort mindestens einen Fachpfleger mehr und er fragt, wann Isolde wieder voll arbeiten kann. Du weißt, die ist in der Wiedereingliederung wegen Burnout.«

»Genau! Merkt ihr eigentlich alle nicht mehr, was hier abgeht.

Das Personal bekommt Leistungen gekürzt, Überstunden können nicht mehr in Freizeit abgegolten werden, die Leistungsträger brennen aus, aber man muss die Leistungszahlen erhöhen, damit die Rendite stimmt. Seitdem wir zu dieser Klinik-AG gehören, ist alles nur noch schlimmer geworden.«

Bruno haut auf den Tisch, dass mein Kaffee überschwappt.

»Sorry, ich kann da doch auch nichts machen. Ich sitze genauso wie Du da mit im Boot.«

Erschöpft schweige ich und überlege. Ich trinke den restlichen Kaffee.

»Da bleibt nur eins, wir müssen Zeitarbeitskräfte einstellen. Ich kenne da eine Agentur, einfach wirds nicht, wie gesagt, Fachpfleger sind rar. Außerdem kann ich Sandra in der Uni fragen, die weiß, ob jemand Abwanderungstendenzen zeigt. Wenn unsere Leitung auch kein Geld für Leihkräfte hat, dann sollen sie persönlich runterkommen und die Schläuche schieben.«

Bruno murrt, halb anerkennend, halb frustriert.

»Na gut, könnte funktionieren. Habt ihr in der HNO nicht vielleicht noch Fachkräfte?«

»Vergiss es, der Mayer köpft mich und außerdem kann man die Bronchoskopeure nicht ohne Weiteres dafür einsetzen.«

»Na gut, dann schau, ob wir jemanden bekommen. Und tut mir leid, dass ich so laut geworden bin. Ist halt alles stressig hier.«

»Ist schon gut. Und damit das klar ist. Ich geb der Personalabteilung den Tipp. Die sollen gefälligst ihre Arbeit selber machen. Sandra ruf ich später an. Bis dann.«

»Bis später Moni.«

Ich bin noch gar nicht richtig in meinem Büro angekommen, da erschüttert mich die nächste Botschaft, Herr Professor Dr.

Wachtner ist am Telefon.

»Guten Tag, liebe Frau Mahlert, hier ist Gernot, äh Wachtner, haben Sie einen kurzen Moment für mich?«

Beinah hätte ich ihm unwirsch ›Nein!‹ durchs Telefon geraunzt. In Kenntnis meiner Situation beherrsche ich mich.

»Klar, guten Morgen Herr Professor.«

»Ach bitte, doch nicht immer so förmlich, Gernot äh Wachtner, also...«

»Tut mir leid, üblicherweise legen Professoren sehr viel Wert auf die korrekte Anrede«, gebe ich schnippisch zurück.

»Ja, mag sein, nun, ich habe Ihnen etwas Wichtiges mitzuteilen«, antwortet er deutlich kühler. Sage ich doch, sie sind eitel, die Professoren.

»Ja, ich bin ganz Ohr.«

»Also unsere Stiftung hat beschlossen, dass wir aus wirtschaftlichen Gründen...«

Mir wird schwindlig, ich sehe meine neue Stelle davon schweben. Alles vorbei. Weiter in dieser Mühle. Oh Gott!

»...den Betrieb auf Januar 2011 vorziehen. Wir werden erst mit einer Wohngruppe anfangen. Das bedeutet, dass wir sie schon ab Januar einsetzen wollen, prima wäre eine Einarbeitung schon vor Weihnachten, wir...«

»Halt, Halt, Herr Professor, äh Ger..., Herr von Wachtner. Ich habe noch gar nicht gekündigt, drei Monate mindestens, wenn die nicht auf sechs Monaten bestehen. Und mein Haus, eine neue Wohnung, wie soll ich das alles in so kurzer Zeit...?«

»Da machen Sie sich mal keine Sorgen, mit der Wohnung, da kann ich Ihnen schon jetzt... Also ich habe da eine fantastische Penthousewohnung zu vermieten.«

»Ja, ok, das kann man ja dann sehen, aber meine Arbeitsstelle.«

»Nun, da würde unsere Rechtsabteilung mit ihrer Klinikleitung einen Auflösungsvertrag gestalten. Das Finanzielle lassen Sie mal unsere Sorge sein. Ich habe gesagt, mir kommt nur diese Frau Mahlert infrage, wenn Sie verstehen.«

Schon wieder verstehe ich, aber ich fürchte, dass ich das, was ich verstehe, nicht wirklich möchte.

»Also gut, ich brauche jetzt was Schriftliches. Ich kann nicht alles durch Sie regeln lassen. Ich muss erhobenen Hauptes hier einen Abschluss finden.«

Fest in der Stimme bin ich innerlich kurz vor dem Zusammenbruch.

»Na, so habe ich Sie auch eingeschätzt. Taff und korrekt. Also, ich lasse noch heute einen Schriftsatz aufsetzen, der sie als neue Leiterin unserer Wohneinrichtung Herbstsonne vorsieht. Ach und wegen Donnerstag. Ich habe in unserer Verwaltung für 14:00 Uhr einen Termin ausgemacht. Wir können dann den erfolgreichen Abschluss in kleinem Kreis im Strandhaus in Bonn feiern, ein erlesenes wunderhübsches Restaurant.«

»Ich..., ja gut, also um 14:00 Uhr. Einen schönen Tag noch Herr von Wachtner.«

»Kopf hoch, meine Liebe, es wird alles wunderbar funktionieren. Sie können sich auf mich verlassen.«

Das jetzt auch noch. Haben sich heute alle gegen mich verschworen. Ich schaue auf die Uhr, fünf vor Acht, ich muss zur Gastroenterologie, Besprechung, das wird ein unbequemer Ritt. Da klingelt mein Handy. Ohne auf die Nummer zu schauen

nehme ich ab und melde mich kurz angebunden:
»Mahlert. Bitte.«
»Hi Moni, ich bin's, Andreas, ich..., ich wollte nur mal Deine Stimme hören.«
Augenblicklich fallen Stress, Ärger und Hektik von mir ab.
»Hallo Andreas, mein Liebster. Ja, das finde ich auch schön, Deine Stimme zu hören.«
...doch es hält nicht lange vor. Mein Alarmwecker ruft mich zur Besinnung.
»Leider habe ich gerade gar keine Zeit. Ich muss jetzt gleich zu einer Besprechung und es ist heute Morgen schon einiges vorgefallen. Wir sprechen später, ok?«
Ich seufze einmal tief und wechsle sehnsüchtig noch einmal in den Verliebt-Modus:
»Ich küsse Dich, bis später.«
»Ja, ich Dich auch, überall. Schade. Aber ich versteh Dich, der Alltag. Bis später.«
Als ich aufgelegt habe, bleiben mir drei Minuten für vier Minuten Fußweg, ich werde hetzen müssen. Ich wische mir eine Träne aus dem Auge. Diese Gefühlsachterbahn, ich muss diese Fahrten bitte nicht regelmäßig haben.

Zurück von einer intensiven, aber fairen und konstruktiven Besprechung bin ich kurz vor Mittag ausgelaugt und erschöpft. Innerlich fühle ich mich taub, mein Nacken ist verkrampft, mein Kopf schmerzt. Sie haben es akzeptiert, haben meine Vorschläge geprüft und anerkannt, dass ich mich in ihrem Sinne eingesetzt habe. Immerhin. Hungrig erreiche ich mein Büro und sehe auf meinem Handy eine SMS von meiner Tochter. Auch das noch, denke ich nicht ohne schlechtes Gewissen.

›Mama, ruf mich doch bitte mal an.‹

Kurz überlege ich, ob ich das auf heute Nachmittag oder gar auf abends verschieben soll. Aber ich will dann Zeit für Andreas haben. Also wähle ich.

»Hallo Mama.«

»Hallo Julia, wie geht's Dir? Du wolltest mich sprechen.«

»Mir geht's nicht gut. Wir haben hier einen neuen Referendar, der nimmt sich unheimlich wichtig. Und jetzt hat er's auf mich abgesehen.«

»Wie, mobbt er Dich?«

»Nein, Mama, nicht so. Er baggert mich an.«

Ach Julia, denke ich. Wenn ein Mann mit Dir flirtet, statt förmlich um eine erste Verabredung zu bitten, dann nennst Du das gleich Anbaggern.

»Wieso, stalkt er Dich?«

»Mama, seit wann benutzt Du lauter englische Ausdrücke. Nein. Aber es nervt. Jede Gelegenheit nutzt er, um mir zu schmeicheln. Ich könnte so gut mit Kindern umgehen. Meine Frisur gefällt ihm. Ich hätte ein so hübsches Lächeln.«

»Ist er hässlich?«

»Nein, ach Du verstehst mal wieder nicht. Natürlich sieht er gut aus, aber, aber, so macht man das eben nicht.«

»Wer ist eigentlich man?«

»Ach lassen wir das, Mama. Ich wollte eigentlich wissen, wie das in Ulm war. Durch diesen blöden, wie heißt er noch ...?«

»Andreas und Vorsicht, der ist nicht blöd, klar!«

»Ja, also dadurch haben wir noch gar nicht über diese

Einrichtung, die Du in Ulm besucht hast geredet.«

Ich atme tief durch, das wird schon wieder nicht einfach.

»Also. Ich hab eine neue Stelle.«

»Echt? Und ab wann?«

»Eben hat dieser Professor von der Stiftung angerufen und mir gesagt, dass ich schon im Januar anfangen soll.«

»Januar 2011?«

»Ja?«

Schweigen am anderen Ende.

»Julia, bist Du noch da?«

»Was wird eigentlich aus Papas Haus.«

Ich bin fassungslos, es trifft mich wie ein Schlag.

»Was sagst Du? Papas Haus? Wieso Papas Haus? Es ist ja wohl genauso mein Haus.«

»Unser Haus, dann schon. Stell Dich nicht so an. Papa hat es schließlich bezahlt.«

Wut kocht in mir hoch, kaum jemals so empfundene Wut gegenüber meiner Tochter. Ich versuche, mich zu beherrschen.

»Sag mal, Du bist kein Kind und kein Teenie mehr. Wie kommst Du also dazu, solch einen chauvinistischen Schwachsinn von Dir zu geben? Erstens habe auch ich zum Familieneinkommen beigetragen. Zweitens habe ich Dich großgezogen. Drittens, seit wann geht es bei einer Familie heutzutage danach, wer etwas Gemeinsames bezahlt hat und viertens habe ich mit Papas Tod zunächst das Haus geerbt.«

»Ja, ist ja gut, musst Dich nicht gleich so aufregen. Aber im Ernst, was passiert denn mit dem Haus. Du kannst ja wohl nicht

täglich von Münster nach Bonn pendeln.«
»Ich werde es verkaufen.«
»Verkaufen! Unser Haus! Bist Du verrückt!«
»Ja, was hast Du denn gedacht. Es ist sowieso zu groß für mich alleine.«
»Und wenn ich es haben will?«
»Haben will? Du hast ja noch nicht mal einen festen Partner.«
»Ja super. Das musst Du mir auch immer wieder vorhalten. Dass mein Liebesleben verkorkst ist, hab ich auch nicht alleine zu verantworten.«
Ich lache laut auf.
»Wer denn? Ich?«
»Zum Beispiel.«
Ich bin am Ende meiner Kräfte, ich glaube, dass dieses Gespräch jetzt beendet werden muss, sonst werde ich ausfallend.
»Ich weiß nicht, was gerade mit Dir los ist, Julia, aber ich hab jetzt zu tun und ...wir sollten später telefonieren, besser morgen.«
»Ach, brauchst Du jetzt mehr Zeit für Deinen neuen Lover?«
Ich drücke das Gespräch weg, ich kann nicht mehr. Rasende Kopfschmerzen durchwühlen meinen Kopf, mir wird schwindlig.
Am Ende des Tages, erschöpft zu Hause angekommen, bleibt mir ein Wunsch. Ich muss Andreas sprechen. Ich bin durch die Ereignisse dieses Tages zerrissener denn je. Schon jetzt vermisse ich diesen wunderbaren Mann, aber... Viele Abers quälen mich auf einmal. Der neue Job, der Umzug, Julia, mein Alter. Wieder verzage ich an mir. Ich wähle seine Nummer.

12. Das Alter

Andreas

Zuhause angekommen zauberte Monika in meinem Kopf, im Herzen und besonders knisternd in meinen Lenden.

Das Telefon läutet, sie ist dran.

»Hallo Süße.«

»Hi, mein Liebster, wie geht´s Dir?«

»Mmh, war kein guter Tag. Aber ich glaube, Du hast bestimmt auch einiges zu erzählen. Du hattest mächtig Stress, stimmt´s?«

Ich höre sie tief seufzen.

»Stress? Es ist viel mehr als das. Ich habe gerade das Gefühl, die Kontrolle über mein Leben zu verlieren.«

»Ach, Moni, das tut mir leid. Kann ich Dir helfen. Was ist denn passiert?«

»Du bist süß. Ja, es wäre schön, wenn Du mir helfen könntest, aber ich kann mir im Moment nicht vorstellen, wie man mir überhaupt helfen kann.«

Ich spüre Verzweiflung, die mich erschüttert. Ich muss ihr helfen. Genau jetzt spüre ich einfach nur ... Liebe.

»Dazu möchte ich Dir was sagen. Es war wunderbar gestern.«

»Andreas, das ist jetzt leider nicht das Thema...«

»Warte doch. Genau darauf will ich doch hinaus. Es war wundervoll. Aber das ist nicht, also nicht alles warum ich Dich, warum ich, ich sollte es noch nicht sagen, aber warum ich glaube, dass ich Dich liebe. Da ist so viel mehr. Doch nicht nur Sex, wenn Du verstehst.«

»Andreas, lass mich bitte erstmal erzählen, was gerade in

meinem Leben alles zur Hölle geht. Und dann sprechen wir über uns und ob das eine Zukunft hat.«

»Moni? Ok, Du jagst mich gerade durch ein Wechselbad der Gefühle. Aber natürlich, erzähl. Du hast ja Recht. Ich sollte Dich mal ausreden lassen.«

»Gut, wo fange ich an? Also erst mal die Arbeit. Ich muss morgen sofort kündigen, weil mein neuer Chef will, dass ich schon in zwei Monaten, im Januar anfange. Das bringt mich absolut in Stress. Erst war von Mai bis Juni die Rede. Ich lebe alleine in diesem großen Haus, Du hast es selbst gesehen. In Peters Haus, wie meine Tochter mir vorhält, aber dazu später. Ich muss nicht nur umziehen, sondern das Haus verkaufen, oder vermieten, aber das krieg ich nicht organisiert zusammen mit dem neuen Job.«

Ich spüre die drohende Überlastung von Monika. Ich will ihr helfen und muss selber nach Mali.

»Monika, ich fühle, wie fertig Dich das macht. Ich will Dir helfen, ehrlich. Ich, hörst Du. Mit allem was ich dazu tun kann. Ich meine es ernst mit uns.«

»Ja, warte doch. Das ist lieb. Das ist total lieb. Aber ich bin noch nicht fertig. Gut, das ist stressig. Aber dann kommt noch meine Tochter dazu, die mir gerade wegen allem Vorhaltungen macht. Wegen dem Haus, wegen Dir. Sie will, dass alles so bleibt, wie es in ihrer heilen Welt einmal war.«

Wut steigt in mir auf. Auf diese Julia.

»Süße. Deine Tochter ist erwachsen. Muss sie nicht ihren Weg allein gehen?«

»Natürlich. Aber darum geht es doch gar nicht.«

Ihre Stimme bebt Unmut.

»Andreas, nochmal: Die nächsten Wochen werde ich mein

ganzes Leben umkrempeln müssen. Meine einzige Tochter wird mir dabei keine Hilfe, sondern eine schwere Last sein. Ich kenne Julia. Wenn die sich einmal etwas in den Kopf gesetzt hat, ist sie unbeirrbar. Und das hat auch mit Dir zu tun.«
Ich fasse es nicht.
»Monika, an dem Punkt waren wir schon einmal. Wird Deine Tochter Dein Leben bestimmen, wenn es um Partnerschaft, vielleicht um Liebe geht?«
»Nein! Nicht bestimmen! Aber mir das Leben zur Hölle machen, bei all dem zusätzlichen Stress!!«
Ich erschrecke. Sie ist tief getroffen.
»Andreas, Entschuldigung. Es ist nur... Es ist alles auf einmal gekommen. Und dann... Ich hab Angst, dass ich zu alt für Dich bin. Du hast mich nicht wirklich genau betrachtet. Hör mal, ich bin fünf Jahre älter. Wie sieht unsere Zukunft aus? Wie alt ist Deine Ex-Frau?«
Ach das ist es. Erst Jochen, jetzt sie selber. Und ich? Kamen mir nicht ähnliche Gedanken. Und doch...
»Vertraust Du mir eigentlich, Monika? Ich meine, gibst Du mir eine Chance? Ich bin doch kein Trottel. Ich sehe selbst, dass Du am Hals Fältchen hast. Das geht ab vierzig gar nicht anders, es sei denn, man legt sich unters Messer. Aber, das..., das hast Du nicht nötig. Ich sehe, dass Du keine Dreißig mehr bist. Ich habe auch Erfahrungen mit jüngeren Frauen..., äh also mit einer, na ja, das tut ja jetzt nichts zur Sache. Jedenfalls, mir kommt es auf Dich an, auf die Monika, in die ich mich so wie sie ist, verliebt habe.«
»Und? Wie alt ist Deine Ex-Frau?«
»Zwei Jahre jünger als ich. Und? Das ist mir egal. Ich seh Dich, höre Dich, spüre Dich und es gibt keinen einzigen Grund, wegen Deines Alters auf irgendwas zu verzichten, was ich mit Dir

gerade erlebe. Und deswegen nochmal: Ich biete Dir meine Hilfe an. Lass mich Dir helfen. Mal ehrlich. Glaubst Du, ohne meine Hilfe geht es besser?«

»Nein«, sagt sie kleinlaut, »aber ich müsste Dich nicht damit belasten.«

»Ich möchte aber, dass Du mich belastest. Ich möchte für Dich da sein.«

Für einen Moment ist die Leitung still.

»Gut, danke. Ich... ich möchte, das mit Dir. Ich möchte, dass es weiter geht, ja. Nur, es ist so viel. Am Donnerstag muss ich schon zur Vertragsunterzeichnung nach Bonn.«

Bonn, das ist fantastisch, ein Gedanke blitzt in mir auf.

»Das ist doch prima. Hättest Du nicht Lust, auf dem Rückweg bei mir vorbei zu kommen. Wir könnten das feiern, ganz intim«, säusle ich jetzt.

»Das ist eine schöne Idee. Ich weiß nicht, wann wir fertig sind. Herrn von Wachtner hat noch ein Abendessen im kleinen Kreis vorgesehen.«

»Oh, das habe ich nicht gewusst. Das ist... aber schade.«

Unerwartet spüre ich einen Stich tief in mir. Er fühlt sich nach Eifersucht an. Wer ist dieser von Wachtner? Was heißt denn kleiner Kreis?

»Mal sehen, ich sag Dir dann bescheid. Wie war eigentlich Dein Tag.«

»Nicht viel besser. Ich habe auch eine schlechte Nachricht für uns. In ca. drei Wochen muss ich nach Mali.«

»Was? Und da willst Du mir helfen? Andreas? Für wie lange?«

»Drei bis sechs Wochen. Ich soll für einen kranken Kollegen einspringen.«

»Das, das ist wirklich nicht schön. Dann haben wir also noch ganze drei Wochen.«

»He, wenn ich in Mali bin, haben wir uns auch, am Telefon. Das werden wir auch schaffen.«

»Ich muss die nächsten Tage abwarten, sehen, was alles zu regeln ist.«

»Wann sehen wir uns wieder? Wenn es am Donnerstag nicht klappt, vielleicht kannst Du mich am Wochenende in Essen besuchen. Ich wollte auch zu meinen Eltern nach Koblenz. Mein Vater, der hat ja Parkinson. Er ist gestürzt am Wochenende. Meine Mutter versorgt ihn, aber ich würde gerne mal nach ihm sehen. Möchtest Du mit mir..., also wenn es Dir nicht unangenehm...«

»Andreas, wir sind erwachsen, das ist kein Problem für mich. Aber ehrlich gesagt, ich weiß nicht, ob ich am Wochenende überhaupt Zeit finde. Mein Gott, ich hab mich so auf Dich gefreut, ich konnte es gar nicht erwarten, mit Dir wieder zusammen zu sein und dann bricht alles über mich herein.«

»Konntest? Monika?«

»Nein, kann. Ich kann es nicht erwarten. Aber ich muss jetzt ein bisschen vernünftig sein und planen. Ich küss Dich. Ich glaube, für heute ist es gut. Ich wünsche Dir eine gute Nacht und schöne Träume.«

Mir ist bewusst, dass ich jetzt Geduld aufbringen muss. Monika weiß jetzt, dass ich ihr helfen will. Und sie weiß, dass ich sie liebe. Ja, so viel ist klar, ich liebe sie. Verrückt nach so kurzer Zeit.

»Ich Dir auch. Und ich habe schon verstanden. Wenn Du meinen Rat brauchst, melde Dich bitte, ja?«

»Ich melde mich morgen. Vielleicht geht's mir dann schon besser.«

13. Intimität

Andreas

Je mehr Informationen ich über Mali einhole, desto aufgeregter bin ich. Es ist ein Vielvölkerstaat, dem die Kolonialherren willkürlich Grenzen gezogen haben. Islam, Christentum, Naturreligionen, all das muss unter einen Hut passen. Das Land lebt überwiegend von Landwirtschaft und das schlecht. Bezeichnend ist, wie wir Europäer und die Nordamerikaner sich wunderbar von den Märkten auf diesem Kontinent abschotten und damit den Afrikanern wenig Chancen einräumen, konkurrenzfähig zu werden. Immer wieder begegnete ich in Entwicklungsländern dieser paradoxen Logik. Wir helfen beim Brunnenbau, in der Energiewirtschaft, in Schulen. Wir drücken ihnen unsere Standards auf. Wir akzeptieren auch Diktatoren. Aber wenn es um fairen Handel, um Entwicklung von Wirtschaft geht, dann greifen die alten Abschottungsmaßnahmen.

Ein Konflikt schwelt in Mali seit Jahrzehnten. Es ist der Disput zwischen dem Nomadenvolk der Tuareg im Norden und der Zentralregierung im Süden. Dieses Berbervolk, auch blaue Reiter genannt, lebt im Gebiet der Sahara. Das Nomadenleben haben sie mittlerweile überwiegend abgelegt. Sie wollen nun - ähnlich wie die Kurden ihre eigene staatliche Identität. Ungebunden suchen sie immer wieder neue Verbündete. Ihr Islam ist gemäßigt, doch mit der Radikalisierung einiger Muslimgruppen in Nordafrika drohen sie in deren Einfluss zu geraten.

Marquardt unterstützt zurzeit die GIZ bei einem Projekt, in der dezentrale Kleinbewässerungsanlagen zu einer Verbesserung der Landwirtschaft führen sollen. Neben technischen Fragen und denen der Kulturentwicklung sollen wir umwelttechnische Beratung leisten, damit nicht neue Risiken entstehen, wenn sich die Landbevölkerung wirklich auf neue Systeme einlässt.

Die übrige Arbeit im Büro klumpte wie dichter Lehm. Ich hatte Mühe, meine Gedanken auf Monika zu richten. Doch abends, in meinem gemütlichen Dachmansardennest legte ich mich entspannt auf das Sofa. Nur im Bademantel bekleidet, verfolgte ich die Wiederbelebung dieser wunderbaren Nähe.

Unsere Gespräche begannen mit kleinen Zärtlichkeiten, die sich an unsere Körper herantasteten. Ich ließ meine Finger, meine Lippen, meine Zunge ihren Körper erkunden. Sie reagierte, summte oder stöhnte leise durch den Äther, um mir zu zeigen: ›Oh ja, das gefällt mir‹. Dann gab sie mir ihr Streicheln zurück, umhüllte mich mit Komplimenten. Wie süß mein kleiner Knackarsch sei, was für schöne schlanke Beine ich habe. Unweigerlich musste ich an Sabine denken. Sie war, nein sie ist eine begehrenswerte Frau. Aber sie redete nicht über unser Intimsein. Es schien ein mechanischer Akt zu sein, der sie zu etwas Stöhnen, vielleicht einem Ausruf verführte. Und gelegentlich hatte sie auch einen Orgasmus, sicher war ich nicht. Aber sie sagte solche Sätze wie: ›Du hast so käsige Beine, geh mal mehr in die Sonne‹ oder ›die Hose steht Dir nicht. Dein kleiner Hintern füllt die gar nicht aus‹.

»Sabine«, sagte ich vorsichtig, »ist eine wirklich hübsche, attraktive Frau. Nein, früher, als ich mich in sie verliebte, fand ich sie süß, beinah zuckersüß, wenn Du verstehst«.

»Ach ja?«, kam vieldeutig von Monika.

»Ja, wie man halt mit 19, 20 Frauen sieht. Doch die Erkenntnis, dass wir ganz unterschiedlich tickten, tröpfelte wie unsichtbares Gift in unsere Beziehung. Anfangs waren es nur Kleinigkeiten. Wenn ich eine Tour durch die Natur vorschlug, schob sie ihre Zustimmung hierzu hinaus. Ich konnte in ihr kein Feuer entfachen, das ich selber im Wald, am Bach, auf einer Sommerwiese verspürte. Mich lähmte die stundenlange, systematische Schnäppchenjagd in Modegeschäften. Am Ende, dachte ich, geht es nicht um ein neues Outfit, sondern um den Lustgewinn beim Kaufsparen. Trotzdem gingen wir lieb miteinander um. Es gab selten ein böses Wort.«

»Und im Bett?«

»Du bist aber neugierig.«

»Hör mal, das ist doch normal. Ich will wissen, wo ich heute stehe.«

»Monika, bring mich nicht in Verlegenheit. Heute ist heute und früher war früher. Also natürlich war es die erste Zeit aufregend. Sie war schon damals ein echter Hingucker.«

»Dann hast Du also jetzt einen Typwechsel vorgenommen.«

»Monika! Was soll denn der Blödsinn? Du bist nicht nur ein Hingucker, also total attraktiv, Du hast eine Ausstrahlung, eine Aura, die weit über das Erotische hinausgeht.«

»Wow! Und die hatte Sabine nicht?«

»Für andere vielleicht, keine Ahnung. Was Ausstrahlung bedeutet, habe ich mit zwanzig noch nicht gewusst. Ausstrahlung hieß für mich damals: tolle Hüften, sexy Brüste, lange Haare, große Augen, süßer Mund.«

»Das ist aber schon 'ne ganze Menge, findest Du nicht?«

»Natürlich, sag ich ja, Sabine war ein heißer Feger.«

»Und was hat sich, ich meine diesbezüglich dann geändert.«

Ich musste kurz nach den passenden Worten suchen.

»Es wurde langweilig. Nicht, wie Du vielleicht denkst. Irgendwann will man eine andere Frau, oder so.«

»Ach, denke ich so? Ist ja interessant.«

»Entschuldigung, nein. Aber ich will damit sagen, es wurde langweilig, weil in Sabine keine Neugier war. Keine Begeisterung für eine Abenteuerreise durch den Garten der Lüste. Sie wollte Sex, aber an den Füßen, am Bauch, in den Achseln, da kitzelte es sie, wie toll! Sie fand für Vieles Gründe, Ausreden, warum sie es nicht wollte.«

»Und Du?«

»Akzeptierte das. Drängen hilft sowieso nicht. Schön ist nur, was beide wirklich wollen.«

»Sehe ich auch so.«

»Ich fand mich irgendwann damit ab und sagte mir, vögeln an sich ist ja auch schön. Meine Unzufriedenheit wurde zum nörgelnden Begleiter, der mir immer öfter ins Ohr flüsterte. ›Guck mal schon wieder. Was will sie jetzt mit drei T-Shirts, nur weil die so billig sind.‹ Oder ›jetzt kichert sie schon wieder wie ein Teenie, nur weil ich ihren Bauchnabel küsse, wie albern‹. Die Vergiftung kommt von innen. Du lässt sie zu, statt dich mit dem Anderen darüber wirklich auszusprechen.«

»Und warum hast Du nicht mit ihr gesprochen?«

»Weil nach der zehnten gleichen Erklärung klar ist, das bleibt jetzt so. Das ist gesetzt. Ende der Diskussion. Hier ich, da Du.«

»Ich glaube, ich kann sehr gut verstehen, was Du meinst«,

entgegnete Monika, ich war erleichtert.

Dann erzählte sie von ihrem Mann. Wie er als Vater war, als Arzt und zaghaft darüber, wie sie sich als Ehefrau gefühlt hatte.

»Im Grunde ging es mir beim Sex wie Dir. Nur dass Peter zwar als Mann liebevoll, aber als Liebhaber gleichzeitig kraftvoll und prüde war.«

»Wie meinst Du das?«

»Na ja, er war schon stark. Er hatte, also, Du weißt schon ...«

»Nein, weiß ich nicht?«

»Na ja, er füllte mich aus, wenn Du es genau wissen willst.«

»Ist ja gut. Weiß nicht, ob ich das so genau wissen wollte. Aber inwiefern war er denn prüde?«

»Zum Beispiel beim Thema Oralsex. Hast Du schon einmal eine Frau, also ..., ich meine, oral liebkost?«

»Wieso? Ja, ein paar Mal. Aber die ersten Male war es unreif und ungestüm ...«

»Ach ja? Und später?«

»Nun ja, in meiner Ehe war es für Sabine nicht von Bedeutung. Sie wollte sich auch nicht da unten rasieren. ›Was meinst Du, wie das juckt, wenn die Haare nachwachsen. Es reicht schon bei der Bikinizone‹, war ihr Kommentar. Und dann meinte sie noch: ›denk ja nicht, dass ich das Gleiche bei Dir mache, das mag ich nicht.‹ und damit war es kein Thema mehr. Also, ich habe es immer wieder mal einfließen lassen, aber ich merkte, dass sie sich nicht wirklich darauf einließ.«

»Einfließen, das hört sich ja lustig an. Aber Du, mein Liebster, ist es Dir wichtig?«

»Ob es mir wichtig ist? Es gehört zu meinen ganz tiefen Sehnsüchten. Ich hätte schon bei Dir gerne..., aber ich wollte erst einmal sicher sein, dass Du es auch magst. Und... , das weiß ich eben noch nicht.«

»Und? Was denkst Du?«

»Na, so wie Du mich fragst, würde es Dir gefallen. Aber, Du musst nicht denken, dass ich das Gleiche von Dir...«

»Oh Gott, Du bist so süß. Du weißt wirklich noch nicht viel von mir. Lass Dich einfach überraschen. Wir sind ja erst am Anfang.«

Ich spüre, dass unser Gespräch bei mir eine wohlige Erektion auslöst.

»Hast Du Dich schon mal rasiert an deiner... Liebesrose?«

»Liebesrose? Du bist mir ja ein Poet. Ja, ganze zweimal.«

»Oh, war's nichts für Dich?«

»Wäre gewesen. Peter hat mich zur Minna gemacht, als ich ihn damit überrascht hatte. Ob ich wie eine Hure rumlaufen wollte. Man stelle sich vor, ich müsse akut ins Krankenhaus und man würde seine Frau, aufgemacht wie eine Prostituierte da sehen. Das waren seine Gedanken. Ich hab es nie mehr gewagt.«

»Und das zweite Mal?«

»War vor einem Jahr. Da wollte ich wissen, ob ich das für mich will, wenn ich mich streichle. Frustriert habe ich es nicht wiederholt.«

»Ich stelle mir gerade vor, wie Du Dich streichelst, wie Deine Finger sanft Deine Lippchen entlang gleiten und Du spürst, wie sich der Tau auf Deiner Rose bildet.«

»Schön, mach weiter.«

Wir machten weiter und brachten uns so vor dem Schlafen gehen gegenseitig zum Höhepunkt und spürten über die Entfernung hinweg eine intensive Nähe.

14. Eifersucht

Monika

Mittwochabend schlich sich in unser Gespräch der Dämon der Eifersucht ein. Ich erzählte ihm von meiner neuen Errungenschaft, dem dunkelblauen Hosenanzug und der schmalgestreiften weißblauen Bluse, die ich mit Maria aus strategischen Gründen für meine Vertragsunterzeichnung besorgt hatte.

»Etwa für den komischen Professor? Wieso ist Dir das so wichtig?«

»He, höre ich da eine Spur Eifersucht? Der Anlass erfordert eine besondere Note, es wird halt erwartet.«

»Du meinst vielmehr, er erwartet es. Ich erinnere mich an unser Gespräch letzte Woche, im Zug. Da sagtest Du, dass Dich dieser Anstandslook ankotzt.«

»Hallo, hallo! Ankotzen habe ich bestimmt nicht gesagt. Das heißt doch nicht, dass das jetzt meine Lieblingskleidung wird. Was ist denn los mit Dir? Vielleicht willst Du mit mir mal ins Theater, dann habe ich was Passendes.«

»Das würde ICH dann gerne mit Dir aussuchen.«

»Ach, würdest Du mit mir shoppen gehen.«

»Natürlich. Nicht alle Männer sind Shoppingmuffel und versauern auf dem Männerparkplatz mit einem Gesicht, als hätte man sie zu sechs Stunden Pumps-Begutachtung ohne Bewährung verurteilt.«

»Na, wenigstens hast Du nicht Deinen Humor verloren. Aber im Ernst. Morgen ist der Termin. Morgen ist das Geschäftsessen angesetzt und morgen brauche ich diesen Fummel, ok? Es ist nicht mehr und auch nicht weniger?«

Ich höre, wie er mürrisch murmelt. Irgendwas arbeitet noch immer in ihm.

»Weißt Du denn schon, wie dieses Geschäftsessen ablaufen soll, wer da alles kommt?«

Allmählich gefällt mir die Richtung des Gesprächs nicht mehr, ich werde deutlich.

»Lieber Andreas, hast Du kein Vertrauen zu mir? Soll ich Herrn von Wachtner fragen, wer alles kommt, wenn er mich zu diesem Essen bittet? Selbst wenn er nur alleine da ist, was heißt das dann? Wenn Du mir wichtig bist, glaubst Du, dann würde ich mit ihm rumflirten?«

»Nein, aber vielleicht erkennen, dass er besser zu Dir passt, oder eine bessere Partie ist.«

»So schätzt Du mich ein! Du sagst, Du liebst mich und schließt von vorne herein aus, dass es mir genauso geht? Und Andreas, selbst wenn es so käme. Wäre es nicht besser, es passierte dann jetzt statt später. Es gibt nur zwei Gründe, dass genau das eintritt. Entweder Du bist für mich nicht der Richtige oder ich bin im Grunde eine Schlampe. So und jetzt kannst Du Dir aussuchen, was zutrifft.«

Treffer, er sagt gar nichts mehr.

»Und, können wir jetzt wieder normal miteinander reden?«

Kleinlaut, zögernd kommt seine Antwort.

»Ich liebe dich. Du bist niemals im Leben eine Schlampe und ... ich glaube, Du liebst mich auch, bis jetzt.«

»Ja. Soweit man nach so kurzer Zeit sicher sein kann. Du bist, du bist ... mir zu schnell. Das was Du für mich empfindest, muss sich bei mir entwickeln, es braucht Zeit. Auch wenn Peter keineswegs die Offenbarung für mich war, wir waren vertraut und er hat mich abgöttisch geliebt, auf seine Art. Das mit uns, es wächst in mir. Und ja, diese Gespräche braucht es dazu. Ja, wir müssen uns reiben, auch streiten. Dann merke ich, dass wir an unserer Zukunft arbeiten, dass ich lebe. Und dass ich liebe. Im Moment ist das schon ganz schön viel.«

»Das hast Du schön gesagt. Ich bin halt manchmal wie ein kleines Kind. Ich möchte Dich lieber in meinen Armen halten, als Dich gegenüber von Herrn Professor zu wissen. Damit aber nun genug davon. Schön, dass Dein Outfit Dir steht. Ich freue mich, es an Dir zu sehen.«

»Ja, ich auch. Aber es wird wohl nicht morgen sein, denn vor acht Uhr abends komme ich wohl nicht weg und freitags muss ich wieder arbeiten.«

Wieder spüre ich Enttäuschung bei ihm, aber da muss er jetzt durch.

Andreas

Ich beschließe, einen Abendspaziergang zu machen. Mein Hirn braucht frische Luft. Ich mache mich auf den Weg zum Seeufer des Kettwiger Sees. Dieser kleine Stausee der Ruhr ist mein erreichbares Gewässer, an dem ich zu jeder Tages- und Nachtzeit, im Sommer wie im Winter meine Seele baumeln lasse. Über die Ringstraße gehe ich auf die andere Seite, dort wo schmucke Einfamilienhäuser und majestätische Bäume den Uferrand säumen. Der Himmel ist bedeckt. Im Schein der Laternen wirkt das Herbstlaub düster. Nur vereinzelt leuchten noch gelbe Ahornblätter im Lampenlicht. Dunkel kräuseln sich leise Wellen auf der Oberfläche der Ruhr. Müde schnarren ein paar Blässhühner vor sich hin. Am anderen Seeufer ruft ein Erpel sein mürrisches knäk knäk knäk, die Balz hat schon lange Pause. Ich mag den modrigen Geruch absterbender Schilfhalme, das kühlwürzige Aroma des Uferschlamms. Diesem herbstlichen Sterben wohnt seit jeher die Hoffnung auf einen Neuanfang inne. Wenn die letzte Ahnung von Wärme im Oktober von der gnadenlosen Depression November abgelöst wird, breitet sich in mir eine leicht morbide Stimmung aus, die sich der Dunkelheit hingibt und sie aushalten möchte. Kerzenlicht, ein warmer Tee. Überlebensstrategien. Und doch ist es ein süßes Gift, der Weg zum Winter, der Weg zur langen, dunklen Nacht. Ich schlendere, um meine Umgebung intensiv wahrnehmen zu können. Ich sehe huschende Mäuse im Dickicht hinter der Parkbank verschwinden, eine Amsel unter dem Haselstrauch eine letzte abendliche Assel aufstöbern. Ein Paar kommt mir entgegen, engumschlungen, einen Wahrnehmungsradius von einer Kussbreite.

Da wird es mir bewusst. Einsamkeit, ich leide unter Einsamkeit, diesem stummen Begleiter, der sich an einen klammert. Der einen traurig anschaut und mit seinem dunklen Blick den Horizont der Suche versperrt. Freunde. Ein erfüllender Beruf. Hobbys, mit Liebe betrieben. Das alles reicht nicht, nicht mehr? Nein, schon immer fehlte mir etwas. Da ist die höhlentiefe Sehnsucht nach erfüllter Liebe. Ach, liebe Sabine. Ich habe Dir so wehgetan. Nein, es gibt keine Entschuldigung für das Fremdgehen, nur eine Erklärung. Und es gibt keinen Grund, keine Rechtfertigung etwas aufrecht zu erhalten, das nicht mehr da ist.

Schuld, ja was ist Schuld? Machte es mich mehr schuldig, einer lange unterdrückten Sehnsucht nachzugeben oder ist es nicht viel schlimmer, Jahre geschwiegen zu haben? Jeannette? Ich hatte keine Zeit, diese Affäre einer Liebesprüfung zu unterziehen.

Sie ist ein Paradiesvogel, eine Meisterin des Moments. Momente schenkte sie mir, kein Leben.

Zwei Jahre brauchte ich, um durch das undurchdringliche Maisfeld der Schuld, der Reue, der Wünsche und Triebe zu gelangen. Im Mantra der immer selben Argumente fand ich keine Lösung. Doch als sich die letzten groben Halme trennten und sich vor mir wieder eine offene Ebene auftat, da stand sie da, Monika. Keine Jeannette und doch so intensiv, dass ich mir ein Leben vornehmen will, sie kennen zu lernen. In dem ich ihr begegnete, quoll meine Einsamkeit zu einer Gewitterwolke. Sie wurde sich ihrer selbst bewusst. Nun steht eine riesengroße Regenwolke über mir, will die Einsamkeit abregnen, sie in zweisame Lebenslust verwandeln. Ich fühle mich unbeholfen, wie ein Kleinkind, das am Tischrand steht und wacklig der Welt entgegen stolpert.

Und dann beschäftigt mich ein weiteres Phänomen, dass ich bei Sabine nicht verspürte: Eifersucht. Natürlich gibt es keinen Anlass. Und doch schleicht sich dieses Monster an. Nimmt seine schleimigen Hände auf meine Schultern und flüstert mir zu: Pass auf. Was weißt Du, was da abläuft. Der Typ hat Geld, er hat Macht. Bestimmt sieht er gut aus, ist charmant. Ich hasse dieses Wesen und doch finden die Worte ihren Weg in mein Bewusstsein.

Ich schüttle es ab, schüttle mich selbst. So nicht, Andreas. Monika ist Dir wichtig. Lass also nicht zu, dass ein eitler Professor Dich verunsichert. Ohne Vertrauen keine Liebe. Ohne Liebe bleibt die Einsamkeit.

Ich sitze hier in meinem kleinsten Landschloss, wie ich meine Dachwohnung zu nennen pflege und schmolle.

Warum genügt das warme Gefühl, das frische Vertrauen zu

Monika nicht, um mich frei von diesem Dämon Eifersucht zu machen. Dämon. Ist das der richtige Begriff? Ich erinnere mich an ein Schnuppersemester Kommunikationspsychologie 1999, damals in Essen. Ich wollte noch einmal über den Tellerrand schauen. Gab es neben Technik und Ökologie noch andere Magnete für mich? Ich hörte eine Vorlesung des begnadeten Friedemann Schultz von Thun. Seine vier Seiten einer Botschaft, das Wertequadrat und schließlich das innere Team. Es ging um die Widrigkeiten und Chancen der eigenen inneren Kommunikation. Bis heute versteht es keiner besser, die emotionalen, seelischen Konflikte in Gesprächen darzustellen. Ich war so fasziniert, dass ich beinah meinen Beruf über den Haufen geworfen hätte. Seine Trilogie ›Miteinander Reden‹ steht in meinem Bücherregal. Es sind abgewetzte, zerlesene Bände. Jetzt spüre ich wieder die Macht des inneren Dialoges. Wer in mir ist diese Eifersucht? Wie viel Platz gebe ich ihm? Wie heißt er überhaupt? Nennen wir ihn Egon. Egon ist kleingeistig, neidisch. Er wirkt verkniffen und nachtragend. Vor allem ist er skeptisch und ohne Vertrauen. Welchen Teil von mir repräsentiert er. Egon der Egoist. Egon, der mit seinen älteren Geschwistern nur ungern teilt. Und der glaubt, er bekomme zwar als Benjamin viele zuckersüße Streicheleinheiten, aber dafür zu wenig Anerkennung. Er ist ein Teil von mir, so viel ist klar. Aber ich, also wir alle in mir sind erwachsen und Egon muss man erklären, wie der Laden hier läuft. Mit Monika ist es anders, als Du denkst, lieber Egon. Sie ist eigenständig und will mich, uns erspüren, erfahren. Wir haben keinen Besitzanspruch. Egon, beschließe ich, Du bist klein und ich höre Dich an. Aber die Hauptrolle, die besetze ich - sorry - nicht mit Dir.

    Diese Gedanken helfen mir. Ich gehe duschen, in meiner

großen Badewanne, fühle mich frisch. Ich tanze nackt zu dem aktuellen Hit ›Wonderful Life‹ von Hurts. Ich stelle mir vor, wie Monika in der Tür steht, sich mit der Zunge über die Lippen leckt. Aus meiner Kommode ziehe ich dieses alberne Unterhöschen in Jeansoptik hervor, ein Spaßkauf damals. Das soll es jetzt sein. In mir tanzen die Hormone Cha Cha Cha. Ich drehe die Musik noch lauter. ›Wir sind geboren, um zu leben‹, Unheilig, genau das. Wir sind geboren, um zu leben. Das Lied enthält eine sprudelnde nicht passende Melodie. Was ist das?

15. Der aufdringliche Professor

Monika

Donnerstag, der Tag. Petrus ärgert mich. Er schickt seinen regelmäßigen Novemberwintergruß ausgerechnet ins Münsterland. Der erste Frost auf meinem alten Clio. Eiskratzen bis die Finger frieren. Und es wirft Probleme mit meiner mangelhaft ausgeprägten Kälteresistenz auf. Stulpen zu Pumps geht gar nicht. Dann eben die Stiefel. Der Wintermantel ist zu klobig, also doch der Elegante für den Herbst. Hoffentlich schneit es nicht auch noch. Ich absolviere erste Verabschiedungsrunden in der Klinik. Dann fahre ich los, aufgeregt.

Der Termin in der Verwaltungsstelle in Bonn ist herzlich und würdig. Der Verwaltungschef, die Pflegedienstleitung, sogar die Sozialbürgermeisterin und die Lokalpresse sind anwesend. Bin ich froh über meine Kleiderwahl. Herr Professor übertrifft sich wieder selbst und überreicht mir zur Gratulation einen üppigen Herbststrauß. Das begleitende Blitzlichtgewitter ängstigt mich. Wird es anschließend einen privaten Donnerhall geben? Die Vergütung dagegen verschlägt mir den Atem. Fast fürchte ich, dass ich die monetäre Ausstattung nicht mit erwarteter Leistung aufwiegen kann. Anschließend gibt es Sekt und Schnittchen. Zwischendurch texte ich rotwangig meinem Liebsten den erfolgreichen Abschluss durch, verziert mit vielen Küssen.

Bis dahin läuft es gut. Ich schwebe auf einer Woge. Selten habe ich mich so angenommen gefühlt. Erwachsen, reif, Erfolg versprechend. Dann kommt der private Teil. Der absolut zu private Teil. Bin ich mit Herrn Professor von Wachtner alleine beim Geschäftsessen? Ja, das bin ich. Entwickelt sich darauf eine beinahe intime Atmosphäre im kleinen Separee? Ja das tut sie, allein schon, wegen der üppigen roten Rosen, die bereits auf dem Tisch stehen. Dann dieser Champagner, ein Crémant d'Alsace. Wie er sein edles Köpfchen aus dem Silberkühler reckt. Da steht der Professor, mit erwartungsvoll ausgestreckten Händen und erdreistet sich:

»Liebe Monika. Jetzt darf ich doch diese Vertrautheit wagen. Nenne mich doch bitte Gernot. Ich bin glücklich, dass Du Dich endlich entschieden hast. Es ist Dir sicher nicht entgangen, dass ich neben Deiner exzellenten Qualifikation vor allem die Frau in Dir gesehen habe. Die Frau, die gerade mich sehr persönlich berührt hat.«

Wie er da steht, elegant, majestätisch, reif, ja fast verführerisch, könnte ich glatt schwach werden. Ohne Andreas wäre ich jetzt in großer Gefahr. Keine Frau macht sich frei von der Empfänglichkeit einer solchen Ehrerbietung. Fast ist es eine Liebeserklärung. Die Frage, die sich mir stellt, ist eine Andere. Wie komme ich aus dieser Nummer wieder heraus?

Ich stehe da, mit einem entwaffnenden Blick, dem ich jetzt ganz schnell eine Antwort hinterher schieben muss.

»Das ist total aufmerksam, aber...«

Er lässt die Hände sinken, Fragezeichen in den Augen. Er ist es nicht gewohnt, dass man solch charmant vorgetragene Einladungen zur Komplettumgestaltung des Lebens zurückweist.

»Aber, das geht mir zu schnell und außerdem, Du..., Sie sagten Geschäftsessen. Das hier ist nicht fair. Ich werde all meine Energie in diese Tätigkeit setzen, aber, das hier...«

Er kommt auf mich zu, fasst mich an den Schultern. Ich muss

dem Reflex widerstehen, ihn einfach wegzustoßen.

»Sie haben Recht. Ich bin ein Meister des falschen Timings. Geben Sie mir trotzdem die Ehre, heute Ihr Gastgeber sein zu dürfen?«

Ich fasse mir geistesgegenwärtig an die Stirn.

»Ich fürchte, dass das alles heute ein bisschen viel für mich ist. Ich habe schon seit einer Stunde rasende Kopfschmerzen. Der ganze Tag heute, es ist einfach, ich glaube, ich will jetzt nach Hause. Seien Sie mir nicht böse.«

Seine Enttäuschung wird von professionellem Charme überdeckt.

»Selbstverständlich. Ich hätte Sie nicht überraschen sollen. Ich müsste wissen, dass Frauen sich ungern so... Na gut, dann wird es das Beste sein, ich begleite Sie noch zu Ihrem Wagen. Wir sehen uns spätestens Anfang Januar. Sollten Sie noch Informationsbedarf haben, Sie haben meine Nummer.«

Als ich das Lokal vorbei am verdutzten Kellner verlasse und draußen am Parkplatz stehe, wende ich mich erneut ihm zu.

»Herr Professor. Ich gehe davon aus, dass Ihre Meinung, also Ihre Gefühle für mich nichts mit meiner Arbeit zu tun haben. Ich müsste sonst...«

»Frau Mahlert, bitte. Ich bin ein erfahrener Geschäftsmann. Es wäre töricht von mir, das Geschäftliche und Private nicht sauber zu trennen. Ich freue mich auf Ihr Wirken. Alles andere, da bin ich mir sicher, wird die Zukunft fügen.«

»Gewiss, aber das sollten Sie wissen. Ich weiß nicht, ob Sie in irgendeiner Weise gebunden sind. Aber ich bin es, ganz aktuell. Trotzdem, ich freue mich sehr auf die große Herausforderung, die vor mir steht. Ich danke Ihnen auch für die große Aufmerksamkeit, die sie mir entgegenbringen. Und geschäftlich,

geschäftlich werde ich Sie nicht enttäuschen.«

Jetzt kann Gernot von Wachtner trotz aller Contenance seine Enttäuschung nicht von seinem Gesicht fernhalten.

»Ich wünsche Ihnen eine gute Heimfahrt. Seien Sie vorsichtig.«

»Das bin ich, Herr Professor«, gebe ich unter bewusster Nutzung seines Titels etwas schnippisch zurück. Monika übertreib es nicht. Es ist und bleibt Dein künftiger Brötchengeber. Und es sind verdammt teure Brötchen.

Mit einem Mal ist alles klar. In meinem Leben sollte sich nicht wiederholen, was mich in eine Sackgasse gebracht hatte. Ich wollte jetzt, genau jetzt zu Andreas. Ich wähle seine Nummer, meine Hände zittern.

»Dies ist der Anschluss von Andreas Lobesam...«

Ich habe einen Kloß im Hals. Die Mailbox. Ich fasse mich, will fröhlich klingen, daran glauben, dass er nicht schon anderweitig unterwegs ist.

»Hallo, hier ist Monika. Du Andreas? Ich wollte Dir nur sagen,...« Es klickt.

»Monika? Ich dachte, Du wärst beim Essen.«

»War ich auch, aber dann, dann war da so ein verträumter Wuschelkopf...«

»Wie der Professor?«

»Nein, Du, Du warst in meinem Kopf. Und mein neuer Chef, der, ach das erzähl´ ich Dir dann. Jedenfalls wollte ich nur noch zu Dir. Kann ich... Dich besuchen?«

Einige Sekunden ist es still. Was ist passiert?

»Ob Du vorbeikommen kannst?« Andreas Stimme bebt.

»Natürlich kannst Du, sollst Du, möchte ich, will ich. Oh mein

Gott, ich bin glücklich, ich..., ich..., also bis später.«

Ich sollte zur Ruhrbrücke in Essen Kettwig kommen. Es war acht Uhr, als ich meinen Renault Clio abstellte. Jetzt stehe ich aufgeregt auf dieser Brücke.

Andreas

Acht Uhr. Ein gelber Vollmond zaubert glitzernde Lichter auf die Ruhr. Der erste Frost sucht heute Abend seinen Weg auf die Sträucher, Bäume und Häuser. Da steht sie, die elegante, zarte Frau, frierend in einem viel zu dünnen Mäntelchen. Langsam schleiche ich mich an und hauche ihr in den Nacken.

»Willkommen meine Süße«. Sanft berühren sich unsere Lippen, lösen sich wieder. Nebel, alles süßer Atemnebel. Ich muss diese weichen Lippen küssen, immer wieder, um den Mund herum, ihre geschlossenen Augen. Ach, ich will Dich wärmen, Liebste. Ich umfasse sie mit all meinen intensiven Gefühlen. Unsere Zungen begrüßen sich voller Hingabe.

Das sanfte Licht der Laternen zeigt mir das Kaleidoskop aus grünen Sprenkeln und Bernsteinglühen in ihren Augen, lebendige Edelsteine.

»Komm, wir gehen etwas Essen. Du musst ja halb verhungert sein. Ich zeige Dir den ultimativ schönsten Ausblick hier in Kettwig.«

So gut es geht, wärme ich sie mit meinem Arm, meiner Winterjacke.

Endlich sitzen wir im Restaurant Seeblick, hoch oben über der Ruhr. Der Anblick der glitzernden Lichter entlang des Flusses ist umwerfend. Ich liebe diesen Ort. Unser Essen ist garniert mit Zärtlichkeiten. Ich streichle ihren Schenkel frech unter dem

Tisch. Schade, dass sie keinen Rock trägt. Oder vielleicht besser so. Der Kellner schaut jetzt schon genervt. Das Essen wird zur Nebensache. Es dient dazu, uns gegenseitig Happen in den Mund zu stecken. Dagegen verschlingen wir uns gegenseitig mit gierigen Blicken. Der weiße Burgunder lässt uns schweben. Nur beiläufig bemerken wir, dass der Ober nur noch mühsam seine professionelle Freundlichkeit aufrechterhalten kann. Unsere Intimitäten fallen bereits am Nachbartisch auf. Das hält mich nicht davon ab, einen Klecks Tiramisu auf meinen Finger zu häufen und ihn ihr anzubieten. Genussvoll stöhnend lutscht sie ihn ab. Unser Garçon scheint kurzfristig die Contenance zu verlieren. Scharf atmet er ein. Besser, ich halte mich etwas zurück. Nach einem üppigen Entschädigungstrinkgeld verlassen wir verliebt kichernd das Haus und gehen zu Fuß durch die jetzt raureifige Nacht.

Über meine Wohnung bin ich total glücklich. Mitten in der Altstadt, außen kontrastreich mit rheinischem Schiefer und weißen Sprossenfenstern ausgestattet, sprüht das Haus vor Charme. Der Hausflur ist gediegen, durch bodentiefe Fenster hell. Eine alte, knarrende Holztreppe führt hinauf zu meiner Dachwohnung. Monika zittert und bibbert vor Kälte. In der Diele bemerkt sie meine Schmetterlingsporträts.

»Das hier ist ein Baumweißling, das war am Müritzsee und hier ein Segelfalter in den Berchtesgadener Alpen.«

Sie gefallen ihr, das merke ich. Genauso wie der Vintagestil, den ich überwiegend aus Altmöbeln selbst gezaubert habe.

»Iss dass D... Dein Hobby, fo... fotografieren?«, bibbert sie

»Ja, seit meiner Jugend. Naturfotografie, vor allem Makroaufnahmen haben es mir angetan. Aber Du bist ja ganz kalt meine Süße, komm in meine gute Stube.«

Ich führe sie in mein warmes Wohnzimmer. Ihre Schuhe, mein Gott. Gut für einen Ball, schlecht bei erstem Frost. Ich glaube, meine Süße braucht ein Fußbad. Schnell fülle ich meine Universalplastikschüssel mit gut warmem Wasser und schütte etwas Erkältungsbad hinein.

»Du Schlawiner, ich habe eine Strumpfhose an. Da muss ich mich wohl vor Dir entblößen«, sagt sie immer noch bibbernd.

Werde erst mal wieder warm, denke ich mir.

»Warte, ich habe noch eine Wolldecke.«

Vorsichtig, nicht ohne diesen verflixten Reiz, ziehe ich ihr Hose und Strumpfhose aus und setze sie auf meinen alten Chipendalestuhl. Ihre Beine umwickele ich mit der flauschigen Decke. Das müsste jetzt reichen.

»Die Zeitungsartikel auf den Schreibtischtüren, ich sehe ›Le Monde‹, ›La Stampa‹, ›Prawda‹, ›New York Times‹, ›Hurriyet‹. Bis Du in all diesen Ländern gewesen?«

»Nein, Süße, das ist nur so ein Spleen von mir. Habe ich in einer Wohnzeitschrift gesehen. Ich war am Kölner Hauptbahnhof und holte mir wahllos ausländische Zeitungen. Ich fand's cool. Der Schreibtisch ist von meinem Großvater. Der sollte damals auf den Sperrmüll. Dunkler Nussbaum. Ich habe ihn einfach auf Vintage-Stil umgearbeitet.«

»Du hast es schön hier. So hell und auch romantisch.«

»Na ja Dein oder Euer Haus ist ja auch ganz toll.«

»Ach Andreas, mach mir nichts vor. Ich kann Blicke lesen. Die Einrichtung ist bieder, mindestens. Aber Peter hatte da seine Vorstellungen. Und die setzte er durch. Erst nach seinem Tod habe ich andere Akzente gesetzt.«

»Warum hast Du Dich nicht gewehrt? Die Bilder und die

Dekoration sind bestimmt von Dir. Und die sehen frisch aus, lebendig.«

»Hast Du schon einmal natürliche Autorität erlebt? Ich meine nicht Druck, Gewalt oder so. Nein, Menschen, in deren Auftreten, sei es noch so freundlich oder sogar liebevoll, Widerspruch keinen Platz hat?«

»Ja, habe ich. Bei meinem Vater.«

Oje, dieses Thema, lange verdrängt und doch immer präsent.

»Es ist schon merkwürdig, dass jetzt, wo er so krank und wie eingemauert in seinem Rollstuhl sitzt, all das keine Rolle mehr für mich spielt. Aber in meinem Wesen, in meinem Bestreben zu gehorchen, zu funktionieren, zu dienen, hat er mich sehr beeinflusst. Hör mal, Du zitterst ja immer noch. Jetzt gehe ich aufs Ganze, jetzt lasse ich uns ein Bad ein.«

»Du hast eine Badewanne? Toll. Ich liebe es, zu baden.«

Sie strahlt. He und ich freue mich auch. Wenn ihr erst mal wieder warm ist...

Ich stehe vor meinem Badezimmerregal und prüfe, welche Mixtur ich für ein sinnliches Bad wählen könnte. Am Ende kommt dabei eine gewagte Mischung aus Melisse, Orange und fast einer halben Flasche Öldauschbad von Nivea heraus.

Jetzt steht sie vor der Wanne, sexy und verführerisch. Schlanke Beine, darüber Hemd und Jäckchen und dann blinzelt darunter ihr schwarzes Höschen. Mein Ständer platzt bald aus der Hose, diese Frau, wow. Ich steh hinter ihr.

»Du siehst so total aufregend aus. Wo hat denn die junge Dame ihre Hose gelassen?«

Ganz zart streiche ich mit den Händen über die Hüften, wandere nach vorne, knöpfe ihre Jacke auf und schiebe sie über die Schultern. Es ist herrlich mollig hier. Sie lässt das alles mit sich geschehen. Kehliges Glück. Ich knöpfe die Bluse auf, langsam, küsse ihren Nacken, rieche an ihren Haaren. Sie hat ein schönes, weiches, rundes Bäuchlein. Voller Vorfreude umkreise ich die Körbchen ihres BHs. Dann löse ich hinten den Verschluss und voilá, da sind sie diese hübschen kleinen Wonnehügel. Ich hocke mich hinter sie, sehe den kleinen, immer noch so knackigen Po vor mir. Ich ziehe ganz langsam ihren Slip über die samtigen Rundungen, es streichelt sie, es macht sie geil, wie ich es rieche, dieses meereswürzige Aroma, das ihrer Grotte entweicht.

»Oh Liebster, Du machst mich ganz verrückt!«

»Dann bin ich ja auf dem richtigen Weg«, hauche ich ihr auf den Po und küsse ihn. Ich wiege sie in den Hüften ganz zart hin und her. Ihr herzförmiger Hintern hat oben am Ansatz eine süße kleine Mulde, einfach zum Reinbeißen. Vorsichtig gleite ich mit meinen Zähnen über das weiche Fleisch, beiße leicht hinein. Ich würde ihren Nektar gerne kosten, doch weiß ich nicht, ob jetzt der richtige Zeitpunkt ist.

»So, das Bad wartet auf Dich«, flüstere ich leise und sie steigt hinein, fast schon zögerlich. Mit Wonne sehe ich, dass ihre Brustwarzen vor Erregung aufrecht stehen.

»Was hast Du denn ins Bad hinein getan«, fragt sie mich mit belegter Stimme.

»Nun, ich dachte, etwas Öl wäre nicht schlecht, da habe ich eine halbe Flasche Ölduschbad geopfert.«

Sie lacht, lacht so herzhaft und mitreißend.

»Warum lachst Du, fühlt sich doch toll an«. Sanft streiche ich mit meiner Hand über ihren Bauch, der sich unter Wasser anfühlt, als würde sie in purem Öl baden.

»Ja, da hast Du Recht,« lacht sie immer noch. »Aber eine halbe Flasche? Aber stimmt, es fühlt sich irre an.«

Monika

Da liege ich, nackt und da steht er. Er knöpft langsam sein Hemd auf, lässt es auf meine Kleidung hinabgleiten, ein Häufchen verliebter Stoff. Das T-Shirt verschwindet, gibt seine kleinen, rosigen Brustwarzen frei. Der Jeansknopf offen, der Reißverschluss klickt und klickt und öffnet den Blick auf eine - wie süß - Jeansunterhose.

»Wo hast Du denn das scharfe Teil her?«, muss ich wissen.

Er streift seine Hose und die Socken endgültig ab.

»Geheimnis. Alter Dessous-Dealer.« Er lächelt verlegen.

Mein schlanker Liebhaber hat so schöne Beine. Ein kleiner Bauch, Gott sei Dank, denke ich und bin für einen kurzen Moment wieder bei der Frage, wie perfekt man sein muss. Oder wie alt. Nein, Monika, nicht jetzt. Du fühlst Dich toll, erregt und da steht er, Dein Traummann.

»Los, das Höschen muss auch weg«, fordere ich jetzt forsch.«

»Wie Du willst, ich habe Dich gewarnt.«

Er muss das Bündchen lupfen, denn sein Andi ist neugierig und bereit für ein Abenteuer. Wie hübsch er da steht, mir seine Erregung zeigt. Und dann diese hübsche, glatte, samtige Eichel. In mir schreit es: ›Ich will verdammt noch mal endlich spüren, wie es sich auf den Lippen anfühlt, wie er schmeckt.‹

Fast will ich mich aus dem Wasser aufrichten und mir seinen Hübschen einfach schnappen. Doch ich lasse es. Ich lasse es auf mich zukommen.

Er steigt zu mir, ich glühe vor Erregung. Er legt sich mir gegenüber, unsere Füße jeweils neben dem Kopf des Anderen. Die Wanne ist erstaunlich groß, denke ich noch, da nimmt er meinen Fuß und küsst ihn. Zart auf den großen Zeh, den nächsten, tastet sich weiter, küsst sie alle. Seine Hand hält den Fuß, streichelt über den noch schmerzenden Spann. Er nimmt die andere zur Hilfe, umfasst die Ferse, führt die Zehen wieder an seine Lippen, öffnet diese und dann?

Wie einen kleinen Penis schiebt er meinen großen Zeh in seinen Mund, die Lippen straff. Ich spüre jeden Millimeter auf meiner Haut, dort am Ende meines Körpers. Ungekannte Bahnen lenken Lustsignale durch mich hindurch. Auf und Ab lutscht er an ihm, lässt die Zähne darauf gleiten, ich stöhne. Seine Zunge umspielt jetzt die unbeachteten Kleinen daneben. Wie eine Schlange umwindet er die empfindsamen Glieder, die eben noch gefroren und geschmerzt haben. Den Kleinsten, ihn spüre ich am intensivsten. Ich bin nur noch wohlige Wollust. Ich will einfach nur, dass er mit diesem Spiel weitermacht.

»War das schön?«

Ob das schön war, Du geliebter Narr, Du aufregender Spinner, denke ich.

»Es war wundervoll. So was, so was habe ich noch nie erlebt.«

»Ich auch nicht. Ist das erste Mal. Ich hab nur Deine traumhaft süßen Füße gesehen und da konnte ich nicht anders.«

Unsere Augen sind wie Magnete. Begierde sprüht Funken. Ich richte mich auf und wir kommen uns entgegen, meine Schenkel über seinen. Alles gleitet in diesem Ölbad. Sein Rücken, er ist ölig und geschmeidig und fühlt sich einfach nur geil an. Meine Brustwarzen spüren die seinen. Alles Reiben ist Feuer. Und dieses Feuer schreit nach Explosion. Ich habe noch nie im Wasser geliebt. Und doch weiß ich jetzt, es geht, es wird funktionieren. Nein es muss, ich will.

Wir küssen uns, was meine Begierde nur noch mehr entfacht. Mühelos gleite ich auf seinen Schoß, spüre mit der Hand seinen festen, selbst unter Wasser geschmeidigen Luststab. Es dauert den Bruchteil eines Stöhnens, da ist er in mir, bin ich ausgefüllt von purer Wonne.

»Langsam«, stöhnt er, »Langsam, sonst ist es auch schon vorbei.«

Er hechelt und hält seinen Andi von einer Eruption ab. Ich halte inne, küsse seine Stirn. Ich bewege mich nicht, doch ich spanne meine innere Höhle an und lass wieder los, spanne an, wieder los. So streichle ich ihn, spüre ihn und er stöhnt, stöhnt sein ganzes Glück in diesen Raum. Sein Mund ist offen, die Augen geschlossen. Seine Hände streichen über meine ölsamtigen Brüste. Ich keuche, will mich schon mit heftigem Rhythmus zum Himmel treiben. Doch seine Hände bremsen meine Hüfte. Ganz langsam anspannen und loslassen. Ich werde irre, ich ... werde ... irre ... und dann wir beide, stürmen, stoßen, zucken, sprudeln, schreien wir. Ich bin Flut, ich bin Welle, ich ... bin ... Glück.

Der Dampf, das Öl, seine Haut, unser Atmen, das letzte Zucken in mir. Ich erlebe alles um mich wie in Trance. Nichts ist wichtig. Es gibt nur uns. Jetzt. Hier.

Andreas

Mit dem seligen Abklingen der rasenden Lust kommt dieses beglückende Gefühl, nur zu sein. Hier mit ihr. Ich brauche nichts mehr sonst. So fühle ich mich. So könnte es immer sein. Mein Kopf, mein Herz, mein Schoß, alles ist nur Monika.

Zurück ins Leben mit kleinen zarten Küssen.
»Es war gigantisch, oh mein toller Liebhaber. Wie soll ich denn demnächst einen Tag ohne Dich auskommen?«
Ich nehme sie ganz fest in den Arm, meinen erschlaffenden Liebesschwengel noch immer in ihr. Ich weiß jetzt, dass sie mich auch liebt, denke ich glückstrunken.
»Du, ich glaube nicht, dass ich heute noch nach Hause ..., also ich habe ja gar nichts mit, aber ...«
»Also, bleibst Du heute Nacht bei mir«, hauche ich ihr verschwörerisch zu.
»Eigentlich muss ich morgen zur Arbeit.«
»Eigentlich? Eigentlich ich auch.«
»Und was machen wir da?«
»Pflichtgefühl.« Ich spiele den Todernsten.
»Wann hast Du in der Klinik das letzte Mal gefehlt?«
»Oh, das ist, warte ..., das ist bestimmt zwei Jahre her, Brechdurchfall.«
»Mmh und bei mir vielleicht ein Jahr, oder zehn Monate, Hexenschuss.«
»Und, was schlägst Du vor?«
»Liebeskrankheit, akute Liebeskrankheit. Ich mache meinen ersten blauen Freitag. Machst Du mit?«
»Ja«, sprudelt es aus ihr heraus. »Ich bin ohnehin im Abwicklungsmodus. Dieser Tag soll uns gehören.«
Langsam gleiten wir wieder auseinander. Wenn ich könnte, würde ich am liebsten sofort weitermachen. Instinktiv spüre ich, dass ich Rücksicht nehmen sollte. Auf Sie, aber auch auf mich.

50 ist nicht gleich 30. Und als ich das erste Mal..., da fand ich Leute mit 30 steinalt. So ändern sich die Zeiten.

Ich träume, dass ich einen Strand entlang gehe. Es ist heiß, Sonne und Meer erzeugen eine innere Erregung. Beim Schlendern bemerke ich eine Frau, die mir in einigem Abstand folgt. Ihr knapper Bikini zeigt eine hübsche Figur, kleine Brüste, wiegende Hüften und kurze, freche Haare. Kenne ich sie? Ich zwinge meinen Blick wieder nach vorn. Sehe Paare, die sich eincremen, Sonnenanbeterinnen mit blanken Brüsten. Die knisternde Spannung an diesem Ort lässt die Badehose eng werden. Ein kurzer Blick nach hinten zeigt mir, dass die Frau nur noch eine Armlänge hinter mir ist. Ihre Augen, sie funkeln wie eine Edelsteinmischung. Ja, sie schaut mich direkt an, offen, begierig. Ich überlege, ob ich meinen Schritt beschleunigen soll. Flucht? Warum? Ich bleibe einfach stehen. Sie läuft auf, lehnt sich ungeniert an meinen Rücken. Haucht in mein Ohr. Meine Latte platzt beinah aus dem Stoff heraus. Darauf wartet sie nicht. Sie schiebt den Stoff nach unten und lässt ihn in den Sommertag springen. Erschreckt blicke ich mich um. Ein Paar liebt sich jetzt ungeniert auf dem Handtuch. Die Sonnenanbeterin streichelt sich mit Hingabe. Überall um mich herum wogt die Lust.

Ich erwache. Monika, es ist Monika, stöhne ich in mich hinein. Sie streichelt mich, meine Hoden, den Schaft, die Eichel, wie eine Zauberin. Ich will mich umdrehen.

»Schsch, nein. Bleib so liegen, bitte«. Und sie führt ihre Reise fort. Entfacht überall kleine Feuer, bis ich in Flammen stehe.

»Ich kann Dich noch nicht zu mir lassen, Liebster. Lass es einfach geschehen.«

So genieße ich es, überlasse ihr dieses Spiel. Ich spüre, wie sie sich selbst ebenfalls streichelt. Es erregt mich. Dieses Bild erregt mich, es lodert, hell.

»Ich begehre Dich, meine Heiße«.

»Und ich erst«.

Ihre Finger sind überall, an der Brust, am Bauch, an den Bällchen. Ich fühle mich erregt bis in die letzte Nervenspitze.

»Ich will ihn, Deinen Liebessaft«, haucht sie mir ins Ohr. Die Bewegungen werden jetzt schneller. Ich versuche, den Höhepunkt dieser geilen Fahrt zurückzuhalten, doch sie löst die letzte Sperre und mit einem Ruck aus Glück und süßen Schmerz schleudre ich ihr meinen Samen in die Hand.

Monika rollt sich auf den Rücken und schmeckt von unserer Lust. Ich bin im Herzen erregt, wie ich sie dabei beobachte. Wir sind innig verbunden, innig, wie ich es noch nie zuvor bei einem Menschen erlebt habe.

Im Nachtdämmer schaue ich ihr in die Augen.

»Ich liebe Dich«.

Ich küsse sie und schmecke uns.

16. Über vergangene Zeiten

Monika

Ein Luxusfrühstück an einem Freitag. Wir haben uns von der Sonne wachkitzeln lassen. Vor dem Fenster schimpft eine Kohlmeise, warum es noch keine Meisenknödel gibt, schließlich liegt Reif auf Ast und Strauch.

Ich sitze im Bett mit einem fürstlichen Tablett auf dem Schoß, auf dem mich frische Brötchen, sahnige Butter, Erdbeermarmelade und Honig anlachen. Der dampfende Milchkaffee steht auf dem Nachtschränkchen. Andreas schiebt mir ein Stück Mandarine in den Mund und strahlt sein jungenhaftes Lächeln. Wir kommen uns vor wie zwei Ausreißer, denen man schon auf der Spur ist. Ich bin froh, dass ich aus Instinkt oder Hoffnung heraus eine kleine Reisetasche gepackt habe. So konnte ich die unerlässliche Gesichtspflege, Abschminken, Nachtpflege und so weiter sicherstellen. Vor allem aber einen frischen Slip, denn Andreas sorgt mit seinen Verführungskünsten regelmäßig für Austauschbedarf. Ich fange an, mir über die verrücktesten Dinge Gedanken zu machen. Was für Dessous würden mir gefallen? Gibt es nicht auch für Männer scharfe Sachen? Musste ich über 50 Jahre alt werden, um mich nach Reizwäsche zu sehnen? Ja, ich musste über 50 Jahre alt werden, um dem Mann meiner Träume zu begegnen. Meine Vernunfttante in mir ist jedoch neugierig.

›Ja, er ist nett, aber Du weißt fast nichts von ihm. Also, frag ihn. Frag ihn Löcher in den Bauch.‹

Ich werde es nicht übertreiben, aber es stimmt. Es wird Zeit, diesen wunderbaren Kerl näher kennen zu lernen.

»Was machen wir heute«, unterbricht er meine Gedanken.

»Es ist ein so wunderbarer Tag, ich möchte gerne an die frische, kalte Luft. Zeig mir was, hier in Deiner Umgebung.«

»Ja, da hätte ich eine tolle Idee. Der Grugapark. Schon während meines Studiums bin ich oft dort gewesen, zum Lernen, zum Entspannen. Es wird Dir gefallen.«

»Gut. Ich fürchte nur, meine Kleidung ist dem Kälteeinbruch nicht gewachsen.«

»Ja, ja, hab schon verstanden. Vorher also nochmal shoppen.«

»Keine Sorge, wenn Du mir den richtigen Laden zeigst, bin ich auch schnell.«

So gelang es, im Sportgeschäft für mich eine wetterfeste Ausstattung samt überfälligen Wanderschuhen zu finden. Die schnellsten Käufe sind oft die Besten. So versorgt betraten wir den Grugapark.

Ich sah mich einem kleinen Paradies mitten in der Stadt gegenüber. Wiesen, Waldstücke, alpine Felshügel. Ein dichter Rhododendronwald löste große Parkbäume ab. Cafés und Restaurants lockten. Doch die beiden Juwelen nahmen mir fast den Atem: Eine begehbare Vogelvolière sowie eine gigantische Gewächshauspyramide.

Die Sonne ließ den Reif zu Perlen schmelzen. Ich sog die klare Luft in meine Lungen. Arm in Arm schlenderten wir durch das Wegelabyrinth.

»Andreas, Du sagst, Du bist geschieden. Wenn ich es richtig verstanden habe, warst Du schon lange nicht mehr glücklich. Was war passiert? Was gab den letzten Anstoß?«

Er schwieg, überlegte, suchte nach Worten.

»Ich möchte von Anfang an offen und ehrlich sein. Vielleicht ist nicht alles, was ich Dir aus meinem früheren Leben erzähle nach Deinem Geschmack. Also Anlass war eine Affäre. Ich habe sie selbst gebeichtet.«

»Und warum, war sie Dir wichtig, ich meine die andere Frau.«

»Nein, das heißt, ich habe sie nicht so gut kennen gelernt, dass ich das hätte sagen können.«

»Das muss ja eine ganz heiße Nummer gewesen sein.«

»Jetzt geht's schon los. Es war definitiv nicht richtig, was da passiert ist, weiß ich ja.«

»He, Liebster, ich habe noch gar nichts gewertet. Ich werde auch offen zu Dir sein, ok?«

»Gut, vielleicht sollte ich nicht schon jetzt so empfindlich reagieren. Also, wir reisten mit einer Gruppe ehemaliger Jugendleiter nach Tours, der Partnerstadt von Mülheim. Da bin ich groß geworden.«

»In Tours?«

»Nein, in Mülheim.«

Ich schmunzelte.

»Mein kleiner Franzose, he.«

»Also Sabine, meine Frau damals, war schon stinkig wegen der Pläne.«

»Wieso?«

»Sie fand das Getue wegen ›früherer Zeiten und so‹ albern.«

»Gab es da schon für sie Anlass, etwas zu vermuten?«

»Nein! Ich war bis dahin auch immer treu. Na ja fast.«

»Fast.«

»Wenn man Knutschen als Untreue ansieht?«

»Knutschen oder Küssen? Für mich ist da ein Unterschied.«

»Bitte, das lass mich ein anderes Mal erzählen. Sonst wird das hier ja gleich eine Komplettbeichte.«

Ich trat vor ihn und küsste ihn zärtlich auf die oktobergoldenen Lippen.

»Keine Beichte. Du bist mir doch keine Rechenschaft schuldig. Aber ich will Dich, den Menschen Andreas besser verstehen. Sonst bleibt unser Glück ein kurzes Strohfeuer.«

»Das will ich nicht.«

»Ok, dann erzähl mal weiter von Tours. Wann war das denn?«

»Vor gut drei Jahren, im Juli 2007. Wir kannten uns alle schon ewig, also unsere Leute, von deutscher Seite und zum Teil auch die in Frankreich. In Tours war dann da die Jeannette.«

»Jeannette, schöner Name.«

»Tja, nicht nur der Name. Die Frau war der Ham..., also die sah richtig gut aus.«

»Sag´s doch, sie war der Hammer. Von nichts kommt nichts. Und was passierte dann?«

»Na ja, wir hatten eine coole Fete und machten Spiele aus der Teeniezeit.«

»Na, jetzt bin ich aber neugierig. Was sind denn Spiele aus der Teeniezeit? Bockspringen? Flaschendrehen?«

Wir lachten beide.

»Nein, es war verrückt. Wir mussten Gummibärchen von einer Schüssel in die andere transportieren, mit dem Mund. Die Hände waren hinter den Rücken gebunden.«

»Und Du hattest - so ein Pech - Jeannette als Partnerin.«

»Richtig. Sie meinte aber, die Runde gewinnen zu müssen,

indem sie mir die komplette Ladung Gummibärchen in den Mund schob. Das war dann ziemlich aufregend.«

»Klar, kann man sich ausmalen. Wie alt war sie eigentlich. Auch so in Deinem Alter, Du warst, lass mich schätzen, Mitte Vierzig?«

»Ja genau. Nein, ich, ich war 46. Jeannette muss Anfang dreißig gewesen sein.«

»Oh, doch schon so alt!«

Ich hatte mir vorgenommen, souverän zu bleiben. Ihn so anzunehmen, wie er ist. Mir vorzustellen, er sei schon immer dieser aufmerksame, stille und zärtliche Mann, dem man vertrauen kann. Und doch schlich sich ein böses Gefühl an. Es wollte ihn vorverurteilen. Ich musste mich in Acht nehmen.

»Ja, sie war halt noch nicht so lange wie wir dabei, aber eine gute Organisatorin.«

»Aber, Du bist nicht von Sabine weggegangen wegen der paar Gummibärchen, oder.«

Andreas wirkte jetzt doch arg wie ein geprügelter Hund.

»Sollen wir das Thema nicht besser lassen, mein Liebster«, wollte ich den Ausgang finden.

»Nein, Du hast Recht. Wir müssen voneinander wissen, was früher war. Sonst bleibt es ein dunkles Rätsel und steht irgendwann zwischen uns.«

»Also gut, ich versuche, meine spitzen Bemerkungen zu zügeln. Ok?«

»Nun, wir, Jeannette und ich waren abends in der lauen Sommernacht noch baden, nackt, und da ist es dann passiert.«

»Ihr habt Euch geliebt.«

»Ja, im See.«

Ich schluckte. Das war definitiv eine der Dinge, die auf meiner

›to-want-Liste‹ standen. Ich wollte mich beherrschen.

»Und warum die Beichte?«

»Na ja, mein Freund Torsten hatte mich beobachtet, weil der selber eine Nummer mit Aurelie laufen hatte. Nur, er war nicht verheiratet. Und so ....«

»Dein Freund?! Hätte Dich verraten?!«

»Na ja, er sagte, er würde Sabine nicht anlügen, wenn er gefragt würde. Aber ganz ehrlich, das war nicht der Grund. Ich erzählte es Sabine, weil ein schleichendes, verdrängtes Gefühl Gewissheit wurde. Dass ich Sabine schon lange nicht mehr liebte. Zumindest bezogen auf das, was ich für Liebe hielt.«

»Und Jeannette, hast Du die geliebt. Ich meine, wurdest Du verliebt in sie?«

»Nein, kann ich nicht sagen. Sie war scharf, geil, äh, na ja Du weißt, was ich meine.«

»Ja und nein, Andreas. Ja, ich weiß, was Männer damit meinen, wenn sie eine Frau ›rattenscharf‹ finden. Nein, ich weiß nicht, wie ich Jeannette und mich in dein System einordnen soll.«

»Puh, Du bist wirklich unerbittlich.«

»Bin ich das? Oder bin ich nur offen? Das wollten wir doch, offen sein.«

»Ja, Du hast recht. Also, Jeannette war Verführung pur. Trotzdem, wenn ich jemanden wirklich liebe, dann wäre ich gar nicht allein mit ihr zum See gegangen. Sagen wir, da bin ich mir ziemlich sicher.«

»Ich bin ja nicht naiv. Und ich habe es Dir schon einmal gesagt. Ich bin fünf Jahre älter als Du. Ich könnte locker die Mutter Deiner Jeannette sein.«

»Es ist nicht meine Jeannette. Ich habe sie seither nie mehr wieder gesehen. Ich habe auch keine Sehnsucht nach ihr. Und ich liebe Dich, soweit ich mit der wenigen Erfahrung, das beurteilen kann.«

»Was heißt ›wenige Erfahrung‹. Seit wann ward Sabine und ihr ein Paar?«

»Seit ich achtzehn war. Ich war Jungfrau und sie auch.«

In diesem Moment überkommt mich ein warmes Gefühl. Irgendwie wirkt Andreas manchmal auf mich wie ein kleiner, unerfahrener Junge.

»Also, jetzt nochmal zum Mitschreiben. Sabine und Du, das lief nicht mehr gut. Ob es überhaupt Liebe war, da bist Du Dir nicht sicher. In Tours verdreht Dir eine junge, extrem scharfe Frau den Kopf und peng! ist es auch schon passiert. Habt Ihr eigentlich Kinder?«

»Nein, das war auch so ein Thema. Ich wollte, sie nicht. Es gab Gründe, viele kleine. Ich war beruflich viel im Ausland. Sie fand, die Welt entwickle sich grässlich. Warum Kinder in diese Ungewissheit setzen? Alles in allem glaube ich, dass sie Angst davor hatte.«

»Verstehe. Ist auch nicht einfach. Mein Mann wollte noch mindestens zwei Weitere. Aber mein Kampf um den Wiedereinstieg in meine Arbeit hat mich das Wesentliche gelehrt. Noch ein Kind und Du bist weg vom Fenster. Peter verdiente gut und war im Grunde, nein er war ein Macho.«

»Und warum hast Du Dich dann nicht getrennt?«

»Ja genau! Wie oft habe ich mich das gefragt. Aber er war - Macho hin, Macho her - immer liebevoll, fürsorglich, großzügig. Objektiv hätte ich die glücklichste Frau sein müssen.

Und dann Julia, sein Liebling, sein Ein und Alles. Julia, die so wunderbar sein Weltbild annahm. ›Mama, es kommt auf Ernsthaftigkeit im Leben an.‹ oder ›Mama, ich werde mich nicht dem erstbesten Mann an den Hals werfen. Papa hat mich gelehrt zu warten.‹ das war nach der vierten, krachend gescheiterten Freundschaft zu Jungs. Keine hielt länger als eine Woche, Sex? Fehlanzeige.«

»Was hat er mit ihr gemacht? Das ist doch nicht normal?«

»Fang Du nicht auch noch damit an! Was weiß ich?!«

Ich musste die Tränen zurückhalten. Maria kam mir in den Sinn. Genauso klang sie. Was hat er mit ihr gemacht? Und da wusste ich es wieder. Ich habe gehorcht und geschwiegen, wenn er mit ihr im Arbeitszimmer verschwand, um ›zu reden‹.

»Wenn Julia Mist gebaut hatte oder etwas geklärt werden musste, dann ›redete‹ Peter mit ihr. Ich habe es nicht gewagt, zu spionieren. Seine Autorität - wir sprachen darüber - wirkte auch ohne Worte. Julia kam jedes Mal ruhig oder sogar freudig wieder und sagte:

›Papa, hat es mir erklärt. Ich hab´s jetzt verstanden.‹

Ich kam immer weniger an sie heran. Hätte ich einmal nur eine Verstörung bei Julia bemerkt, ich wäre der Sache auf den Grund gegangen. Stattdessen konzentrierte ich mich auf mein schlechtes Gewissen, nicht genug für Julia da zu sein. Peter war Oberarzt, ich Krankenschwester. Er ließ mich spüren, wer im Beruf den Vorrang hatte. Wir hatten auch ein Au-Pair aus Österreich. Ein junges Ding, wenig erfahren in Kindererziehung. Ich habe immer wieder gedacht, da läuft was zwischen Peter und Mitzi. Alberner Name. Sie hieß eigentlich Miriam. Aber selbst Peter benutzte diesen affektierten Namen. Ich war im Alltagstrott, hatte mich an Julias etwas schroffe Art mir gegenüber gewöhnt. Erst nach Peters Tod hing sie wieder mehr an mir. Aber jetzt sind wir von Hölzchen zu Stöckchen von Deinem Kinderwunsch abgekommen.«

»Tja, das war´s dann ja auch schon. Als wir die große Millenium-Party 1999 mit Freunden auf der Kö in Düsseldorf feierten, sagte sie mir nach gefühlten zehn Sektflöten: ›so Schatz, ich bin jetzt 37, Du musst mir eins versprechen. Thema Kinder? Finito! Bin zu alt, verstehst, zu alt.‹ Wäre das Thema für mich nicht so ernst gewesen, ich hätte gelacht, so lustig hat sie geklungen.«

»Ich glaube, mein Liebster, Du bist und warst nicht der Durchsetzungsfähigste und Entscheidungsfreudigste, stimmt´s?«

»Erwischt, weiß ich ja. Schon lange. Bisher habe ich mein Leben um meine Konfliktscheu herum angeordnet. Hat bisher immer gut geklappt.«

»Mm, fragt sich, wie hoch der Leidensdruck werden muss, bis du selbst oder mit Hilfe etwas daran änderst.«

»Zuerst einmal: Will ich mich ändern? Muss ich mich ändern?«

»Ja, sorry. Ich will nicht in Dein Leben hineindirigieren. Aber vielleicht hilft es Dir, besser damit fertig zu werden. Konflikte sind Alltag. Keiner schenkt Dir was.«

»Ich kann mich wehren. Im Beruf. Wenn es um Rechte Anderer geht. Aber ausgerechnet in Beziehungsfragen, die mich betreffen, gebe ich nach.«

»Puuh. Anstrengend. Lass uns mal eine Pause mit dem Thema machen. Was ist denn das da?«

Vor mir lag eine lange Reihe von Volièren, die durch Durchgänge miteinander verbunden waren. Da gab es Steppenlandschaften mit Geiern, dunklen Wald mit Eulenvögeln und ganz am Schluss, ein Meeresufer. Ich traute meinen Augen kaum. Wellen, Strand, Felsen, Dünen und lauter Meeresvögel, die dort im rhythmisch anbrausenden Wasser Futter suchten.

»Was sind das denn für Vögel«, wollte ich von Andreas wissen.

»Säbelschnäbler. Die heißen wegen ihres nach oben gebogenen Schnabels so. Damit fischen sie wie mit einer schmalen Gabel Würmer und kleine Krebse auf. Und die schwarz-weißen mit dem spitzen roten Schnabel, das sind Austernfischer. Wie der Name schon sagt, die haben kräftige Schnäbel. Austernknacken? Kein Problem.«

»Kennst Dich aber gut aus.«

»Tja, ich bin hier schon so oft gewesen. Einmal, als ich als Student vom Lernen auf der Wiese eingeschlafen bin, wurde ich von trompetenhaftem Geschnatter wach. Da lief doch ein Trupp Pelikane direkt an mir vorbei. Im Wachwerden dachte ich, man hätte mich nach Afrika entführt.«

Wir trotteten weiter zu einem großen See.

»Ich habe Hunger«, beschloss ich und untermalte meine Aussage mit einem Knabbern an seinem Ohr. Er führte uns zu einem kleinen Gartenrestaurant.

Eingehüllt in unsere Jacken saßen wir draußen in einer windstillen Ecke. Wir saßen dort fast alleine.

»Und bei Dir?«, nahm Andreas den heiklen Faden wieder auf.

»Peter war also fürsorglich, liebevoll, aber trotzdem ein Chauvie, richtig?«

»Ganz verkürzt, ja. Ich habe nach Peters Tod gelernt, dass immer zwei zu einer Krise gehören. Der Eine, der etwas macht oder nicht macht und der Zweite, der es zulässt. Immer habe ich mir eingebildet, eine Powerfrau zu sein, die sich nichts gefallen lässt und sich durchsetzt.«

»So wirkst Du auch auf mich. Voller Power.«

»Ja, im Beruf, kein Problem. In Geschäftsdingen, alles gut. Aber in meiner Beziehung habe ich von Beginn an meinen Meister gefunden. Du musst wissen, Peter hat mir an meinem ›Beinah-Sterbebett‹ seinen Heiratsantrag gemacht.«

»Wie?! Sterbebett?! Was war denn da los?«

»Ich war frisch examiniert und kaum ein paar Wochen auf der Chirurgie. Peter war dort Assistenzarzt, drüben von der Inneren. Schon damals voll die Autorität. Mich schaute er auf eine besondere Art an, lobte mich, ich war schnell verknallt.«

»Wie im Bilderbuch also.«

»Kommt noch besser, wie im Märchen. Ich bekam plötzlich Scharlach und Peter hatte Dienst. Somit war er an meinem Bett.«

»Hoho!«

»Nein, Spinner! Am Bett, nicht im Bett! Ich war krank, Fieber, schwach. Aber dann, als ich auf dem Weg der Besserung war, erwischte es mein Herz, Herzmuskelentzündung. Es ging um Leben und Tod. Und wer war fast Tag und Nacht bei mir?«

»Ja, Peter, denke ich. Der war offensichtlich auch verknallt.«

»Verliebt. Ihm war es egal, was die ganze Klinik dachte. Alle schwärmten von diesem Märchen. Und so musste es ja wahr werden. Ich war 21 damals. Es fühlte sich fast alles richtig an.«

»Und was fühlte sich nicht richtig an?«

»Seine liebevolle, aber konsequente und penetrante Bevormundung. Anfangs fiel es mir nicht auf, dann war es für mich der Nachteil, dem die Vorzüge gegenüber standen. Und als Julia auf der Welt war, ging es mir wie so vielen Frauen. In Anbetracht der Konsequenzen einer möglichen Trennung arrangierte ich mich stattdessen. Die Energie verpulverte ich im

Krankenhaus und bei den Positionskämpfen mit meiner Tochter.«

Ich atmete tief durch und unsere Münder spürten mit einem Mal das erhebliche Kussdefizit, dass durch die Unterhaltung entstanden war. Das fast schon kalte Essen wurde dabei zur Nebensache. Die Teller wurden abgeräumt, da hakte Andreas nach.

»Du sagtest, Deine beste Freundin heißt Maria. Wie stand die zu Deinem Mann.«

Ich räusperte mich, überlegte, wie früh ich wie offen sein sollte. Ich beschloss, alles auf eine Karte zu setzen und von Beginn an kein Geheimnis zu verbergen.

»Sie mochte ihn nicht, mehr noch, er war ihr Rivale.«

»Wie jetzt? Rivale? Für wen?«

»Ja überleg.«

»Maria? Und Du?«

»Sie liebte mich. Sie ist lesbisch.«

»Und Du? Wie kamst Du damit klar?«

»Komme ich immer noch. Maria hat eine Lebensgefährtin, die wundervoll zu ihr ist. Die beiden sind fast schon symbiotisch. Trotzdem verbindet Maria und mich eine ganz tiefe Freundschaft. Und da ist noch was. Was denkst Du beim Thema ›Frauen lieben Frauen‹?«

»Na, ganz spontan, das ich das reizvoll finde.«

»Klar, typisch Mann. Ich werf's Dir nicht vor. Aber es ist immer wieder dasselbe. Zwei Frauen - oh wie geil, die lecken sich - oh wie geil. Zwei Männer? Widerlich!«

Ich drohte die Beherrschung zu verlieren. Dabei sollte es gar nicht Andreas treffen.

»Sorry. Wie war das? Offenheit? Andererseits ist das für mich völlig normal, gleichgeschlechtliche Liebe. Na klar, ich will nichts mit einem Mann. Aber ich kenne ne Menge total netter Schwuler, bis hin zu Freundschaften. Und ja, ich habe auch Triebgedanken. Ich habe sogar im Internet einige Lesbenszenen angeschaut. Das geilte mich auf, führte aber mit der Zeit zu einer Abstumpfung. Ich hab's dann sein gelassen. Es bringt nichts. So, das war offen. Kannst mich ja runtermachen deswegen.«

Memme, dachte ich kurz. Ich besann mich eines Besseren und knuffte ihn kurz.

»Dich darf aufgeilen, was immer es auch ist. Das ist Dein Leben. Aber zurück zu Maria. Wir hatten schon ein paar Mal Sex.«

Ich machte eine Pause. Das galt es für ihn zu verdauen.

»Ok.«

Ich schaute ihn erwartungsvoll an.

»Willst Du meine Triebstimme oder meine tiefere, seelische Einschätzung?«

»Blödmann. Deine Triebstimme ist nicht schwer zu entschlüsseln: ›geil, da will ich mal dabei sein.‹ stimmt's?«

»War ja nicht schwer. Und Mitmachen. Nein, im Ernst. Wenn das parallel zu mir laufen würde, weiß ich nicht, ob ich damit klar käme. Das heißt, sind wir ein Paar? Willst Du, dass wir ein echtes Paar sind. Das alles stürmt gerade auf mich ein. Also, langsam, noch mal in Ruhe. Ich habe kein Problem, dass Du Sex mit einer Frau hattest. Da ich Dich liebe, hätte ich wohl ein Problem, nein ich wäre eifersüchtig, wenn Du weiterhin Sex mit Deiner Freundin hättest.«

»Sehr differenziertes Statement, mein Lieber. Also, da Maria liiert ist und ich noch nie jemals mit einer anderen Frau sexuelle

Kontakte hatte, brauchst Du Dir wohl keine Sorgen machen.«

Ich schmunzelte und wartete auf seine Reaktion.

»Na gut. Ich werde Maria wohl bald kennen lernen, denke ich. Dann mache ich mir selber ein Bild. Wir können ja zu dritt mal...«

Er lachte mich herausfordernd an.

»Na, warte, Du unmöglicher...« Ich tat so, als würde ich ihn schlagen wollen. Er ging auf das Spiel ein und schützte sich affektiert, wie ein kleines Kind.

»...einen Ausflug machen, meinte ich doch.«

Er war frech, nicht nur schüchtern, wieder wollte ich nur eines, ihn küssen.

Das Beste an unserer Grugapark-Tour bewahrte er für den Schluss. Die große Gewächshauspyramide, in der man sich in vielen kleinen Dschungeln verirren konnte. Exotische Farne aus deren Rippen Babyfarne herauswuchsen. Orchideen in der Farbenpracht eines riesigen Farbmalkastens. Südamerikanische Baumflechten, die über mir baumelten und in der Tropenfeuchte ihren Tau auf mich herabtropften. Ich war benebelt von so viel Schönheit, erregt durch die südliche Schwüle. Wie gerne hätte ich mich mit Andreas hinter irgendeiner Palme hemmungslos geliebt. Aber wir waren nicht allein.

Wir führten noch viele tiefgründige Gespräche über unsere Ansichten, Ängste, Erwartungen. Meine Gewissheit nahm zu, dass Andreas mehr ist, als eine späte Liebesaffäre.

Auf der Rückfahrt beobachtete ich ihn, wie er routiniert und in sich ruhend seinen Wagen durch die Stadt steuerte. Immer wieder blitzte er mich verschwörerisch an. Fragte mich: ›War es schön für Dich?‹

»Ja, es war ein wunderschöner Tag. Der erste blaue Freitag in meinem Leben.«

Ich legte meine Hand auf seinen Schenkel und spürte eine tiefe Sehnsucht. Ich würde sie ihm mitteilen, wenn wir bei ihm zu Hause angekommen sind. Gleichzeitig merkte ich, dass mein Schoß eine Pause braucht. Eine Blasenentzündung ausgerechnet an diesem wunderbaren Wochenende, es wäre tragisch.

Es dämmerte schon, als wir wieder in seinem Reich ankamen. Jetzt sitzen wir an seinem heimeligen Essplatz. Ciabatta, Käse und ein leckerer Primitivo leuchten vergoldet im Kerzenschein. In seinen Augen sehe ich den Glanz des Verlangens. Seine Verliebtheit vibriert im Raum. Ich nehme seine Hand. Da spüre ich sie wieder, diese eine so banale erotische und mir doch so wichtige Sehnsucht. Ich möchte seine Lippen auf meinen, da unten spüren. Ich möchte diese Form von Zärtlichkeit, die mich nur einmal im Leben überwältigt und beglückt hat, mit ihm erleben. Bei ihm bin ich mir sicher, dass er die Töne in mir anschlägt, die damals bei Maria erklangen. Nur die autoritär erzeugte Scham dämpfte meine volle Hingabe. Also frage ich ihn:

»Würdest Du mich...«

»Ja?«

»Also, würdest Du mich gerne einmal da unten liebkosen, mit dem Mund meine ich?«

»Du meinst Deine Liebesrose?«

»Ja, die meine ich« hauche ich ganz leise.

»Natürlich, sehr gerne sogar. Ich war mir bis jetzt nicht sicher und wollte Dich nicht bedrängen.« Es erregt ihn. Er ist ganz aufgeregt, wow!

»Ich kenne es nur einmal von Maria, nicht böse sein. Und es war toll. Aber ich möchte Dich spüren, Deine Lippen, wenn Du verstehst.«

»Und wie ich verstehe. Ich möchte auch etwas.«

»Ja?!« Er will, welch Überraschung, dass ich ihn, seinen Andi liebkose, so wie ich es mir selber sehnlich wünsche.

»Ich würde gerne, dass Du da unten, also Deine Lieberose, dass die ganz nackt ist. Ich würde sie Dir gerne rasieren.«

Oh. Das... Aber ja, auch das wäre schön. Und das andere, da bin ich sicher, wird sich ergeben.

»Lass es uns Morgen machen. Mit ganz viel Zeit. Ich möchte mich darauf vorbereiten, möchte die Vorfreude genießen. Heute Abend, auch wenn es Dich vielleicht schmerzt, brauche ich eine Pause, braucht meine ... Liebesrose eine Pause. Ich will Dich einfach so spüren. Morgen wird sie sich entfalten, ganz nah, nur für Dich.«

Mir ist heiß, ich küsse ihn leidenschaftlich. Am liebsten würde ich doch sofort..., würde meine Worte rückgängig machen. Aber ich spüre, es ist gut so. Und genau darin liegt der Reiz. Ab heute würden wir das Timing nutzen, um uns gegenseitig zu reizen, zu erregen.

»Schön, ich freue mich, Du wunderbare Liebesfürstin.«

»He! Liebesfürstin! Was kommt als Nächstes?«

»Weiß noch nicht.«

Er ist ein kleiner Spinner, mein romantischer, wilder Lover.

17. Der kranke Vater

Andreas

Monikas Verständnis beglückt mich. Ich will an diesem Samstag nach meinem Vater sehen, nachdem er so schwer gestürzt war. Ob Mutti alles vor Ort bewältigen würde? Vor allem beruhigt es mich, eine Krankenschwester, meine Monika, dabei zu haben.

Der ›Indian Summer‹ will es noch einmal wissen. Er verscheucht die Kaltfront und sprüht Goldglitzer auf das bunte Herbstlaub. Ab Bonn verlasse ich die Autobahn. Ich überrasche meine Süße mit der abwechslungsreichen Strecke durch das Mittelrheintal. Wir kommen durch Rolandseck, Bad Breisig querten den Rhein um an Vallendar vorbei schließlich den kleinen Ort Urbar bei Koblenz zu erreichen.

»Das Mittelrheintal ist Weltkulturerbe. Eine traumhaft schöne Landschaft. Tolle Wanderwege und leckere Weine.«

Ich freue mich schon auf die erste Weinprobe mit Moni.

Der letzte Kilometer durch die engen Gassen des kleinen Ortes imponiert Monika. Es kommt ihr vor wie in Italien.

Das winzige Reihenhaus bietet einen Kontrast von schneeweißen Kalkwänden und glänzendschwarzem Fachwerk. Butzenscheiben und ein schmiedeeiserner Rosenbogen machen es zu einem Minischloss. Auf dem kleinen Treppenaufgang wartet meine Mutter schon. Wie üblich trägt sie ihren Küchenkampfanzug, einer ihrer grässlich bunten Schürzen.

»Ach mein Kleiner, ihr seid ja schon da?«
»Hallo Mama.«
Ich spüre ihre mollige Mutternähe in unserer Umarmung. Sie riecht nach Bratenfett, Kokosseife und Haarspray. Ich bin zu Hause.
»Und sie sind also Andreas neue Flamme. Herzlich willkommen. Wurde aber auch Zeit für meinen Kleinen.«
Oh, Mama, so ist sie, stöhne ich innerlich. Doch Monika erwidert die Begrüßung ebenso herzlich. Es duftet nach Rotkohl und Bratensoße, Pawlow lässt grüßen, meine Speicheldrüsen bereiten sich schon vor.
»Sie müssen entschuldigen, ich bin noch nicht fertig mit dem Mittagessen.«
»Hallo, kleiner Bruder«, kommt es nun herzlich von Ulrike. Ist sie noch dünner geworden? Meine Veganerin. Sie wird wieder nur Salat und etwas Brot mümmeln, wenn ihre Globuli es ihr erlauben. Und trotzdem hat sie ein Herz so groß wie eine Aufnahmestation für Waisenkinder.
»Und Sie sind Monika, ach ich darf bestimmt Du sagen. Ich bin die Älteste, die Ulrike. Mutti hat schon erzählt, Du bist Krankenschwester. Das finde ich ja spannend. Ich beschäftige mich nämlich sehr mit Gesundheit und all den Facetten, die dazu gehören. Wo arbeitest Du? Wie lange kennt ihr Euch schon? Ach, ich hab so viele Fragen.«
Monikas Augen verraten Überraschung und... Sympathie. Kein Wunder, denke ich, die Beiden werden sich einmal verstehen. Vorher gilt es die unterschiedlichen Planeten zu erkunden, von denen die Beiden kommen. Ulrike blickt hinter Horizonte, deren Ende ich im Dunst der Ahnungslosigkeit kaum erkenne.

»Ulrike! Überfall unseren Gast doch nicht gleich so. Kommt rein, Papa wartet schon. Ihm geht´s nicht gut. Er hat immer noch Fieber. Diese Wunde, ach es ist schrecklich.«

»Hallo Schwesterherz. Lass mir noch ein bisschen von Monika übrig«, muss ich jetzt scherzen.

Mein Vater bietet ein Bild des Jammers. Seit dem letzten Mal, es ist gerade drei Wochen her, ist er eingeschrumpft wie ein vertrocknender Baum. Sein trüber Blick ist nach unten gerichtet, erzwungen vom Diktat des Parkinson, der Tag für Tag seinen härtenden Mörtel in jede verbleibende Lebensspalte schiebt.

»Hallo Papa.« Ich gebe ihm einen Kuss auf die Wange.

»Guten Tag, Herr Lobesam. Ich bin Monika Mahlert, die Freundin Ihres Sohnes.«

Er blickt angestrengt noch ein Stück höher. Heiser, mit großer Kraftanstrengung antwortet er.

»Schön, Sie kennen zu lernen. Es ist schön, dass Andreas jemanden Liebes gefunden hat. Setzen Sie sich doch.«

Er haucht angestrengt aus. Wären seine Worte geschrieben, sie stünden in dünner, krakeliger Bleistiftschrift, kaum erkennbar.

»Danke, das ist lieb. Ich habe gehört, Sie sind schwer gestürzt.«

Sein linkes Ohr ist durch eine schwarze Stoffklappe bedeckt. Monika blickt kritisch auf den Verband.

Als mein Vater auf seine Verletzung deuten will, entgleitet ihm die Kontrolle über sein Zittern. Der Finger fuchtelt schließlich unkontrolliert. Ihm entweicht ein verzweifelter Seufzer.

»Das Ohr. Das war fast abgerissen. Siebzehn Stiche. Aber es tut noch so weh. Und es pocht so, im Kopf.«

»Kann ich mir das bitte mal anschauen, das sieht nicht gut

aus«, reagiert Monika besorgt.

»Der Pflegedienst war gerade eben hier und hat den Verband gewechselt«, wendet meine Mutter ein.

»Was haben sie mit der Wunde gemacht?«, will sie schließlich wissen.

»Halt ein bisschen die Kruste weggemacht und dann frische Kompressen, das ging alles ruck zuck. Der Pfleger sagte, der Arzt müsse Montag nochmal drauf schauen, es wäre noch entzündet.«

Monika will jetzt Verbandsmaterial und Desinfektionsmittel, dass man vielleicht dagelassen hatte.

»Haben sie auch Händedesinfektionsmittel?«

»Ja, aber das benutzen die nicht. Die haben ja Handschuhe an, sagen sie« erklärt Mutti erneut. Ihre Handknöchel leuchten weiß vor Anspannung.

Monikas Blick verrät Zorn. Ulrike starrt sie mit offenen Augen an.

»Was ist denn. Du schaust nicht gerade begeistert aus?«

»Ich muss mir das ansehen. Ich glaube, Dein Vater hat eine Phlegmone.«

»Ich hab ihm schon Globuli gegeben«, entgegnet Ulrike.

»Das ist ja gar nicht so verkehrt« reagiert Moni skeptisch und nimmt die trockene Kompresse von der Wunde.

»Ach Du Scheiße!«

»Was ist?!« Spannung liegt in der Luft.

»Er sagte auch, ihm wäre immer heiß und kalt im Wechsel«. Mutti wurde immer verzagter.

»Also, das hier ist eine hochentzündete Phlegmone. Ihr Mann muss sofort ins Krankenhaus. Wenn das durch den Knochen oder über das Ohr ins Gehirn...

Nein egal, bitte Andreas, rufst Du einen Krankenwagen?«

»Aber kann man da nicht mit Antibiotikasalbe«, versucht es Ulrike noch einmal.

»Du, Ulrike, ich weiß, es ist ein beschi... bescheidener Zeitpunkt. Wir haben uns gerade erst kennen gelernt. Ich habe Erfahrung mit sowas. Dein Vater muss, hörst Du, muss sofort in die Klinik.«

Moni wirft mir einen Blick zu, der unbedingte Unterstützung einfordert. Ich vertraue ihr.

»Ok. Habe ich verstanden.« Ulrike ist jetzt kreidebleich. Ich suche im Telefonbuch nach der Nummer des Rettungsdienstes. Nach wenigen Minuten ist alles in die Wege geleitet.

Monika desinfiziert sich gewissenhaft die Hände und versorgt die Wunde provisorisch. Der Rest müsste im Krankenhaus passieren.

Eine Stunde später wird Herr Dietrich Lobesam stationär aufgenommen. Es werden Blutkulturen abgenommen, er erhält Antibiotikainfusionen. Schließlich verlegt man ihn auf die Intensivstation.

»Gut, dass sie ihn gebracht haben. Er stand kurz vor einer Sepsis. Die hätte er in seinem Zustand möglicherweise nicht überlebt.« Der Oberarzt macht ein ernstes Gesicht.

Mutti schluchzt, als ich sie im Arm halte.

»Eine Sepsis?« Ich hatte eine grobe Ahnung, dass so etwas gefährlich ist..

»Das ist eine im ganzen Körper ausgebreitete Infektion, die andere Organe, Lunge, Niere so stark schädigen kann, dass der ganze Kreislauf kollabiert«, erklärt Monika.

»Schön formuliert. Sind Sie vom Fach?«

»Ich bin Krankenschwester«, gibt sie zurück.

Der Arzt reagiert leicht pikiert. Egal, Hauptsache Papa erhält jetzt Hilfe..

»Da möchte ich Dir aber von ganzem Herzen danken, Monika. Gut, dass Du das so schnell erkannt hast.«

Ilse drücke Monikas Hand, sie weint noch immer.

Mein Blick zu Monika drückt meine ganze Dankbarkeit aus. Diese Frau, sie wird mein Leben bereichern, erfüllen. Schon nach so kurzer Zeit spüre ich eine mir unbekannte Tiefe. Ulrike steht noch immer etwas fassungslos abseits, bleich, wie die abwaschbaren Klinikwände.

Dietrich Lobesam sollte sich bald besser fühlen. Wir kehrten zurück in Andreas Elternhaus. Auch verkocht und warmgehalten schmeckten Rouladen, Rotkohl und Klöße köstlich. Mamas Küche ist im internationalen Ranking oft noch auf dem Siegertreppchen.

Die Gespräche verliefen gedämpft, das gegenseitige Kennenlernen war von Gedanken an Papa getrübt. Noch am Abend - wir befanden uns auf dem Rückweg, kam dann die Erleichterung. Er lag schon auf der Normalstation. Gott sei Dank.

Monika und ich schliefen aneinander gekuschelt ein. Morgen käme ein neuer Tag, morgen - ich freute mich.

18. Französisches Feuerwerk

Monika

Der Herbst zog über Nacht eine nasse Wolkendecke über das Land. Heute Morgen lässt sie dicke Tropfen auf unseren Fensterscheiben hinablaufen. Ich liege in seinem Bett auf einem großen Handtuch, es ist warm, ich bin nackt. Ich bin aufgeregt. Neben mir steht eine Schüssel mit warmem Wasser und ein glühender Verehrer. Ein Kissen im Rücken macht mich zur Beobachterin der Zeremonie, die ich nie zuvor einem Mann überlassen habe. Sanft schäumt er meine vorfreudig glühende Venus mit einem Rasiergel ein. Es duftet nach Algen und Zitronengras. Meine intimen Härchen registrieren beglückt sein Streicheln. Er nimmt den Bodyshaper, einen quietschgrünen Rasierer und fährt langsam über meinen bebenden Hügel. Es knistert. Dann spülen. Wieder sucht er eine neue Bahn. Meine glatte helle Haut leuchtet wie ein Versprechen. Ich spreize die Beine. Als er sanft und unendlich vorsichtig meine äußeren Lippen von den intimen Locken befreit, öffnet sich die Rose schon. In mir fühle ich sein Streichen.

Er jauchzt vor Verzückung.

»Mein Gott, hast Du eine schöne Liebesrose. Ich bin ganz verrückt nach Dir«, gurrt es aus seiner Kehle.

Wie abgesprochen tauschen wir die Rollen. Unsere Lippen suchen sich, halten uns auf einer dahingleitenden Lustwoge. Ich habe noch nicht begonnen, da liegt sein Andi schon prall und prächtig auf seinem Bauch. Meine Hand fühlt mit dem aufschäumenden Gel seine Wonnebällchen. Stöhnen zeigt mir seine Lust. Haar um Haar fällt auf dem Opferaltar der Nacktheit. Kaum kann ich mich beherrschen, mich sofort auf diese lüsterne Landschaft zu stürzen.

In meinem Kopf dreht sich alles um Lust, um Sehnsucht. Ich dusche mich, berühre mich. Jeder Kontakt mit meiner Haut erregt mich schon. Wie in Trance gehe ich zurück in unser Lustnest. Im Vorbeigehen streicht mir Andreas über meinen Po. Es zuckt, wie ein Lustblitz. Ich warte, den Schoß voller Erwartung.

Dann steht er hinter mir, seinen heißen Schwanz aufrecht in meiner Popospalte. Seine Zunge elektrisiert meinen Nacken, meine Ohren. Die Hände kreisen mit dem Hauch einer Berührung um meine Brüste. ›komm rüber‹, rufen meine vor Lust kochenden Nippel, berühre uns. Er lässt mich leiden, kreist und kreist, näher und näher, ja bitte nimm sie, drück sie!

Innere Strudel wühlen mich auf, die Knie geben nach. Ich stütze mich auf das Bett. Seine Hände, diese irrsinnig sanften Hände fahren den Rücken entlang, weiter, weiter bis zu meinem Po. Jeder Zentimeter dort knistert vor Lust. Ich knie mich aufs Bett, stöhne, falle in ein fernes unbekanntes Liebesreich. Um mich ist alles verschwommen. Er, der Liebesfürst kniet hinter mir. Seine Zunge schlängelt schlangengleich meine Schenkel hinauf. In mir bricht sich etwas Bahn, streichelt mich von innen. Er leckt meinen Po, umkreist meine Rosette. Unwillkürlich spreize ich meine Beine noch ein bisschen mehr und nun fährt seine Hand dazwischen und streichelt meinen Bauch. Meine gierigen, schon triefenden Lippen spüren seinen Unterarm. Bitte komm mir näher, bitte. Jetzt sein Mund, seine Lippen, ein Kuss, ein erster Kuss auf die saftige, geile Kugel da unten, die nur noch aus Lustfasern besteht. Die Zunge tastet, blitz! Es zuckt in mir.

Will ich warten? Will ich noch warten?! Mein heißer, heißer Lover gibt mir die Antwort. Seine Zunge gräbt sich tief durch den Sumpf des Begehrens und landet auf meiner Liebesperle und ich? Ich explodiere in einem einzigen gellenden Schrei, schmeiße mich zuckend auf das Bett. Sofort liegt er auf mir, streichelt mich, meine Arme, küsst meinen Nacken. Ich zucke und schreie einen irren Orgasmus in das Kissen, lasse mich immer tiefer fallen. Oh Gott, es ging alles so schnell.

Die Welle ebbt ab, doch meine Sucht nach einem weiteren Sturm ist groß. Er rollt sich von mir herunter, streicht erneut fordernd über Rücken und Po, tastet meine Schenkel, meine Kniekehlen ab. Jetzt will ich! Wild drücke ich ihn auf den Rücken. Ich knie über ihm, funkle ihn mit vollem Verlangen, mit praller Lust an.

»Einfach liegen bleiben«, quillt eine ungekannte Stimme aus mir. Tief und wollend. »Nur spüren«.

Seine Augen sind Lust. Sein Mund steht staunend offen. Sanft schlängelt sich meine Zunge über diese zarten Lippen. Ich hauche flüchtige, feuchte Küsse auf jeden seiner verdammt süßen Zentimeter in seinem Gesicht. Sein Ohr lutsche ich nass, es macht ihn wahnsinnig. Unter mir windet er sich wie ein frisch gefangener Fisch.

»Spüren! Fallen lassen!«, grolle ich ihn leise an.

Wie, um ihn zu quälen, intensiviere ich die Küsse an Ohr und Hals. Jauchzen, immer mehr Jauchzen schenkt mir dieser tolle Mann. Ich drücke seine Arme nach oben, fliege mit der Zunge über seine Achseln. In allen Tonfarben zeigt er mir, was er fühlt. Doch meine Reise hat erst begonnen. Seine kleinen, harten Knospen auf der hellen Brust, ich umspiele sie, sauge, beiße. Immer verrückter wird er. Ich habe ihn, ich habe ihn, giere ich.

Der Bauch, sein Schamhügel. Ich halte inne. Blicke hoch. Er ist ein einziges Kunstwerk der Lust. Er ist nur noch ›mich spüren‹.

Ganz sanft küsse ich das erste Mal seinen wunderschönen, warmen, nach geröstetem Landbrot und Thymian duftenden Luststab. Ich küsse an ihm herab, weiter bis ich die glatten, samtigen Kugel an den Lippen, in meinem Mund spüre. Vorsichtig lasse ich sie zwischen meinen Lippen hin- und hergleiten. Dann fährt meine Zunge zwischen ihnen entlang. Er hechelt verzweifelt, streichelt über meinen Kopf. Langsam, denke ich, Du sollst noch warten, mein Andi. Meine Zunge schmeckt seinen Schaft. Wenn es einen Geschmack für Verführung gibt, dann ist es dieser. Vorsichtig umspiele ich seine Eichel. Immer tiefer, immer rauer wird sein Stöhnen. Dann quietscht er, jauchzt. Ich knie mich zwischen seine Beine, nehme diesen glühenden Liebesstab in beide Hände und betrachte ihn mit Hingabe. Dann..., ganz langsam..., meine Lippen öffnen sich leicht, spüren den Kontakt mit der glatten ebenmäßigen Eichel. Ich fühle den Widerstand. Ich spüre in mir eine Erektion meiner Liebesperle. Was ist das? Was passiert mit mir? Ich stülpe meinen Mund über seine Eichel, sauge, lasse ihn tiefer in mich hinein. Ich bin erfüllt hier, im Schoß, im Herz, einfach überall. Ein Tropfen entweicht aus seiner Spitze, ich halte inne. Oh, wie er ihn anspannt, verzweifelt versucht, es aufzuhalten. Ich entlasse ihn wieder und will es. Will etwas Wunderbares. Ich drehe mich, beuge mich über ihn, meine triefende, glühende, begehrende Möse direkt über seinem Gesicht und setze mich darauf. Wieder fasse ich seinen Andi und nehme ihn vorsichtig in den Mund. Doch mein Schoß gibt ihm, meinem Liebesprinzen jetzt einen Takt vor, der ihn zur Raserei treibt. Und mich noch viel mehr. Geschickt lässt er seine Zunge zu jedem meiner Rhythmen an mir, in mir tanzen. Er leckt sie außen, er leckt sie innen. Er saugt an meiner Perle, die sich reckt, die wie ein Penis ihm entgegengiert. Ich zucke, zucke, zucke. In mir brennt ein Feuerwerk ab, bei dem ich nicht weiß, wie viele Orgasmusraketen am Liebeshimmel aufplatzen. Im Lustwahn stülpe ich, mit dem Schoß zuckend, seinen heißen Schwengel tief in meinen Mund und sauge infernalisch, ungehemmt daran. Und da ist sie. Eine unglaubliche, heiße, kühle, salzige, süße Welle und noch eine und noch eine. Sein Liebessaft quillt aus meinem Mund. Sein Schreien landet in meinem Schoß. Ich zucke noch immer wie ein lüsterner Zitteraal auf ihm, schlucke diesen Saft, den ich in meinem Leben nie zuvor gekostet habe. Noch immer stehe ich am Gartentor des Paradieses, kann nicht fassen, was ich gerade erlebe. Glück überschwemmt mich. Glück der Lust. Ist das Sünde? Wie oft habe ich mich gequält wegen meiner Gedanken. Wie oft. Und jetzt? Es ist Glück. Pures Glück. Es ist nicht tot danach. Keine Leere. Es ist Glück. Es ist da. Jetzt. Und es ist Andreas. Das ist der Name für das Glück.

19. Dämonen

Monika

Ich lasse kaltes Wasser über meine erhitzten Wangen laufen. Der fahle Neonschein des Toilettenraumes lässt mein Gesicht grau und alt erscheinen. Von draußen höre ich diese unpersönlich hauchende Stimme: ›Security advice - Don´t leave your baggage unattended‹. Ich habe die Flughafenatmosphäre schon immer gehasst. Überall Hektik. Eine Scheinwelt voller Glitter und Glamour, die doch nur abwickelt, ökonomisch, kühl.

Mir geht es nicht gut. Es ist nicht die Trauer, der Abschied allein. Andreas fliegt heute früh nach Mali und ich bin verzweifelt. Es ist nicht Angst allein, dass ihm in diesem undurchschaubaren Land etwas passiert. Es geschieht in meinem Körper. Acht Monate ist es her, seit ich meine letzte Regel hatte. Als würde man einen Garten verlassen, den man nie wieder betreten darf. Oh nein, es gibt keinen Kinderwunsch mehr. Und doch bist Du Frau durch dieses verdammte Bluten jeden Monat. So Viele fühlen sich befreit davon, wenn es aufhört, wenn Du nicht mehr Opfer Deiner Körperausscheidungen bist, nach einem Klo suchst und hoffst, dass Deine Abwehrmaßnahmen ausreichen. Aber warum straft man die Frauen stattdessen mit kochender Hitze und Depressionen. Vor zwei Wochen zeigte mir meine Blase mit einer heftigen Entzündung, dass ich es wohl übertrieben hatte mit Andreas. Wer will Frauen auf diese Weise bändigen? Bin ich wirklich schon alt? Wieder schaue ich diese Frau an, gegenüber. Falten starren mich an, am Hals, um den

Mund, an den Augen. Trauer fließt aus dem Spiegelglas. Bald wird der Mann, der mir alles bedeutet mehrere tausend Kilometer weit weg sein. Der Mann, von dem ich nicht weiß, ob er mich nach seiner Rückkehr noch so lieben wird. Eigentlich kann ich mich momentan noch nicht einmal selber leiden.

Die Tür öffnet sich. Eine dicke Afrikanerin mit einem kleinen Mädchen an der Hand lächelt mir zu.

»Hello Mam«, sagt sie in tiefer, singender Tonlage. Ich muss zu Andreas. Es sind nur noch wenige Minuten bis zum Check-in.

Nach unserem ersten Liebeswochenende vor zwei Wochen prasselte erneut der Alltag auf uns ein. Herr Professor taktete mich mit ersten Terminen, sodass ich mehrmals zwischen Münster und Bonn pendeln musste. Er war jetzt professionell im Umgang und doch spürte ich eine Lauerhaltung, die Überraschungen erwarten ließ. Die Zwischenstation Essen-Kettwig gelang mir in der Woche noch genau einmal für ein paar Stunden. Sie schenkten Andreas und mir eine hastige intime Umarmung, um unseren Durst nach Liebe zu stillen. Er litt unter seinen Impfungen für Afrika. Fieber, geschwollener Arm, Gliederschmerzen, alles normal, sagte man ihm. Sein Vater brauchte noch weitere acht Tage, um sich von einer begleitenden Lungenentzündung zu erholen. Ich sondierte Chancen für den Hausverkauf. Der beauftragte Makler sagte, ein erfolgreicher Abschluss solle kein Problem sein. Es war das bevorstehende Aufräumen, Aussortieren und Entscheiden, welches mir Mühe bereitete.

Mit Julia telefonierte ich selten. Die frühere Herzlichkeit in den Gesprächen lag auf Eis. Sie fragte nach ihm, ich antwortete möglichst wenig verletzend. Doch sie spürte die Wahrheit, die sie als Verrat empfand.

Deshalb beschlossen Andreas und ich, dass wir am letzten Wochenende vor seiner Abreise Julia in Lübeck besuchen würden. Ich wollte ihr die Chance und mir den Hauch der Hoffnung geben, dass Andreas das Eis brechen könnte.

Ich glaube, dass ich meiner Tochter noch nie so fern war, wie an diesen Tagen im kalten Lübeck. Wie zum Hohn schien eine klare Sonne über der Stadt mit den sieben Türmen, meiner und der Geburtsstadt von Julia. Sie wollte damals als Lehrerin dorthin zurück und bewohnte eines der winzigen, restaurierten Häuser in den berühmten Innenhöfen der alten Patrizierhäuser. Welch eine Symbolik. Meine Mutter lebte einstmals in so einem engen Schlauch von Häuschen, in dem jeder Raum maximal vier Meter breit war. Man geriet über einen engen Flur direkt in die Wohnküche. Das Wohnzimmer erklomm man über eine schmale Holzstiege. Noch weiter oben gab es zwei knapp bemessene Schlafräume. Die Toilette, ein Plumpsklo, befand sich draußen am Ende des Innenhofes, zwei Sitze für sechs Häuser. Zum Waschen gab es ein Waschbecken im Schlafzimmer und eine Zinkwanne in einer Abseite hinter der Küche. Es waren ärmliche Verhältnisse, unter denen meine Eltern anfangs gelebt hatten, mein Vater als Werftarbeiter, meine Mutter als Putzfrau bei den reichen Familien in den ihre Hütten überragenden Patrizierhäusern.

Heute wirken die restaurierten Häuschen hip, mit großen Fenstern nach hinten, heller moderner Einrichtung, meist von Singles oder jungen Paaren ohne Kinder bewohnt. Auch hier hat die Gentrifizierung zugeschlagen.

Julia genoss die Ruhe und Abgeschiedenheit dieses Ortes. Der Verkehrslärm, die Rastlosigkeit der Menschen blieb - nur durch einen kaum mannshohen Durchgang verbunden - außen vor.

Sie stimmte dem Besuch zu, auch wenn man ihr anmerkte, dass sie dies als saure Pflicht empfand. Schon der Empfang war bemerkenswert.

»Guten Tag, Sie müssen Herr Lobesam sein, es freut mich ihre Bekanntschaft zu machen.«

»Ach Julia, was bist Du denn so förmlich. Andreas ist mein Lebenspartner, ich denke, dass wir doch alle beim Du bleiben können.«

»Wieso bleiben Mama? Das wirst Du wohl schon Herrn Lobesam überlassen müssen. Ich denke, wir kennen uns noch gar nicht. Bitte treten Sie ein. Und Mama, was möchtest Du trinken, Wasser ohne oder eine Apfelsaftschorle, wie Papa sie immer geliebt hat.«

Peng! Ich zuckte die Achseln und warf Andreas einen hilflosen Blick zu. Julia trug einen ihrer weiten Röcke sowie einen beigefarbenen Pulli mit Fledermausärmeln. Seit sie in der Pubertät ausladend weibliche Hüften entwickelt hatte, litt sie unter ihrem Körperbild. Mich nahm sie als maskulinisiertes Konkurrenzbild wahr.

»Ach ja, Sie haben bestimmt auch Durst. Ein Bier? Ein Whisky? Was trinkt man so in ihren Kreisen?«

»Nein Danke, auch nur ein Wasser, das wäre schön.«

Ich errötete vor Scham und Wut. Dieses Kind hatte sich offensichtlich überhaupt nicht im Griff. Ich würde die nächste Gelegenheit unter vier Augen nutzen, um...

»Ich habe gehört, Sie sind Ingenieur? Mein Vater war Oberarzt in einer führenden Klinik in Münster. Meine Mutter und er hatten immer viel zu besprechen über den spannenden Klinikalltag. Ich stelle mir das gar nicht so einfach vor, bei ihren unterschiedlichen Interessen.«

»Julia!...«

Andreas bedeutete mir mit einer sanften Geste, kurz innezuhalten.

»Frau Lobesam, zunächst einmal, ich lerne gerade viel von Ihrer Mutter. Ja, Medizin ist spannend. Sie hat auch schon meinem Vater sehr geholfen. Ohne sie wäre er vielleicht nicht mehr am Leben. Und was die Interessen betrifft. Gott sei Dank bestehen die ja nicht nur aus dem Beruf. Sie sind Lehrerin nicht wahr? Grundschule? Wo unterrichten Sie?«

»In der Astrid-Lindgren-Schule, die werden sie wohl nicht kennen.«

»Nein das nicht, aber ich bin ein großer Fan der Autorin. Meine Mutter hat mir immer aus dem ›Michel von Lönneberga‹ vorgelesen.«

Für einen kurzen Moment huscht der Hauch eines Lächelns über Julias Gesicht, ein schmales, eher ängstlich-verzagtes Gesicht.

»Ach, haben Sie denn auch die Streiche ausprobiert?«

»Nicht die, aber andere«, schmunzelt er hinterher.

Doch das Lächeln versiegt auch schon wieder und weicht einer weiteren förmlichen Frage.

»Nun, was hattet ihr gedacht, was wollt ihr unternehmen.«

»Wir, Julia. Zumindest das eine oder Andere können wir doch gemeinsam machen, oder?«

»Ja gut, da muss ich mal sehen, wann ich Zeit habe«, und sie kramte aus ihrer Tasche geschäftig einen Terminkalender hervor.

»Julia bitte. Muss das jetzt sein?«

Meine Tochter bequemte sich schließlich, Andreas die traumhaft schöne Altstadt zu zeigen. Sie gab sogar die eine oder andere Erläuterung zu den alten Prachtbauten, dem Rathaus, der Marien- und der Petrikirche oder dem Heiliggeistspital, eines der ältesten Hospize. Sie machte das sehr professionell, wie eine Reiseleiterin.

Bemerkenswert war ihre Neugier bezüglich Andreas Vorleben. Insbesondere über seine Ex-Frau Sabine wollte sie etwas in Erfahrung bringen.

»Ihre frühere Frau war jünger als sie, oder?«

»Ja, warum? Für mich spielt das keine entscheidende Rolle.«

»Na, hören Sie mal. Ab einem gewissen Unterschied ist das sicher nicht mehr normal.«

»Nun, wenn ich mir so manche alten, reichen Knacker anschaue, die sich extrem junge Liebchen halten, da gebe ich Ihnen Recht.«

»Junge Liebchen. Interessant. Hatten Sie auch schon mal ein junges Liebchen?«

»Ich bin ja kein alter Knacker. Damit stellt sich die Frage wohl kaum.«

»Sie weichen aus, na gut. Jedenfalls, wenn ich an ihrer Stelle wäre, würde ich mir einmal in Ruhe die langfristige Perspektive bei fünf Jahren Altersunterschied überlegen.«

Andreas blieb stehen, Julia ebenfalls, die Hände vor der Brust verschränkt.

»Julia, Frau Lobesam, was wollen sie eigentlich damit bezwecken? Richtig ich bin 49 Jahre alt. Also weder ein junges Liebchen für ihre Mutter noch ein alter Knacker. Glauben Sie nicht, ihre Mutter hat ein ganz eigenes Recht darauf, diese Zukunft, ihre Zukunft zu bestimmen?«

»Natürlich hat sie das. Wer bin ich denn, dass ich als Tochter ihr Vorschriften mache. Aber in diesem Lebensabschnitt, wenn man auf die sechzig zugeht, dann bieten sich auch ganz andere Möglichkeiten. So wie dieser elegante Professor, Mama, von dem Du erzählt hast. Sagtest Du nicht, dass er eine unglaubliche Ausstrahlung hat und extrem elegant wirkt?«

Julias Augen funkelten triumphierend.

»Das ist ja wohl...«

Andreas schaute irritiert zu mir.

»Du schaffst es doch immer wieder, Inhalte so verdreht darzustellen, dass sie missverstanden werden können. Selbstverständlich hat Herr von Wachtner eine ganz besondere Ausstrahlung. Und elegant wirkt er auch. Seine Ausstrahlung halte ich aber für gefährlich, Eleganz ist kein hinreichender Grund für Anziehung und das Wichtigste, ich liebe Andreas. Auch wenn Du das ganz und gar nicht wahrhaben willst.« Ich spürte meine angespannten Kaumuskeln.

»Na ja, warten wir es erst mal ab. Ich denke da an Papas weise Worte. ›Die wahre Liebe zeigt sich erst im Annehmen von Schmerz und Verzicht‹«.

»Julia, Du weißt, dass ich das sehr kritisch sehe, schon immer gesehen habe. Schmerz und Verzicht anzunehmen, stellt keine Liebesleistung dar. Liebe hilft dabei, es auszuhalten oder sogar dagegen anzugehen. Bitte, verwechsle das doch nicht immer. Die letzten Jahrhunderte haben die Menschen und gerade die Frauen viel Mühe gekostet, diesen Unterschied zu erkämpfen.«

»Ach Mama, ich weiß. Du hast es all die Jahre nicht verstanden. Und tust es heute immer noch nicht.«

Andreas Unruhe zeigte mir, dass er gerne eingegriffen hätte. Doch er spürte die Brisanz der Vergangenheit in den Aussagen von Julia. Er hielt sich zurück. Ich war ihm dankbar. Am Ende seufzte ich vor Erleichterung über unsere vorzeitige Abreise.

Andreas verabschiedete sich mit den Worten:

»Also, vielen Dank für Ihre Gastfreundschaft. Sie sagten, ich solle über die Vertrautheit des ›Du‹ entscheiden. Ich hätte nichts dagegen, wenn Sie, also Du mich Andreas nennen würdest, einverstanden?«

Julia entgegnete:

»Kein Problem, auch wenn ich glaube, dass sich Deine Beziehung zu meiner Mutter sehr bald von alleine erübrigen wird.«

Ich stand fassungslos daneben. Sollte ich mich schämen, sollte ich wütend sein. Ehrlich gesagt, ich hatte sogar Angst. Julia malte ein Menetekel an die Wand unserer jungen Liebe. Das konnte nichts Gutes bedeuten.

So sitze ich also hier wieder bei Andreas, krampfhaft seine Hand haltend, wartend auf den Aufruf zum Check-in. In der unüberschaubaren Menge der Wartenden küssen wir uns immer wieder zaghaft, fast scheu. Mein Handy bedeutet mir, dass ich eine SMS empfangen habe. Ich blicke auf die Nachricht:

›Hallo Moni, Rebecca hat heute Morgen Blut gehustet. Wir fahren zur Klinik. Ich habe Angst. Bis später. Maria‹

Stumm zeige ich Andreas den Text. Dann vergrabe ich mein Gesicht an seiner Brust und weine leise.

»Ich bin bei Dir, in Gedanken, immer. Ich liebe Dich meine Süße. Wir skypen und telefonieren, ja?«

Ich nicke sprachlos. Worte würden in Schluchzen verkümmern. Mit Andreas Abflug begann eine der härtesten Zeiten meines Lebens.

Teil 2 - zweifeln

(November - Dezember 2010)

20. Papa

Julia

Sie ist wunderschön. Schwarz. Glänzend. Rund. Saftig. Sie sieht aus wie eine Kirsche, eine schwarze Kirsche. Aber sie wächst gar nicht an einem Baum. Papa sagt immer, man darf keine unbekannten Früchte essen. Aber das hier ist doch eine Kirsche. Papa und Mama sind noch ganz da hinten. Ich bin mit meinem blauen Sommerkleid durch den Wald geflogen, hui! Es ist so schön den Wind vom Laufen zu spüren. Mir ist immer noch ganz heiß. Die Kirsche. Sie sieht so lecker aus. Wenn ich ganz schnell bin... Ich pflücke sie, eine kleine Kugel in meiner Hand. Sie kullert wie eine Murmel. Wie sie wohl schmeckt? Ich stecke sie zwischen meine Zähne. Beiß ich Dich? Beiß ich Dich nicht?

»Julia, was machst Du da?!«

Papa. Er kommt auf mich zu. Ich will es aber wissen! Und dann beiße ich, mmmhh süß.

»Halt, spuck´s aus. Hörst Du Julchen! Spuck´s sofort aus!«

»Aber, die ist süß«, antworte ich mit der Kirsche im Mund.

»Peter! Was hat sie im Mund!«

Mama ist auch ganz aufgeregt, was haben sie nur? Papa

schnappt mich, hockt sich hin und legt mich über sein Knie. Soll ich schlucken? Papa hat gesagt, ich muss auf ihn hören. Immer wieder, hat er das gesagt. Es ist doch eine Kirsche. Jetzt gleich passiert es. Er haut mir auf den Popo. Dreimal ganz feste.

»Ausspucken, hörst Du! Ausspucken, alles! Das ist giftig!«

»Zwischen den Schulterblättern, Mensch Peter, Du musst zwischen den Schulterblättern klopfen.«

Ich spucke das süße Fleisch, die vielen Kerne aus. Noch immer schmecke ich den Saft. Mein Popo brennt ein bisschen, aber nicht schlimm. Das Brennen geht wieder in meinen Bauch. Hat Papa vergessen, noch einmal meinen Popo zu trösten?

»Kind, was machst Du denn. Du weißt es doch, keine unbekannten Früchte. Peter, was meinst Du, ist es gefährlich?«

»Julchen, hast Du was geschluckt von der Kirsche.«

Ich muss auf einmal weinen. Ich wusste es. Ich wusste, dass ich abseits des Weges nicht einfach nach Abenteuern suchen darf.

»Du sagst doch, es war eine Kirsche, Papa.«

»Ja, aber eine Tollkirsche, die ist giftig. Schau mich mal an.«

Ich sehe Papa, aber ich bin von der Sonne ganz geblendet. Er sieht unscharf aus. Auch Mama sehe ich nur verschwommen. Und mir ist komisch. Der Wald ist auf einmal so bunt wie, wie ein Regenbogen. Mein Herz klopft ganz wild.

»Sie hat vergrößerte Pupillen. Wir sind hier mitten in den Alpen. So schnell kriegen wir keinen Krankenwagen. Hör mir zu Julchen. Du hast nichts verschluckt von der Kirsche?«

»Nur ein bisschen Saft, aber der war ganz süß.«

Der Wald, Papa und Mama drehen sich auf einmal. Papa sieht wie ein Baum aus, Mama wie ein Felsen.

»Monika gib mir die Wasserflasche, schnell!«

Sie holen die kalte Metallflasche. Was ist mit der passiert. Sie wird immer größer, wie ein Ballon.

»Da trink! Julchen, trink so viel Du kannst.«

Ich will nicht aus dem Ballon trinken, der ist viel zu groß für mich.

»Nein, da trink ich nicht draus!«

»Julchen, Du trinkst!!«

Und dann haut er mir fest auf den Popo, fester als sonst.

»Peter, was soll das?!«

»Sie muss trinken!!«

Papa ist wütend. Ich will nicht, dass Papa böse mit mir ist. Ich nehme den riesigen Ballon, Papa hält ihn und das Wasser läuft und ich schlucke, schlucke, schlucke. Papa hält sie fest, fest an meinen Mund. Immer weiter muss ich schlucken. Ich kann nicht mehr, und noch weiter. Es läuft am Mund entlang, in meinen Hals. Ich huste. Papa macht eine Pause. Mir ist so heiß.

»Weiter! Mehr!, ruft er

Und da ist sie wieder, diese Blase, die mich mit Wasser vollstopft. Mir ist ganz übel. Ich trinke. Ich schlucke. Ich würge. Da nimmt Papa seinen Finger und steckt ihn mir tief in den Hals. Jetzt glaube ich, dass ich sterbe. In meinem Bauch ist eine Faust, die alles in mir zusammendrückt und dann schießt es aus mir heraus. Brötchenreste sehe ich, kleine Traubenstückchen vom Müsli. Alles ist so schleimig und in meinem Kopf klopft es, wie mit einem Hammer. Dann liege ich nur über dem Knie von Papa.

Als ich wach werde, liege ich schweißgebadet in meinem Bett. Immer derselbe Traum, immer wieder diese Angst. Papa, hat mir damals das Leben gerettet. Er. Ich war sechs Jahre alt und wir machten Urlaub am Tegernsee. Oh, ich vermiss Dich so sehr. Ich stehe auf, gehe ins Bad und betrachte mein Gesicht. Warum ist es so schmal und mein Hintern so breit. Papa, warum hat mich Dein Weg noch nicht dort hingeführt, wo ich hin möchte. Tausend Gedanken jagen durch mein noch vom Traum benebeltes Hirn.

Mama. Warum macht sie immer die gleichen Fehler? Warum sucht sie nicht nach Ordnung? Ihr Leben lang hat sie gekämpft. Für ihre Patienten, gegen die Autorität im Krankenhaus. Nie hat sie begriffen, dass Papa es gelungen war, die Patienten, die Pfleger und Schwestern zusammen zu halten. Er hat Regeln aufgestellt und fürsorglich über deren Einhaltung gewacht. Mama hat sich immer nur gewehrt gegen diese und viele andere Regeln. Und was hat sie davon? Unstet ist sie, sucht immer nach neuen Abenteuern.

Und jetzt dieser Andreas. Wofür steht der eigentlich? Was weiß er vom Leben? Der sieht aus wie ein Träumer. Mama braucht eine starke Hand. Jemand, mit dem wir zusammen wieder eine Familie sein können. Papa kommt nicht wieder, ich weiß es ja. Er hat mir so viel mitgegeben, dass ich ihn immer in mir trage. Noch immer weiß ich, wann ich mich zurücknehmen muss. Weil Papa da ist. Weil er auf mich aufpasst. Aber wer passt auf Mama auf? Jedenfalls nicht dieses Weichei.

Ich muss diesen Professor, wie hieß er doch, von Wachtel, nein von Wachtner, ich muss mehr über ihn herausfinden. Und diese Sabine, die Ex-Frau von Andreas. Vielleicht ist da noch was zu machen. Mama jedenfalls muss noch etwas lernen, muss noch viel lernen. Und ich? Ich werde weiter meinen Weg suchen und finden. Papa, Du wirst mir dabei helfen, ich weiß es. Ich habe manches Mal gezweifelt, aber Du hast mir immer den Weg gewiesen.

Wie damals. Alessandro. Acht Jahre ist es schon wieder her.

Mitten in Madrid, steht er und spielt auf der Harfe. Eine

betörende, betäubende Melodie, wie aus einer früheren Zeit. Seine vollen schwarzen Haare sind zu einem wilden Zopf nach hinten gebunden. Sein dunkler Kinnbart läuft mit kleinen Gummiringen gebändigt spitz aus. Die Augen glühen schwarz, wie in einem geheimnisvollen Kohlenfeuer. Lange, feingliedrige Finger streichen über ein Meer von Saiten. Er blickt so traurig, als wäre er ein verwunschener Prinz, der ausgestoßen hier mitten in der großen Stadt gelandet ist. Jetzt wartet er darauf, der richtigen Prinzessin zu begegnen, die ihn von einem Zauber erlöst.

So ein Blödsinn ist mir damals in den Kopf gekommen, weit weg von zu Hause. Aber ich fand erstmal die richtigen schnippischen Worte:

»Tienen que pedir necesario? Haben Sie es nötig zu betteln? Warum geben Sie sich nicht die Mühe, professionell zu musizieren?« Ich sehe die Szene wie heute vor mir.

Er blickt zu mir auf und öffnet eine Tür in mir. Eine die ich in meinem Leben bisher ignorierte. Dahinter kommt sie wieder zum Vorschein, die Geschichte vom verwunschenen Prinzen.

Lange Sekunden schweigt er. Das Menschengewusel, die Kakofonie des spanischen Alltagsgebrabbels, all das wird leiser und leiser und dann sagt er:

»Siéntate conmigo y sentir, setz Dich zu mir und spüre.«

Ich will schon verächtlich schnaubend weitergehen. Was gebe ich mich mit einem Loser, einem verkappten Musikstudenten, einem Träumer ab. Doch ein starkes unsichtbares Band zieht mich in den Schneidersitz neben ihn auf ein zweites Kissen. Beklommen spüre ich den gänzlich anderen Blick von hier unten. Erst sehe ich nur Beine. Dann nehme ich die ungewöhnliche Perspektive an und beobachte das hektische Hasten, Hetzen, Wuseln. Ich sehe in verkrampfte Gesichter. Stiere Blicke. Auf die

Uhr. Auf das Handy. Ungewollte Rempeleien. Unfreundliche Entschuldigungen. Mir ist unwohl in der Rolle der Stummen, Nichts tuenden.

»Alessandro«, haucht ein warmer Klang zu mir herüber. Die Stimme klingt wie ein hitzeflirrender Eichenwald. Tief, weich, warm und rau zugleich. Und wieder dieser Blick.

»Julia«, zittere ich die Worte unsicher über die Lippen und komme mir auf einmal dämlich vor.

»Nombre hermosa, ein schöner Name.«

Seine Finger tanzen wie sanft schwingende Anemonenglieder über sein Instrument hinweg. Der betörende Klang umhüllt uns mit einer unsichtbaren Blase, die alle Hektik um uns ausschließt. In diese Blase tritt eine junge Frau. Versonnen schaut sie zu Alessandro. Die blonden Haare fallen ihr ins Gesicht und umrahmen den Zauber, der auch in ihr gerade entsteht. Mit einem Mal möchte ich, dass es mein Alessandro ist. Nach einer gedehnten Minute klingeln Münzen in seinem Korb und die Frau hat die Blase wieder verlassen. Je länger ich bei ihm sitze, desto tiefer zieht mich seine Aura in einen geheimnisvollen Bann. Ich möchte mich an ihn lehnen. Nein. Ich lehne schon an ihm. Was passiert gerade?

Wir gingen gemeinsam essen. Ich durfte ihn nicht einladen, er bestand darauf, von seinem Verdienten, seinen Anteil zu bezahlen. Mehr noch. Er kaufte mir ein hübsches Lederhalsband mit einem silbernen Elfenflügel. Das muss ihn seinen Tagesverdienst gekostet haben. Doch ich nahm es an, es war ein Herzensgeschenk. Dann küssten wir uns. Ein Kuss voller Hitze. Spuren von Rauch, von Lakritz, von Minze. Ein Kuss voller Sehnsucht und Hingabe. Ein Kuss, der mich wie ein Stachel in meinem geordneten Leben begleiten sollte.

Ich ließ es nicht zu. Ich ging nicht mit zu ihm in ein herunter gekommenes Wohnheim für Studenten. Ich habe nicht mit ihm geschlafen und von einer Reise quer durch Europa geträumt, um das sagenumwobene Elbenland zu finden, in dem die Harfe das Nationalinstrument ist. Ich habe mich meiner Pflichten besonnen, das Maß des kurzen Wochenendes bemessen, die verbleibende Zeit berechnet und kalkuliert, dass selbst für eine Affäre keine Zeit blieb.

Es war besser so.

Papa war mein Kompass. Er war, er ist mein Vorbild. Manches, das Du nicht selber erkennst, erfordert einen Schmerz. Einen Schmerz der Liebe, der Dir zeigt, was gut ist, was richtig. Seine Art mir schon als Kind Grenzen aufzuzeigen, drang tief in mich ein. Seine sanften, brennenden Schläge auf meinen Hintern verteilten sich, nachdem ich ihren Sinn ergriffen hatte wie heilender Balsam in meinem Körper. Als ich noch klein war, nahm er Kinderöl und half mir so diesen Schmerz umzuwandeln. Mama hätte das nicht verstanden. Schon immer fehlte ihr diese tiefe Einsicht. So blieb es unser Geheimnis. Ich wurde älter. Ich wurde zur Frau. Er war es, der behutsam das Körperliche ins Symbolische wandelte. Ich begriff die Grenzen, die er, der Vater in der Liebe zur Tochter einhalten musste. Und dann kam der Tag, da wollte ich all das nicht mehr. Es fühlte sich plötzlich falsch an, vergiftet. Natürlich kannte ich die Grenzen der Elternliebe. Doch was ich all die Jahre gespürt habe, war echt, wahr, richtig, so lange. Jetzt brannte immer öfter der Wunsch in mir, fremde Männer zu erkunden.

Papa war klug. Er ließ mich gewähren. Mama war hektisch.

Sie wollte mir immerzu Dinge erklären, die ich schon wusste oder von denen sie nichts verstand. Doch alle Jungs, die mir den Hof machten, waren Kinder. Albern, kindisch, idiotisch. Keiner rührte mich dort, wo ich mein Ziel erkannte und anstrebte: Eine tiefe innerliche Hingabe, die mich spüren ließ, ich mache es richtig. Es ist etwas Großes. Keiner von Ihnen war in der Lage, dass von mir zu fordern, in Liebe. Blöde Machos waren dabei, die glaubten, coole Sprüche reichten für echte Dominanz. Alles Kinder.

Und so kam immerzu wieder die Sehnsucht auf, noch einmal - wie damals - von ihm, meinem Papa reingewaschen zu werden, wenn ich das Gefühl hatte, dass alles Falsche mich übermannte. Er war es, der mich spüren ließ, wie sich wahre Liebe anfühlt.

Würde ich jemals einen Mann finden, der das versteht?
Papa, Du fehlst mir.

21. Ankunft in Mali

Andreas

Aeroport International de Bamako Senou. Die Sonne verschwindet so schnell, als würde sie von einem Sockel stürzen und mit einem Mal wird es dunkel. Eine richtige Dämmerung gibt es nicht, hier nahe des Äquators. Im Landeanflug sah ich noch die fleckige Steppe orangerot leuchten. Jetzt auf der Gangway strahlt nur das fahle Licht von Flutlichtern und taucht die Landebahn in ein gespenstisches Szenario. Schlagartig umhüllt mich die heiße Abendluft, hier ist immer Sommer. Nur die Nächte schaffen es zeitweise unter zwanzig Grad. Die Regenzeit ist vorbei. Schwarze Schatten huschen wie Gespenster um die hohen Lampen. Neugierig blicke ich hoch.

»Flughunde. Sie sind deutlich größer als unsere kleinen Vampire in Europa. Aber harmlos. Wenn man mal von der Übertragung von Krankheiten absieht. Vincent van Dijk. Sie müssen de Vertretung von Henning sein. Seien Sie willkommen.«

Neben mir, wie aus dem Nichts steht ein stämmiger Mann in meiner Größe mit einem Gesicht wie ein Botaniker des neunzehnten Jahrhunderts. Seine rotblonden, zerzausten Haare, der überdimensionale Schnäuzer und die runde Brille lassen ihn überaus sympathisch wirken. Er trägt schlammfarbene Shorts und ein durchschwitztes buntes Hemd, das einen sofort an Afrika denken lässt.

»Danke, freut mich, Andreas Lobesam. Sie sind der Mitarbeiter der GIZ mit dem Henning zusammen arbeitet?«

»Das ist richtig. Wie geht es Henning. Ich hoffe, sie richten ihn wieder auf, der arme Kerl. Er konnte nur noch gebückt ins Flugzeug.«

»Er ist auf dem Weg der Besserung, hoffe ich.«

»Wieso? Haben Sie Angst, das hier wird ein zu langer Trip für Sie?«

Ich mustere ihn. Die Frage ist provokant. Doch er lächelt offen.

»Nun ja, ich bin auf maximal sechs Wochen eingestellt. Privat, da wäre das nicht so gut, wenn's länger dauert.«

»Ach, jetzt kommen Sie erstmal an. Sie werden sehen, hier vergeht die Zeit so schnell. Nachher wollen Sie gar nicht mehr zurück. Das erste Mal in Afrika?«

»Ja, schon. Ich war viele Male in Afghanistan, in Thailand und in Kanada. Aber das hier ... ist alles neu für mich.«

Er lacht ein tiefes, herzliches Lachen. Dann wischt er sich mit einem Tuch den Schweiß von der Stirn.

»Sie werden hier viel Neues erfahren über de Lebensweise der Menschen hier. Kommen Sie, wir holen ihr Gepäck. Unser Auto steht da hinten.«

Der Flughafen war bemerkenswert klein für eine Hauptstadt. Es gab wenige Außenaufgänge in das Zentralgebäude und einen sehr hellen, freundlich gestalteten Wartebereich. Überall herrschte hektische Betriebsamkeit. Müdigkeit und Erschöpfung ließen mich trotz der Hitze frösteln. Alles was ich wollte, war ein Bett und ... Monikas Stimme hören.

Vincent fuhr einen Toyota Landcruiser, die weltweite Währung für bedingungsloses Fortkommen und für die Straßenverhältnisse außerhalb Bamakos zwingend nötig. Die Fahrt führte uns über eine Schnellstraße durch die südlichen Anteile Bamakos hindurch, vorbei an mehreren Moscheen, Parks und einer Mädchenschule. Überall sah man hell erleuchtete kleine Werkstätten, in denen gearbeitet wurde. Man spürte das Leben brodeln. Kein Europäer, der Afrika nicht kennt, kann sich freimachen von den uralten Vorurteilen über die Menschen hier. Schlagartig wurde mir klar, dass die latente Vorstellung vom mangelnden Fleiß hier fehl am Platze war. Dann sah ich das erste Mal diesen gewaltigen Fluss, den Niger. Schwarz lag er unter uns.

»Wir fahren über die ›Pont des Martyrs‹. Man nennt sie hier nur die ›alte Brücke‹.

Auf der anderen Seite wurden die Straßen enger, wir bogen ab und befanden uns mit einem Mal auf einer holprigen Staubpiste. Es schien eine Abkürzung zu sein, denn nach knapp einer halben Stunde erreichten wir das Hotel Mandé, direkt am Fluss. In der Dunkelheit sah es aus, als stünde es auf Stelzen.

»Es wird Ihnen gefallen. Es ist einfach, aber sauber. Und Sie haben eine fantastische Blick auf die Niger. Ach und wenn Sie telefonieren wollen ....«

»Danke, ich habe eine Call by Call-Verbindung mit meinem Telefon-Anbieter. Wie geht es denn jetzt weiter? Herr van Dijk?«

»Ach wissen Sie, hier sagen wir alle Du, das ist einfacher, verstehst Du. Ich bin der Vincent.«

Ich gab ihm noch einmal die Hand. »Andreas, ich heiße Andreas. Ich freue mich auf die Arbeit mit Ihnen, also mit Dir.«

»Also morgen um neun Uhr hole ich Dich ab. Wir gehen dann zu eine Briefing in das Zentralbüro. Eine gute Nacht Andreas. Und ... vergiss nicht die Moskitonetz. Du weißt, Malaria.«

»Ja, danke und gute Nacht.«

Das Check-in verlief herzlich, auch wenn mein dürres Französisch und der afrikanisierte Dialekt nicht gut miteinander harmonierten.

Jetzt sitze ich hier in einem Zimmer, das fast europäisch, vielleicht südfranzösisch wirkt. Ein einfacher Steinboden, dunkle Holzmöbel, Akazie, vermute ich. Ein französisches Doppelbett mit einer rotgemusterten Decke darüber. Schlagartig wünsche ich mir Monika hier her. Ich vermisse Dich.

Ich setze mich auf das knarzende Bett und wähle die Call-by-Call-Vorwahl. Es knistert. Dann.

22. Fatale Diagnose

Monika

Es blieb mir keine Zeit zum Vermissen. Andreas war weg. Jetzt musste ich mich um Maria kümmern. Unmittelbar nachdem Andreas in das Flugzeug gestiegen war, rief ich sie an.

»Hallo Monika. Ich bin so verzweifelt. Was kann das sein?«
»Maria, das weißt Du genauso gut wie ich. Wo seid ihr jetzt.«
»Im Krankenhaus. Rebecca kommt gleich ins MRT.«
»Gut. Pass auf. Ich bin in zirka drei Stunden bei Dir. Dann reden wir.«

In meinem Kopf drehte sich alles. Mit einem Mal war da dieses ganz tiefe Gefühl für Maria. Mitgefühl, Angst, Fürsorge. Ich spürte tief in mir, ich wollte da sein für sie. Ich fuhr wie eine Verrückte, knüppelte meinen Clio über die Autobahn. Nichts konnte ich damit aufhalten. Nur mein Pflichtgefühl füttern und mir vormachen, ich wäre genügend da für meine Freundin. Auf der Fahrt aber kam Andreas wieder dazu. Wie ein Schlag traf mich die Erkenntnis, dass ich ihn liebe, dass er mir jetzt schon fehlt. Verrückt. Auch Maria ging mir durch den Kopf. Was, wenn Rebecca sterben würde? Rebecca würde sterben, wenn nicht ein Wunder passierte und irgendeine seltene, ungefährliche Ursache aus dem Hut der Unwahrscheinlichkeit gezaubert würde. Maria und ich sind beide erfahrene Krankenschwestern. Wichtiger noch, Peter hatte Jahre Lungenkrebspatienten betreut. Hunderte sind gestorben in seiner Zeit. Ich kenne diese Diagnose. Wenn sie gestellt ist, dann geht es um Monate, mit ein bisschen Glück um ein, zwei Jahre. Was passiert dann mit Maria? Ich hatte Angst davor. Angst vor ihr. Angst vor mir. Angst vor uns Beiden. Warum muss mir das alles jetzt passieren? Aber der Gedanke ist ungerecht. Stehe ich nicht vor einem ganz großen Glück? Vorsichtig! Da ist sie wieder. Die Andere. Meine Kontrollstimme.

›Erstens, der Grund seiner Scheidung ist, Tätää, Fremdgehen. Ach wie originell. Fremdgehen mit einer Jüngeren. Zweitens, er ist sechs Wochen, vielleicht länger in Afrika. Da gibt es viele, traumhaft schöne, junge Afrikanerinnen. Und es gibt keinen Freund, der petzen kann.‹

›Warum‹, entgegne ich innerlich, ›kannst Du mir nicht einmal ein bisschen Vertrauen zusprechen, statt immer den Teufel an die Wand zu malen?‹

›Weil ich realistisch bin.‹

Zerfressen von Zweifeln, Ängsten und völlig erschöpft erreiche ich gegen Mittag unser Krankenhaus. Allein schon die vielen Begegnungen mit demnächst ehemaligen Mitarbeitern stressen mich. Ich biege um die Ecke der Radiologie, da sehe ich sie, das Gesicht in den Händen vergraben, Rebecca neben ihr, sie tröstend. Verrücktes Bild. Wer ist die Starke?

Beklommen gehe ich auf die Beiden zu.

»Volltreffer. Ich muss mich gar nicht wundern. Wer so viel gequalmt hat wie ich, der muss mit sowas rechnen.«

Ich setze mich auf die andere Seite von Maria und streiche ihr über den Kopf.

»Was wisst Ihr denn jetzt genau«, frage ich in Richtung Rebecca.

»Es ist Bronchialkrebs, eindeutig«, schluchzt Maria.

»Und ein paar Herde in den Knochen und ... da oben.«
Rebecca deutet auf ihren Kopf.

»Du musst sofort operiert werden«, sprudelt es verzweifelt aus Maria.

»Blödsinn, Kleine. Das weißt Du ganz genau. Einen Teufel werde ich tun. Wir reden später drüber. Fakt ist Fakt. Ihr seid zwar die Nurses, aber mir müsst ihr nichts vormachen, oder?«

»Rebecca hat Recht. Operieren wird höchstens Linderung schaffen.«

»Nichts da, kein Messer. Nicht mit mir.«

»Aber, Du, Du wirst irgendwann keine Luft mehr kriegen!«

Maria steigert sich in einen Heulkrampf. Rebecca nimmt ihr tränennasses Gesicht in ihren Schoß.

Ich springe auf, erregt, wütend.

»Musst Du immer so brutal offen sein?!«, zische ich ihr leise zu.

»Was soll das? Helfe ich Maria, wenn ich ihr was vormache? Ich weiß, was auf mich zukommt. Ich habe gelebt, ich habe diese wundervolle Frau geliebt. Nun ist´s vorbei, c´est la vie. Rien ne va plus. Heißt doch so. Ich werde natürlich mit ihr reden und alles klären. Aber an Dich habe ich eine Bitte. Ich bin nicht von gestern. Ich weiß, Du warst mal ihre große Liebe. Pass bitte auf sie auf. Bitte!«

»Mach ich Rebecca. Aber ich kann und will Dich nicht ersetzen.«

»Richtig, Lady. Das kann keiner. Denn ich, ich liebe sie abgöttisch. Sie ist das süßeste Mädchen innerhalb meines Lebenshorizontes. Und der ist nicht so klein.«

Mittlerweile liegt Maria schluchzend und fast schlafend bei

mir. Die Beine hat sie auf die Bank gelegt.

»Bleib bei ihr, ich muss noch zum Henker, die Todesnachricht schriftlich abholen.«

In diesem Moment tritt der Mann aus der Tür, dessen Einstellung damals Peter das Genick gebrochen hat. Privatdozent Dr. Henning Köhler. Wir sind uns, so gut es ging, aus dem Weg gegangen. Obwohl ihn keine Schuld traf, sitzt bei mir seitdem ein Stachel des Misstrauens in der Wunde der damaligen Geschehnisse. Seine kurzen schwarzen Haare, sein dunkler Bartschatten, die intensiven blauen Augen und das markante Kinn, all das macht ihn zu einem attraktiven Mann. Und er ist gut, richtig gut.

»Oh, Frau Mahlert? Sie sind auch hier? Guten Abend zusammen.«

»Sie wissen doch Herr Doktor Köhler, Maria und ich sind befreundet.«

»Ach ja«, Köhler wirkt verwirrt.

»Aber jetzt zu Ihnen, Frau Krannenberg. Wollen wir das weitere Vorgehen alleine...«

»Ja, bitte. Für Maria, meine...«, sie blickt auf die verzweifelte Geliebte, die sich benommen wieder aufsetzt, ...Lebensgefährtin wird das alles jetzt zu viel. Monika, kannst Du sie nach Hause begleiten?«

»Natürlich.«

So fuhr ich Maria mit ihrem Auto nach Hause und tröstete sie so gut es bei solch einer Nachricht ging. Dann nutzte ich das trockene Wetter und schlich durch Straßen und Gassen, bis ich mit großen Umwegen mein einsames Haus erreichte. Mittlerweile war es Abend geworden. Ob Andreas schon gelandet war? Oder im Hotel saß? Ich fühlte mich stumpf. Stumpf und verlassen. Wenn ich schon einen mitfühlenden Mann kennenlerne, warum ist er dann jetzt nicht da? Wie verabredet, klingelt mein Handy. Eine lange, unbekannte Nummer. Ich melde mich.

»Hallo meine Süße, wie geht es Dir?«

Ein Kloß steckt mir im Hals. Einer, der fast den Andreas von heute Morgen nicht mehr kennt.

»Hallo mein Liebster. Bist Du gut angekommen?«, sage ich beklommen.

»Ja, bin ich, auch wenn der Flug grässlich war. Stell Dir vor, die haben mir wegen Fehlbuchung die Business-Class gegeben, jede Menge Platz und dann? Dann sitzt ein volltrunkener Geschäftsmann, ein Franzose, links neben mir, schnarcht, stinkt. Weiter vorne hat fast den ganzen Flug über ein kleines Kind geschrien, das war der Volltreffer. Aber sonst hier in Bamako ist es total warm, über zwanzig Grad selbst am Abend und das Hotel ist super. Mitten am Niger. Man könnte meinen, es wäre irgendwo in Südeuropa. Ich habe schon meinen Mitarbeiter kennen gelernt, einen Holländer, total netter Typ. Sieht aus wie ein Wikinger. Morgen gibt es das erste Briefing. Monika? Du sagst ja gar nichts.«

»Wie soll ich denn was sagen. Du redest doch ununterbrochen.«

»Oh, Entschuldigung. Das..., ich habe das gar nicht gemerkt. Es sind so viele Eindrücke. Wie geht es Dir denn?«

»Schlecht, mir geht es schlecht?«

»Was ist denn, Süße?«

»Rebecca hat Lungenkrebs.«

»Marias Lebensgefährtin? Oh Gott, das tut mir leid. Dann war das mit dem Bluthusten..., also das ist dann die Diagnose. Gibt es noch Behandlungsmöglichkeiten?«

»Das kann man jetzt noch nicht wissen. Aber es gibt Hinweise auf Metastasen. Sie hat zu lange gewartet. Und Rebecca, die wird sich nicht therapieren lassen, ganz bestimmt nicht.«

»Und dann?«

»Ach Andreas, und dann. Dann wird sie sterben. Schon sehr bald, vermute ich.«

Das war hart, ich weiß es.

»Ich vermisse Dich, Süße.«

»Ich Dich auch. Es fühlt sich komisch an, dass Du jetzt nicht da bist, wo ich Dich brauche.«

»Ich..., ich weiß nicht, ob ich jetzt gleich wieder hier weg...«

»Nein, Andreas. Das ist es nicht. Ich bin kein Kind mehr. Mir ist klar, dass Du da ebenfalls gebraucht wirst. Ich stelle nur schmerzhaft fest, wie das ist, wenn man einen Menschen so nah an sich heranlässt, dass man eine so lange Trennung kaum verschmerzen kann.«

»Aber so lange ist es doch nicht.«

»Ja? Du wirst tausende Eindrücke auf Dich einregnen lassen können. Du wirst neue Menschen kennen lernen. Ich habe eine verzweifelte Freundin, eine unberechenbare Tochter, einen aufdringlichen Chef und ein zugemülltes Haus zum Verkauf. Ich tausche gerne mit Dir.«

»Findest Du das nicht ein bisschen ungerecht? Die Schieflage hat keiner von uns verschuldet. Aber ich begreife, was Du meinst. Gib mir eine Chance. Ich will versuchen, so gut es geht für Dich da zu sein, von hier. Und ich schau, dass dies hier nur die absolut nötige Zeit dauert.«

»Versprich bitte nicht etwas, was Du nachher nicht halten

kannst. Das tut noch viel mehr weh, hörst Du?«

»Ok. Ich verspreche Dir nur eines. Wenn ich wiederkomme, werde ich Dich genauso lieben, wie, wie heute... und gestern.«

»Ach Andreas. Schön, dass Du heil angekommen bist. Ich glaube, wir beide brauchen jetzt Schlaf. Melde Dich morgen, wenn Du Zeit findest, ja. Und, ich vermisse Dich auch. Gute Nacht.«

Ich lege schnell auf, um nicht selbst am Telefon in lautes Heulen auszubrechen.

23. Der Duft von Bamako

Andreas

Mich weckt ein Licht, wie ich es nie zuvor gesehen habe. Aus dem Niger steigt ein rotglühender Ball, der im Morgendunst vorfreudig flimmert. Das Wasser wirkt wie ein kupferüberzogener See. Das ganze Zimmer erstrahlt in einem sanften Orange. Meine zerwühlte Decke liegt neben mir, es ist warm. Mein Wecker zeigt mir, es ist halb sieben. Ich wähle Monis Nummer.

»Hallo meine Süße. Es tut mir leid wegen gestern.«

»Nein, Andreas, mir tut es leid. Du konntest ja nicht wissen, wie schwer das alles gestern war. Ich hab nachgedacht heute Nacht. Rebecca ist stark. Sie hat schon jetzt ihr Schicksal angenommen. Ich werde mich jetzt mit ihr um Maria kümmern. Die ist so verzweifelt, es ist kaum mit anzusehen. Ich weiß, dass Du für mich da bist. Auch wenn Du jetzt verdammte Tausende Kilometer entfernt bist.«

»Ok. Und Du hast natürlich Recht. Hier ist alles neu, aufregend, spannend. Deswegen hätte ich Dich auch am Liebsten dabei, glaub mir.«

»Ich freu mich für Dich und ... ich vermiss Dich, sehr sogar. Mir fehlen Deine Küsse, Deine Hände, Deine Stimme, einfach alles, hörst Du?«

»Schön. Das macht mich glücklich. Ich hab eine Idee. Wir verabreden uns heute Abend. Ein Rendezvous sozusagen.«

»Du Schlingel. Willst Du mich verführen?«

»Und ob, lass Dich überraschen.«

»Ich küsse Dich, ganz innig, auf den Mund, auf Deine Brust und ... auf Deinen Andi. Bis heute Abend.

Ich liebe Dich.«

»Ich Dich auch, sehr sogar.«

Noch Sekunden halte ich das Handy versonnen in der Hand. Draußen läuft sich die Tageshitze warm. Mein erster Tag in Afrika. Ich bin gespannt.

Morgens sind die Straßen von Bamako laut, staubig und voller Leben. Unterwegs kommen wir am Centralmarket vorbei. Dicht gedrängt steht ein Marktstand neben dem Anderen. Üppige Obst- und Gemüsewägen, Drahtverhaue mit lebenden Hühnern, Gewürzstände und Steinsalz aus den Minen von Taoudenni, wie mich Vinzent aufklärt. Handwerker mit geschnitzten Dogonmasken aus fast schwarzem Sumpfholz. Genauso findet man aber auch Elektroartikel, Handyanbieter oder Plastikschüsseln in allen Farben. Und überall sieht man die Frauen mit schweren Kopflasten, Körbe, Kanister, Zinkwannen. Bunt sind sie, tragen farbenfrohe Wickelröcke und Blusen.

»›Combinaison‹ nennen sie diese traditionelle Frauenkleidung«, erläutert mir Vinzenz. »Außerdem gibt es noch die Dloki-Ba, eine poncho-artige Robe. Alles bunt und je nach sozialem Status in unterschiedlichen Stoffqualitäten. Die Männer sehen Sie noch häufig in einem Kaftan, der Pipau genannt wird. Viele laufen aber schon in Jeans und Hemd herum. Bei den Frauen sind es höchstens ganz junge Unverheiratete in den Städten, die annähernd westlich gekleidet sind.«

Mit Staunen und zunehmender Begeisterung nehme ich diese

Welt in mich auf. Ständig wechseln die Gerüche, durch das offene Fenster unseres Jeeps. Gewürze, scharfe Säure von Geflügelkot, Gummi, verbranntes Holz, dann wieder süßliche Obstdüfte.

Das Briefing erlebte ich als Rückfall in das deutsche Büroleben. Wenn nicht einige einheimische Mitarbeiter dabei gewesen wären, hätte ich mich zurück nach Deutschland versetzt gefühlt. In klimatisierten Räumen wurden über Beamer die wesentlichen Teilschritte des Projektes vorgestellt. Für mich ging es um Grundwasserprobleme mit Arsen, um Filtrationsverfahren und weitere Diagnostik von Umweltrisiken beim Aufbau neuer Kleinbewässerungssysteme. Die geologische Situation in Mali ist von ausgedehnten Sandsteinschichten geprägt, auf denen sich häufig Lateritkrusten befinden. Und auch das Schwemmgebiet des Niger sollte einige Überraschungen bereithalten.

Morgen sollte es sehr früh nach Diré gehen, einem Projektort weiter nordöstlich. Wir würden mindestens zwölf Stunden unterwegs sein. Das erste Abenteuer.

24. Achterbahn

Monika

Es gibt ein Gedankenkarussell, das sich nicht wie der zuckerwattig, leuchtend bunte Kinderspaß auf der Kirmes anfühlt. Statt leuchtender Erwachsenenaugen, die Du im Kreis drehend siehst, ziehen Dämonen an Dir vorbei. Große Fratzen, jammernde Blicke, hoffnungsloses Schluchzen, all das begleitet mich in Bildern. Bis ich die Notbremse ziehe. Bis ich aussteige. Das heißt, ich stehe auf, gehe aufs Klo und spritze kaltes Wasser in mein Gesicht. Es ist halb sieben. Noch einmal wird mir klar, dass es Rebecca ist, die stark ist. Sie weiß genau, wie es um sie steht. Sie sieht den Weg und stellt sich ihm. Es ist Maria, die Zurückbleibende, um die ich mich kümmern muss. Rebeccas Worte hallen nach: ›Pass bitte auf sie auf, bitte.‹ Genau das werde ich tun. Und Andreas? Ihn werde ich doch nicht aufgeben deswegen. Es wird jetzt eine harte Zeit. Aber, Monika, Du hast schon einmal große Bewährungsproben bestanden. Kämpfe. Ja, kämpfe.

Das Gespräch mit meinem Liebsten hat mich abgelenkt, mir Hoffnung eingeträufelt, in kleinen, aber wohltuenden Dosen. Ich werde sie brauchen, zärtliche, kleine Betäubungspfeile, um nicht irre zu werden an einer ungerechten Welt.

Ja, ich habe schon einige Krisen durchgemacht. Aber - um bei dem Bild mit der Kirmes zu bleiben - Achterbahnfahrten wie diese waren bisher nicht dabei. Jedem jauchzenden Höhepunkt scheint eine Sturzfahrt zu folgen, die einem den Magen umdreht. Sind es die Wechseljahre? Oder machen die es nur noch heftiger?

Ich weiß es nicht.

Meine ganz persönliche Achterbahn fährt gerade durch eine Steilkurve mit anschließendem Looping. Der Professor verstärkt seinen Griff.

»Frau Mahlert, bitte bereiten Sie sich zur Teilnahme am Pflegekongress in Hamburg vor. Ich werde dort unser Gesamtprojekt vorstellen und Sie ...«

»Aber wieso brauchen Sie mich dafür? Wäre es nicht besser, wenn ich mich um die Details in Bonn kümmere?«

»Frau Mahlert. Ich glaube, Sie verstehen mich nicht richtig. Sie werden mit mir dort sein. Nun, ich will noch nichts vorwegnehmen. Aber Sie sehen Ihre Rolle in unserer Stiftung viel zu kleinteilig und zaghaft. Meine Güte, Sie können mehr, als sich um ein paar Freizeitangebote und die Pflegeregularien in Bonn zu kümmern.«

»Aber genau dafür haben Sie mich doch engagiert.«

»Nun, das ist der Anfang. Warten Sie's ab. In Hamburg werden Sie die ganze Tragweite meiner ... äh ... unserer Konzeption begreifen. Ich habe Ihnen ein Zimmer im Hotel Atlantic gebucht, angemeldet sind Sie auch schon. Was die Anreise betrifft, war ich mir nicht sicher. Vielleicht nehmen Sie doch die Bahn. Münster ist schlecht gelegen zum Fliegen. Die Fahrtkosten werden Ihnen natürlich von unserer Reisestelle erstattet. Haben Sie noch Fragen, meine Liebe?«

»Erstens, wer ist ›meine Liebe‹ und zweitens, habe ich noch eine Wahl?«

»Sie sind stark, das gefällt mir. Nie um eine schlagfertige Antwort verlegen. Nein, Sie haben keine Wahl. Einer muss ja

endlich Ihr Potenzial erkennen. Wir sprechen später nochmal.«
Schon wieder fühle ich mich überrumpelt. Was meint er mit ›kleinteilig‹ und ›zaghaft‹. Für ältere Menschen da zu sein, mehr noch, das Ganze zu organisieren ist nicht kleinteilig, sondern die entscheidende Aufgabe.

Im Laufe des Tages sprach ich noch mit Maria, die jetzt deutlich gefasster wirkte. Sie war bei Rebecca in der Klinik. Man hatte über eine Bronchoskopie ihre Atemwege frei machen müssen. Keiner machte sich mehr Illusionen. Rebecca hatte einen schnell wachsenden, schon im Körper weit gestreuten großen Tumor. Und sie lehnte weiter kategorisch eine Therapie ab. Morphium linderte die Schmerzen. Ab Morgen sollte sie wieder nach Hause können.

»Ich werde es schaffen, Monika. Ich weiß, Du bist für mich da. Und Rebecca ist stark. Es tut nur so weh. Warum? Warum sie?« Und dann weinte Maria wieder.

»Ich werde nachher wieder zu ihr fahren.«

»Drück Sie von mir. Und sag ihr..., ach ist gut, drück sie einfach. Bis Morgen Maria.«

25. Fernlieben

Andreas

Schon den ganzen Tag freue ich mich auf unser Rendezvous. Immer wieder steht sie in Gedanken vor mir. Mal im Morgenmantel, mal in ihrem eleganten Hosenanzug und immer wieder dieses reizvolle Bild, wie sie nur mit Bluse und Höschen im Bad steht. Ihre schlanken Beine, der süße Po lugt unter dem Stoffrand hervor.

Jetzt liege ich auf dem Bett im Hotel, es ist Abend. Ich bin nur mit einem T-Shirt bekleidet. Noch immer ist es schwül draußen. Aufgeregt wähle ich die Nummer, diese Nummer, die mich zu ihr führt, zu meiner Moni.

»Ja, hier ist der Anschluss für Traumreisen. Spreche ich mit meinem Reisebegleiter Andreas ›der Liebevolle‹ Lobesam?«

»So ist es, meine Süße. Bist Du entspannt? Bist Du bereit?«

»Ich liege auf meinem Bett, ein rotes Seidentuch über der Nachttischlampe spendet sanftes Licht, eine Duftkerze verströmt leichten Sandelholzduft und ich...«

»Ja? Was trägst Du?«

»Ein kurzes Sommernachthemd. Ich habe es mir schön warm gemacht, in unserer Kuschelhöhle.«

»Sonst nichts?«

»Sonst nichts. Und Du?«

»Ein T-Shirt, sonst nichts. Ein Nachthemd habe ich nicht dabei.«

Sie lacht ihr helles, herrliches Lachen. Ich mache eine kurze

Pause, höre sie tief seufzen. Vorfreudig.

»Also. Es ist Sommer. Ich bin eingeladen auf einen Ball in einem kleinen Schloss. Es liegt inmitten eines Waldes auf einem Hügel, weiß, verwinkelt, verwunschen, verspielt mit vielen schmalen Türmchen. Nachdem ich durch ein goldgeschmücktes Portal, vorbei an zwei eleganten Dienern, den Empfangsraum betrete, werde ich auch schon durch die Hausdame begrüßt. ›Monsieur André, wie schön, Sie hier begrüßen zu können. Stattlich sehen Sie wieder aus. Kommen, Sie, ich führe Sie in den Ballsaal. Dort können Sie eine Erfrischung zu sich nehmen.‹

Meine weißen, enganliegenden Beinkleider lassen mich meine Sehnsucht spüren. Die schwarzen Stulpenstiefel glänzen. Im hellblauen mit Goldfäden durchwirkten Rüschenhemd und der prächtigen dunkelblauen Samtjacke fühle ich mich begehrenswert. Die weißen Handschuhe und meinen formidablen Federhut habe ich bereits abgegeben. Ich bin in erwartungsvoller Stimmung.

Der Ballsaal ist aufgeladen mit einer flimmernden, erregenden Stimmung. Durch die offenen Fenster kühlt das silberne Mondlicht ein wenig die knisternde Luft. Paare tanzen Walzer, necken sich in verborgenen Separees. Da sehe ich sie.«

»Siehst Du wen«, haucht Moni.

»Warte, Du wirst es erfahren. Da tanzt sie durch den Saal, in einem smaragdfarbenen, silberfunkelnden Seidenkleid. Ihre Drehungen sind so anmutig, die Arme so graziös und die Taille so schlank. Ich verliebe mich augenblicklich in diese Erscheinung. Sie trägt eine Maske, rot und schwarz. Feurigglänzende Edelsteine funkeln um die Augen herum, zarte Federn schmücken sie über der Stirn. Dazu trägt sie silberweiße Stulpen an den schlanken Handgelenken. Spitz laufen sie an den

Enden aus und bedecken fast ihre zarten Hände.«

»Aah!«

»Sie genießt die weiten Schwünge des Tanzes, doch ihrem Tänzer schenkt sie wenig Aufmerksamkeit. Ich stehe währenddessen noch verloren, allein mit einem Glas Champagner in der Hand und beobachte sie. Sie kommt näher, näher, mit großem Schwung. Wie zufällig stößt sie mich dabei leicht an, unterbricht ihren Tanz und steht unvermittelt vor mir. Ein wenig von meinem Getränk ist verschüttet und auf ihrem Kleid gelandet.

›Oh, Pardon‹, entfährt es mir.‹

Und ich sehe in das vor Anstrengung auf und ab wogende Paradies ihres Busens. Eine zarte, samtige Hautfalte auf der sich kleine, der Erhitzung geschuldete Tropfen gebildet haben.

›Unsinn, ich habe mich zu entschuldigen.‹ Sie verbeugt sich und mit einem Blick zu ihrem Tanzpartner entlässt sie ihn wortlos.

›Wie ungeschickt. Ich hätte auf ihn aufpassen sollen. Er tanzt nicht schlecht, aber er ist ungestüm. Mit welch charmantem Herrn habe ich das Vergnügen?‹ und sie mustert mich von oben bis unten.

›André Louange. Ich bin Künstler‹«

»Ja, das bist Du. Wohl wahr«, haucht Monika.

Ich räuspere mich kurz, kehre zurück in unsere Geschichte.

»›Und Sie, unbekannte Schöne? Sie überstrahlen den Saal mit ihrer zauberhaften Erscheinung. Mit wem habe ich das Vergnügen, nein das Glück, zusammen gestoßen zu sein?‹

›Ich bin die Contessa Monique, die unbekannte Contessa.‹

›Nun, das heißt, dass niemand Ihre Herkunft kennt?‹

›Finden Sie es heraus.‹

Sie reicht mir die Hand, die so wundervoll silbrig umhüllt ist und ich gebe ihr einen zarten Handkuss. Ich atme Mandel, sonnige Aprikosen und einen weiteres Odeur, das sich in mir in pure Sehnsucht verwandelt. Bevor wir uns in die Wogen der Tanzenden werfen, erheische ich einen Blick hinter die mandelförmigen Augenöffnungen der Maske. Ich sehe tiefes Grün und Bernsteinfunkeln.

»Du bist so süß, weißt Du das?«

Ich seufze. Ich habe so etwas noch nie gemacht. Das Drehbuch schreibt gerade mein Herz. Und es hüpft dabei.

»Der Tanz ist ein Traum. Der Traum ist ein Gleiten vorbei an bunten Kreiseln. Er ist ein Spüren ihres schönen Rückens, das Spüren der knisternden Seide. Er ist das Fühlen ihrer wirbelnden, glühenden Schenkel. Schon fürchte ich, meine Erregung nicht verbergen zu können. Ich weiß nicht die Zahl der Tänze zu zählen, die Zahl der Blicke in das tiefe Geheimnis ihrer Augen, wenn wir innehalten. Und dann, beugt sie sich zu mir. Ihr Kuss ist der kürzeste, sanfteste, vielversprechendste meines Lebens. Er reicht, um die nackte Sehnsucht in mir mit Hoffnung zu bekleiden. Ich schließe kurz die Augen, merke nicht, wie sie sich vorsichtig von mir löst. Dann ist sie weg.

Atemlos halte ich nach ihr Ausschau. Verschwunden, sie ist nirgends zu sehen. So schnell zerrinnt mein Glück. Doch da, am Fuße der großen Freitreppe, sehe ich sie. Ich eile hinterher. Plötzlich ist sie vor mir. Leichtfüßig läuft sie die Stufen hinauf, den Rock so geschürzt, dass ich die weißen Strumpfbänder auf ihren hellen Schenkeln aufblitzen sehe. Ich bin wie in Trance. Schon ist sie mir wieder in der Menge entwischt. André Louange, was tust Du hier? Du bist vernarrt, verliebt.

Ich drehe mich ein-, zweimal um mich selbst. Nichts. Da sehe ich auf der Balustrade ihren silbrigen Stulpen liegen. Wie von

Sinnen springe ich dort hin, voller Angst, jemand anderes kommt mir zuvor. Ich halte dieses warme, fast lebend erscheinende Wollstück in der Hand, rieche intensiv daran. Meine Contessa, wo bist Du?«

»Du hättest Schriftsteller werden sollen. Es ist so schön, was Du mir erzählst.«

Ich bin sprachlos. Ja, früher, als Jugendlicher, als junger Erwachsener habe ich einige Gedichte geschrieben. Wer hat das nicht? Und Geschichten, kurze. Aber Sabine war nicht wirklich interessiert. Es hörte auf, wurde nicht entwickelt. Ja, ich habe Freude an Fantasiegeschichten.

»Du bist der erste Mensch, der mir so etwas sagt, aber weiter.

Die Antwort gibt mir ein Knistern in der Stulpe. Ein Zettel, eine Botschaft: ›Unweit vom Schloss, hinten im Park, der Pavillon. Komm dort hin.‹

Mein Atem geht schneller, mein Herz galoppiert. Ich bin gefangen. Gefangener dieser wundersamen, wunderbaren, wunderschönen Contessa. Ich laufe durch die dichten Büsche des Parks, den geschlängelten Weg entlang. Ich schiebe Zweige beiseite, bücke mich unter Gesträuch. Habe ich mich verlaufen? Da, da ist ein weiß schimmernder Pavillon, beleuchtet nur durch die hell glänzende Mondscheibe, die tief über dieser Sommernacht hängt. Mein Glückstraum steht auf der Veranda, an das Geländer gelehnt, wie eine mit Silber überzogene Elfe. Vor ihr steht eine Champagnerflasche abgefischt wohl, von einem der Tische, auf ihrer erregenden Flucht.«

›Mein Galant! Hast Du mich gefunden!‹ Die Augen glühen durch die Maske. Ich stürme die zwei Stufen hinauf und will sie augenblicklich umfassen, küssen, lieben. Da tritt sie einen Schritt zurück.

›Nicht so stürmisch, wilder Ritter. Hier, lass uns kosten‹ und sie hält die Flasche an meinen Mund. Das süße, schäumende Nass quillt augenblicklich über Mund, Nase, das Kinn hinab und fließt kühlend meine Brust hinunter, bis unter mein Hemd. Die Contessa hält mich an meinem Hinterkopf und schlürft, saugt, leckt in rasender Gier über mein Kinn, meinen Mund, vergräbt sich in meine Halsgrube und überlässt mich einer furiosen Glückswoge, die über mir hinweg schwappt. Meine Knie werden weich. Sie bedeutet mir, mich auf eine schaukelnde Bank zu setzen. Glasig, glückstrunken schaue ich sie an.«

»Und was macht Dein Andi?« Monikas Stimme verstärkt meine durch Fantasie beflügelte Sehnsucht.

»Er ist groß und er glüht vor Erwartung.«

»Ich spüre Dich auch, Liebster. Ich spüre Dich. Mach weiter, bitte mach weiter.«

»Jetzt, wie sie vor mir steht, ihren Schoß vorgereckt, wie zur Aufforderung bin ich ihr verfallen. Sie nimmt ihre Maske ab und dann sehe ich diese feurigen Augen, die feinen Brauen, den zart umschatteten Blick, ein Blick wie ein Versprechen. Sie setzt die Flasche an und lässt schäumende Perlen aus dem Mund über ihr Dekolleté, über das ganze Kleid fließen. Erregte Röte flutet ihre Wangen. Sie schaut mir tief in die Seele.

›Zeig mir, André Louange, der Lobende, ob Du mehr kannst, als Komplimente machen!‹

Ich springe auf und küsse den süßen klebrigen Mund, schmecke heiße, wollende Lippen. Unsere Zungen tauschen süchtige Wünsche aus. Ich lutsche ihren Busen ab, spüre das Samtige, Weiche, Wonnige an ihr. Meine Zunge fährt in diese göttliche Spalte. Ihre Hand drückt mich tiefer und tiefer. So knie ich jetzt vor ihr. So schürzt sie ihr Kleid. Zeigt ihre Strümpfe, die

Strumpfbänder, die das zarte Gewebe halten. Zeigt weiter ihre heißen Schenkel, ihr brodelndes Lustdelta, das mich umwölkt mit einem Duft aus tausend exotischen Gärten. Kein Stöffchen, kein Hindernis liegt im Wege. So hat sie getanzt, sich gedreht, im Wissen, dass ihre Frucht, ihre Lust frei liegt, nur verborgen durch den Mantel ihres Kleides.

›Du bist wunderschön‹, stöhne ich ihr entgegen.

›Sag es nicht, zeig es mir‹, raunt sie lusttrunken.

Ich küsse den wohlig runden Venushügel, die zarten Locken, deren Duft mich beinah ohnmächtig werden lässt. Ich sinke tiefer hinab auf die gekräuselten Lippen, tupfe kleine Liebessignale auf das zarte Fleisch. Sie windet sich, schiebt sich nach rechts, nach links. Ich folge ihr. Meine Zunge folgt der Bahn ihres tiefen Mundes und schmeckt die Würze der Wollust.«

Ich höre, wie Monika jauchzt, stöhnt. Ich halte inne. Halte inne, meinen Besten zu streicheln, denn ich bin so erregt, dass ich aufpassen muss, dass nicht die kleinste Berührung mich zur Eruption bringt. Ich warte. Lausche.

»Moni, Süße?«

»Oh, es war so wundervoll schön, ich..., es..., mach weiter, ich will weiter.«

Glückstränen laufen mir das Gesicht herunter.

»Die Contessa ist außer sich vor Lust. Sie bebt ihre Konvulsionen direkt auf meine Lippen. Ich bin liebestrunken und benetzt von ihrer Erregung. Impulsiv hebt sie meinen Kopf, bedeutet mir, mich aufzurichten. Immer weiter drängt sie mich zurück, bis ich wieder auf der Schaukel lande. Sie reicht mir erneut die Flasche. Ich erlebe nun die unbekannte Contessa Monique, die geheimnisvolle Liebesfürstin entfesselt, in voller Wollust. Sie reißt mein Hemd auseinander, dass die Knöpfe durch die Luft springen. Sie bedeckt kniend vor mir meine Brust mit wilden Küssen. Mit geschicktem Griff reißt sie meine Beinkleider auf die Knöchel, ich bin gefangen. Ihr Gefangener. Mein heißes Schwert steht aufrecht, ihr entgegenfiebernd. Sie umfasst es gekonnt, antreibend. Lässt es durch ihre warmen weichen Hände gleiten, dass meine Sinne explodieren.«

Ich unterbreche mein eigenes Streicheln. Schon die Gedanken treiben mich beinah jetzt sofort zum Erguss. Ich stocke.

»Mach weiter, los bitte!«

»Jetzt raunt sie mir zu:

›Kühl Dein Schwert, los, übergieß es!‹ und ich gehorche ihr, lass Champagner auf mein heißes Glied laufen. Sie lutscht es ab, schlürfend, saugend, beißend, dass ich glaube, irre zu werden. Dann, mit wilder Lust in den Augen, richtet sie sich auf, dreht sich, schürzt ihr Kleid bis über die Hüften. Ein alabasterfarbener, herzförmiger, rundlicher, göttlicher, rasend machender Popo glänzt mir im Mondlicht die pure Sucht entgegen. Ihre Frucht ist lüstern geöffnet, mit geschürzten Lippen bereit, mich zu empfangen. Eine innere Stimme treibt mich, den letzten Rest der Flasche über ihren wonnigen Po zu gießen. Sie jauchzt, kreischt, grunzt vor Lust. Jetzt setzt sie sich innerhalb einer Lustsekunde auf meinen sehnsüchtigen Luststab und lässt ihn eintauchen in heiße Wonne. Infernalisch hebt und senkt sie... sich, wir... schaukeln...«

Meine Stimme versagt mir. Ich umschließe gefühlvoll mein pralles Glied und... explodiere mit einer gewaltigen, zuckenden Ejakulation. Mit aller Gewalt unterdrücke ich lautes, irres Schreien. Alles dringt nach innen, in mich hinein. Nur Monika höre ich noch, wie sie lang anhaltend stöhnt. Und dann ist es still. Glückstrunkene Stille. Eine heftig atmende Minute lang. Gefolgt

von Sehnsucht. Gefolgt aber auch von Einsamkeit.
»Ich liebe Dich«, höre ich Sie.
»Ich liebe Dich«, antworte ich. So nah und doch so fern.

26. Tiefe Gedanken

Monika

Satter, nasser Novembernebel durchzieht den Alltag, legt sich wie eine kalte Hand auf meine Knochen. Ohne das Ziel zu sehen, tripple ich Schritt für Schritt durch den Dunst, Hindernisse ahnend, Ängste spürend.

Nach wie vor bleibt unklar, wo ich in Bonn wohnen würde. Der Hausverkauf zieht sich hin, die Gespräche mit Banken und Maklern zermürben. Gernot drängte. Mit penetranter Hartnäckigkeit hatte er mir die gefährlich persönliche Anrede abgetrotzt. Die angebotene Penthousewohnung in Bad Godesberg war ein Traum. 120 Quadratmeter Licht, Helligkeit und Weite. Warme Farben, freistehende Küche, eine Wanne groß genug für zwei. Ein umlaufender Balkon eröffnete den Blick auf das Siebengebirge. Die Miete war ein unverhohlenes Angebot. Eine drohende Abhängigkeit. Er ließ sich auf 900 Euro hochhandeln, sein Geschick war bemerkenswert. Offensichtlich besaß er ein außerordentlich wirksames Radar für die Nebel des Lebens. Ich schwankte zwischen selbst behauptender Autonomie und geborgener Behaglichkeit, die ich durch Peter gewohnt war. Immerhin würde ich ja Miete zahlen. Oder sollte ich erst einmal abwarten, ob es mit Andreas eine gemeinsame Wohnzukunft gab? Essen war zu weit weg. Wir waren noch zu weit weg von einer Entscheidung. Mein neuer Job wartete, die Kündigung des alten von Anderen in die Hand genommen. Wie selbstständig war ich eigentlich? Im Kopf?

Julia entwickelte eine undurchsichtige Freundlichkeit. Sie bot mir ihre Hilfe an. Für den Umzug. Bei der Kleidersuche. Ja, sie wollte alles über Gernot wissen. Sie schien es nicht erwarten zu können, diese Persönlichkeit kennen zu lernen. Erstaunt hatte mich, dass sie zudem die E-Mail-Adresse von Andreas haben wollte. Naiv glaubte ich, dass sie sich vorsichtig an die neue Realität herantasten wollte.

Ein flüchtiger, noch unregelmäßiger Kontakt entstand zu Ulrike, Andreas´ Schwester. Zunächst war es mehr ein Faden als ein Draht, der uns verband. Ihre esoterischen Wellen und meine harten Arbeitsalltagsnarben mussten sich erst vorsichtig aufeinander einstimmen. Anknüpfpunkt war Vater Dietrich und die drohende Überforderung von Ilse. Ich würde auf Andreas Rückkehr warten, dann mit Hilfe von Gernot die Aufnahme dieses liebenswerten Paares in unsere Einrichtung vorbereiten.

Das Netz der Abhängigkeit wurde größer. Im dichten Nebel stellte es für mich nur einen weiteren verschwommenen Schatten dar, auf den ich zu tapste.

Jeder Besuch bei Maria und Rebecca führte mich in den emotionalen Notstand. Es ist ein Unterschied, wenn fremde Menschen in der Klinik dem Tod entgegen treten. Es ist etwas anderes, wenn Angehörige fassungslos leiden oder wenn man dies hautnah, privat erlebt. Alle Stärke Rebeccas konnte das brutale Regime des Tumors nicht überdecken. Es dauerte keine Woche, da musste sie wieder notfallmäßig ins Krankenhaus. Der Tumor brach überall ein. Luftnot, Bluthusten, Knochenschmerzen. Palliative, nur noch lindernde Bronchoskopien und Schmerzinfusionen verzehrten Rebecca. Die Drahtige, Bunte, Helle wurde zur Knochigen, Verfallenen, Eingetrübten. Maria und ich bemerkten besorgt, dass das für zu Hause verordnete Fortral, ein starkes Morphiumpräparat,

Rebecca nicht wirksam zu helfen schien. Je mehr sich Marias geliebte Freundin auflöste, desto mehr klammerte sie sich an mich. Ich war ihr Rettungsboot, während die Titanic ihrer Liebe langsam versank.

Was mich stützte, was mich aufrichtete, war ein fein gesponnenes Netz. Andreas und ich webten es aus zarten Gesprächen und Zärtlichkeiten, Gedichten und Geschichten. So entstanden auf diesem Novembernetz kleinste wertvolle Tauperlen, deren Glanz mir Kraft und Geduld verliehen. Bald merkte ich, dass für uns das Skypen nicht die erhoffte Nähe ermöglichte. Andreas' Gesicht verwandelte sich oft in ein falsch gelegtes Puzzle und die Stimme klang wie die von C3PO, dem glänzenden, metallisch plappernden Protokolldruiden aus dem ›Krieg der Sterne-Epos‹. Ich schrieb ihm gern kleine Verse:

›*Sammle jeden Tag die kleinen Glücksmomente*
in Deinem Herzen.
Einen wärmenden Sonnenstrahl.
Ein unverhofftes Lächeln.
Ein freundliches Wort.
Und bestaune am Abend die Schätze Deines Tages.‹

Er erwiderte zauberhafte Liebesgedichte:

›*immer wenn du sprichst*
hüllt mich geborgene sanftmut
schürt mich begierige nähe
tanzt mich schwebende freude

immer wenn du mich anschaust
seh ich sprühendes glück
leuchtet glühendes verlangen
entfaltet sich sehnendes lachen

immer wenn du mich berührst
rauschen glückliche seufzer
wandern streichelnde geister
verschmelzen salzige perlen

seit ich dich kenne
kennt das glück deinen namen

Die Poesie durchfloss uns beim Gedanken an den Anderen. Ich glaube, dass Liebe neben Talent die wesentliche Ursache für die Schönheit der Gedichte dieser Welt ist.

Wir erzählten uns die Sorgen wie die Erlebnisse, ich mehr Sorgen, er mehr Erlebnisse. Wir verabredeten uns zu unseren Rendezvous. Es waren Momente der Lust, die ich aushalten konnte, weil ich ihn wieder sehen, wieder spüren würde. Es war das Versprechen auf echtes Spüren in naher Zukunft.

Einmal verführte ich ihn mit dem Bild eines Haushaltsdieners. Er musste, bekleidet nur mit einer Schürze und einem knappen String mir dienen. Ich beobachtete ihn, wie er meine Fenster putzte, auf der Leiter stehend, seinen süßen Knackarsch aus der Schürze leuchtend. Mit einer kleinen Lederklatsche bestrafte ich ihn, wenn er seine Aufgabe zu nachlässig ausführte. Ich fragte ihn geziert, ob ihm seine Herrin gefallen würde. Wenn er antwortete, tadelte ich ihn für sein vorlautes Reden. Ich spürte zu Beginn seine Verwirrung über dieses ihm und mir bisher ungeübte Spiel.

Doch ich nahm jedes Mal den sinnlichen Faden wieder auf, erlaubte ihm schließlich, sich mir zu nähern. Schließlich fiel er ein in diese Szene, beschrieb, wie er mich beglücken würde, seine Herrin.

Manchmal hatte ich das Gefühl, dass diese intensiven Erlebnisse uns trotz oder gerade wegen der Entfernung näher brachten, als die direkte Berührung. Die tiefe Vertrautheit wurde nur durch einen einzigen Hauch getrübt. Unser Netz zitterte bei dem Gedanken, die zart schwebenden Tropfen drohten zu zerplatzen, das Gespinst zu zerreißen.

Ihr Name war Ajana Ifalan. Angst, meine Eifersucht schlich langsam an mir empor. Ich kämpfte dagegen an, sog die Nähe von Andreas Worten in mir auf. Doch ein Bild von IHR nahm Gestalt an und stellte sich zwischen uns. Er erzählte von ihr und ich empfand das ehrliche Bemühen, offen zu mir zu sein. Und doch gab es unausgesprochene Signale, die mich ängstigten.

27. Ajana

Andreas

Schon am ersten Tag nach unserer Fernliebesreise, wir waren auf dem Weg nach Diré, lerne ich Ajana Ifalan kennen. Auch wenn ich Monika liebe, empfinde ich Ajana in selbstherrlicher Objektivität als die bemerkenswerteste, stärkste und faszinierendste Frau, die mir je begegnet ist. Schon diese Analyse ist gefährlich, relativiert sie doch den Wert Monikas. Ajana ist atemberaubend schön, ok. In gewisser Weise war Jeannette das auch. Ajana ist klug und zurückhaltend, manchmal gar distanziert. Ajana ist beseelt von ihrer Aufgabe, sie ist ernsthaft und leidenschaftlich. Ein Außenstehender würde jetzt sofort sagen: ›Alles klar. Du bist verliebt. Neues Spiel neues Glück.‹ Nein! So ist es nicht. Ajana gehört Niemandem. Ihre Schönheit ist..., sie ist... wie etwas Übernatürliches. Ihre Klugheit ist gewachsen aus Erlebnissen, Kämpfen, Niederlagen, Aufruhr, Widerstand, Glauben. Bewunderung trifft es viel eher. Ich liebe Monika. Dieses Gefühl ist tief und richtig. Und doch bleibt für Ajana Ifalan diese Bewunderung, diese große Begeisterung für einen so intensiven und starken Menschen. Sie ist eine Frau, eine traumhaft schöne dazu. Wie soll ich Monika von ihr erzählen. Das ist es, was mir Sorgen macht.

Aber dazu im Einzelnen. Es ist der Tag, der uns nach Diré führen sollte.

Ich unterhalte mich gerade mit Vinzent über die

bevorstehende Route, er deutet auf seine milchig weißen Arme.

»Vergiss nicht, Deine Arme und Gesicht zu cremen mit de Insektenschutzmittel. Du weißt, de Malariamücke sind gefährlich.«

»Ja, ja, ich weiß. Hier, ich habe von meinem Freund das Mittel von der Bundeswehr bekommen. Es klebt, es stinkt, aber es wirkt sehr gut. Der ist dort Hygieniker und kennt sich aus. Die haben sogar Uniformen, wo das Garn bei der Produktion schon mit dem Mittel getränkt ist.«

»Ach, Ihr Deutschen. Das ist schon lustig mit Euch. Immer perfekt, nicht?«

So getroffen erröte ich ein wenig. Er hat ja nicht Unrecht. Da kommt sie auf uns zu. Eine schlanke, kleine Frau, bekleidet mit einem bodenlangen Wickelrock, dessen Farben und Muster eine Explosion der Sonne darstellen müssen. Glühendes Rot, feuriges Orange, wärmendes Gelb, durchzogen von schwarzen Wirbeln voller Energie. Die Bluse dazu übernimmt von unten nach oben die Sonnenenergie auf und wandelt sie in zartes bis sattes Grün, das sich schließlich in floralen Mustern bis zu den kurzen Ärmeln ausdehnt. Ihre Arme, ihr Gesicht erzählen die Geschichte der Farbe Braun in einem für mich neuen Kapitel. Karamell, Schokolade, Kaffee, all diese Worte vermögen nicht zu beschreiben, wie sich die Nuancen der weichen, zum Teil von kleinen Narben durchzogenen Haut an den Nasenflügeln, um die Augen und am Übergang zu den rotbraunen vollen Lippen ablösen und dabei jeden harten Kontrast vermeiden. Ihre Augen sind dunkel. Und doch erkenne ich ein Flackern von Samaragd in der sonst fast schwarzbraunen Iris. Unbestreitbar steht vor mir eine der schönsten Frauen, die ich je gesehen habe. Auf dem Kopf trägt sie ein passendes Kopftuch, das eher wie ein Turban aussieht. Wieder muss ich an die Marktfrauen und ihre schweren Kopflasten denken, die sie auf diesen Tüchern balancieren. Doch diese Frau wirkt ganz anders. Sie blickt mich ernst, aber höflich an. Gerade will ich meine kargen Französischkenntnisse aus der klemmenden Schublade meines Hirnareals befreien, da sagt sie zu mir:

»Herzlich willkommen in Mali. Sie müssen Herr Lobesam sein.«

Mein Blick muss etwas dümmlich auf sie wirken, so verblüfft bin ich. Sie rettet mich mit einer weiteren Erklärung.

»Sie wundern sich, dass ich Ihre Sprache spreche? Ich hatte das Glück, vor zwei Jahren meinen Master in Agrar- und Ernährungswissenschaft in Wien machen zu dürfen. Es ist das Beste, was ich für mein Land tun konnte. Wir müssen eigenständig die vielen Probleme, vor allem im Norden, lösen.«

Ihr Deutsch fast akzentfrei, wirkt sie ernsthaft und konzentriert. Ja, was hast Du denn gedacht, schießt es mir durch den Kopf. Es wird Zeit, zu antworten, sonst hält mich diese Frau noch für einen Autisten.

»Ja, richtig, mein Name ist Andreas Lobesam. Ich bin Umweltingenieur und vertrete Herrn Henning Marquardt. Er ist krank.«

»Oh, das tut mir leid. Sagen Sie ihm bitte alles Gute von mir. Wir haben noch viele offene Fragen zu besprechen. Ich heiße übrigens Ajana Ifalan. Auf eine gute Zusammenarbeit.«

»Das ist ein schöner Name«, ist es schon heraus und bereut.

»Für Sie sicher exotisch. Ifalan ist ein Name der Imushagh. Meine Vorfahren waren Nomaden im Norden von Mali.«

Ihr Blick ist ein forderndes Signal der Distanz. Sie braucht keine Worte, um den leisesten Versuch des Komplimentes, des

Flirts zu ersticken. Mein Gott, auch ohne kulturelle Schulung sollte das zu den Grundregeln Deines Benimms gehören, tadele ich mich selbst.

»Sind das nicht die Tuareg?«, will ich es jetzt mit Interesse wieder gut machen.

»Ja, so nannten uns die Kolonialherren. Es ist abgeleitet vom Wort ›Tawariq‹, die ›von Gott Verstoßenen‹. Der liberale Islam unserer Nomadenstämme fand keinen Anklang bei den Arabern im Maghreb. Das ist alles interessant, aber wir sind bestimmt nicht zusammen gekommen, um über die Kultur meines Elternvolkes zu sprechen.«

Beinah wäre mir noch die idiotische Feststellung über die Lippen gekommen, dass wir in Deutschland sogar ein Automodell zu Ehren ihres Volkes benannt haben. Mein Hirn war glücklicherweise schnell genug, zu erkennen, das wieder einmal die Überlegenen aus dem Norden gönnerhaft Namen vergeben. Namen, die noch nicht einmal korrekt dem Ursprung entsprechen. Im Moment hieß die Devise: Zurückhaltung und Bereitschaft zum Lernen. Oder simpler ausgedrückt: Einfach mal die Klappe halten.

Wir machten uns auf den Weg von Bamako, südlich des großen Fluss Niger in Richtung Nordosten, ein Konvoi von drei Geländewagen. Zu meiner Freude stieg Ajana in unser Auto. Mit etwas mehr Geschick würden wir auf dem fachlichen Spielfeld zueinanderfinden.

Zu meiner Überraschung erzählte mir Ajana jedoch weitere, Geschichten über ihr Land, die mich faszinierten.

»Jahrhunderte lang rätselten Forscher aus Europa darüber, wie ein Fluss Richtung Norden, dann quer durch die Wüste und schließlich wieder südwärts ins Meer fließen kann. Unsere

Vorfahren haben dazu eine schlüssige Erklärung. Niger ist der Lieblingssohn Gottes gewesen. Als dieser ungehorsam wurde, ließ ihn sein Vater so lange in der Wüste umherirren, bis er sich reuig zeigte. Danach durfte er dann zurück ins Meer fließen. Hier heißt der Fluss eigentlich auch anders. Djoliba bei den Mandiké, Isa ber bei den Songhai. Wir im Norden nennen ihn Ghir n-igheren. Niger heißt bekanntlich schwarz in euren romanischen Sprachen. Aber dieser Fluss hat tausend Farben, je nach Tageszeit, nach Licht oder welches Wetter herrscht. Sie werden es sehen, auf Ihrer Reise.«

Doch bis Segou, cirka 250 Kilometer östlich gelegen, sahen wir den Niger nicht mehr. Es ging durch eine savannenartige Landschaft, die viel Zeit zum Schweigen bot.

Unser Aufenthalt dort zeigte mir, dass die französischen Wurzeln in diesem Land unverkennbar waren. Zahlreiche Kolonialbauten und frisches Baguette an jeder Ecke. Doch ich lernte noch viel mehr.

»Bei uns ist Kunst kein Selbstzweck, kein Zeitvertreib oder ein Luxus für reiche Geldanleger, müssen Sie wissen. Hier in Segou gibt es besonders viele Marionettenspieler. Der berühmteste ist Yaya Coulibaly. Man sagt, er habe mehr als 25.000 Puppen in seinem Haus. Das Puppenspiel hat bei uns eine pädagogische Bedeutung aus der Zeit vor dem Islam und dem Christentum. Die Aufarbeitung von Träumen und deren Bedeutung sind oft Inhalt der Spiele. ›Der Traum, das ist die Schönheit, die uns Gott gegeben hat‹, hat Yaya einmal gesagt. All diese Traditionen werden bei uns durch Musiker weiter gegeben, die Griots, wenn es Frauen sind Griottes genannt. Sie sorgen für das Bewahren der kulturellen Wurzeln. Das wichtigste Instrument dazu ist die Kora, ein halbierter Kürbis, der mit

Kuhfell bespannt wird und dann zu einer 21-saitigen Harfe wird. Dazu wird das Keno, der Holzstab verwendet. Es macht die Kora zu einem gitarrenähnlichen Instrument, um die Saiten daran zu spannen. Allerdings gibt es kein Griffbrett. Jede Seite hat ihren eigenen Klang.«

Die nächste Station war Mopti, ein von den Kolonialisten künstlich errichteter Knotenpunkt, in dem noch heute die vielfältigen Kulturen der Region zusammen kommen und Handel treiben. Pirogen und die größeren Pinassen sind die schlanken Boote, mit denen die Waren auf dem Niger transportiert werden. An den Ufern und auf den Märkten gab es alles: Räucherfisch von den Bozo. Dickmilch aus Kalebassen von den Peul, Männern mit spitzen Hüten. Pyramiden von Zwiebeln aus dem Land der Dogon. Kostbares Holz der Songhai und Steinsalz aus Taoudenni, von den Tuareg über Karawanen hierher transportiert.

»Wie schaffen es die Menschen, bei all den verschiedenen Kulturen miteinander auszukommen?«, frage ich Ajana.

»Nun, dafür gibt es eine bemerkenswerte und gleichzeitig einfache Erklärung. Von der könnt ihr im Norden noch heute lernen. Wir haben eine ›Scherzkultur‹...«

»Eine Scherzkultur?«, unterbreche ich sie lachend, weil ich wohl etwas komplett falsch verstanden habe.

»Ja, richtig, eine Scherzkultur. Wenn wir aus verschiedenen Kulturkreisen zu Gesprächen zusammen kommen, dann nehmen wir uns mit einfachen Neckereien gegenseitig auf den Arm. Das was bei Euch aus Gründen der ›political correctness‹ verpönt ist, wird bei uns zum Mittel, sich nicht so wichtig zu nehmen. Damit kommen wir alle im Gespräch auf einen Level und können uns auf das Wesentliche konzentrieren. Was nützt mir der politisch korrekte Umgang, wenn jedes Missverständnis im Kleinen zu

Aversionen führt.«

Ich war sprachlos. Nicht das erste Mal.

Als es schon dämmerte, erreichten wir die kleine Stadt Diré. Flach war hier das Land, geprägt von Lehmbauten, Landwirtschaft und dem überall präsenten Wasser des Nigers, der hier ein Binnendelta bildete. Da die Regenzeit dieses Jahr besonders stark ausgefallen war, fühlte man sich immer noch wie inmitten eines kleinen Ozeans.

»Ziel des Projektes Eurer GIZ ist, den Menschen hier neben Hirse und Reis den Anbau von Gemüse schmackhaft zu machen. Vor allem Frauen werden hier gefördert. Sie tragen große Verantwortung und arbeiten im Kollektiv. Auch Konkurrenz ist hier kein Problem, im Gegenteil. Es befördert Fleiß, Genauigkeit und Ausdauer. Schwierig ist es, die richtigen Firmen für Brunnenbau und Landwirtschaftsmaschinen zu finden.«

»Wieso? Unterstützt unser Land dort nicht mit technischer Hilfe?«

»Ja, ja. Wieder so ein Missverständnis. Das Projekt versucht bewusst, eigenes Knowhow zu rekrutieren. Ein Grund, warum ich Agrarwissenschaft studiert habe. Nachhaltig ist nur, was Kompetenz vor Ort erhält. Aber wir brauchen Eure Hilfe bei der Qualifizierung, das ist richtig. Sie sollen uns beraten beim Einsatz der Einzylinder-Pumpen, bei der Bewertung von Umweltrisiken bei der Kleinbewässerung. Nur so können möglichst viele Menschen größere Erträge erwirtschaften. Vielleicht gelingt neben der Eigenversorgung irgendwann auch der Export. Allerdings bin ich da skeptisch. Wissen Sie, dass allein durch die große Flut von Altkleidern, die jedes Jahr aus humanitärer Blindheit unser Land erreicht, die wirklich gute Baumwolle hier kaum noch absetzbar ist. Afrika ist gut genug, um aus Abfällen neue Kleidung zu produzieren. Wenn wir wirklich faires Geld für unsere Rohware bekämen, dann hätten wir eine eigenständige Einnahmequelle. Aber dann würde die Jeans nicht mehr nur 40 Euro kosten, wie ich es in Wien erlebt habe.«

Am Abend dieses Tages sank ich erschöpft auf das karge Bett in dem einfachen Guesthouse, dachte an die vielen Informationen durch Ajana, sah ihr hübsches Gesicht vor mir und spürte dann ..., dass mir Monika fehlte. Hier konnte ich sie nicht telefonisch erreichen. Doch die Wellen spürte ich. Hatte ich mich dennoch in Ajana verliebt? War es nicht eine gefährliche Illusion, zwischen Bewunderung und Liebe zu unterscheiden. Selbst mein Herz, meine Seele spürte den gefährlichen Riss. War Platz dort für Ajana? Dort, wo Monika ganz tief verwurzelt in mir angekommen war. Ich wollte mir selber Klarheit suggerieren. Doch der Nebel der Gefühle machte mich orientierungslos.

28. Hamburg

Monika

Wieder einmal sitze ich im Zug. Wieder bin ich jemand Anderes. Ich trage ein körperbetontes brombeerfarbenes Kleid mit raffiniertem Wasserfallkragen. Der beige Blazer passt hervorragend zur Perlenkette von Mutter, die ich seit Jahren im Schmuckkästchen vergessen hatte. Was hat mich dazu gebracht, mich so zu stylen? Habe ich mich an diesen Stil gewöhnt? Wirkte das subtile Werben von Gernot? Wollte ich diese elegante Lady sein, als die er mich immerzu präsentierte? Diesmal würde mir kein Andreas begegnen. Dieser, mein Andreas wirkt seit drei Wochen schon in Mali, im tiefen Westafrika. Seit er das Projekt in Diré begleitet, kann ich ihn nur alle drei, vier Tage sprechen. Das zermürbt. Es macht mich traurig. Ja, es macht mich manchmal wütend, weil er Tag für Tag mit dieser Ajana Ifalan zusammen sein kann. Afrikanische Frauen sind schön. Das finde ich. Und Ajana muss eine besondere Schönheit sein. Mitte, Ende dreißig sagte Andreas, sei sie. Und was fasziniert mich entgegen aller Vernunft nach wie vor an diesem Gernot? Ja, er hat sehr offen immer wieder Signale ausgesendet. Ich habe sie abgewehrt. Aber er ist auch charmant, aufmerksam, interessiert. Ich erkenne die Bedeutung der vielfältigen Stimmen im eigenen Ich-Ensemble, von denen mir Andreas erzählt hat. Bei Peter war ich die kleine unbedeutende Krankenschwester, die er errettet hat. Die er erobert hat. Die er beschützt hat. Gernot hat ähnliche Allüren, trägt das gleiche Selbstbewusstsein vor sich her. Aber er schreibt mir eine ganz andere Rolle zu. Er versucht mich, auf seine Augenhöhe zu heben.

Als ich mein Zimmer im Hotel Atlantic beziehe, bin ich sprachlos. Ein Traum in blauweiß berauscht mich. Großflorige Muster auf den Gardinen und Sofas nehmen tiefes Himmelblau und den cremigen Weißton der fein drapierten Kissen auf. Das Kopfende besteht aus dunkelgemasertem Mahagoni. Alles strahlt Noblesse und doch auch Frische aus. Ich schlafe gut diese erste Nacht, auch wenn mir Andreas Stimme fehlt. Er ist wieder in Diré. Unsere Welten driften gerade auseinander.

Gernot überrascht mich beim Frühstück. Der hanseatisch-edle Speiseraum verführt zu Genüssen, die sonst nicht den Weg auf meinen Frühstücksteller finden. Ich gönne mir Lachs, ein knuspriges Omelette und frisch gepressten Blutorangensaft.

»Du siehst hinreißend aus, liebe Monika.«

Die Kombination des ›Du‹ mit solchen Komplimenten irritiert mich. Wohin führt das? Wohin führe ich mich?

»Danke, das Hotel ist sehr schön, hier war ich noch nie.«

»Dann wird es Zeit, dass Du die wirklich unvergesslichen Orte der Welt kennenlernst.«

»Na hör mal. Du tust ja gerade so, als wäre unser Projekt in Bonn die Welt. Ich habe vor, dort hart zu arbeiten.«

»Ach Monika. Warte mal meinen Vortrag auf dem Kongress ab. Dann wirst Du mich besser verstehen.«

»Ach ja, das wollte ich Dich auch fragen? Warum hast Du für uns nicht im Radisson Blu gebucht. Da findet der Kongress doch statt. Wär alles einfacher dann.«

Genüsslich nahm er einen Schluck seines Espressos, stellte die Tasse sachte wieder ab.

»Weil drei Sterne nicht gut genug sind für Dich.«

»Gernot, so geht das nicht. Ich hab Dir gesagt, ich bin

gebunden.«

»Verheiratet? Ich dachte, Du bist Witwe.«

»Egal, das musst Du schon mir überlassen. Ich will das nicht.«

»Willst was nicht? Ich bedränge Dich nicht, oder? Ich verwöhne Dich. Du kannst das ablehnen, jeder Zeit.«

»Das ist doch nicht realistisch. Ich arbeite für Dich. Das bringt mich in ein Abhängigkeitsverhältnis.«

Gelassen tupft er seine Oberlippe mit der Serviette ab. Er beugt sich zu mir und legt ganz sanft seine Hand auf meine. Ich ziehe sie nicht zurück.

»Ich habe und werde nicht das Private und das Geschäftliche vermischen. Habe ich noch nie gemacht. Ich, sagen wir, kämpfe um Dich. Das ist mein gutes Recht.«

Mir wird schwindlig. Ich will endlich Ordnung in meinem Leben haben. Vorerst stelle ich Waffenstillstand her. Ich ziehe die Hand ohne Hast zurück.

»Lass uns jetzt gehen. Ich will pünktlich da sein. Du weißt, Frauen brauchen etwas Zeit sich zurechtzumachen. Ich bin in fünfzehn Minuten unten.«

Er schmunzelt breit. Überlegenheit flutet meine Aura. Seine Überlegenheit.

Ich platze vor Aufregung. Völlig überraschend hat Gernot mich für die geplante Vortragsreihe ›Neue Wege zu einer globalen Integration der Generation Gold‹ mit auf die Referentenbank gesetzt.

»Keine Sorge, Du musst keinen Beitrag liefern. Du bist ein wichtiges Element in meinem Konzept. Es sei denn, Dir fällt spontan was fachlich Bedeutendes ein, dafür bist Du da. Dann meld Dich ruhig. Ich vertrau Dir.«

Schön, vertrau ich auch ihm? Immer häufiger betont er, wie wichtig meine Kompetenz für ..., ja, für was ist? Immer noch weiß ich nicht genau, was außer der Leitung in Bonn er für mich vorgesehen hat. Das Licht wird gedimmt. Der Kongresspräsident ergreift das Wort.

»Sehr geehrter Herr Professor Dr. von Wachtner. Ich freue mich, dass eine so renommierte Persönlichkeit aus der Wirtschaft uns die Ehre gibt, über das drängende Problem des Pflegenotstandes zu sprechen. Wir alle sind gespannt auf das von Ihnen vorab skizzierte Projekt ›Generation Gold‹, in dem sie grundlegende Lösungsansätze zur Finanzierung von Alteneinrichtungen versprechen. Als erfahrener Großinvestor und anerkannter Wirtschaftswissenschaftler haben Sie den erfrischend anderen Blick auf dieses Gesellschaftsproblem.«

»Ja vielen Dank, Herr Vorsitzender, meine Damen und Herren. Ich verspreche Ihnen hier und heute einen kurzen Vortrag, markant und überzeugend, denn wir haben keine Zeit zu verlieren. Pflege ist teuer, die Menschen werden immer älter, die Kommunen und Krankenkassen sind klamm. Also braucht es Investitionen. Sie alle wissen, Geld ist da. Keine Regierung, keine Volksbewegung konnte bisher verhindern, dass sich in unserer globalisierten Finanzwelt Vermögen konzentriert. Ungerecht konzentriert. Fazit: Jammern hilft nicht, nutzen wir also diesen Umstand.

Die Generation Gold, wer ist das? Meine Damen und Herren, das sind wir, hier im Saal. Na ja, die Älteren unter uns, sorry. Noch nie war so viel Vermögen bei den Rentnern, Pensionären, ausgestiegenen Unternehmern, Erben. Da setzen wir an. Was bleibt auch im Alter attraktiv? Konsum. Sich etwas leisten können. Jeder weiß, das hört nicht auf. Denken Sie an den Spruch: ›gutes Essen ist das Sex des Alters‹. Das gilt für viele andere schöne Dinge im Leben. Warum also nicht über Investoren florierende Marktplätze für die Generation Gold schaffen.«

Immer mehr wird mir klar, welches Spiel Gernot treibt. Ich sitze hier vorne, muss hilflos mit ansehen, wie er den Gedanken einer menschenwürdigen Pflege pervertiert. Wie konnte ich so naiv sein? Oder liege ich falsch, habe ich die Tiefen seines Ansatzes nicht begriffen? Ich verfolge weiter seine Worte. Da meldet sich eine graumelierte, drahtige Krankenschwester.

»Herr Professor, das ist ja alles höchst spannend. Aber haben Sie mal daran gedacht, dass die allermeisten Pflegebedürftigen, insbesondere Frauen, sich solche goldigen Marktplätze nicht leisten können?«

Johlendes Gelächter und Beifall. Ich möchte einstimmen, gleichzeitig aber am liebsten im Boden versinken. Ich sitze auf der falschen Seite!

»Nun, gnädige Frau, ich bin Ihnen dankbar für den Einwand. So wie ich Sie einschätze, sind sie hart gediente Pflegekraft und kennen das Elend aus dem ff. Genau das ist der Punkt. Unser System stellt nicht genügend Mittel für weniger Betuchte bereit. Andererseits fordern sie alle zu Recht mehr Beschäftigung, mehr Anteilnahme, mehr Sinn für alte Menschen oder Paare, bei denen zumindest einer teilweise oder vollzeitig Pflegeleistungen und Unterstützung bedarf. Na also. Spielt es eine Rolle, ob sie in modernen Konzepten der Altenversorgung die Kompetenz des

Kochens, des Organisierens, des Handwerkens in Hobbygrüppchen organisieren oder in einem schlüssigen System sinnvolle Arbeit anbieten. In den Marktplätzen gibt es alles, was Sie auch sonst von guten Versorgungs- und Einkaufszentren kennen. Da kann einer in der Uhrenwerkstatt alte wertvolle Uhren reparieren, da kann sich die gute Hausmannsköchin im Edelrestaurant austoben. Es kann gegärtnert, repariert, restauriert werden. Und da der Betrieb unserer Marktplätze zielorientiert Rendite abwerfen soll, Steuern einbringt, kann das Gesundheitssystem sich darauf konzentrieren, subsidiäre Leistungen zu subventionieren.«

Das Publikum scheint gespalten zu sein. Wieder meldet sich jemand. Ein kahlköpfiger Mittvierziger mit kräftiger Statur.

»So! Sie meinen also, dass man die einfachen Leute noch über ihr Berufsleben hinaus ausbeuten soll. Na danke!«

Gemurmel, verhaltener Beifall.

»Entschuldigen Sie, junger Mann. Benutzen Sie nicht völlig vereinfachende Stereotype? Sind wir hier nicht auf einem Fachkongress? Was meinen Sie wohl, warum ich eine der fähigsten Fachkräfte, der ich je begegnet bin, zur Qualitätsmanagerin gemacht habe.«

Gemacht habe? Er blickt zu mir. Für jeden ersichtlich. Was habe ich da gehört? Qualitätsmanagerin? Ich sitze in der Falle. Mein Blutkreislauf kann sich gerade nicht entscheiden, ob er mir zu viel oder kein Blut mehr in den Kopf schießen soll. Wut kämpft mit Ohnmacht. Ein Rauschen im Ohr warnt mich.

»Frau Mahlert, meine Partnerin, wird penibel darauf achten, dass in unserem Piloten in Bonn genau die Balance eingehalten wird, die erstens sicherstellt, dass aktuelle Pflegestandards für jeden Bewohner eingehalten werden und dass zweitens die Implementierung von Beschäftigungsmöglichkeiten nach Motivation, Eignung und Belastbarkeit bewertet werden. Aber natürlich werden für alle Beteiligten geeignete Pflegekonzepte bereitgestellt. Nur dass wir jetzt - und das ist doch im Grunde das Geniale - Leute mit Geld bezahlen lassen, die einen Benefit davon haben. Haben wir Steuervermeidung in Deutschland? Ja, die gibt es. Sind die Bürger gegen noch mehr Abgaben? Ja, natürlich! Wenn aber ein lukratives Modell auch alternde Menschen weiter im Wachstumsmarkt hält, dann entsteht daraus eine win-win-Situation.«

Ein weiterer Mann meldet sich. Um die fünfzig, dunkle Haare, dunkle Augen, smart, gelassen.

»Meine Damen und Herren. Ich kann Herrn Professor von Wachtner nur zustimmen. Ich als Klinikleiter sehe das Dilemma Tag für Tag. Aus purer Verzweiflung werden pflegebedürftige Menschen in die Kliniken geschickt, wo wir ihnen - das verbieten die DRGs - nicht langfristig helfen können. Warum sperren wir uns gegen neue Konzepte, wenn diese sogar noch mit einer gesicherten Finanzierung einhergehen? Mit altsozialistischen Einstellungen kommen wir da nicht weiter.«

Die Stimmung droht zu kippen. Das Gemurmel baut sich zu einer ungestümen Welle auf. Der Vorsitzende läutet heftig mit der Glocke.

»Bitte, meine Damen und Herren. Ruhe!«

»Sehen Sie, sehr verehrte Damen und Herren, das war es, was ich bezwecken wollte. Ein Aufrütteln. Seit Jahren bastelt die Politik an immer wieder neuen Pflegereformen. Aber sie wollen wieder gewählt werden. Daher darf der Bürger nicht belastet werden. Ich schlage vor, Sie unterziehen unseren Piloten in Bonn einer genauen Prüfung. Parallel laufen in weiteren Ländern, selbst in Asien, Thailand und in Südamerika, Brasilia ähnliche Programme. Malen Sie sich bitte selber aus, welche Möglichkeiten daraus entstehen, für Bewohner wie Bedienstete. Vielleicht einmal zwei, drei Jahre die Wärme auf Ko Samui genießen. Ich danke Ihnen für Ihre Aufmerksamkeit. Sie finden im Foyer eine Informationsmappe mit den wichtigsten Eckdaten.«

Ich stehe immer noch unter Schock. Gott sei Dank gibt es keine Fragen an mich. Doch nach dieser Session soll mich die nächste Angstattacke überfallen. Die Presse. Gernot scheint kein Unbekannter zu sein. Blitzlichter, Mikrofone, eine Flutwelle von Fragen. Ich stehe plötzlich neben ihm, versuche, kein panisches Gesicht zu machen. Gelassen und überlegen antwortet er den Journalisten. In meinem Hirn schwirrt ein Bienenschwarm von offenen Fragen. Warum hat er mir vorher nichts Konkretes gesagt? Welche Rolle soll ich spielen? Bin ich Partner, Liebchen, Geliebte? Oder hat er sich in mich verliebt?

»Frau Mahlert! Bitte! Hören Sie mich? Wie stehen Sie zum Konzept Ihres Partners?«

Eine junge Frau, vielleicht gerade Mitte zwanzig, freche Kurzhaarfrisur und noch frecheres Mundwerk schaut mich herausfordernd an. Plötzlich spüre ich den Arm von Gernot um meine Taille. Ich will schreien, weglaufen, versinken, irgendwas,

was mich von hier fortträgt.

»Entscheidend für mich ist, dass Menschen egal welcher Herkunft, welcher sozialen Schicht in Würde alt werden können. Das habe ich mir zur Aufgabe gemacht«, stammle ich mehr, als das ich souverän spreche.

»Sehen Sie«, ergänzt Gernot süffisant, »genau deswegen brauche ich diese Frau an meiner Seite. Sie kennt den Spruch aus der Politik: ›Sozial ist, was Arbeit schafft‹. Viele der älteren Menschen leiden unter fehlender Anerkennung, sie wollen gebraucht werden. Mit unserem Konzept behalten alle Menschen die ihnen zustehende Würde. Ich danke Ihnen.«

Habe ich schon verloren? In diesem Moment ist mir überhaupt nicht bewusst, dass Nachrichtenagenturen einen Originaltext von mir haben, der Gernots Ideen zu bestätigen scheint. Noch immer spüre ich seinen Arm an meiner Taille. Erst als alle Medienvertreter weg sind, drücke ich bewusst grob die Hand weg und zische:

»Was soll das! Nennst Du das vertrauensvoll?! Ist das Deine Vorstellung von geschäftlicher Partnerschaft?!«

Gernot lächelt, spielt gelassen mit seinem Hotelzimmerschlüssel.

»Wieso? Ist doch optimal gelaufen. Hast Du gut gemacht. Deine Rolle ist das soziale Geflecht. Ich kann mir keine Bessere vorstellen.«

Verrückt ist, dass ich noch immer nicht weiß, ob ich jetzt, sofort, mit einem Paukenschlag aussteigen soll.

»Aber, wenn ich Deine Partnerin bin, dann muss ich das doch vorher wissen, verdammt nochmal!«

»Du bist so süß, wenn Du wütend bist, weißt Du das?«

»Das hier ist kein Spiel, Gernot! Ich fühle mich hintergangen, begreifst Du das!«

Er greift nach meinen Händen. Im Zwiespalt der eigenen Gefühle gefangen, lasse ich es zu.

»Monika. Es tut mir leid. Ich hatte Sorge, Du würdest vorher aussteigen. Du würdest nicht mit nach Hamburg kommen. Was nützt die beste Investmentidee, wenn nicht die menschliche Seite mit berücksichtigt wird. Glaube mir, selbst die härtesten Geldanleger hängen einer gewissen sozialen Romantik an, solange die Rendite stimmt.«

»Dann missbrauchst Du mich also.«

»Nein. Tu ich nicht. Ich habe es im Publikum gesagt und meine es auch so. Ohne eine sinnvolle Integration aller Gesellschaftsschichten in die Altenversorgung, bricht unser System zusammen.«

»Ich kann Dir nicht versprechen, dass ich das alles hier mitmache. Ich muss darüber nachdenken.«

»Das kann ich verstehen. Trotzdem musst Du heute Abend mit ins Phillips, ein total schönes Restaurant, Geheimtipp. Unsere Justiziarin und der CEO unseres Fonds werden dabei sein.«

»Schon wieder, Du machst es schon wieder!«

»Sorry, das ist unfair. Das gehört zum Gesamtpaket, für das ich mich schon entschuldigt habe.«

Er verzieht den Mund zu einem schiefen Lächeln und hinter seiner randlosen Brille leuchten seine dunkelbraunen Augen. Er erzeugt in mir ein Gefühl, das ich seit der ersten Begegnung versucht habe zu verdrängen. Seine Ausstrahlung löst in mir Schwingungen aus. Gefährliche Schwingungen. Er wirkt auf mich wie die optimierte Version von Peter, meinem Mann, den ich in gewisser Weise auch geliebt habe. Die sorgenvollen Gedanken an den Presseauftritt schmelzen dahin und hinterlassen nur noch eine undeutliche Spur in meinen Gedächtnisbahnen.

»Was ist ein CEO?«

»Das ist der Chief Executive Officer, sozusagen der oberste Boss unseres Investmentfonds. Ich bin der Projektleiter für das Unternehmen ›Generation Gold‹. Bitte versteh, die wollen erst prüfen, ob Du die Richtige für uns bist. Ich bin mir da sicher.«

Immer tiefer verstricke ich mich in dieses System. Innerhalb weniger Wochen wurde ich aus der mühseligen Mühle des Klinikalltags in die große Welt der Wirtschaft geworfen. Noch immer ist mir nicht klar, ob ich Marionette oder Spielerin bin. Vorerst muss ich mitmachen. Ich habe Angst.

»Ok. Wann?«

»In zwei Stunden. Ich nehme Dich mit zum Hotel, Dich hübsch machen. Ach, was erzähl ich, Du bist schon jetzt wunderschön.«

29. Der blaue Tod

Andreas

Mein Leben ist jetzt zweigeteilt, beinah zerrissen. In Diré gibt es keinen Handyempfang, kein WLAN, keine Möglichkeit, Monikas Stimme zu hören. Hier inmitten der hundert Seen und der kleinen Dörfer, hier im tiefsten Westafrika ist es Ajana, die meiner Seele näher kommt. Wir lernen voneinander wie zwei durstige Schwämme. Wir respektieren und ja, wir mögen uns. Ajana ließ mich bald wissen, dass sie mein achtsamer Umgang mit ihrem Land, ihren Landsleuten tief berührt. Die verbreitete Armut in diesem Landstrich hat auch mich in dieser Zeit zum Vegetarier werden lassen. Morgens gibt es meist einen süßen Reisbrei, mittags Hirse oder Reis mit schweren Ölsaucen, in denen oft tiga digana, also Erdnüsse enthalten sind. Dazu gibt es verschiedene Gemüsesorten und Blätter des Baobab, dem afrikanischen Affenbrotbaum. Brot und Fleisch finden hier nur äußerst selten den Weg auf den Teller. Barsch gibt es zu besonderen Anlässen. Capitaine Sangha nennt sich eines der Fischgerichte mit gebratenen Bananen und scharfer Chilisauce.

Alle drei bis vier Tage kehre ich mit Vincent zurück nach Bamako, begierig auf den Kontakt mit meiner Moni. Einerseits finden wir schnell zur sehnsüchtigen Zärtlichkeit zurück, andererseits nagt die Trennung an unseren Nerven. Ihre Teilnahme am Kongress in Hamburg mit ihrem Chef kommt mir wieder in den Sinn. Ich fühle mich hilflos, ohne zu wissen, was dort vorgeht. Es bleibt ein unbestimmtes Gefühl der Skepsis.

Ajana und ich besprechen gerade mit einer Frauengruppe das weitere Vorgehen bei der Einführung eines neuen Bewässerungssystems. Eine Frau läuft auf uns zu. In ihrem Gesicht ist blanke Panik, ihr Blick schreckgeweitet. Das Weiß in ihren Augen leuchtet voller Unheil.
»n den! n den! teliya!«
»Was ruft sie?«, frage ich Ajana.
»Etwas ist mit ihrem Jungen.«
Atemlos redet die junge Frau auf Ajana ein. Immer wieder schaut sie zu mir herüber, als würde ich etwas mit der Angst zu tun haben.
»Ihr Kind, es hat eben Wasser aus dem neuen Brunnen getrunken. Es hatte großen Durst, es hat viel getrunken.«
»Und? Was ist mit ihm?«
»Er atmet ganz heftig und sagt, er kriegt keine Luft. Ihm ist schwindlig. Und dann, dann ist er hingefallen und hat gezuckt. Der Teufel ist in ihn gefahren, sagt sie.«
»Oh mein Gott. Das muss eine Vergiftung sein. Aber was?«
Ich überlege fieberhaft. Plötzlich redet die Frau auf mich ein, wird wütend.
»Was hat sie?«
Ajana erschrickt, antwortet der Frau eindringlich. Die beruhigt sich kurz, um dann wieder heftig, um Hilfe zu rufen.
»Sie glaubt, Du, weißer Mann hast den Brunnen verzaubert. Ich habe ihr erklärt, dass wir das Wasser untersuchen müssen. Keiner darf es mehr trinken, bis wir mehr wissen.«
»Und jetzt? Glaubst Du, es ist der einzige Brunnen? Was ist mit der Versorgung, mit der Bewässerung? Wir brauchen eine

Analyse, schnell! Gibt es hier ein Labor?«

Ajana lacht bitter auf.

»Das nächste Labor ist in Segou. Zuerst brauchen wir einen Arzt!«

»Ja natürlich. Gibt es hier einen?«

»In Diré. Die meisten sind gemischt traditionell und westlich geschult. Wir schicken unseren Fahrer los.«

»Lass uns zu dem Jungen. Vielleicht erfahren wir dort mehr.«

In großer Eile verbreitet sich die Nachricht. Weitere Menschen klagen über Schwindel und Übelkeit. Schnell kommt große Unruhe auf. Als wir den Brunnen erreichen, hat sich eine Menschenmenge angesammelt. Wir verteilen Wasserflaschen, so viele wie wir gerade auftreiben konnten. Vinzent kommt hinzu, über Funk alarmiert.

»Ich habe einen Händler erreicht. Er liefert uns Wasserkanister und eine Lastwagen mit Wasser von die andere Brunnen im Westen. Dort ist nichts sowas passiert.«

Er keucht vor Aufregung, stützt seine Hände auf die Knie. Ajana verhandelt weiter mit dem Familienoberhaupt der größten Sippe im Dorf. Der weißhaarige dunkle Mann steht breitbeinig inmitten des Dorfplatzes, die Hände vor der Brust verschränkt. Sie glauben weiter, dass wir die Ursache für den ›Zauber‹ sind. Wir schaffen es, den Jungen sehen zu dürfen.

Die aus Lehmziegeln gebaute Rundhütte ist mit einem mehrschichtigen Strohdach gut gegen die Tageshitze geschützt. Zudem gibt es nur eine schmale Öffnung nach außen. Tagsüber halten sich die Bewohner ohnehin draußen unter Strohdächern auf. Der Junge liegt auf einem Lehmpodest, welches als Bett dient. Durch das wenige Licht erkenne ich seine rosig gefärbten Lippen. Noch immer atmet er heftig. Trotzdem scheint er keine

Luft zu bekommen.

»Riechst du diese komische Geruch?«, fragt mich Vinzent.

»Ja. Woran erinnert mich das.«

Ich nähere mich dem Jungen, der schweißgebadet dort liegt. Er hat wohl einen Krampfanfall gehabt. An seinen Beinen sieht man Urinstraßen. Aber es ist nicht nur Uringeruch.

Vorsichtig fahre ich ihm mit der Hand über den Kopf. Seine Mutter schreit auf, will mich abhalten. Doch Ajana kann sie erneut beruhigen. Jetzt beuge ich mich direkt über seinen Mund und da fällt es mir ein. Ich erschrecke. Alle Farbe muss aus meinem Gesicht gewichen sein, so starren mich Vinzent und Ajana an.

»Was ist?«, fordert Ajana mich auf.

»Bittermandeln. Es riecht nach Bittermandeln. Er hat eine Blausäurevergiftung.«

»Das kann nicht sein. Wer soll so etwas machen?«, kommt es aus Vinzent empört heraus.

»Wer will hier die Menschen vergiften?«

»Ich weiß es nicht«, antworte ich.

In meinem Kopf überschlagen sich die Gedanken. Gibt es einen anderen Grund als eine absichtliche Vergiftung? Woher sollen hier die Leute an Blausäure kommen? Ist es überhaupt Blausäure?

»Ajana, das Labor in Segou. Haben die Funk?«

»Natürlich. Der Leiter ist ein alter französischer Chemiker. Aber so schnell bekommen wir keine Probe dort hin.«

»Nein, ich will mit ihm reden. Vielleicht hat er eine Idee.«

Fünf Minuten später habe ich Francois Merinaux am Funkgerät. Meinen Verdacht hält er für wahrscheinlich. Ich solle in der Medizinstation in Diré den dortigen Arzt bitten, den alten gelben Plastikkoffer mit dem Aufdruck ›laboratoire de l'eau‹ mitzubringen.

Wie durch ein Wunder war bis dahin kein Mensch gestorben. Nur ein weiterer Brunnen, der nach meiner Einschätzung die gleichen Wasserquellen nutzte, war betroffen. Auch das spricht für meine Vermutung, dass die Ursache im Grundwasser zu suchen ist.

Ich frage, welche Industrien es hier in der Gegend gibt. Ajana lacht ihr manchmal zynisches Lachen.

»Keine Industrie, was denkst Du. Hier? Hier gibt es Landwirtschaft. Aber nein! Es gibt doch etwas. Nur wenige Kilometer nordöstlich. Eine Goldmine. Eine chinesische Firma. Erst vor wenigen Wochen wurde sie eröffnet.«

Fieberhaft bespricht sich diese quirlige Frau mit den Verantwortlichen des Dorfes und teilt uns mit, dass die Firma viele Männer aus dem Dorf angeheuert hat. Harter Job, wenig Geld, aber besser als die lähmende Arbeitslosigkeit hier. Gold ist eines der großen Reichtümer in Mali. Ihre Gewinnung macht ein Viertel des Bruttoinlandproduktes in diesem Land aus. Wie so oft profitieren davon häufig ausländische Firmen, doch die Arbeiter werden schlecht bezahlt.

Ich schaue mir meine geologischen Karten aus der Region an. Schnell stelle ich fest, dass die Aquifere tatsächlich so verlaufen könnten, dass das Wasser der neuen Brunnen sich aus der Region im Nordosten speisen könnte.

Im Laborkoffer von Monsieur Merinaux gibt es tatsächlich eine Eisen-II-Sulfatlösung. Ich mache den von ihm vorgeschlagenen Test und ... es kommt zur Blaufärbung der Testlösung. Im Wasser ist Blausäure, also Cyanid enthalten.

In der Zwischenzeit trifft der Arzt aus Diré ein. Abdoulaye

Traoré heißt er und hat einige Zeit in Bamako in der Uniklinik gearbeitet. Er hat einige alte Sauerstoffflaschen und sogar ein paar Ampullen Hydroxycobolamin dabei. Dieses Gegenmittel schafft es, einen Teil des Cyanids an sich zu binden und auszuscheiden.

In banger Erwartung, dass dem am schwersten vergifteten Jungen geholfen werden kann, stehe ich am Eingang der Hütte. Ajana tritt heraus. Große, glänzende Tränen schimmern auf ihren Augen.

»Er kam zu spät. Der Junge, er ist tot.«

Ich nehme sie in den Arm, diese kleine, starke, mutige Frau. Ich fühle ihren Herzschlag, ihre Wärme. Verzweiflung überkommt jetzt auch mich. Dr. Traoré kommt ebenfalls heraus, die Arme herunterhängend, den Kopf gebeugt.

»Trouvez la cause. s´il vous plait!« Eindringlich bittet er uns, die Ursache für dieses Unglück zu finden

»Wir müssen zur Goldmine. Wir müssen herausfinden, was da los ist, bevor noch mehr passiert.«

»Das wird schwierig. Der Betreiber lässt nicht einfach Leute auf das Gelände. Wir können den örtlichen Polizeichef fragen. Ich habe ihn vorhin gesehen. Er wollte ohnehin mit uns sprechen.«

»Gut, dann los.«

In meinem Kopf stolpern die Gedanken übereinander. Ich versuche sie zu ordnen. Wo tritt Cyanid auf? Goldgewinnung? Was weißt Du noch aus dem Studium? Es ist unerträglich, wenn man keinen Internetzugang hat. Und doch, früher ging es ja auch. Plötzlich öffnet sich eine Schublade. Das Cyanid-Laugenverfahren. Durch den Einsatz von Natriumcyanid wird das im Gesteinsstaub enthaltene Gold als Komplex gebunden. Genauso ist es. Dazu brauchen sie Sammelbecken für die blausäurehaltige Lauge. Es muss zu einem Leck gekommen sein.

Das muss die Ursache sein.

Die Behörden in Diré verständigten das Umweltministerium in Bamako. Immerhin würde wegen des Projektes mit der GIZ und aufgrund der erheblichen Gesundheitsgefahr niemand den Vorgang vertuschen. Das Leck wurde gefunden. Welche weiteren Schritte man gegen den Betreiber einleiten würde, bekam nicht einmal Ajana mit. Spätere Wasserproben ergaben erhöhte Werte für Quecksilber und Arsen, alles Folgen der giftigen Goldgewinnung. Doch hierdurch gab es keine akute Gefährdung, Gegenmaßnahmen blieben aus.

Unser ganzes Team war erleichtert aber auch traurig. Die Gier der Goldindustrie hatte wieder einmal mindestens ein Menschenleben gekostet. Im Dorf schwenkte allerdings die Stimmung in Dankbarkeit um. Man erkannte, dass wir, Ajana, Vinzent und ich der Gefahr auf die Spur gekommen waren. Unser holländischer Freund machte ein Foto, als ich Ajana gegenüberstand, Stirn an Stirn, die Hände haltend. Ich war einfach nur glücklich, dass nicht größeres Unglück über die Menschen hier hereinbrach. Und ich war glücklich, dass ich Ajana an meiner Seite hatte.

»De Foto gebe ich an die Zentrale. Das ist eine schöne Abschluss von diese garstige Geschichte.«

Seine Bemerkung ging in meiner Gefühlswelle unter. In diesen Moment war einfach nur eine große Portion Glück eingefangen.

30. Überfall

Monika

Das Restaurant mit seinen weißen, rustikalen Holztischen und der geschmackvollen Dekoration wirkt unaufdringlich elegant und doch natürlich. Es sprüht vor Charme. Was man von den beiden Begleitern Gernots nicht sagen kann. Frau Margret Downsdale, eine hagere Britin in den Siebzigern trägt ihre Hochnäsigkeit und abschätzige Distanz so steif vor sich her, wie ihre mit einer kompletten Dose Haarspray auftoupierte Blondfrisur. Durch ihre wie Rosenstacheln geformten Brillengläser blitzt sie mich an, als hätte sie ein zu tilgendes Insekt entdeckt. Der CEO, Marc Gable, stellt sich als monströser, Unmengen Fleisch vertilgender Klops im Anzug dar, dessen Doppel- und Dreifachkinn selbst den Knoten seiner gelockerten Krawatte verdeckt. Dabei schwitzt er erbsgroße Schweißperlen von seiner Gesichtsfläche ab. Immer wenn er lacht, befürchte ich, dass diese salzigen Monster wie Geschosse auf mich zufliegen. Im Gegensatz zu Lady Knochengerüst ist er jovial, fast aufdringlich mir gegenüber. Sein missverstandener Handkuss zur Begrüßung hinterlässt eine Pfütze auf meinem Handrücken. Überwiegend redet man in Englisch, ich verstehe das meiste, kann mich jedoch nur sehr begrenzt einbringen. Mein Wutpegel gegen Gernot erreicht erneut bedrohliche Werte. Wir sitzen bei Crème brulée und Espresso.

»Also, gnädige Miss Mailer...,« näselt die Lady zu mir herüber.

»Mahlert, sorry, my name is Mahlert.«

»Nun, Miss Mahler, ich werde Ihnen in Ihre deutsch Sprache etwas Wichtiges mitteilen. Ich kann ja verstehen, dass so ein little Ding wie Sie gewissen romantischen - wie sagen Sie - Anwandlungen folgt. Sie gehören zur hart arbeitenden Arbeiterklasse. Das respektiere ich, natürlich. Aber, sorry for that, Sie sind noch ein wenig naiv. Sie werden lernen müssen, dass unser System den maximalen Gewinn bei Vermeidung unnötige Steuern erreichen muss.«

Vor Wut leuchtet mein Gesicht wie eine britische Telefonzelle. Ach könnte ich ihr doch in Englisch antworten. Dafür fehlen mir jedoch die Worte. Gernot drückt mir unter dem Tisch die Hand. Aufmunterung? Bremsen?

»Miss Downsdale, ich habe begriffen, dass Geld investiert werden soll, um es zu vermehren. Meine Lebenserfahrung sagt mir, dass ohne Ausgleich und Unterstützung durch den Staat die wirklich Bedürftigen dabei immer auf der Strecke bleiben.«

Der Fettklops lacht völlig unangemessen laut auf. Seine Wampe schwabbelt dabei gegen den Tischrand, dass die Espressotassen klirren.

»Oh, you´re so funny, Darling.«

Lady Knochengerüst verengt ihre Augen, passend zu ihren abartigen Brillenschlitzen und zischt:

»Exactly Darling! Und so wird es immer sein. Also, sein Sie froh, dass jemand Geld gibt für die versagende Klasse, ok?«

Das ist Zuviel. Ich werfe meine Serviette auf den Tisch, sehe noch Gernots schreckweite Augen, springe auf mit den Worten: »Ich darf mich empfehlen, ehrenwerte Gesellschaft!«

Eine Minute später stehe ich im kalten Wind von Hamburg, ziehe den Kragen meines viel zu kurzen Mantels hoch und stöckle los. Wo liegt das Atlantic? Nur jetzt weg hier! Ich will nicht riskieren, dass Gernot mich aufhält.

Gedemütigt, wütend, verzweifelt, tränenverschwommen versuche ich, mich zu orientieren. Immer wieder knicke ich mit diesen dämlichen Püppischuhen um. Andreas, wo bist Du? Ich brauche Dich! Wie konnte ich mich so tief herablassen. Weil der alte Job futsch war? Oder weil mir die Noblesse von Gernots Umgebung imponierte? Was ist bloß in Dich gefahren, Du blöde Kuh? Meine Kritikerin stellt sich vor mir auf. Nein. Das ist keine Einbildung. In irgendeiner Seitenstraße irgendwo in St. Pauli stehe ich plötzlich zwei dunklen Gestalten gegenüber.

»Ey Alter, guck mal das Fickschnitzel.«

»Pervers! Ey Sissi, was guckst Du?«

Schlagartig flutet mich pures Adrenalin. Mein Puls hämmert im Kopf wie Techno.

»Lassen Sie mich in Ruhe! An die Seite, los!«

Entweder aggressiv oder deeskalierend. Blitzschnell registriere ich die Typen. Einer eher deutsch, fettige lange Haare, glasige Augen, voll angetörnt. Der andere scheinbar Türke, kräftig und dick, dunkel und hochaggressiv. Ich muss da durch. Irgendwie. Verdammt.

»Ey Zornröschen, hab isch Disch gegrinst oder wass? Hey, mach Disch locka! H! Nunga, nunga?«

Er versucht mir an die Brust zu greifen.

»Hände weg!!« Ich versuche ihn wegzustoßen.

Doch der hagere Junkie kommt jetzt von hinten und hält mich fest.

»Ey, Scheiß Tuss«, spuckt mir der widerliche Fette ins Gesicht,

»Isch mach Disch Messer, wenn Du nicht konkret Deine Scheißschnauze hältst!«

Ich will schreien, doch eine Hand ist blitzschnell auf meinem Mund. Panik erfasst mich. Jetzt nicht ohnmächtig werden. Ich versuche, mit meinem Fuß nach hinten zu treten. Doch der Junkie hält mich im Klammergriff.

»Ey komm, Murat, hier innen Flur. Da können wir die Sissi klarmachen.«

»Ey, die iss ja schon voll konkret alt. Aber echt krass, immer noch porno, die Schlampe.«

Verzweifelt überlege ich, ob ich locker lassen soll und mich dann nochmal wehren... Aber der Typ hat ein Messer. Beide sind zu stark. Ich bin verzweifelt. ›Überleben‹ hämmert es in meinem Kopf, Du willst überleben. Sterne vor mir, ein schwarzer Rand umkreist mein Blickfeld.

Da plötzlich höre ich einen dumpfen Knall, direkt neben meinem Ohr. Was ist das? Der Typ hinter mir stöhnt auf, der Griff lockert sich.

Der Dicke wendet sich von mir ab und blickt auf eine Gestalt hinter mir.

»Ey, Alter, soll isch Disch wegflexen, Du bekifftes Arschgesicht. He, wohin mit Dein Arsch?«

Ich werfe mich, so schnell es geht, auf die andere Seite, kauere mich in die Ecke, ganz klein mache ich mich und halte die Hände über meinen Kopf. Ich sehe noch, wie Fettklops zu mir herunter schaut, seine Beute sichern will. Da trifft ein mörderischer Tritt mit einem Schuh ihn direkt ins Gesicht. Es ist die Hölle. Blut spritzt aus seinem Mund auf meinen Mantel, mir ins Gesicht. Junkie wirft sich auf den hünenhaften Typen, der den Tritt abgegeben hat. Doch ein Ellenbogenkick und eine blitzschnell nach hinten schlagende Faust lässt ihn stöhnend zusammen sacken. Fängt mein Inferno jetzt erst an, wird es für mich noch brutaler? Ich zittere, ich friere. Ich höre Sirenen. Ist es eine Halluzination in meinem Hirn. Nein, es ist, es muss Polizei sein. Nicht aufgeben denke ich, nicht aufgeben.

»Kommen Sie! Schnell! Weg hier!«

Ein großer Mann, jetzt erkenne ich ihn, es ist Gernots Fahrer zieht mich hoch.

»Aber, die Polizei! Die kommen doch gerade. Die Typen hier...«

»Vergessen Sie´s, wir müssen weg. Wollen Sie den Presserummel haben? Die sind uns ohnehin auf den Fersen.«

»Wer?«, frage ich verwirrt. In mir dreht sich alles.

»Die Presse. Los jetzt!«

Ich werde, dreckig, zitternd, blutbeschmiert zur Tür der Limousine geführt, die mich vor wenigen Stunden noch friedlich zum Restaurant gebracht hatte.

Am offenen Fenster sehe ich Gernot sitzen, sorgenvoll, ernst. Soll ich mich freuen? Ich habe Wut! Ich fühle mich einsam, geschändet, gedemütigt. Ich werde neben ihn gesetzt. Der Fahrer steigt ein. Er lässt den Motor an. Kurz heult er auf, verstummt wieder. Ein Zögern wie klebrige Minuten. Von hinten hört man Getrappel. Neue Angreifer? Ich habe nach wie vor panische Angst. Gernot spürt sie. Er beugt sich zu mir, über mich, sein Gesicht ist direkt vor mir.

Und dann küsst er mich, kurz und begleitet von einem Blitz.

Und noch einem. Ich reiße mich los.

»Gernot, was soll das?! Ich bin gerade überfallen worden. Lass mich los!«

»Ich weiß, wir haben Dich gerade gerettet. Ich bin so froh, dass Dir nichts passiert ist, Liebes. Warum bist Du auch weggelaufen?«

Mittlerweile fahren wir, rasen durch die Straßen von St. Pauli, in denen ich mich verirrt habe, auf der Flucht vor dieser verlogenen Geschichte.

»Weil ich Euch nicht ertragen kann!«

»Euch, also bitte. Na ja Margret ist schon sehr speziell. Und Marc, der ist Ami, da kann man nichts machen.«

»Ich will sofort in mein Hotel, hörst Du?!«, zische ich wutgeladen und mit dem Rest an Würde, der mir noch geblieben ist.

»Und warum hast Du nicht auf die Polizei gewartet?!«

»Dafür wirst Du mir noch dankbar sein. Wir können von Glück sagen, dass die Presse nur ein, zwei Fotos machen konnte...«

»Die Presse!« Meine Stimme überschlägt sich.

»Ja, weil Du noch gezögert hast...«

Meine Hand trifft sein Gesicht mit einer Wucht, in der aller Hass auf Junkie, Fettklops und die feine Gesellschaft vereint ist. Er zeigt nicht die geringste Regung. Sein Blick ist starr nach vorne gerichtet. Zerstörung. Ich spüre nichts mehr, als das alles zerstört ist. Mein Handy, wo ist mein Handy? Ich will jetzt sofort mit Andreas sprechen. Aber es ist weg. Meine letzte Hoffnung ist weg. Tränen überströmen mein Gesicht. Lautlos verzweifle ich gerade von innen, als würde meine Seele soeben wie ein Erdrutsch in einen innerlichen Abhang wegrutschen, einfach so. Weg, ins Nichts.

31. Der dunkle Darius

Julia

Darius. Darius. Was für ein geheimnisvoller Name.
Es war Elternsprechtag. Wieder einmal stand mein Sorgenkind Radu auf der Liste. Der Kleine kam mit seiner Mutter vor zwei Jahren aus Rumänien. Alleinerziehend hieß das eine Zauberwort, Gelegenheitsjobs und Alkoholprobleme die anderen. Sie machten das Leben von Radu zu einem Seiltanz über dem Abgrund. Meist ohne Frühstück, oft verwahrlost, müde und mit traurigen schwarzen Augen kam Radu selten mit dem Stoff mit.
Und dann saß sein Vater vor mir. Darius Vargas. Groß. Kräftig. Augen wie glänzender Granit. Seine schwarzen Haare waren nach hinten gekämmt und ließen Platz für dieses besitzergreifende Gesicht. Alles an ihm strahlte Entscheidung und Willen aus. Seine Stimme durchdrang mich, floss wie flüssiges Metall in meine Seele und hinterließ dort kühlen Glanz. Er saß da, das eine Bein über das andere geschlagen, seine große, helle Hand ruhig auf dem Knie liegend und schaute in mich hinein.
»Sie sind Frau Mahlert, die Lehrerin meines Sohnes.«
Der Satz stand im Raum und wartete auf die logische Ergänzung.
»Ich bin Darius Vargas, der Vater von Radu. Ich werde mich jetzt um ihn kümmern. Es ist Zeit.«
»Und seine Mutter, äh, ihre Frau, Ex-Frau?«
Unruhig bewegte ich meine ineinander verschränkten Finger.

Ich ahnte, wie die Antwort ausfiel.

»Die Mutter ist krank. Sie wird nicht mehr kommen. Ich werde jetzt da sein. Ich bin Geschäftsmann und habe jetzt meinen Schwerpunkt hier in Lübeck. Radu bekommt eine Kinderfrau. Es wird jetzt alles gut.«

Dann lächelte er. Ein ruhiges, klares und endgültiges Lächeln.

»Sie sind eine gute Lehrerin. Radu hat es mir gesagt. Sie haben eine starke Einstellung zu Gehorsam. Das gefällt mir. Ich würde gerne länger über die weitere Erziehung von Radu mit Ihnen sprechen. Ist das ok?«

Schon da hatte ich das Gefühl, dass sein Wunsch mir als unausweichliche Notwendigkeit erschien. In mir gab es Saiten, die seine Stimme, sein Anblick, das markante Kinn, die große langgezogene Nase, sein klarer Mund anschlug und in warme Vibrationen verwandelte.

Erst eine Woche ist das her und jetzt stehe ich vor seiner Haustür. Es ist Abend. Kühler, feuchter Novemberhauch hüllt mich ein. Ein unscheinbarer Bungalow. Eine dunkle wuchtige Tür. Flache, breite Fenster, deren schwarze Augen keinen Blick nach innen zulassen. Eine Zypresse, akkurat geschnitten, eine große Granitkugel, einige Steine zieren minimalistisch den Vorgarten. Dies heute ist ein Date. Mein Date. Es ist die Folge einer Anziehung, die ich mein Leben lang gesucht habe. Darius ist fünfzehn Jahre älter als ich. Er ist ein Fels. Ein Fels mit starken Händen. Die Tür öffnet sich. Er steht vor mir, in einen schwarzen Bademantel gehüllt. Meine Knie sind weich. Ich denke nur noch ihn.

»Komm herein Julia. Ich habe Dich erwartet.«

Wie selbstverständlich küsst er mich, fordernd. Seine Lippen überwölben meinen Mund. Seine Hand hält meinen Kopf. Heiße Pfeile jagen durch mich hindurch. Ich falle. Nein, er hält mich, löst uns wieder. Ich trete ein. Was ich sehe, ist ein Kampf Schwarz gegen Weiß. Klare Formen lassen keinen Raum für romantische Illusionen. Eine schwarze Tapete verschluckt ein weißes Buffet. Schwarzes Leder bedeckt weiße Fliesen. Licht produziert harte Schatten.

»Komm, erst trinken wir etwas. Das hier ist ein rumänischer Aperitif. ›Zetea tuica‹. Er wird aus Pflaumen gemacht.

Ich trinke den süßlich schmeckenden Likör und spüre, wie der Alkohol ölig meine Speiseröhre hinabgleitet. Ich habe noch nichts gegessen.

»Nimm Deine Brille ab. Ich will Deine Augen sehen, schöne Julia.«

Seine Hände gleiten über mein Haar, forsch und doch erregend. Sie folgen ohne Pause meinen Schultern, streichen beiläufig meine Brüste. Oh Gott, mein BH, denke ich noch, alles so altmodisch. Doch er knöpft schon meine Bluse auf. Schiebt mich zielstrebig in Richtung Sofa. Nein, eine Liegelandschaft, es ist ein großer Platz mit vielen Kissen.

Mit einem Ruck schubst er mich auf das Polster. Ernst sieht er aus. Soll ich Angst haben? Ich bin erregt.

»Zieh Dich aus. Ganz.«

Ich zittere. Mein Wille ist, ihm zu gehorchen. Es ist schön, zu wissen, was man tun soll. Er steht da, den Bademantel offen. In seinem engen schwarzen Slip sehe ich sein Geschlecht, geschwollen, hart und groß wie er selbst. Ich streife alles ab, Rock, BH, Höschen, Konventionen.

»Stell Dich hin. Nein, nicht so. Mit dem Rücken zu mir. Ja, so ist es gut.«

Ich spüre seine Augen auf mir. Von oben herab taxiert er mich. Meine Hüften, mein Po, alles ist so dick an mir. Da spüre ich es. Ein Klatsch auf mein Gesäß. Woher weiß er? Und wieder, fester.

»Gefällt Dir das? Hat Dir das gefehlt?«

»Wieso?«

»Antworte mir!«

»Ja, es hat mir gefehlt.«

»Gut. Du bist ein gutes Kind. Dein Arsch ist schön. So muss ein Frauenarsch sein. Groß und rund.«

Er küsst meinen Nacken. Ich bin froh, dass er auch das tut. Ich bin gefangen im Wunsch nach Liebe und Züchtigung.

Jede seiner Liebeshandlungen ist eindringlich, energiegeladen. Und doch verspüre ich keine Angst, sondern Erregung. Nie zuvor habe ich einen Mann so tief, so intensiv in mir gespürt. Wie er meine Handgelenke hält, straff, gebieterisch. Wie er meine Haare hält, meinen Kopf nach hinten nimmt, fordernd, hart. Schmerz und Lust stürmen als Geschwister durch ein sturmgepeitschtes Liebesfeld. Bin ich angekommen?

Fürsorglich duscht mich Darius nach unserem Liebesakt. Meine Knie zittern noch, mein Bewusstsein gelangt nur zögerlich in die Realität zurück.

»Komm morgen wieder.«

»Ich weiß noch nicht, ob...«

»Komm morgen wieder. Du weißt es.«

So begann meine Beziehung zu Darius Vargas, dem rumänischen Geschäftsmann und Vater von Radu. Dem fordernden und undurchschaubaren Liebhaber. Wie mein Vater strahlte er Sicherheit und Autorität aus. Doch die Energie, mit der er in mein Leben drang, in mich drang, raubte mir den Atem.

Zunächst verschwieg ich Mama meine neue Beziehung. Ihr Liebhaber Andreas befand sich gerade in Afrika. Die räumliche Trennung könnte der endgültigen Vorschub leisten. Meine eigenen Pläne hierzu blieben diffus. Mir fehlte der geeignete Hebel. Ich erzählte Darius von meinem Vater, meiner Mutter, meiner Abneigung gegen ihre neue Beziehung. Auch diesen Professor, ihren neuen Chef erwähnte ich. Ich erwartete, dass Darius mir ein Einwirken ausreden würde. Doch tatsächlich zeigte er Interesse.

»Julia, das musst Du systematisch angehen. Dein Vater hatte das, was ich den Kompass für Führerschaft nenne. Mag sein, dass auch Frauen ihn besitzen können. Die Natur hat jedoch den Mann am Steuer des Eheschiffs vorgesehen. Dem kann man sich nicht entgegenstellen. Du hast das begriffen. Finde heraus, was im Umfeld dieses ...«

»Andreas, Andreas heißt er.«

»... Was dieser Andreas gerade treibt. Was ist mit seiner Ex-Frau. Ist das wirklich abgeschlossen?«

»Das weiß ich nicht?«

»Dann frag sie. Frag ihn, wie es damals war. Baue ein Vertrauensverhältnis auf, damit Du an Informationen kommst. Um Deinen Feind zu besiegen, musst Du ihn manchmal auch umarmen. Tödlich umarmen.«

Ein kalter Schauer durchlief mich. Sein Gesicht stand ganz nah vor mir. Der metallische Glanz seiner Augen wirkte reifüberzogen. Die klaren, kantigen Linien seines Gesichts wirkten angespannt. Seine Hand hielt meine energisch umschlossen.

»Du meinst ich soll...«

»Du sollst Deine Informationen nutzen, um dem Spuk ein Ende zu bereiten. Zeig, was in Dir steckt.«

Dann nahm er meinen Kopf in beide Hände und küsste mich fordernd auf den Mund. Ein bitterwürziger, erdiger Geruch durchdrang mich. Eine gerichtete Energie in mir bahnte sich einen Weg nach draußen.

In einem Traum sehe ich Darius und Papa miteinander reden. Ich bin wieder das kleine Mädchen von zehn Jahren. Mich ängstigt eine bevorstehende Strafe und doch zittere ich vor Erwartung. Ist nicht nach jedem Schmerz eine süße Belohnung in meine Seele gekrochen? Eine undefinierte Lust gespürt? Dieses Brausen, dieses Flimmern, dieser unbekannte streichelnde Wind in mir, er ist mit dem Gesicht von Papa, mit seinen Händen verbunden. Und doch ahne ich, dass es aufhören muss. Ich spüre Papas Schmerz, sein Wissen um den bevorstehenden Abschied. Gegen Mama habe ich keine Chance. Ich fühle mich einsam. Und da steht Darius, groß, dunkel. Ich erkenne ihn und doch weiß ich nichts von ihm. ›Er wird Deine Erziehung übernehmen. Er wird fortführen, was ich begonnen habe.‹ Angst überkommt mich. Ich will mich an Papa klammern, halte ihn fest, mit geschlossenen Augen. Doch Papa riecht so anders, fühlt sich so anders an. Da blicke ich auf und es ist Darius. Und ich bin erwachsen, eine rundliche Frau. Und ich bin nackt. Er legt seinen schwarzen Mantel um mich und brummt auf meinen Kopf: ›Es ist alles gut. Du bist sicher, bei mir.‹ Und dann falle ich. Falle vorbei an meinem Kinderzimmer, den Kuscheltieren, an Mama, vorbei an den Freundinnen im Studium, an Klassenräumen, vielen Klassenräumen. Ich lande auf dem großen Sofa von Darius.

Gegenüber steht ein Lehrerpult. Dahinter er mit einem schwarzen Anzug und einem langen Stock in der Hand. ›Frau Lehrerin! Wo sind sie geblieben? Sie haben Ihre Klasse vernachlässigt! Hierher zu mir!‹ Ich steh auf vom Bett, immer noch nackt. Ich bedecke meine Scham mit beiden Händen. Sonst sehe ich niemanden, um mich herum ist alles verschwommen. Stimmengemurmel, undeutlich. Ich gehe auf den dunklen Mann zu, der mir bedeutet, mich über seine Knie zu legen. Er flüstert mir zu: ›Keine Angst. Es wird Dir guttun. Es wird sogar schön. Vertrau mir.‹ Und dann spüre ich den Schlag. Ich werde wach. Ein Ziehen im Rücken. Beim Drehen muss ich mich verrenkt haben.

Ich fing an zu recherchieren. Was machte Andreas dort in Afrika? Das Projekt ›Mali-Nord‹. Dort wirkte er. Es gab im Internet Berichte. Da war eine Frau. Sie musste noch jung sein. Ajana Ifalan. Immer wieder wurden beide erwähnt. Und dann stieß ich auf dieses Foto. Er und sie in eindeutig zärtlicher Pose. Sie berührten sich an der Stirn, hielten ihre Hände, schauten sich verliebt an. Bingo! Und die Überschrift erst: ›Dreamteam des Projektes decken Umweltskandal auf‹. Wenn das nicht der Todesstoß ihrer schwachen Verbindung ist. Dieser Nichtsnutz.

Ich schlafe eine Nacht über diese neue Erkenntnis, wühle mich schweißgebadet durch verworrene Begegnungen mit meinem dunklen Lover. Am nächsten Morgen ruft mich Mama an. Sie ist verzweifelt, wütend, aufgewühlt. Man habe sie überfallen wollen in Hamburg, zwei widerliche Gestalten. Gernot und sein Fahrer hätten sie da rausgeholt. Trotzdem, er sei an allem Schuld. Seine Pläne, alles Lug und Trug. Und dann diese Schlagzeile, mitten in der BILD-Zeitung, Seite 3: ›Bekannter Finanzmogul rettet neue Partnerin vor brutalem Sexüberfall‹. Das alles sei jetzt zuviel. Sie werde den Job kündigen.

Ich bin gespalten. Kündigung bedeutet Haus behalten. Aber das ist mir gar nicht mehr das Wichtigste. Gernot ist der Held. Er hat Mama gerettet. Er hat Papas Rolle übernommen. Bravourös. Warum versteht sie das nicht.

»Julia, verstehst Du nicht. Er hat mich hintergangen. Er hat mich vor vollendete Tatsachen gestellt. Macht mich zur Qualitätsmanagerin für ein Projekt, bei dem es nur ums Geld geht.«

»Mama, so tickt die Welt. Das ist doch ein Geschenk. Er trägt Dich auf Händen. Und er weiß, was Du brauchst.«

»Nein, Julia. Ich! Noch immer bin ich es, die weiß, was ich brauche, was ich will, was ich fühle.«

Sie ist gefangen, denke ich. Die ganze Sentimentalität von Andreas, das scheinheilige Getue um sie hat sie blind werden lassen. Ich beende das Gespräch, ohne den Faden abreißen zu lassen. Jetzt heißt es kühlen Kopf bewahren.

Ein weiteres Indiz zur Beweisführung der Untauglichkeit in der Sache Monika Mahlert - Andreas Lobesam fällt mir in die Hände. Der BILD-Artikel und das Bild dazu. Zweiter Volltreffer! ›Professor Dr. Wachtner küsst das verstörte Opfer nach dem Überfall‹. Wie gut, dass ich mir die Email-Verbindung von Andreas habe geben lassen.

»Gebe ihnen die Information in dem Glauben, Du würdest etwas Positives bezwecken wollen. ›Schau nur, wie erfolgreich Dein Andreas in Mali ist. Du kannst stolz auf ihn sein‹. Und ihm schickst Du Deine große Besorgnis um Deine Mutter. ›Schau nur, was ihr widerfahren ist. Weißt Du´s noch nicht. Gott sei Dank ist nichts Schlimmeres passiert‹. Du selbst musst unbedarft und fürsorglich wirken. Sie dürfen ihre Wut nicht auf Dich fokussieren können.«

Darius zeigte mir den Weg auf und er führte zu einem Fanal. Ich konnte es nicht erwarten. Endlich zeichnete sich in meinem Leben so etwas wie ein roter Faden ab.

32. Zusammenbruch

Andreas

Ich bin betrunken. Nicht vom Alkohol. Hier in Mali wird nicht viel getrunken. Der Islam ist präsent. Nicht militant, aber streng. Ich bin betrunken vor Glück, Erfolg, Selbstzufriedenheit. Unbemerkt ist aus Ajana und mir ein Paar entstanden. Kein Liebespaar. Auch dann nicht, als ich einen Tag nach dem großen Knall, nach dem Aufdecken des Skandals nach ihr suchte. Tags darauf sollte es zurück nach Bamako gehen. Ich folgte dem Hinweis, sie sei an den nahegelegenen kleinen See gefahren. Er war abgeschieden, Bäume und Sträucher verbargen das flache Ufer. Angefüllt mit Gedanken an das gestorbene Kind, an die Frauen dort, die so viel Energie aufbrachten, an die Erfolge bei der Ernte ging ich um die Ecke.

Ich sehe sie schwimmen, das Wasser teilen, sodass silberne Girlanden auf der erdig braunen Seeoberfläche entstehen. Ich sehe ihre Haut schimmern, benetzt, glänzend. Unbekleidet, sie die Frau mit der Distanz. Ich will mich zurückziehen. Sie wendet. Die Augen versunken in eine verwunschene Zufriedenheit des Jetzt. Da sieht sie mich. Ich kann nicht weggehen. Nicht jetzt. Erschrocken, hastig schwimmt sie zum Ufer. Ich kann den Blick nicht abwenden.

»Tournez vous! Toute suite!«

Ihre Augen funkeln mich an. Sie schreien Nein! und Ja! und Hilfe! und Bitte! Gelähmt, fasziniert, drehe ich mich um.

»Warum bist Du hier her gekommen? Warum läufst Du mir nach?«

»Das habe ich nicht. Ja, ich habe Dich gesucht. Aber ich wusste nicht, dass Du ein Bad nimmst.«

Wiederholt sich meine Geschichte? Oh Gott, denke ich, was machst Du? Was willst Du?

»Entschuldigung, Andreas. Ich habe mich erschreckt.«

Ich drehe mich langsam wieder zu ihr. Sie hält ihren Wickelrock vor sich. Auf den Schultern glitzern Diamanten. Wir schweigen. Wir schweigen einen Schritt aufeinander zu. Wir schweigen unsere Münder aufeinander und spüren eine Hitze.

»Nein!«

Nein, denke auch ich, als sie es ausruft. Es ist billig, wenn wir uns jetzt küssen, lieben, fallen lassen. Uns vergessen. Denn ich liebe Monika, ich habe es Ajana gesagt. Und sie liebt ihr Land, ihre Tradition, will Kinder, will helfen. Ihr Land soll besser werden. Ja, es ist Nähe da. Seelenverwandtschaft. Ja, sie ist wunderschön, aufregend. Sie ist jung, begehrenswert. Doch was ich jenseits des Begehrens empfinde ist tiefe Freundschaft.

»Nein. Du hast Recht. Wir machen es nicht kaputt.«

»Merci«, sagen diese vollen, schönen Lippen. Ihre Augen sagen es. Ich drehe mich um.

»Ich warte auf Dich im Camp.«

»Bis später.«

Zurück in Bamako weiß ich nicht, welche Nachricht mich zuerst in Schock versetzte. Es war jedenfalls vor meinem ersten Gespräch mit Monika, denn man überfiel mich damit und ich beging den Fehler, erst meine Mails durchzuschauen.

Auf der Internetseite der GIZ waren Ajana und ich abgebildet.

Stolz hielt man mir den Artikel unter die Nase. Vinzent! Unsere Pose wirkte verliebt, waren wir es da? Eine Momentverliebtheit? Gibt es sowas? Das Dreamteam. Oh Gott. Was, wenn Monika es sehen würde. In mir wallte Hitze auf. Noch war es die des vermeintlichen Täters. Der Kuss fiel mir ein. Küssen oder Knutschen, das ist ein Unterschied.

Hastig öffnete ich meine Emails und fand...

Es war der noch viel größere Schock. Julia hatte mir geschrieben. Julia, ausgerechnet Julia. Warum? Ich sollte es mit einem Klick auf den Anhang erfahren. Monika war überfallen worden. Mein Gott, tragisch, ich war nicht bei ihr. Aber dann. Dieses Bild. Dieses Scheißbild in der Zeitung mit diesem Scheißwichser von Professor, der in aller Öffentlichkeit meine Monika abknutscht. Abknutscht? Partnerin! Da steht Partnerin. Seine Partnerin. Gerettet. Das reiche Arschloch hat sie gerettet. Und sie? Hat sich retten lassen. Was bitte, Monika, soll das? Was will der... was willst Du...

Mir wird schwindlig. Durst reißt seine Krallen in meinen trockenen Hals. Die Zimmerbar, kein Alkohol. Ich stürme aus meinem Zimmer. Vinzent steht in der Lobby. Ich ignoriere ihn.

»Une whiskey, s´il vous plait. Double.«

Ich stürze den Alkohol auf die durstigen Wunden und muss mich zwingen, nicht haltlos zu schluchzen.

»Was ist los, meine Freund?«

Sein rotes, glasiges, etwas schwammiges Gesicht. Ich kann es jetzt nicht sehen.

»Ich muss allein sein, bitte.«

Ich überzeuge den Barkeeper, mir die Flasche gegen ein Bündel von Argumenten zu überlassen und schließe mich ein.

Es tut so weh. Ich kann nicht einfach sagen: ›Ajana, das mit uns geht jetzt doch, denn ich liebe Monika. Ich liebe sie. Abgöttisch!

»Abgöddisch!!«, schreie ich lallend in Richtung Fenster, die halbleere Flasche in der Hand.

Ein weiterer Schluck benebelt mein Großhirn und erzeugt Eruptionen in meinem Sprachzentrum:

»Du fetter, mieser, verlogener Wichser!!!«

Ich falle auf mein Bett und ergebe mich dem Rausch des Vergessens.

Ich erwache in einer Sauna. Mein Körper fühlt sich an wie nach einem Tauchbad in siedendem Öl. Trinken, ich muss trinken. Ich will mich bewegen, doch schon die kleinste Rührung verursacht höllische Schmerzen. Mein Arm, er muss gebrochen sein. Die Muskelansätze, das Sehnengeflecht, alles gerissen. Ich lehne mich wieder zurück. Der Hinterkopf schmerzt. Ich liege auf Holz oder Metall, so drückt es. Nur unscharf erkenne ich jetzt die gewohnten Umrisse meines Hotelmobiliars. Mit großer Willensanstrengung erreiche ich meine Wasserflasche. Sie enthält wenige Schlucke, die schon im Mund verdunsten. Mein Herz sucht im ganzen Körper nach einem Fluchtweg. Es pocht an die Stirn, rauscht im Ohr, prügelt auf meine Rippen ein. Es will weg aus dem fieberverseuchten Körper. Ein Hustenreiz, es brechen mindestens drei, vier Rippen. Kann ich atmen? Ich kann atmen, flach, noch.

»Was ist los.«

Irgendwo haucht eine dünne Stimme. Das war ich. Ich teste, ob ich es bin, der hier liegt. Ein wahnwitziger Plan reift in mir. Ich muss aufstehen. Ich muss Hilfe holen. Doch meine Beine sind ebenfalls gebrochen. Jede Faser brüllt mich an: ›Lass los! Ich kann mich nicht bewegen!‹

Heißer Dampf umhüllt mein Hirn, kocht meine Gedanken. Konzentrier Dich. Das Handy. Ich drehe vorsichtig den Kopf. Welche Richtung? Wo liege ich? Das alte Kindertrauma. Du wirst wach und liegst aus Versehen am Bettende und erkennst Dein Zimmer nicht. Alles ist fremd. Nichts steht, wo es hingehört. Und im Wachwerden denkst Du, man hat Dich entführt. Nein, links auf dem Tischchen, da liegt es. Ich kann es sehen. Zwanzig Zentimeter. Verdammt, Du wirst wohl zwanzig Zentimeter mit dem Arm erreichen. Die zermalmten Knochen, das aufgelöste Muskelfleisch, diese Masse kriecht auf dem dünnen Laken bis zum Rand. Noch fünf Zentimeter. Weiter! Streng Dich an! Ich spüre einen metallischen Geschmack im Mund. Schlucken. Irgendetwas muss ich schlucken. Es schmeckt süßlich, dicklich. Von außen läuft es mir in den Mund. Von innen und außen werde ich mit Gift gefüttert. Was muss ich da schlucken. Blut! Es ist Blut. Mein Gott, ich verblute. War der Whiskey...? Ich ruhe den Kopf kurz aus. Das Laken malt einen dicken roten Mond neben mich. Meine Hand, sie kriecht in der Wüste auf die rettende Oase zu. Da, ich spüre die Plastikhülle meines Rettungsrings. Nicht fallen lassen. Dank sei Gott, zwei kleine Balken Empfang und noch etwas Saft zum Überleben. Auf einmal wird mir schwindlig. Ich sehe das Handy nicht mehr. Es brummt in meinem Kopf. Das Herz startet einen neuen Ausbruchsversuch. Es will den Schädel sprengen. Ich sinke zurück, aber ich liege doch. Trotzdem sinke ich weiter, als wäre mein Untergrund aus Treibsand. Ich rutsche durch eine Engstelle und falle auf eine Düne. Rings um mich sehe ich spiegelndes Glas. Dahinter Dunkelheit. Ich stehe in einer Sanduhr. Auf mich rieseln die Körner, weiter und weiter. Der Sand ist so weich, dass ich kaum auf ihm laufen kann. Bei jedem

Schritt versinke ich bis zum Knöchel. Meine Knochenbrüche scheinen verheilt. Wie groß ist die Sanduhr. Ich versuche es abzuschätzen. Vielleicht zwanzig, vielleicht dreißig Meter. Die Kuppel über mir liegt unerreichbar. Ich weiß nicht wie viel Sand noch kommen wird. Am Rand sehe ich ein Schild. Vielleicht ein Hinweis, ein Fluchtweg. Mühselig stapfe ich Schritt für Schritt dorthin. Tatsächlich, es ist beschriftet. Klar und deutlich. ›Wo ist das Kind? ‹ Mir wird heiß. Welches Kind? Das Gestorbene? Der Junge im Dorf? Was weiß ich? Ist dies ein Tribunal? An der Außenwand, das Gesicht dicht vor mir, die Hände, die Schwielen, die hellen Schwielen auf das Glas gepresst steht die Mutter. Ihre Augen, dunkelbraun, tränengeflutet sind ein einziger stummer Schrei. Ich trete zitternd einen Schritt zurück. Zwei Meter weiter, noch ein Schild. Ich habe es eben nicht bemerkt. Ich stürze weiter, dort hin. ›Wo ist Monika?‹ Ich... weiß... es... nicht!! Ängstlich schaue ich wieder nach außen. Sie steht mit dem Rücken zu mir, scheint auf etwas zu warten. Ich rufe laut Monika! Monika!!! Doch nur meine Gedanken schreien. Meine Stimme wird mit einem Mal von einem Ohren betäubendem Rauschen des Sandes übertönt. Der Strahl ist jetzt fast einen Meter dick. Rasch bildet sich ein Hügel, dessen Rand immer näher an mich heranrückt. Ein neues Schild. Ich bin sicher, eben war da noch keines. Ich stolpere, krieche fast dort hin. ›Wo ist Sabine?‹ Ich werfe mich auf den Boden, das Gesicht fällt in den splittigen, scharfen Sand. Fast reißt es mir die Haut auf.

»Ich will nicht zu Sabine. Verdammt, ich will nicht zu Sabine«, brülle ich die Körner an. Doch die wandern in meinen Mund und verteilen sich so schnell, wie ihre Brüder und Schwestern in den Todeskessel fallen. Ich spucke, würge. Immer mehr Körner fliegen jetzt in meinen Mund. Wie ein Sog zieht mein Körper sie an. Ich kann nicht sprechen, ich kann nicht atmen. Ich sehe düster, verschwommen ein letztes Schild: ›Wo bist Du?‹ Ich bin weg, denke ich. Mein Herz reißt mich aus dem Traum. Es ist noch immer da. Pocht unermüdlich auf meinen Brustkorb ein. Das Handy liegt neben mir, im nassen roten Mond. Ich greife danach. Schmerzverzerrt. Wen soll ich anrufen? Wer kann mir helfen?

Ich drücke eine Taste, letzte Anrufe.

»Vinzent«, haucht eine Stimme. Sie muss aus mir gekommen sein. Ich drücke. Warte. Es tutet.

»Vinzent, was ist Andreas?«

»Vinzent«, haucht die Stimme, ganz dünn, ganz leise. Dann ist es dunkel.

Erst dachte man, er hätte Malaria. Die mikroskopische Probe war negativ. Hämorrhagisches Fieber? Das Nasenbluten. Es herrschte große Aufregung. Ein Tropenmediziner war sich schließlich sicher. Es musste Dengue-Hämorrhagisches-Fieber, kurz DHF sein. Nicht ansteckend, aber durchaus lebensbedrohlich. Die brutalen Muskel- und Knochenschmerzen sind typisch. Man nennt das Denguefieber daher auch Knochenbrecherkrankheit. Der Schnelltest wird oft erst nach drei Tagen positiv. Sein Aufenthalt in Diré. Tagsüber war er leichtsinnig. Der Überträger, Stegomyia aegypti, die ägyptische Tigermücke ist tagaktiv. Es gibt keine Impfung, kein Medikament, man muss sich vor Insektenstichen schützen. Armselige Europäer, die ihr doch immer glaubt, alles im Griff zu haben. Wenn man Pech hat, kommt es zum Schocksyndrom. Dann führen Lecks in den Gefäßen zum inneren Verbluten und Organversagen. Die Lunge, die Niere. Der Körper braucht

Flüssigkeit, Ruhe und Glück.

Andreas Lobesam musste schnell ausgeflogen werden, sein Zustand war kritisch. Für die Zeit des Fluges wurde er in ein künstliches Koma versetzt. Ein Mann, ein weiterer Arzt war mit gekommen, ihn abzuholen. Sein Freund Jochen. Man fand seine Adresse in Andreas Papieren. Monika übersah man.

Jochen ist tief besorgt, als er das abgemagerte Bündel Mensch sieht, dass über eine Krankentrage in den Ambulanzflieger verfrachtet wird.

»Mensch Andreas, was machst Du für Geschichten.«

Er hält ihm die Hand. Da tritt eine Frau auf ihn zu, eine Einheimische, wie es scheint, bunt gekleidet. Sie ist klein, strahlt jedoch unbändige Energie aus. In den dunklen braungrünen Augen stehen jetzt allerdings Angst und Sorge. Sie reibt ihre Hände aneinander, senkt kurz den Blick, um ihn schließlich anzusprechen.

»Sie sind ein Freund von Andreas?«

Jochen erschrickt. Mit einer deutschen Ansprache hätte er hier nicht gerechnet.

»Ja, das ist richtig, Jochen Schmickler, ich bin Arzt. Und Jochens Freund.«

Er spürt beim Händedruck die warme Weichheit ihrer kleinen Hand, sieht die feinen Pigmente in allen Schattierungen von Braun. Er ist augenblicklich fasziniert von ihr.

»Wissen Sie etwas über die Umstände seiner Krankheit?«

»Wir haben als Team in Diré gearbeitet. Ich bin Ajana. Das Bewässerungssystem dort im Norden und die Umweltrisiken, wir haben uns darum gekümmert.«

»Ach richtig. Andreas hatte mir in einer Mail vor ungefähr

einer Woche von ihrer Zusammenarbeit erzählt. Sie sind also die bewundernswerte Ajana.«

»Ach bitte, lassen Sie diese Übertreibungen. Wir mögen uns. Und wir schätzen die Arbeit des Anderen. Es gibt einen Grund, warum ich Sie anspreche. Hier, dieser Brief.«

Sie hielt Jochen einen Umschlag entgegen. Ihr Blick hat wieder etwas Flehentliches.

»Er ist für Andreas. Es ist wichtig.«

33. Schicksalsschläge

Monika

Scham und Wut erfüllten mich gleichermaßen, als ich das absurde Presseresultat meines Auftritts in Hamburg in die Finger bekam. Wie konnte ich in Bezug auf Gernot so naiv sein. Ein Held des Geldes, ein Jongleur der Gewinnmaximierung, dem kein Mittel zu schade war, um seine Ziele durchzusetzen. Fieberhaft überlegte ich, wie ich aus dem Dilemma der Beteiligung herauskommen sollte. Ich hatte Julia davon erzählt. Doch sie war immer noch auf Gernot fixiert, der mir ja sogar aus der Patsche geholfen hatte. Es war zum Heulen.

Ich muss den jetzigen Betreiber sprechen, ihn davon überzeugen, dass das Konzept des Herrn Professor ihrem Ruf schaden würde. Dass es immer noch möglich sei, gemeinsam das Projekt zu entwickeln. Dieser letzte Hoffnungsschimmer bleibt. Nur dann könnte ich doch noch die Aufgabe wahrnehmen, stünde nicht im Regen mit gekündigter Stelle, fast abgewickeltem Hausverkauf. Und eine neue Wohnung..., niemals würde ich in dieses Bestechungsgeschenk einziehen, niemals!

Dann kehren die Gedanken zu Andreas zurück. Oh mein Liebster, warum bist Du nicht erreichbar? Welche Scham, dass mich dieses falsche Stück rettet, nein retten lässt und Du bist weit weg in Afrika. Was, wenn er von dem Presseartikel erfährt? Ich muss ihn dringend sprechen. Heute müsste er wieder in Bamako sein. Dann fängt das wirklich neue Leben an. Wieder einmal mache ich mir Mut...

...die sofort wieder auf die Probe gestellt wird. Mein Handy zeigt Marias Nummer. Mit zittrigen Händen nehme ich an.

»Monika«, schluchzt es aus der Ferne.

»Ja, Maria, was ist? Was ist mit Rebecca?«

»Sie..., kannst Du bitte in die Klinik kommen?«

»Natürlich. Ist sie...?«

»Nein, aber ich glaube, es ist so weit. Ich brauche Dich. Ich schaff das nicht allein, hörst Du?«

Und dann ist nur noch Weinen.

»Ich komme, in einer halben Stunde. Ich komme.«

Ich bin erstaunlich ruhig. Instinktiv begreife ich, dass das Ende naht. Je früher, je besser. Es war vorprogrammiert, der Abschied vollzogen. Es war Zeit. Aber für was? Wenn der geliebte Partner geht, dann ist es immer zur Unzeit. Ich mache mich auf den Weg.

»Sie hatte gerade ihren Schmerztropf bekommen, wollte etwas trinken, da bat sie mich, im Bad einen Waschlappen nass zu machen. Als ich wiederkam, da sah ich gerade noch, wie sie etwas heruntergeschluckte. ›Was schluckst Du da‹ fragte ich sie. Doch sie schüttelte nur schwach den Kopf. ›Es ist alles gut, hörst Du? Ich liebe Dich?‹ Gehaucht hat sie es.«

»Ja und dann? Weißt Du, was sie genommen hat?«

»Nein, ich habe den Pfleger gefragt. Er sagt, es gäbe keine Verordnung, jetzt. Nur den Tropf. Und dann fing sie an zu fantasieren, sah überall kleine Ameisen herumlaufen, warf den Kopf hin und her. Jetzt ist sie gar nicht mehr wach zu kriegen.«

Fieberhaft überlege ich, was das bedeuten kann. Nebenwirkungen, Nebenwirkungen von Morphinen.

Halluzinationen? Sie bekam doch Fortral. Es hatte kaum gewirkt. Ein unglaublicher Verdacht kriecht in mir hoch.

»Hatte sie irgendwelche Tabletten im Nachtkästchen?«

»Moni, ich weiß es nicht.«

Schluchzend fällt sie mir in den Schoß. Mit einem Mal ist mir alles klar. Kluge Rebecca. Mutige Rebecca. Es war geplant. Sie hatte sich die Tabletten aufgespart, wusste, wie man es machen musste. Eine Überdosis und sie würde irgendwann einfach aufhören zu atmen. Und keiner würde es bemerken.

»Sollen wir den Arzt holen«, schaut sie mich tränenverschwommen an.

»Maria. Sie schläft. Sie hat jetzt keine Schmerzen. Das ist doch jetzt wichtig. Und ihr Wille, verstehst Du?«

»Aber?! Was soll das heißen, ihr Wille?! Hat sie sich etwa...?!«

»Beruhig Dich Maria. Wenn es so sein sollte, willst Du, dass man ihr den Magen auspumpt? In ihrem Zustand? Es wirkt doch schon. Was immer sie genommen hat, es wirkt. Sie wird gehen. Lassen wir sie los, ok?«

Ein Häufchen Verlassenheit, ein Bündel Verzweiflung durchnässt mich. Ich lasse ihrer Trauer freien Lauf, während ich bemerke, dass sich Rebeccas Brustkorb nicht mehr hebt und senkt.

Das gütige Abschiedslächeln, das sie Maria hiergelassen hat, trägt sie bleich und mit Würde in ihrem abgemagerten Gesicht.

Maria, oh meine gute, weiche, sanfte und so verletzte Freundin. Ich werde für Dich da sein.

Stunden später sitze ich taub, erschöpft in meinem Haus. Ein bizarres Labyrinth aus Umzugskartons und nackten Flächen, wo früher schwere Möbel standen. Ich hatte Ballast abgeworfen, alles entsorgen lassen, das mir nicht gefiel, schon Jahrzehnte nicht gefiel. Mein Handy klingelt. Wieder ist es Julia. Immer noch nicht Andreas.

»Hallo Mama. Ich habe Neuigkeiten für Dich.«

»Hallo Julia, ich leider auch.«

»Was ist denn?«

»Rebecca, sie ist gestorben, eben, vor ein paar Stunden.«

»Oh, das tut mir leid. Vor allem für Maria.«

»Aber ich will Dich nicht damit runterziehen. Du hast Neuigkeiten? Was ist es? Die Schule?«

»Nein. Besser. Ich habe endlich die große Liebe meines Lebens gefunden.«

»Der Stalker?«

»Ach Mama, bitte. Der ist gar nichts. Nein. Es ist Darius, ein großer starker Mann, der weiß, was ich will.«

»Der weiß, was Du willst? Weißt DU denn auch, was Du willst?«

»Natürlich«, gibt sie reserviert zurück. »Eine starke Hand. So wie Papa.«

»Aha. Du wolltest aber keinen zweiten Papa als Mann, oder?«

»Was soll das?! Darius ist noch stärker als Papa. Er strahlt Energie und Willen aus. So etwas habe ich noch nie erlebt.«

Ich seufze, zu laut. Julia bekommt es mit.

»Egal, wenn Du glücklich bist? Was macht er denn? Wie sieht er aus?«

»Er ist Geschäftsmann. Import, Export und so. Er kommt aus Rumänien. Er ist ein dunkler Typ, schwarze Haare, graue Augen, wie gesagt, kräftig und energiegeladen.«

»So.«

»Was heißt das? So? Ach ja und er hat einen Sohn. Der ist in meiner Klasse.«

»Ist er noch verheiratet?«

»Ja, glaube ich. Er sagt, seine Frau sei krank und er wäre jetzt für Radu da, so heißt sein Sohn.«

»Julia! Er lässt seine kranke Frau zurück und Du hast ein Verhältnis mit ihm?«

»Mama, seit wann bist Du so spießig? Die Mutter von Radu hat nichts auf die Reihe gekriegt. Radu war vernachlässigt, fast schon verwahrlost.«

»Dann braucht seine Mutter wohl in erster Linie Hilfe, oder?«

»Das musst Du wohl Darius überlassen. Er ist der Vater, er hat das Sagen.«

Ich schweige, irritiert. Besser, wenn ich nicht weiter insistiere. Mein Nervenkostüm würde sonst zerreißen und ich stünde nackt da.

»Mama? Alles ok? Ich habe noch etwas für Dich. Ein Internetartikel über Andreas Arbeit. Ich hab ihn Dir geschickt. Das wird Dich interessieren. Die haben da unten einen Umweltskandal aufgedeckt. Da kannst Du ganz schön stolz auf Deinen Andreas sein.«

Irgendetwas an Julias Stimme, ein Unterton, lässt mich aufhören. Bevor ich fragen kann, fährt sie fort.

»Du ich muss jetzt Schluss machen. Ich komm zu spät. Darius wartet nicht gern. Ich meld mich wieder.«

Was war das? Warum der plötzliche Abbruch nach dem Hinweis auf Andreas? Und dann dieser Darius. Mir kommt er schon jetzt unheimlich vor.

Hastig öffne ich mein Email-Postfach. Da ist er, der Artikel. Mit Herzklopfen öffne ich die Datei. Das Bild. Ich starre auf das Bild. Da steht mein Andreas, Stirn an Stirn mit einer jungen, einer hübschen Afrikanerin. Sie strahlen sich an wie zwei Sonnen. Die Hände. Mein Gott, sie halten sich an den Händen. Ein Bild der Zärtlichkeit, der Zuneigung. Wenn es ein Puffbesuch gewesen wäre, es hätte mich schockiert. Aber das da, das ist...

Ich überwinde das bittere Aufbrechen von Tränen, schlucke, zwinge mich, den Artikel zu lesen. ›Dreamteam des Projektes decken Umweltskandal auf. Der Umweltexperte A. Lobesam und die Mitarbeiterin des malischen Agrarministeriums A. Ifalan konnten die Ursache eines tödlichen Cyanid-Lecks in einer Goldmine aufdecken. Für einen fünf-jährigen Jungen kam allerdings jede Hilfe zu spät. Er erlag der Vergiftung, kurz nachdem er aus dem verseuchten Brunnen getrunken hatte. Man sieht den Beiden die Erleichterung an, wird der GIZ-Mitarbeiter V. van Dijk zitiert.

Die Tränen rollen, ungebremst. Wut und Scham, schon wieder. Doch das jetzt geht viel tiefer. Es ist Andreas, meine große Liebe. Ist es so? Gibt es für jede Liebe noch eine Steigerung bei jemand anderem, der noch besser, noch intelligenter, noch schöner ist? ›Was hast Du geglaubt‹, meldet sich meine unendlich klugscheißende Besserwisserin in mir. ›Du bist zu alt für ihn. Überall läuft die pure Verlockung herum. Werde endlich vernünftig‹. Ich könnte ihr ins Gesicht schlagen, ihre rümpfende, bitterkluge Nase zertrümmern. Doch mir fehlen gerade die Gegenargumente. Ich will Andreas zur Rede stellen. Eine Verteidigung, die will ich ihm zugestehen. Heute sollte er doch wieder in Bamako sein. Er geht nicht ran. Liegt er gerade bei dieser Ajana, wälzt sich in der afrikanischen Hitze auf schweißgetränktem Laken, windet sich unter dem jungen schokobraunen Körper und erlebt das Liebesinferno seines Lebens? Ich hasse ihn. Ich hasse mich. Ich hasse gerade die ganze Welt.

»Ich hasse Euch!!!«

Dann klingelt das Handy.

»Andreas?!!!«

»Nein, ich bin´s Maria.«

Ich schluchze ungehemmt, kriege kein Wort heraus. Auch Maria ist stumm vor Schreck, vor Verwunderung, vor was auch immer. Nach einer gefühlten Minute höre ich sie.

»Was ist Moni?«

»Ach nichts. Du bist die, die traurig sein muss, nicht ich.«

»Ach Süße. Ich wollte nur Deine Stimme hören. Dich vielleicht sehen.«

Drei Tage waren vergangen. Nicht eine Nachricht von Andreas. Das Handy abgeschaltet. Die Angst wurde zur Gewissheit. Ohne Vorwarnung, ohne Erklärung war es zu Ende, hatte das Schicksal sich gen Süden gewendet, dort wo immerzu die Sonne scheint.

Maria hatte einen Brief von Rebecca gefunden.

»Er ist an Dich adressiert.« Ich ging zu ihr.

Man muss das Öl auf die Heizung stellen. Am besten eignet sich Traubenkernöl. Es ist nicht so teuer wie Arganöl, aber mindestens so geschmeidig. Ein paar Tropfen Zitronengras und Ingwer dazu geben Wärme und einen frischen Duft. Der Raum muss mindestens 25 Grad warm sein. Kein Frösteln unter dem Badetuch. Ich forme mit meiner Hand eine kleine Schüssel und schütte etwas vom körperwarmen Öl aus der Glasschale. Gleichmäßig verteilen die Finger den flüssigen Samt auf den Schultern. Noch eine Portion, und der ganze Rücken glänzt wie poliertes Elfenbein. Langsam gleite ich mit den Handballen über die Muskeln zwischen den Schulterblättern, greife sanft mit den Fingern in die harten Stränge hinter den Schlüsselbeinen. In kreisenden Bewegungen erreiche ich den Haaransatz um dann wieder sanft, fast streichelnd an der Wirbelsäule herunter zu fahren. Am Rande des Badetuches wölbt sich ihr Rücken nach oben, hübsch steil und weich. Die Handballen spüren den Beginn ihres üppigen Pos, doch sie kehren um in schwungvollem Streichen hinauf bis zum Kopf. Dieses Gleiten, warme Haut spürend, Achtsamkeit gebend, beruhigt mich, tröstet Maria. Meine Hände, rechts über links, rechts über links streifen jetzt ihre Flanken hinab, tiefer und tiefer in einem meditativen Rhythmus. Er wird durch Brummen und Seufzen beantwortet. Wortlose Sprache tröstender Zärtlichkeit. Neues Öl findet gierige Haut. Das Tuch zieht sich auf den Boden zurück. Der Raum flimmert warm und einladend. Die sanfte Stimme der Sängerin Loreena Mc Kennit erfüllt die Luft mit Sinnlichkeit.

Hände, meine Hände. Finger, meine Finger. Kreisen, Kneten, Drücken, Fühlen, Tasten auf weichen Hügeln, nachgiebigem Gewebe, in dessen Tiefe eine Hitze aufwallt. Duft der Zitrone, Wärme des Ingwers, Hauch von Würze, Hitze einer traurigen Sehnsucht. Alles verschmilzt zu Bewegungen, zu einem Summen.

Der Brief. Ich habe ihn eben gelesen.

»Liebe Monika. Ich weiß«, schrieb Rebecca, »ich weiß, Du liebst einen Mann. Ich gönne es Dir, diese Gewissheit der Zugehörigkeit. Doch du musst wissen, da ist noch jemand, die

Dich liebt. Immer geliebt hat. Ich habe alles getan, um Marias Herz zu gewinnen. Wir waren glücklich. Wir haben uns Stunden, Tage, Jahre und Tiefe gegeben. Ich gehe ohne Gram, aber mit einer Sorge. Die Liebe zu Dir, liebe Monika, hat in Maria nie aufgehört. Es war ein Licht, ungelöscht, solange sie wusste, Du bist ihre Freundin. Ich verlange nichts von Dir. Nur bedenke bitte. Diese eine Liebe, sie ist das Wertvollste für meine Maria. Sei ihr weiter eine gute Freundin und wenn Du willst, dann schenke ihr Liebe, von mir oder besser, ja viel besser von Dir. Du bist ein unerschöpflicher Quell dieser Königin der Gefühle. Das wird ihre Seele heilen.«

Jetzt, im Moment ist Rebeccas letzter Wunsch mir Trost. Jetzt, wo all mein Sehnen in einem schwarzen Loch gelandet ist, genieße ich diese Wärme, dieses Sehnen in Maria, wie ich es schon früher geahnt und gespürt habe.

Sie dreht sich um. Tränen, angerührt aus Verlust, Schmerz und Sehnsucht lassen ihre blauen Augen wie kühle Bergseen schimmern. Sie sagt nichts, die Bergseen sprechen zu mir, dirigieren meine Hände, lassen sie Öl schöpfen, um es weiter zu verteilen. Um das Herz zu trösten, umkreise ich ihre großen weichen Brüste, hüte, berge sie in meinen Händen. Ein Strecken ihres Körpers, ein langer Hals, ein einziges fallen lassen. Es sind die Lippen, die Fingerkuppen, diese Reisenden, die unser einmaliges Wollen in Töne fassen, in Farben verwandeln. Lust aus Trauer geboren, aus Mitgefühl gespeist und mit zarter Liebe durchwirkt, lässt sie den sanftesten, traurigsten und tiefsten Tanz ihres Schoßes erleben.

Vergessen. Wenn ich doch nur vergessen könnte.

Das Erlebnis mit Maria, das zweite Mal so intensiv und doch immer wieder scheu und zweifelnd, hat mich nachdenklich gestimmt. Auf was lasse ich mich ein? Kann ich Ersatz für Rebecca sein? Maria nimmt mich als Rettungsring, projiziert all ihr Hoffen und Sehnen auf mich. Und ich?

Ja, da ist irgendetwas. Die Zärtlichkeiten sind reizvoll, schön. Und Maria ist mir eine wirklich gute Freundin. Aber es ist keine Liebe. Verdammt! Ich will nicht die Notlösung, weil mir meine große Liebe gerade wegschwimmt.

Noch einmal schweifen meine Gedanken zu diesem Tag des Überfalls. Es ist absurd. Der Mann, dessen Borniertheit, Achtlosigkeit mich aus dem Restaurant getrieben hat, lässt mich von seinem Bodyguard retten. Keine Frage, ich glaubte, es ist aus mit mir. Gegen zwei Männer konnte ich mich nicht wehren. Es schaudert mich bei dem Gedanken. Immerhin, mein Handy haben sie gefunden. Es fiel im Handgemenge aus meiner Jacke. Versonnen blicke ich auf das zerkratzte Gerät, als es in meiner Hand anfängt zu vibrieren. Ich erschrecke. Es ist Ulrike. Ulrike, Andreas Schwester.

»Ja, hier Monika. Ulrike?«

»Hallo Monika. Du, ich muss Dir etwas sagen.«

»Ja was, bitte! Ist es Andreas? Was ist mit ihm? Hast Du eine Nachricht?«

34. Zurück

Andreas

»Monika muss es erfahren.«

»Warum?« Ilse nestelte an den Bügeln ihrer mokkabraunen Handtasche. Das war alles zu viel für sie. Nervös klappte sie den Verschluss auf und holte sich ein Taschentuch heraus, wischte sich die tränenwunden Augen. Ihr Sohn lag hier auf der Intensivstation, seit Tagen rangen die Ärzte um sein Leben. Was sollte das auch, diese ganzen Reisen in ferne Länder, die so gefährlich waren. Zitternd legte sie ihre arthrotische, von Altersflecken gezeichnete Hand auf die ihres Sohnes. Pflaster, ein Mullverband verbargen den Eingang des kalten Schlauches in seine Venen, durch den lebensrettende Medikamente und Flüssigkeit in ihn hinein tropften.

»Sie ist beschäftigt. Sie hat ihre Partie gemacht. Denk nur an den Zeitungsartikel. Hast Du vergessen, wie sie uns in Bonn abgefertigt haben? Unser Pottfolidings, wie sie das nannten, dürfte wohl nicht in ihr Büdschett passen. Als wären wir Bittsteller.«

»Mama, bitte. Du weißt doch gar nicht, was Monika dazu sagt. Wir haben sie nicht einmal gefragt.«

Ulrike starrte gedankenversunken auf das weiße Gebirge, das sich um Andreas herum auftürmte. Decken, Laken, Bettgalgen, piepsende Geräte, Nachttisch, alles war so klinikweiß. Grauweiß, beigeweiß, weißweiß. Selbst sein Gesicht schien sich dem allmächtigen Weiß der undurchdringlichen ›modernen Medizin‹

zu ergeben. Seit zwei Tagen schon kämpfte Andreas in dieser kalten Wüste. Wie kann man hier gesund werden.

»Wozu auch. Ist sie hier? Wieso müssen wir sie informieren? Sie wäre hier, wenn Andreas ihr etwas bedeuten würde.«

»Vielleicht weiß sie es gar nicht. Vielleicht... ist alles anders, als wir glauben.«

Es war mehr Ahnung als Gewissheit. Bis jetzt hatte sie jedoch den Wunsch ihrer Mutter respektiert, Monika außen vor zu lassen.

»Die Ärzte haben gesagt, dass er schon bald wieder wach sein wird. Dann können wir ihn fragen, was er möchte.«

Ilse biss ihre Zähne so fest zusammen, dass man ein leises Malmen hören konnte, ihre Fingerknöchel waren weiß, als sie verzweifelt Andreas Hand drückte.

»Ich habe ihr eine SMS geschickt. Ich habe ihr geschrieben, dass Andreas hier liegt, im Krankenhaus.«

»Was hast Du? Ulrike!«

»Mutti. Du kannst nicht einfach...«

Ich würge, pruste. Plötzlich sehe ich durch den vom Himmel regnenden Sandsturm hindurch eine Gestalt auf mich zu kommen. Sie ist in das strahlendste Indigoblau gehüllt, dass ich je gesehen habe. Ein alter Mann, das Gesicht gezeichnet durch den Kampf mit Sonne, Trockenheit, Hitze trägt einen knöchellangen Umhang. Den Kopf ziert ein ebenso blauer, kunstvoll gewickelter Turban, dessen Ende seinen Mund verbirgt. Die dunkelgrünen Augen bedeuten mir, ihm zu folgen. Hinter dem großen, unaufhörlich wachsenden Sandberg, öffnet sich eine Ebene. Kein Glas begrenzt mehr den Raum. Ich finde besser Tritt auf dem härter werdenden Boden. Eine tief stehende Sonne blendet mich.

Nur schemenhaft kann ich das vor mir Liegende erkennen.

Und da sehe ich sie. Eine Schlange von Menschen, Dorfbewohner. Jeder von ihnen hält ein Bündel vor sich auf dem Arm. Ich soll noch näher kommen. Meine Knie zittern, als ich die Bündel erkenne. Es sind leblose Kinderkörper. Eines nach dem Anderen legt man mir vor die Füße. Angststarre offene Kinderaugen, offene um Luft gerungene Münder. Ich will weglaufen. Zurück in den Sturm, mich selbst dem Tod durch Ersticken in dem Inferno aus Sand ergeben. Die Hand des Alten presst meine Schulter. Ich soll es aushalten. Stumme Anklage.

Dann kommt ein hellhäutiger Mensch auf mich zu, zwischen all den Afrikanern. Erst als sie direkt vor mir steht erkenne ich sie. Jeannette. Sie trägt ein Wickelkleid, durchsichtig wie die Sünde, nichts von ihren Reizen verbergend. Auch sie hält ein Bündel vor ihren schimmernden Brüsten. Es ist...

Professor von Wachtner. Auf Kindgröße geschrumpft und quicklebendig. Er springt von ihrem Arm und führt einen Tanz vor mir auf, lacht, lacht laut und anhaltend.

»Sie gehört mir, sie gehört mir, hahaha!«

Er schaut zu mir hinauf, triumphales Blitzen in den Augen. Er tritt mir gegen das Schienbein, immer wieder. Ich krümme mich vor Schmerz, will ihn wegstoßen. Doch er ist schnell, weicht mir geschickt aus. Verpasst mir einen Tritt in den Hintern.

»Er will nur spielen, Liebster. So wie Du. Weißt Du noch? Komm, mein Kleiner Gernot, wir bringen Dich zur Moni. Dann kannst Du dort weiter spielen.«

»Ha, ha, ha, sag ich doch, sie gehört mir, sie gehört mir!«

Erschöpft, traurig, verlassen stehe ich da. Jeannette verschwindet mit dem Professor, den sie wie ein Kleinkind an der Hand hält. Schließlich kommt eine letzte Person auf mich zu.

Auch sie trägt ihr Bündel. Diesmal ist es Ajana. Ihre Augen sind leer, frei von Liebe, Trauer, Wut, einfach nur leer. Das Bündel, das sie wortlos vor mir ablegt, bin ich. Blass, kalt, nackt, frierend zum Schluss.

Ich will sie etwas fragen. Doch als ich den Blick von mir abwende, ist sie schon verschwunden, wie der alte Mann, ihr Vater und alle anderen.

Ein schneller, ein rasender Sonnenuntergang umfängt mich mit Schwarz. Ich will mich diesem Dunkel widersetzen. Mit aller Kraft, die ich aufbringen kann, versuche ich die Augen aufzureißen, hinter dieser Nacht ein Licht zu erblicken.

Dann ist alles Weiß.

Vorsichtig versuche ich zu schlucken. Wenn ich schlucken kann, wenn ich schlucken muss, dann lebe ich noch. Oder? Der Hals ist sandig. Rau reibt die Zunge am Gaumen. Ein galliger Geschmack tobt sich in meinem Mund aus. Hinter den Augen, da draußen muss ein grelles Licht scheinen. Bin ich immer noch in der gläsernen Wüste? Wie lange schon? Wie eine Endlosschleife bin ich so viele Male an den Schildern vorbeigelaufen. Wie oft ist mir die blaue Gestalt begegnet, die Karawane des Elends. Ich muss husten. Ein krähen-, löwen-, ungeheuerhaftes Husten entweicht aus meinen entzündeten Atemröhren. Da öffnet sich vor mir der Schleier, lässt Konturen aufscheinen. Schemenhaft zunächst. Nein, sie tragen keine Bündel, Gott sei Dank. Eine Stimme. ›Mein Sohn, mein Andreas‹, höre ich weit entfernt. Dann näher. ›Schaut nur, er wird wach‹. Sekunde um Sekunde kommen mehr Details zum Vorschein. Ein Dreieck über mir, Schläuche, ein weißes Betttuch. Mama, Ulrike. Ich bin da. Ich bin wach. Ich bin am Leben. Welch ein Glück. Mir ist schlecht. Ich stöhne. Will ich wieder wegdämmern? Nein. Ich zwinge mich, ruhig zu atmen.

»Ich habe Durst.«

Ich verstehe mich selbst kaum. War ich das, der da gesprochen hat.

Eine Schnabeltasse wird zu meinem Mund geführt. Es ist meine Mutter, die sie hält. Meine Mutter. Meine gute, liebe, fürsorgliche Mutter. Ich schlucke langsam. Die Kühle benetzt Wunden, sie lindert. Ich schließe die Augen, lasse Flüssigkeit statt Sand durch meine Speiseröhre laufen.

Erneut versuche ich, mich zu orientieren. Da, da hinten da steht sie. Monika. Oh Monika. Oh, was war los, was war da los? Ich versuche, mich zu erinnern, nehme ihren Blick auf. Versuche, dieses Bernsteinfunkeln zu mir heran zu sehnen.

Sie sieht mich an, zögert. Warum zögert sie? Ich hebe meine Hand, mit allem daran, dem Kabel-und Pflastergewirr.

»Monika, hallo ..., meine Süße.«

Ist sie da aus Mitleid? Ist sie da, um es mir zu erklären?

»Hallo Andreas.«

Sie reibt ihre Hände fest aneinander. Dann tritt sie näher. Ihre Augen sind traurig, wie leergeweint.

»Schön, dass Du da bist.«

Ich versuche, nach ihrer Hand zu greifen. Sie steht regungslos da.

»Warum hast Du mir nichts gesagt. Ich konnte Dich überhaupt nicht erreichen? Ich habe gedacht...«

»Ich glaube, er braucht jetzt Ruhe, Frau Mahlert. Es wäre schön, wenn Sie...«

»Aber Ilse, ich dachte, wir wären beim...«

»Nun, offensichtlich haben Sie sich doch schon längst anders entschieden. Da muss man doch nichts künstlich aufrecht erhalten.«

»Mama!«

»Ach stimmt doch. Sie haben nicht einmal so viel Scham, meinen Sohn in Ruhe zu lassen, nachdem sie in aller Öffentlichkeit, ja sogar in der BILD-Zeitung einen fremden Mann küssen!«

Ilses Gesicht ist weiß vor kaltem Zorn.

»Was habe ich?«

Ich höre geschwächt und kaum zu einer Antwort fähig, fassungslos diesen Dialog. Mir ist heiß und kalt.

»Glauben Sie immer alles, so wie es irgendwo steht? Und dann noch in der BILD? Ist das ihre Quelle für die Wahrheit? Warum habt Ihr mich nicht gesagt, was mit Andreas ist? Warum habt ihr mich nicht gefragt, was passiert ist? Ich bin von zwei widerlichen Gestalten beinah vergewaltigt worden, mitten in Hamburg, weil mein angeblicher Geliebter ein egoistisches, geldgieriges Scheusal ist. Ja, er hat mich gerettet. Nein, sein Bodyguard, eine brutale Kampfmaschine hat mich da raus geholt. Und dieser, dieser Professor küsst mich einfach, ungefragt! Wart Ihr dabei?! Habt ihr mich gefragt?!!! Es ist unfassbar! Und Euer Sohn?! Hat der in Afrika nicht auch sein großes Glück gefunden? Das Bild, ja das Bild ist wohl weit mehr deutlich. Habt Ihr gesehen, wie verliebt sie sich angeschaut haben? Warum muss alles, was so schön begonnen hat, kaputt gehen.«

Sie schluchzt hemmungslos in ihre Hände. Alle schweigen. Ilse bearbeitet ihre Handtasche, blickt zu Boden, schamerfüllt.

»Ich wusste ja nicht...«

Ulrike nimmt sie in den Arm.

Ich räuspere mich, noch einmal, bis Monika wieder aufschaut.

Nur noch grauer Schleier ist in ihren Augen zu sehen. Das Bernsteinfunkeln scheint begraben hinter dem Schutt von Missverständnissen.

»So ist es nicht. Wirklich nicht. Ich...«

Ich wollte sagen, ich liebe Dich. Aber diese drei Worte erscheinen mir gerade so, als würde ich an einem schweren Unglücksort sagen, ›schaut nur, wie schön die Sonne scheint.‹

»Es tut mir leid, dass ich an Dir gezweifelt habe«, sage ich stattdessen und atme tief durch, bis mich wieder ein unbändiger Drang zum Schlafen aus diesem Krankenzimmer holt.

35. Ulrike

Monika

Ich sehe, wie Ulrike ihre Mutter im Arm hält, die nun selbst vor Scham ihr Gesicht an ihrer Schulter verbirgt. Ich sehe aber auch Ulrikes flehentlichen Blick.

»Ich bin unten in der Cafeteria«, sage ich kurz.

Mein rebellierender Magen hat einen Fencheltee bestellt. Der geliebte Kaffee steht im Abseits. Ulrike umfasst beinah hilflos ihren Kaffeebecher.

»Es tut mir leid. Alles. Du hast Recht. Der Dämon der Gerüchte, der scheinbaren Logik hat uns alle verrückt gemacht. Ich kann mir das nicht verzeihen. Ich habe nicht auf mein Bauchgefühl gehört. Dabei kann ich es, lerne ich es gerade. Hast Du schon einmal vom Aura Sehen gehört?«

Esoterische Methoden? Ich will nichts davon wissen. Es geht jetzt um Andreas.

»Nein, Ulrike. Ich weiß nicht, ob mich das jetzt gerade interessiert.

»Sorry, ich wollte nicht .... Aber es hat damit zu tun. Ich bin noch nicht erfahren in diesen Dingen. Sonst hätte ich möglicherweise in Dir den Riss gesehen, der Dir so viel Kummer macht. Aber Du hast Recht. Willst Du mir erzählen, was wirklich vorgefallen ist?«

Und so komme ich dazu, vor ihr meine große Last, des Betrugs, der Missachtung und der Scham abzulegen. Ich verschaffe ihr ein Bild, wie mein Trümmerhaufen von Leben gerade aussieht. Nur die durchlebten Gefühle für Maria verberge ich.

»Dieser Egoist hat nur den Gewinn seiner Gesellschaft im Sinn, verstehst Du? Von wegen Stiftung. Ja, er scheint mich wirklich zu begehren, wollte mir unbedingt einen hohen Posten verschaffen. Alleine viermal hat er in den letzten Tagen versucht, mich anzurufen oder mir eine SMS geschickt. Wenigstens macht er mir keine Schwierigkeiten bei der Auflösung des Vertrages.«

»Dann verstehe ich jetzt auch besser, was uns hier in Bonn widerfahren ist, im Haus Herbstsonne. Der derzeitige Leiter gab uns bereitwillig einen Termin. Vor allem Dein Name war ihm ein Begriff. ›Ah, die Frau Mahlert, ganz patente Frau‹. Dann erfuhren wir von den Konditionen. Über 5.000 Euro monatlich und Erwerb von Anteilsscheinen in Höhe von drei Monatsmieten als Mindestleistung. Und das für ein Zwei-Zimmer-Apartment. ›Wieso ist die Miete so hoch‹, wollte ich wissen. Das sei das neue Premiumsegment. Man wolle eben ein besonderes Konzept aufbauen. Günstiger wären nur die Mieten für Bewohner mit Arbeitsverhältnis. Meine Mutter hätte in einem der Nobelrestaurants als Küchenhilfe arbeiten können. Dann hätte im Bediensteten Haus das Anderthalb-Zimmer-Apartment mit Kochnische nur 2.000 Euro gekostet. Man merkte ihm allerdings an, dass er diese neue Firmenphilosophie nur sehr widerstrebend vertrat.«

»Was wollen die? Das ist ja Wucher, das ist Ausbeutung! Ok, Ulrike.«

Ich griff nach ihrer Hand. Sie war feucht vor Aufregung. Ein Zittern durchbebte sie.

»Ich verzeih Dir, dass Du mich nicht früher informiert hast. Ich muss jetzt mit dem, wie heißt der Geschäftsführer, also der frühere Leiter?...«

»Maximilian Winter. Er ist eigentlich nett. Kommt ursprünglich aus Bayern. Ein gutmütiger Katholik, der sich wirklich um die Alten kümmern will.«

»Ich muss mit ihm sprechen. Ich gebe nicht auf. Und ich will wissen, was mit dieser Ajana ist. Ich werde kämpfen Ulrike. Ich werde kämpfen, um Andreas.«

Wir verabschiedeten uns. Dabei landete Ulrike in meinen Armen, ein Bündel Erleichterung. Ihre Mutter hielt sich zerknirscht im Wartebereich auf. Auch das würde sich wieder einrenken lassen.

Kaum war ich aus dem Krankenhaus heraus, rief ich diesen Herrn Winter an. Er gab mir spontan einen Termin. Als ich sein Büro betrat, erkannte ich diesen jovialen, grauhaarigen Herrn in seinem urbayerischen Trachtenjanker wieder. Ich bot ihm offen an, die vorgesehene Verantwortung für Pflegeleitung und den Aufbau von Freizeitangeboten zu übernehmen. Ich würde auch meine Gehaltsvorstellungen um Einiges zurückschrauben können. Er wirkte sehr erleichtert, beinah erfreut. Allerdings müssten noch finanzielle Fragen geklärt werden, da einige Investitionen schon von der Stiftung des Herrn Professor angestoßen worden seien. Man habe aber schon Gespräche mit einem neuen Träger aufgenommen, der mit einsteigen wolle.

Das Geschäft mit den Alten sei eben nicht mehr aufzuhalten.

Etwas beruhigter bezog ich mein Hotelzimmer. Mit Bangen hoffte ich morgen auf die Chance, von Andreas eine Erklärung zu bekommen, was genau in Mali abgelaufen war. Ich kämpfte mich durch eine unruhige von angsterfüllten Träumen durchzogene Nacht.

Wieder stehe ich vor dieser Tür. Mit frischem Mut trete ich ein. Erneut Besuch. Fremde, die ich nicht kenne.

36. Ajanas Brief

Andreas

Am Tag darauf kamen Jochen und Hildegard zu Besuch. Ich konnte wieder laufen und der Boden unter meinen Füßen gab nicht mehr nach. Vorbei der Sand, der Schlamm. Deutsches Linoleum und eine verfahrene Lage. Dunkel erinnerte ich mich an Monikas Worte: ›Und dieser Professor küsst mich einfach, ungefragt‹.

»He, Kleiner, musst Du gleich ein Date mit der Tigermücke riskieren. Du machst mir vielleicht Sachen«, begrüßte mich Jochen.

Hildegard nahm mich etwas steif in den Arm. Für ihren hanseatischen Charme war es jedoch schon ein Ausbruch an Herzlichkeit.

»Oh Gott Andreas, wir haben uns ernsthaft Sorgen gemacht.«

»Seid froh, dass ihr nicht in meinen Träumen zu Gast ward, dann hättet ihr Euch noch mehr gesorgt. Offensichtlich sollte ich noch nicht abtreten.«

Jochen schaute mich ernst an.

»Deine Ajana...«

»Jochen, es ist nicht meine Ajana.«

»Ja, ich weiß es. Ich war dabei, als man Dich mit dem Ambulanzjet ausgeflogen hat. Ich habe mit ihr geredet. Ein bildhübsches Ding.«

»Chauvie! Hildegard, wie hältst Du es mit ihm aus. Sie ist kein Ding. Sie ist eine ganz besondere Frau.«

»Ist ja gut. Dass ihr jedes Wort von mir auf die Waagschale

werfen müsst. Sie hat Dir einen Brief mitgegeben. Leider konnte ich ihn bis jetzt nicht zustellen. ›Annahme verweigert‹, beziehungsweise ›unbekannt verzogen‹, wie immer Du es nennen willst. Hier.«

Ich nahm den kleinen staubig schmutzigen Umschlag entgegen. Er roch nach Mali, nein nach Diré. Dieses intensive Fleckchen Erde. Ich war dort jemand Anderes. Gefangen in die Einfachheit aus Arbeit, Dorfgemeinschaft, Lachen, Schwitzen und Schlaf. Die Sehnsucht, die mich überkam, war nicht die der Liebe. Es fühlte sich eher wie ein Rückzug an. Es war Monika, an die ich jetzt dachte. Sie, mit ihr an einem einfachen, ursprünglichen Ort, in einer Gemeinschaft leben. Mahlzeiten zubereiten. Hütten, Häuser eigenhändig aufbauen. Ein zu naiver Gedanke. Ich faltete den Zettel auseinander.

›Mon cher André

Ich hoffe, Du überstehst das böse Fieber, dass Du aus meinem Land mitgenommen hast. Was ich Dir schreibe, wollte ich Dir persönlich sagen, Pardon, es ging leider nicht.

Die Arbeit mit Dir war fruchtbar. Du bist ein Teil von uns gewesen, in dieser Zeit. Kein weißer gros malin, wie sagt ihr, Besserwisser. Du bist der erste weiße Mann, der mein Herz berührt hat. Doch wir beide haben eine andere Liebe. Ich diene meinem Mali, avec cœur et l'âm. Deine Liebe heißt Monique. Ich bewundere Dich dafür. Wir haben uns so gut verstanden, aber Du hast weit weg in Deinem Deutschland ein Glück, dass ich nicht kenne. Nimm unseren einen Kuss als Kuss der Freundschaft. Ich werde an Dich denken.

Tout le bien possible, mon cher amie.‹

Tränen laufen über mein Gesicht. Sie schmecken nach Glück und Hoffnung. Ajana Ifalan, diese besondere Perle aus Mali aber werde ich in meinem Herzen tragen, als außergewöhnlichen Menschen und gute Freundin.

»Warum habt ihr Monika nicht informiert? Sie hätte es früher erfahren müssen.«

»Offensichtlich haben wir uns immer verpasst. Vielleicht wollte Deine Familie auch nicht..., ach ich weiß es nicht. Du warst erst im künstlichen Koma und danach nicht wirklich ansprechbar. Junge, Du bist beinah in ein Organversagen gerutscht. Hast großes Glück gehabt.«

»Ich habe Sehnsucht nach ihr. Gestern war sie da.«

»Ja, also. Dann könnt ihr doch miteinander reden.«

»Das wird schon wieder«, tröstete mich Hildegard und tätschelte mir sachte den Arm.«

»Ich weiß es nicht. Gestern sah es nicht so aus, als würde alles gut.«

»Blödsinn. Du hast doch nichts angefangen mit Ajana. Also. Sag es ihr. Sag, dass Du sie liebst. Denk mal dran, wie Du mir vorgeschwärmt hast. Sie muss ja...«

Es klopft an der Tür, die sich, als hätte sie selbst geantwortet, öffnet.

Mein Gesicht strahlt, mein Herz klopft, schwindlig setze ich mich auf die Bettkante. Es ist Monika.

»Oh, Du hast Besuch, ich kann auch...«

»Nein Monika, komm rein. Mir ist nur etwas flau. Das ist Jo... äh, hier darf ich Dir Hildegard vorstellen, Jochens Frau und

Jochen, mein bester Freund.«

Ich war atemlos von diesem gestolperten Satz.

»Oh, das freut mich, Andreas hat mir viel von Ihnen erzählt.«

Förmlich gab Monika den Beiden die Hand. Blass sah sie aus, aber immer noch meine hübsche, wunderbare Moni.

»Das ist ja schön, Sie endlich mal zu sehen. Es waren ja märchenhafte Beschreibungen, die Andreas über Sie erzählt hat.«

»Jochen! Jetzt ist gut. Musst Du Jeden immer so überfallen.« Hildegard warf ihrem Mann einen tadelnden Blick zu.

Monika schaute irritiert auf den Boden. Sie rieb ihren Daumen.

»Na ja, alles übertrieben, schätze ich mal. Ich würde gerne mit Andreas alleine ..., aber ich kann auch solange draußen warten.«

»Nein, alles gut, wir wollten sowieso gehen.« Hildegard warf mir einen aufmunternden Blick zu.

»Wir werden uns sicher bald einmal sehen und dann hoffentlich nicht in einer Klinik.«

Nach einem herzlichen Abschied sind wir beide allein. Endlich. Oder? Angst überkommt mich.

Monika setzt sich neben mich, die Hände in den Schoß gelegt. Sie blickt nach vorne, während sie spricht.

»Deine Mutter hat mich sehr verletzt gestern. Ich kam mir vor wie ein Stück Dreck.«

»Was ist passiert. Was war das für ein Überfall. Ich hatte Deine Nachricht gelesen...«

»Welche Nachricht? Ich habe versucht, Dich anzurufen. Ich war nicht in der Lage, das, was passiert war in schriftliche Worte zu fassen.«

»Nein, falsch, es war eine Nachricht von Deiner Tochter.«

»Was?! Sie hat Dir davon geschrieben?«

»Ja, Sie hat den Artikel angehängt und mir mitgeteilt, ich solle mir keine Sorgen machen, Dir würde es gut gehen.«

Monikas Blässe nahm das kalkweiß einer kalten Wand an.

»Das ist einfach nicht zu fassen.«

Das erste Mal blickt sie mich nun an. Ihre Hand berührt meine, ganz zaghaft.

»Mir hat sie den Artikel der GIZ geschickt über Eure tolle Aktion. Den mit dem Bild von dieser Ajana. Andreas, was war da? Was sollte das?«

Sie blickt zu Boden nachdenklich, reibt sich die Nase.

»Andreas, sag mir bitte die Wahrheit. Was ist da zwischen Euch vorgefallen? Bist Du verliebt?«

»Ja, bin ich.«

Monika zieht die Hand zurück, ihre Augen sind schreckgeweitet.

»In Dich. Nur in Dich. Ajana ist wirklich eine tolle Frau. Als Mann wäre sie auch ein toller Mann. Aber dort in Mali, als Frau, im Agrarministerium, sich gegen diese Männerwelt durchzusetzen, ihre Energie und wie sie mit den Frauen dort in Diré umgeht, das alles ist faszinierend. Hier, Sie hat Jochen, der dabei war, als man mich geholt hat, einen Brief mitgegeben. Ach ja und der Kuss, der war weder Knutschen, noch verliebt. Er war, wie soll ich sagen, ein Bewunderungskuss. Ach Blödsinn. In dem Moment habe ich gemerkt, egal wie toll andere Frauen sind, ich liebe Dich, ganz tief, ganz und gar. Bitte, glaub mir.«

Ich reiche ihr den Brief mit Bangen vor dem Urteil der Frau, die mir alles bedeutet.

Sie liest ihn, ruhig, legt ihn an die Seite.

»Es ist nicht einfach. Es wird nie einfach sein. Sie ist jung, Du bist fasziniert. Jeannette war jung, Du warst fasziniert.«

»Das ist nicht fair. Es ist nicht dasselbe.«

»Nein, stimmt. Es ist nicht dasselbe. Aber eines ist doch gleich. Da ist jemand, der ist jung. Und da ist jemand der ist älter oder wie bei mir alt.«

»So ein Blödsinn.«

»Kein Blödsinn. Was ist in fünf Jahren? Ich sechzig, Du im besten Alter, was in fünfzehn Jahren, Du mit erhaltener Manneskraft, ich siebzig. Ich glaube, wir beide haben voreilig dem ersten Schein geglaubt.«

»Meinst Du unsere Liebe?«

»Nein, ich meine den Geschichten in der Presse. Wir müssen an unserem Vertrauen zueinander arbeiten. Und ich muss herausfinden, was mit meiner Tochter los ist.«

Jetzt nimmt sie meine Hand, beugt sich zu mir und gibt mir einen zaghaften Kuss. Sie schaut mir in die Augen. Sie sind geputzt, die Bernsteine in ihren wundervollen Augen. Der Schleier ist gehoben und alter Glanz leuchtet. Der nächste Kuss ist wieder atemberaubend zärtlich. Gerne lasse ich mir jetzt wieder diesen Atem rauben, wenn er für einen innigen Kuss meiner geliebten Moni ist.

37. Versöhnung

Monika

Das Wort Krise stammt vom griechischen Verb ›krinein‹ ab. Es bedeutet trennen bzw. unterscheiden. Krise umfasst Gefahr, Risiko und Chance in einem. Auf alle Fälle erfordert es eine eigene Entscheidung. Ansonsten nimmt man die Aufgabe, etwas voneinander zu trennen, sich zu entscheiden, nicht wahr und wird getrennt, wird entschieden.

Die Krise als Chance. Ich nahm mir vor, Andreas zu vertrauen, unserer Liebe eine Chance zu geben. In Bonn neu zu starten, eigene, kleine Wohnung, bescheidener Anfang, selbstbestimmt, glaubwürdig. Julia und ihre Beziehung zu Darius zu verstehen. Maria eine gute Freundin zu bleiben, ihr zu vermitteln, dass uns dies und keine Liebe verbinden wird.

Die Liebe, die Zärtlichkeit, das Aufblühen unserer leidenschaftlichen Momente mit Andreas, ich sog sie auf wie ein Schwamm. Niemals hätte ich geglaubt, dass Trennung so schmerzhaft sein könnte. Andreas Genesung ging schnell voran. Er war noch einige Tage krankgeschrieben, sodass wir viel Zeit miteinander verbringen konnten. Die Adventszeit berührte unsere Seelen auf eine ganz eigene Weise. Hand in Hand gingen wir durch die kahlen Wälder und sangen alte Weihnachtslieder. Wie kleine Kinder bastelten wir aus Glanzpapier Weihnachtssterne, um meine kleine, neue Wohnung in Bonn damit zu schmücken. Altmodisch duftete es nach Kerzen, Spekulatius und

Tannenzweigen. Geborgenheit vertiefte unser Glück. Auf einmal gab es kein jünger oder älter, es gab ein Wir. Unser Symbol waren die einander überlappenden Herzen. Der Eine wohnt im Herzen des Anderen und doch sind wir beide eigenständig. Niemals hatte ich das Gefühl, etwas von meiner Persönlichkeit aufzugeben. Heimlich strickte ich an einem dicken, flauschigen Winterpulli für ihn. Er sollte ihn nicht sehen, vorher. Spießig? Mag sein. Für mich ist es ein inniges, fast intimes Geschenk.

Die Weihnachtstage verbrachte ich bei meiner Tochter. Es gelang mir nicht, auch nur annähernd wieder diese Vertrautheit aus der Zeit vor Andreas zu erreichen. Ihre Aktion, uns die jeweiligen Artikel zu schicken, verteidigte sie mit gespielter Naivität. Über Darius erfuhr ich Oberflächliches. Mich überkam das Gefühl, sie wäre ihm in gewisser Weise hörig. Darius kann das, Darius meint aber dieses, Darius sagt immer soundso. Ein ungutes Gefühl nistete sich in mir ein, bedeutete mir, es würde der Sache nachgehen wollen. Mit einem Mal wurde mir bewusst, dass ich den Alltag, die Anwesenheit der kleinen Julia, damals als etwas Selbstverständliches angenommen habe. Signale der Unsicherheit, Zeichen eines unnatürlichen Verhältnisses zu ihrem Vater, sie drangen nicht zu mir vor. War ich naiv? Überlastet? Oder wollte ich vor einer möglichen, unbequemen Wahrheit die Augen verschließen?

Julia wandelte mit mir in verflossenen Zeiten. Wir schauten alte Alben durch und vertieften uns in eine geschönte Vergangenheit. Fast schon fieberte ich dem 27. Dezember entgegen, dem Tag, an dem Andreas und ich uns in Binz auf Rügen zu unserem ersten Urlaub treffen würden. Kein Skifahren, kein Trubel, keine großen Partys. Uns war nach der rauen Ruhe des Meeres. Lange Spaziergänge und viel Zeit für uns. Ich war ihm dankbar für die Wahl im Norden, dort wo ich mich heimisch und sicher fühlte. Im Gepäck verbarg ich eine Überraschung für ihn. Ich erwarb sie in Hamburg, in einem Stadtteil, der mir in schlechter Erinnerung bleiben würde. Am Tage, trotzig und um keine verfestigte Abneigung gegen meine Lieblingsstadt in Deutschland zuzulassen, durchstreifte ich Läden, deren Existenz ich bisher nur von außen wahrgenommen hatte.

Fahles Winterlicht küsst blasses Gelb auf die Kreidefelsen der Halbinsel Jasmund. Dort wo das Meer das weiche, abgerutschte Kreidegestein in sich aufgenommen hat, erscheint es hell schimmernd, wie englischer Tee mit Milch. Schwarze Kiesel am Ufer stehen in hartem Kontrast dazu. Überall finde ich Treibholzstücke, Muscheln, manchmal sogar ›Hühnergötter‹. So nennt man hier die schwarzweißen Feuersteine, in die das unerbittliche Wasser Löcher hinein gepult hat. Irgendwann musste der Kreideanteil weichen. Der ungewöhnliche Name ›Hühnergott‹ entstammt einer slawischen Legende. Demnach stahl der weibliche Poltergeist Kikimora den Bauern ihr Geflügel oder hinderte es am Eierlegen. Die Hühnergötter sollten dies verhindern, indem man sie an der Stalltür aufhängte. Mein Rucksack trug kaum all die gefundenen kleinen Kostbarkeiten. Unsere Wangen kleidete eine gesunde Röte, geschminkt vom kalten Wind, der salzigen Luft und unserer inneren Liebe. Er trug mit großem Stolz den dunkelblauen Rollkragenpullover, mein erstes Liebesgeschenk an ihn. Es ließ seine Augen noch blauer strahlen, ihn noch geheimnisvoller erscheinen.

Am Tag vorher standen wir am wundervollen Leuchtturm Dornbusch auf der Insel Hiddensee. Versonnen schauten wir auf das seichte Wasser. Das einzige zu dieser Jahreszeit geöffnete Restaurant in Vitte offerierte uns die leckerste, selbsgemachteste Fischfrikadelle aller Zeiten.

Diese abgeschiedene Winterwelt hält mich seltsam gefangen. Selbst unser mondänes Hotel in Binz mit seiner hübschen wilhelminischen Bäderarchitektur wirkt entspannt und ausgeruht.

Heute ist Silvester und wir gönnen uns in Stralsund eine fette Oldie-Night mit Livemusik und Tanz.

Wir tauchen in den großen Tanzsaal ein, spüren das Flackern der bunten Lichter auf uns. Als die Rockband mit Musikern in unserem Alter aufspielt, entbrennt eine neue Leidenschaft zwischen uns. Es ist der Tanz, der freie, ungestüme, innere Energien freisetzende Rhythmus, der jeden seiner Jünger zu einer emotionalen Projektion macht. Völlig versunken in die genialen Riffs von Deep Purple, den Stones, Uriah Heep oder The Who spielt mein Liebster wie wild Luftgitarre, schwingt seine Hüften und wird wieder zum kleinen, jugendlichen Rocker. Ich selber gehe auf in der Musik, nehme Rhythmus, Melodien, Erinnerungen in mich auf, verwandle sie in Bewegungen, Schwünge. Ich freue mich, ihn zu beobachten, dann wieder nur ich selbst zu sein. Wir toben uns aus. Bis zur Erschöpfung. Ich bin heiß. Auf ihn.

»Fünf, vier, drei, zwei, eins, Prost Neujahr!« Es zischt, Korken knallen, erste Raketen jagen heulend in den Nachthimmel. Wir schauen uns in die Augen.

»Viel Liebe, viel Glück, viel Vertrauen im neuen, in unserem neuen Jahr«, haucht er mir entgegen. Unsere Lippen tanzen in der kalten Silvesternacht einen heißen Tanz. Ich spüre, wie seine

Zungenspitze Wunderkerzen in mir zündet. Es knistert, kribbelt in mir. Ich will ihn spüren, auf jedem meiner Zentimeter. Am liebsten sofort. Oh Gott, das geht nicht.

»Lass uns ganz schnell ins Hotel. Ich will..., ich will Dich verführen, komm!«

»Du hast mich schon verführt. Ich platze vor Lust meine heiße Neujahrselfe. Ach ich bin so glücklich, dass wir alles überwunden haben.«

Ein halbes Glas Sekt im Blut stürmen wir mit dem Auto über die Insel. Im Hotel angekommen, fliege ich ins Bad, springe unter die Dusche, mache mich schön, schön, schön. Ach, ich bin so gerne Frau, mit ihm, für ihn. Ein hautenges, rotes Jerseykleid ist die sichtbare Überraschung, der Rest? Später. Als Andreas sich ebenfalls vorbereitet, hole ich die Flasche Champagner aus dem Kühlschrank, bereite die Gläser vor und stelle alles auf den Tisch. Und dann steht er da. Mit einer knappen Jeans, einem vor dem Bauch zusammengeknoteten seidenschwarzen Hemd, aufregend. Rod Stewart turnt uns an mit dem alten Hit ›Do you think I´m sexy‹. Unwillkürlich bewegen wir uns wieder zur Musik, jetzt ganz unter uns. Lasziv wiegt er seine Hüften, hebt die Arme über den Kopf, schwungvoll, sexy, nackte Haut über dem tiefen Hosenbund. Ich fühle mich, auf meinen knallroten Sandalen, mit den lackierten Zehennägeln, dem kurzen Kleidsaum erotisiert bis in die Haarspitzen. Zur Musik wirbelnd hebe ich mein Kleid, ein Stück, und noch ein bisschen mehr. Er dreht sich um. Da sehe ich es. Er hat sich große runde Löcher in die Hinterseite der Jeans geschnitten. Leuchtend-knackig wölben sich seine Arschbacken heraus. Glatt, leicht glänzend vom heißen Schweiß unseres Tanzes. Aus der Bewegung heraus streife ich mit meinen Händen leicht über diese Haut. Er drückt sich kurz mir entgegen. Prall sind sie diese Kugeln, an deren unterer Begrenzung sich eine kostbare Frucht verbirgt. Wir tanzen weiter, wie in Trance. Er dreht sich wieder, küsst mich kurz und leidenschaftlich, streift mit seinen Fingern flüchtig über meine Nippel, die sich fest unter dem roten Stoff abzeichnen. Mein heißer BH lässt sie offen, stützt die lüsternen Kugeln, präsentiert sie meinem Lover. Lasziv zum Rhythmus wiegend hebe ich mein Kleid wieder an. Bis über meinen Po. Und dann hebt es sich weiter, wie von selbst. Er streift es über meinen Kopf. Jetzt ist der Zeitpunkt für die schärfste Verführung meines Lebens. Er schaut mich an, lüstern, begeistert, entfesselt.

»Oh, Mann. Was ist das? Boah, sieht das geil aus! Ich glaub es nicht.«

Ich spüre jedes Detail an mir noch deutlicher. Schon jetzt klafft zwischen meinen Schenkeln ein lustnasses Tor zur Leidenschaft. Der champagnerfarbene Ouvert-Slip lässt Raum für meine bereite Muschi und von oben bis in den Schritt ziert eine kleine Perlenkette meine Lippen, reibt sich an ihnen, zwischen ihnen, bei jeder Bewegung. Ein Vibraphon der Lust. Der passende BH präsentiert ihm meine geschwollenen Nippel. Zu mir tanzend, meine Hüfte umfassend küsst er mein Gesicht, Lippen, Nase, Stirn, Kinn. Mir werden die Knie weich von seiner Zunge seinen Lippen auf mir. Langsam drücke ich ihn von mir. Ich will jetzt mehr. Seinen Hemdknoten, ich löse ihn, streife den schwarzen Stoff über seine glatten Schultern. Wiegend zu ›Le freak‹ von Chic, knöpfe ich seine enge Jeans auf, die seinen prallen Andi kaum verbergen kann. Ich halte inne, er schaut mich sehnsüchtig an. Mit einem Griff schnappe ich mir die geöffnete Champagnerflasche. In einem Anflug von Übermut schütte ich ihm eine Ladung über die Brust. Schaumig, sprudelnd läuft ihm das kostbare Nass in die Hose. Er jauchzt auf vor Schreck und Ekstase. Ich denke plötzlich an André und die Contessa Monique. Ich knie vor ihm. Sein schwarzer String ist getränkt. Mit weit geöffneten Lippen umfasse ich den Körper seines darunter verborgenen Schwanzes und sauge die perlende Flüssigkeit auf. Er jault vor Entzücken. Meine Hände streifen seine Hose herunter. Packen seinen Knackarsch, fest. Drücken damit sein Glied fester an meinen Mund. Meine Zunge wandert, spürt, wie die Eichel oben heraus flutscht, Platz suchend, nach Atem ringend. Dunkelrot, pures Samt. Ein Kuss erst nur. Dann stelle ich mich wieder auf, tanze, immer noch. Die Glut seiner Augen bringt mich zum Kochen. Mit den Händen fährt er die Konturen meines Körpers nach. Fast berührungslos streift er über die Perlenkette. Mein Schoß drängt sich ihm entgegen. Jetzt packt er mich, an den Hüften, schiebt mich zum Bett, dreht mich. Ich stütze mich darauf ab, Beine gespreizt, blicke zwischen meine Schenkel hindurch. Sehe, wie er die Flasche nimmt. Spüre, wie er sie über meinem Rücken ausleert. Nass, kalt, verdampfend auf meinem lustheißen Körper tropft es über die Brüste, den Bauch entlang, zwischen meinen Pobacken. Madonnas ›Vogue‹ gibt uns den Rhythmus vor. Mit flirrenden, flatternden Bewegungen verteilt er den süßen Traubenschaum auf meinem Gesäß. Seine Zunge leckt und leckt und leckt, wie ein Kätzchen mein weißes Fleisch wieder trocken. In mir pocht es aus purem Verlangen. Die Perlen, sie schieben sich immer noch sanft in meinem heißen Fleisch hin und her. Die eine Perle, die innere schreit: ›Berühr mich, leck mich, lass mich explodieren. ›French Kiss‹ haucht uns im Hintergrund zu. Seine Hände streichen über meinen Rücken, den heißen Atem seines geöffneten Mundes spüre ich zwischen den Pobacken und dann ist sie da, die alles entzündende Zungenspitze, wie sie tastet, wie sie jedes Kügelchen, jedes einzelne dieser gottverdammt glücklich machenden Perlenglieder in mich drückt, flutet, wie sie weiter hoch wandert, eine Kettenreaktion auslöst, wie sie klopft, an mein Tor zum alles umfassenden, in mir wallenden, mich durchwirbelnden Orgasmus. Wie eine Schockwelle durchfährt es mich. Mit meiner ganzen Wucht drücke ich mich in sein Gesicht. Er fällt nach hinten, auf den weichen Teppichboden, ich auf ihm sitzend. Vor mir sehe ich, zitternd vor brodelnder Lust seinen Andi aus dem winzigen Slip ragen, zum Bersten steif, glühend. Grob reiße ich an dem wenigen Stoff, zerfetze das kleine Nichts, sehe die glänzenden, glatt rasierten Kugeln vor mir. Jetzt nehme ich mir Zeit. Ich kraule die weiche Haut, lasse die Bällchen durch meine Hände gleiten, während ich tausend Zungen in meinem Schoß spüre, die wie ein andauernder Starkstrom meine Hüften elektrisieren. Meine Lippen stülpen sich über die geile Schwanzspitze. Heißer Geliebter, genialer Liebhaber, schenk mir Deinen Lustsaft. Nein, ich halte inne. In mir will ich ihn. Für mich. Wir in uns. Ganz tief. Ich hebe mein Gesäß, kühle Luft, nasses Fleisch, gleite nach vorne und setze mich auf ihn. Mit einem heißen Flutsch nehme ich ihn auf. Meine Kehle ist gefüllt mit Ekstase. Ich gurre, stöhne sie hinaus. Er umfasst meine Brüste, reibt die von Lust entflammten Nippel. Mein Tempo wird immer rasender, sein Stöhnen immer infernalischer. Wie ein Geysir schießt es in mich, heiße Quelle der Leidenschaft. Mein Schoß trinkt ihn, füllt sich mit Liebe. Noch ein Stoß und noch einer. Ohne Ende empfange ich ihn. Irgendwann ebbt die Konvulsion ab. Heftig atmend will ich ihm unser beider Nektar schenken, hebe mich wieder, lasse ihn heraus und setze mich erneut, vorsichtig, wie eine sanfte Elfe auf sein Gesicht, spüre, wie er aus mir trinkt. Mit meinen Händen streichle ich sanft über seinen zuckenden, erschlaffenden Andi. Sein Trinken brandet ein letztes Mal an meinen Strand der Begierde, ein letztes lüsternes Aufbäumen. Dann ist es glückliche Dünung, dem Atem gleich, die uns umhüllt. Selig machende, liebestrunkene Lust.

»Ich liebe Dich, irrsinnig tief, liebe ich Dich«, hauche ich, neben seinem hübschen Andi liegend, seinen ruhigen Atem noch immer in meinem Schoß spürend.

Teil 3 - wachsen und zerbrechen
(2012 - 2014)

38. Selbstzweifel

Monika, Sommer 2012

Dietrich konnte nicht schlafen. Der Digitalwecker zeigte eckiggrüne 2:00 Uhr. Ilse, seine geliebte Frau, wenn sie doch nicht so schnarchen würde. Seit der Übersiedlung in diese Wohnung im Haus Herbstsonne, konnte Ilse nicht mehr ins Gästezimmer ausweichen. Es tat so weh, das schöne Haus, ihr Haus, in Urbar aufzugeben. Aber es war besser so. Monika, Andreas Lebensgefährtin führte die Einrichtung mit viel Herz. Man musste sich um nichts mehr kümmern, wurde umsorgt und es gab so viele schöne Veranstaltungen. Ilse hatte sogar einen Kurs zur Diätköchin gemacht. Er machte sich allerdings Sorgen um sich. Immer schwerer fiel ihm das Aufstehen. Der Stock gab ihm nicht genügend Sicherheit und den Gehwagen konnte er mit den vom Parkinson verkrampften Händen nicht halten. Seit dem Sturz damals war er unsicher geworden. Dennoch beschloss er, jetzt eine Runde durch den ringförmigen Flur der Wohnanlage zu drehen. Seinen Notpiepser steckte er in den mit viel Schweiß angezogenen Morgenmantel. Ilse schnorchelte im Tiefschlaf.

Den Blick auf den dunkelrosa Teppichboden geheftet, das

geometrische Muster aus Kreisen und Vierecken betrachtend, schlurfte er mit seinem Gehstock die Flure entlang. Da hörte er plötzlich ein Wimmern und auch..., ja ein Stöhnen. Ging es da jemandem nicht gut? Ein Lichtschein drang aus einem der Zimmer. Neugierig näherte er sich dem kleinen Türspalt.

Entsetzen erfasst ihn. Im Halbdunkel erkennt er, wie ein Mann sich im Bett an einer Bewohnerin zu schaffen macht. Ja, richtig. Es muss Elisabeth sein. Zimmernummer 113. Die mit den rosigen Wangen. Die mit dem üppigen Dekolleté. Die irgendwie süß demente, immerzu fröhliche Lisbeth, wie sie von allen genannt wird. Was macht der Mann dort? Kann es sein...? Dietrich steht starr, nicht fähig sich zu räuspern oder weiter zu gehen. Der Mann ist nackt. Kenne ich ihn? Es ist zu dunkel. Lisbeth hebt ihr Becken, sie stöhnt, wimmert. Das kann doch wohl nicht wahr sein, denkt er. Unerhört! Lisbeth ist verheiratet. Ihr Mann kommt sie jede Woche besuchen.

»Komm zu mir«, hört er sie jetzt. Der Mann liegt auf ihr, den Kopf hochrot. Jetzt schreit er doch tatsächlich auf. Pfui Teufel! Sie zucken die Beiden, küssen sich. Er drückt den Notpiepser. Das muss Konsequenzen haben.

»Ich finde das widerlich.« Marlene sitzt, die Füße auf der Stuhlkante, ihre Hände die Knie umfassend, in meinem Büro. Nervös male ich Muster auf meine Schreibtischunterlage. Eine delikate Situation. Ausgerechnet Andreas Vater ertappt Bruno, den alten Charmeur beim Stelldichein.

»In dem Alter!«, ergänzt sie. Seit sie vor einem Jahr das erste Mal ein Praktikum im Haus Herbstsonne absolviert hatte, kam sie immer wieder in den Semesterferien hierher. Mich verbindet eine fast mütterliche Freundschaft mit ihr. Schon als ich sie damals im

Zug kennengelernt hatte, wusste ich, diese Frau verfolgt beharrlich ihr Ziel. Marlene kann gut mit alten Menschen umgehen. Aber das hier ist offensichtlich zuviel für sie.

»Ach ja? Ab wann gilt das denn? Ab wann darf man keinen Sex mehr haben?«

»Monika! Lisbeth ist 76 und Bruno, dieser...«

»Was? Marlene, Vorsicht. Bruno ist nicht einfach. Aber auch er hat offenbar noch Bedürfnisse. Ich finde es auch nicht gut, dass hier so etwas unkontrolliert passiert ist. Vielleicht haben wir uns alle zu wenig Gedanken über das Thema Sex in Alteneinrichtungen gemacht.«

»Aber Du kannst doch nicht allen Ernstes wollen, dass hier die alten Bewohner einfach so...«

Marlene merkt, wie sehr sie sich verrannt hat. Mit ihren 23 Jahren hat sie noch keine Vorstellung von Sex im Alter. Selbst bei Monika und Andreas, nein, sie wollte es sich nicht vorstellen.

»Darf ich auch einmal etwas dazu sagen. Schließlich hat mein Vater das Ganze ins Rollen gebracht. Also, nach allem, was ich bisher gehört habe, war es einvernehmlicher Sex. Was immer auch tatsächlich passiert ist. Was spricht dagegen, solche Bedürfnisse offiziell zu regeln?«

Wenn das so einfach wäre, mein lieber Andreas. Ich schaue zu ihm herüber.

»In einem hat Marlene Recht. Lisbeth ist verheiratet. Wir können das selbst im hohen Alter nicht einfach tolerieren. Und Lisbeth ist dement.«

»Trotzdem sagte mein Vater, dass sie ihn aufgefordert hatte.«

»Verdammt! Das ist keine einfache Situation. Marlene. Unabhängig von dem schwierigen Einzelfall, will ich Dir etwas zu diesem Vorfall sagen. Das Bedürfnis nach Sex, nach Zärtlichkeit hört bei den meisten Menschen nie auf. Gut es wird weniger, im Alter. Manche leben diesbezüglich schon in jungen Jahren auf Sparflamme. Wenn wir eine lebens- und liebenswerte Einrichtung für selbstbestimmte Menschen sein wollen, dann müssen wir auch dieses natürliche Bedürfnis regeln. Ich werde mit Bruno sprechen. Und auch mit Lisbeth. Aber Bruno ist nicht dement. Der ist verliebt. Und wie.«

Ich nehme einen anerkennenden Blick von Andreas auf. Marlene seufzt. Lebenserfahrung.

Andreas und ich verabredeten uns am Abend zu unserem Lieblingsitaliener in Bonn. Die ›Enoteca da vinum‹ in Bad Godesberg liefert feinen Weingenuss und erlesene italienische Küche bei wunderbarem südlichen Flair. Einmal im Monat gönnen wir uns diesen Luxus. Ich war glücklich, dass Andreas es auf sich genommen hatte, seinen Arbeitgeber zu wechseln, um mir näher zu sein, mit mir zusammen ziehen zu können. Zwei Umzüge in so kurzer Zeit, ich kam mir vor wie abgebrannt. Aber es bedeutete uns viel. In der neuen Firma standen auch keine Auslandsaufträge an.

Jetzt sitzen wir, genussvoll gesättigt im kleinen Separee. Die geleerten Espressotassen duften den letzten herben Hauch der Lucaffe-Bohnen. Vor uns stehen zwei Gläser mit im Bariquefass gereiftem Grappa. Andreas nimmt meine Hand.

»Ich bin glücklich mit Dir«, haucht er mir zu.

Nichts hat sich an meiner Faszination für diesen großen, kleinen Jungen mit der wilden Tolle und den strahlenden Augen geändert. Gerade diese fast kindliche Begeisterungsfähigkeit, seine ungetrübte Naivität, an das Gelingen des Lebens zu glauben, lassen mich ihn lieben. Wie tapfer er sein böses Fieber überstanden hat.

»Das bin ich auch, sehr sogar.«

Und doch trägt seine Energie, seine wilde Begierde ein Risiko in unsere Beziehung. Meine Gedanken sind erneut von einem Schleier des Zweifels getrübt.

»Was ist meine Süße?«

Ich schaue auf die feine Leinentischdecke, als würde ich in der weißen, unbefleckten Unschuld eine Antwort finden. Seine Hand streichle ich sanft. Werde ich meinem Liebenden, meinem Verliebten, meinem mich beständig Begehrenden auf Dauer gerecht?

»Warst Du Freitag sehr enttäuscht?«

»Worüber?«

Es arbeitet in ihm. Er muss selbst darauf kommen.

»Ach meinst Du, weil wir nicht miteinander gekuschelt haben. Das ist doch selbstverständlich. Wir haben uns doch fest vorgenommen, dass wir immer Rücksicht auf die Bedürfnisse des Anderen nehmen, also verzichten, wenn es gerade nicht geht. Das gehört doch zu einer liebevollen Beziehung dazu. Wieso sollte ich denn enttäuscht sein, Moni?«

Er nimmt den Salzstreuer, spielt damit, verschüttet einige Körner. Das Salz unserer Liebe? Die Gewissheit, dem Anderen Lust zu bereiten, wenn er dies begehrt?

»Es ist nicht das erste Mal, dass ich Dich vertröstet habe. Ich gewinne allmählich das Gefühl, dass ich Deinem Liebesbedürfnis nicht mehr gerecht werde.«

»Ach, Moni.«

Er drückt meine Hand, will mich küssen. Zuviel steht

zwischen uns.

»Es ist einfach so, dass ich Dich immer begehre. Ich finde Dich wundervoll. Wenn Du abends im Bad stehst, Deine schlanken Beine in den Nylons, darunter Dein süßes Höschen.«

So ist er. Offen. Bewundernd. Verführend. Ich sollte glücklich sein.

»Aber es geht nicht mehr so wie früher, verstehst Du? Seit der Harnwegsinfektion in unserem Urlaub an der Ostsee habe ich begriffen, dass sich mein Körper verändert hat.«

Versonnen schaut Andreas in sein Grappaglas, als würde er dort das Gold des Sonnenaufgangs wiedererkennen, das uns damals am Ostseestrand wach kitzelte.

»Hörst Du mir zu, Andreas?«

»Ja, nein, ich war gerade in Gedanken an diesen wunderschönen Urlaub. Natürlich, Du hast Recht. Es war zwar eine besondere Situation, der Sand, das Salzwasser, aber...«

»Aber was? Es waren nicht nur die Umstände. Im Körper einer Frau verändert sich mit der Menopause eine ganze Menge. Das heißt nicht, dass man keinen wundervollen Sex mehr haben kann.«

Auch ich erinnere mich jetzt heftig an unsere wundervolle Nacht am Strand in Brodau, als wäre es gestern. Ein Naturstrand mit kleiner Steilküste und wunderbaren Sandbänken. Wir tollten den ganzen Tag im Wasser, am Strand, wie ungestüme Jugendliche. Aus Übermut hatten wir uns ein buntes Kinderschlauchboot gekauft, nur um damit ein wenig im seichten Wasser herumzualbern. Das dümpelnde Meer reichte nach zwanzig Metern nur noch bis zu den Knien. Wir kreischten, bespritzten uns, Sand mischte sich mit Salzwasser, es kribbelte auf der Haut. Am Strand ruhten wir uns in einer Strandmuschel aus, die gerade Platz genug für unser Babypiratenboot und uns Beide bot. Es war ein Hochsommertag, fast windstill, es sollte eine tropische Nacht geben, ungewöhnlich hier oben. Spontan beschlossen wir zu bleiben, einfach diesen Ort in uns aufzunehmen. Als der letzte Hauch Helligkeit von der Sommernacht verschluckt wurde, als nur noch funkelnde Sterne über uns leuchteten, als die sanfte, säuselnde Dünung nur ab und zu vom Rufen eines Käuzchens unterbrochen wurde, als keine Menschenseele uns mehr stören konnte, da liebten wir uns in einer ungestümen Heftigkeit, die uns den Atem raubte. Das Salz auf der Haut, das Glühen der aufgenommenen Sonnenenergie, die tagsüber immer wieder ausgetauschten verliebten, begehrlichen, lüsternen Blicke entlud sich in einem tiefen Lusterlebnis. Ich ritt auf ihm, das quietschende Schlauchbötchen zum Bersten belastet. Es wippte und schaukelte und ich glaubte, ihn niemals zuvor so tief in mir gespürt zu haben. Schweißgebadet, glückstrunken, nur mit unseren Badetüchern bedeckt durchschlummerten wir selig die warme Nacht. Seine Hand weckte mich, strich mir über das salzig-zottelige Haar. Da sah ich den sanften rosa Streifen am Horizont. Dort wo das Morgengrau sich aus Meeresgrau und Himmelgrau speiste, rührte die Sonne erste Farben an und begann mit einem zarten Strich die Trennung zwischen Himmel und Meer zu zeichnen.

»Schau mal, die Sonne geht auf«, begeisterte ich mich.

»Ja, jetzt sitzen wir hier und können in aller Ruhe dieses wundervolle Schauspiel beobachten.«

Wir waren nackt. Unsere Badeklamotten hingen über unserem Spannseil, wie kleine Signalfähnchen auf einer Fregatte.

Andreas setzte sich etwas auf und ich kuschelte mich in seinen Schoß. An meinem Rücken spürte ich seinen wundervollen

Glücksstab, steif und glühend vor Vorfreude. Ich war schon wieder geil, heiß auf ihn. Ich nahm seine Hände, setzte sie beide auf den Startplatz auf meinen Knien und gab ihnen einen sanften Schubs in Richtung meiner gespreizten Oberschenkel. Seine kundigen Finger verstanden das Signal, während immer neue Glut am Horizont erschien. Entfernt hörten wir Möwengeschrei. Sanft umkreiste er die noch von gestern lustglühende Frucht in meinem Schoß, strich sanft über den salzigen Schamhügel. Mit feinfühliger Zartheit entlockte er mir frischen Morgentau. Ich drückte mich an seine morgenwarme Brust und entließ ein Seufzen des Glücks. Wie ein Delfin, der aus dem Meer schießt, reckte sich ihm meine zarte Perle aus dem Nass meines Schoßes entgegen. In dem Moment, als der erste weißgleißende Punkt der Sonne höchstpersönlich das Meer erleuchtete und glühendes Orange auf die Wellen schüttete, erschauderte ich unter seinen Liebkosungen. Ein heißer Schwall seines Glückssaftes lief über meinen Rücken. In der vollen Sonnenkraft leuchtete uns der Morgen, als hätten wir ihn mit unserem Lieben so verzaubert. Erschöpfung und Glück übermannte uns, als wir einen Hund bellen hörten. Schnell zog Andreas unser Badetuch über unsere Liebesszene. Kaum bedeckte er damit meine im Morgenlicht schimmernden Brüste. Eine junge Frau joggte mit ihrem Golden Retriever am Strand entlang. Ein leichtes Lächeln schien über ihr Gesicht zu huschen.

Doch unser wildes Strandspiel sollte Folgen haben. Ich erlitt eine fieberhafte Blaseninfektion, die fast die Nieren erreicht hätte. Uns beiden war klar, wir hatten es übertrieben.

Ich kehre zurück in die Gegenwart. In eine Zeit, in der das Altwerden als Frau konkrete Ängste angenommen hat.

»Moni, ich habe doch gesagt, dass es für mich ok ist, wenn ich warten soll. Auch das Warten hat seinen Reiz. Das haben wir doch auch festgestellt.«

»Aber Deine subtilen Signale, mich lieben zu wollen setzen mich unter Druck, auch wenn Dir das nicht bewusst ist.«

Bedrückt, getroffen blickt er auf die verstreuten Salzkrümel. Schiebt sie hin und her, als wüsste er nicht, wohin mit der verschütteten Kostbarkeit.

»Meine Süße. Ich liebe Dich wirklich über alles. Ich möchte weder, dass Du Angst hast, ich wäre unglücklich über zu wenig Lieben, noch, dass Du Dich unter Druck gesetzt fühlst. Ich werde mich ein bisschen mehr zurückhalten, Deine Signale beachten, ja?«

Ich liebe ihn. Mein Gott, ich will nicht, dass er sich Vorwürfe macht. Es reicht, wenn ich mich damit quäle. Wenn ich doch einfach zehn Jahre jünger sein könnte. Ach, das ist Blödsinn, Monika!

»Du bist ein wundervoller Liebhaber. Und Du bist ein einfühlsamer und verständnisvoller Mann. Aber Du bist eben ein Mann. Und deren sexuelle Bedürfnisse sind nicht immer zu befriedigen. Damit muss ich leben.«

Ich sollte aufhören damit. Ich nehme den Grappa und proste ihm zu.

»Lass uns den schönen Abend nicht mit meinen Selbstzweifeln kaputt machen. Ich liebe Dich.«

»Ich Dich auch.« Seine Augen sind traurig.

39. Heiratsantrag und die Folgen

Andreas, Sommer 2013

Ich bin in Hochstimmung. Alles ist wunderbar. Heute ist der Tag der Tage. Heute werde ich ganz offiziell, vor großer Runde meine Moni fragen. Heute gibt es einen romantischen Heiratsantrag. Natürlich weiß sie es. Es ist gut vorbereitet. Ein Sommerfest zu meinem Geburtstag, hier in unserem gemeinsamen Zuhause in Bergheim. Aber es soll vor Allen passieren. Alle sollen es wissen. Frisch geduscht fühle ich mich lebendig, stark, wild. Ach am liebsten würde ich...

»Andi, kannst Du mir helfen?«

Sie steht vor dem bodentiefen Spiegel im Schlafzimmer. Ihr feuerrotes Partykleid schmiegt sich eng an ihren aufregenden Körper. Ihre Taille, ihre Hüften, die hübschen Beine, wow. Ihr Rücken leuchtet aus dem offenen Kleid. Sie dreht sich zu mir, meine Traumfrau.

»Wer? Andi oder ich?« Ich wiege mich lasziv in den Hüften.

»Du Spinner. Wenn nicht in einer Stunde die Gäste kommen würden, dann könntest Du mir das Kleid wieder ausziehen und ich würde Dir zeigen, wie Andi mir helfen kann.«

Ihre Hände berühren meine Schultern, wandern wie beiläufig über meinen Bauch, tasten sich vor zu meinen frisch rasierten Hoden. Sie kniet sich vor mich, diese Glücksfee, und küsst meinen anschwellenden Schwanz auf die Stirn. Ich will sie jetzt!«

»Mehr gibt's nicht. Beeil Dich!«

Ich schließe ihr Kleid.

»Oh, Du bist eine so süße Folterknechtin.«

Sie lacht.

»Was bin ich? Eine Knechtin? Was ist das denn für ein Wort?«

»Na ja, Foltermagd passt doch nicht.«

Sie umarmt mich, greift mir in meine Arschbacken und haucht mir ins Ohr:

»Ich denke, ich bin Deine wilde Liebesfürstin, mh?«

»Du bist gemein. Lässt mich mit praller Sehnsucht verkümmern.«

Wie eine Fata Morgana verschwindet sie wieder, in ihrem roten Kleid. Lässt mich erregt und sehnsüchtig hier stehen. Nur ihre Stimme höre ich noch:

»Komm, gleich ist der Cateringservice da.«

Es ist total entspannend, alles organisieren zu lassen. Der Hausverkauf von Monika hat sie von finanziellen Sorgen befreit. Trotzdem war ihr wichtig, diese Aufgabe in Bonn zu übernehmen. Sie und Hausmütterchen? Niemals! Es wäre nicht gut. Ich ziehe mir meine neue hellgraue Leinenhose an, dazu das schneeweiße Leinenhemd darüber. Doch meine coolste Attraktion ist der neue Panamahut. Schon immer wollte ich so einen Sommerhut. Nie konnte ich mich dazu durchringen, bis Moni mich ermuntert hatte, ihn anzuprobieren. Fehlte nur noch eine Havanna. Nein, nicht übertreiben, mein Lieber. Die Party kann beginnen.

Ein leichter Sommerwind lässt die bunten Lampions schaukeln. Flackerndes Fackellicht umzingelt die ausgelassenen

Gäste. An Stehtischen, auf kleinen Loungesofas und Bierbänken lassen sich alle das internationale ›Fingerfood-Menü‹ schmecken. Noch spielt der DJ plätschernde Hintergrundmusik. Tom ist schon ein cooler Typ, mit seinem grauen Spitzbart, den raspelkurzen, fast weißen Haaren und der eckigen Brille. Mit Mitte vierzig besonders attraktiv, ganz in schwarz, enges T-Shirt, enge Jeans. Guter Tipp, dieser Freund von Michael, meinem Kollegen.

Alle waren sie gekommen, außer Julias Lover. Oder muss man sagen, Partner. Seit fast drei Jahren sind sie und Darius zusammen. Monis Tochter wirkt verändert. Sie ist dünner, mager im Gesicht. Ihre Haare trägt sie schwarz und kurz, ihr Make-up wirkt düster, fast wie ein Punk. Ulrike, meine verrückte Schwester, die immer noch solo ist und Frank ohne seine Frau. Ich weiß nicht warum, wir hatten zuletzt wenig Kontakt zueinander. Im Grunde weiß ich wenig über sein aktuelles Leben und noch weniger, wie es in ihrer Ehe aussieht. Wenn wir sie besuchen, tolle ich ein bisschen mit Maike und Sven, ihren Kindern und wir bleiben bei harmlosem Smalltalk. Seine Tätigkeit beim WDR im Feuilleton fällt mir kaum auf, ich höre wohl zu wenig WDR Kultur. Vieles im Leben von Frank erscheint mir so verknöchert und eingefahren, dass es mich nicht wundern würde, wenn es plötzlich einen großen Überraschungsknall gäbe. Ilse wollte nicht ohne Dietrich kommen, wir besuchen sie lieber gesondert in der Herbstsonne und haben dann Zeit für sie. Maria ist natürlich dabei mit der Überraschung, bei Monika eine Stelle anzunehmen. Ob sich Moni wirklich darüber freut, weiß ich noch nicht. Die tiefe Liebe Marias zu meiner Süßen ist mir nicht verborgen geblieben. Sie irritiert mich, macht mir Angst und gleichzeitig beflügelt sie dumpfe erotische Fantasien in mir. Manchmal spielen sich in mir verrückte Gedanken ab. Jochen und Hildegard, mittlerweile gute Freunde auch von Monika begrüßten uns und einige Kolleginnen, Kollegen, der Nachbar Winfried, ein kauziger Altachtundsechziger und die Eheleute Schäfer ohne die Kleinen. Sie ahnten wohl, dass für Grundschulkinder ohne weitere Kiddies die Sache langweilig werden könnte.

Am meisten überraschte mich das Erscheinen von Vinzent, dem alten Haudegen aus den Zeiten in Mali. Zurück in der Heimat, hielten wir beide lose Kontakt zueinander. Und er hatte noch ein Zauberpäckchen dabei.

»Lieber Andreas, danke für Deine Einladung. Meine Frau sollte ja auch kommen. Tja, Du hast wohl nicht richtig zugehört, ich bin schon fast eine Jahr getrennt. Aber ich hab mir gedacht, ihr wollt bestimmt Marijke, meine Schwester kennen lernen.«

Und dann steht sie da, Marijke, der Amsterdamer Vulkan. Wilde feuerrote Locken umgeben ein herzförmiges, sonnengebräuntes Gesicht, in dem nur die Lachfalten um die hellgrünen Augen darauf hinweisen, dass sie bereits fünfzig ist. Ihr kirschrot geschmückter Mund lacht so ansteckend, zeigt so ebenmäßige Zähne, dass man neidisch werden könnte. Das kurze, weit ausgestellte, dunkelgrüne Cocktailkleid zeigt schlanke Beine und bemüht sich kaum ihr üppiges Dekolletee zu verbergen. Stattdessen ist es korallenfarbige Spitze, die die Geheimnisse ihres Busens begrenzen. Mit fast ein Meter und achtzig wirkt sie präsent, wie eine Entertainerin. Jeden nimmt sie wahr, lächelt warmherzig oder auch verführerisch, berührt hier einen Arm, legt dort den Kopf schief oder hält länger als erwartet eine Hand. Ganz schnell ist Marijke der Mittelpunkt unserer Party. Keine Frage, wieder einmal steht eine aufregende und doch schon reife Frau vor mir. Monikas Blick schwankt zwischen Bewunderung und drohender Eifersucht. Ich stelle mich neben meine Süße und hauche ihr zärtlich ins Ohr.

»Von allen hier bist Du die Aufregendste, weißt Du das?«

»Ach ja? Ist Dir etwa diese Marijke entgangen?«

»Welche Marijke? Nein, im Ernst. Sieht toll aus. Nett ist sie auch. Aber bitte. Doch kein Vergleich mir Dir.«

»Na ja, andere Männer scheinen das anders zu sehen. Der DJ leuchtet, Winfried baggert wie verrückt und Frank, Dein Bruder hat ihr auch schon das zweite Glas gebracht.«

»Na, siehst Du, dann brauch ich mir wenigstens keine Sorgen zu machen, dass ich Dich mit voller Ritterrüstung von einem Rivalen zurückerobern muss.«

»Na, ihr Turteltäubchen.«

Maria stellt sich zu uns. Auch sie sieht hinreißend aus. Sie hat sich hübsch geschminkt und trägt einen maskulinen Hosenanzug aus beigem Leinenstoff. Fast könnte man meinen, sie hätte eine neue Freundin. Doch sie kam solo und schmiegt sich jetzt eng an Monika. Ihre Wangen entflammen bei dieser Berührung.

»Ich habe gehört, Du möchtest bei Moni anfangen? Das freut mich. Dann könnt ihr ja fast wie in alten Zeiten...«, versuche ich ein Gespräch.

»Na ja, die alten Zeiten wird es nicht mehr geben«, entgegnet Maria.

»Aber wir können füreinander da sein, wenn wir uns brauchen«, ergänzt Monika.

Maria funkelt ihr verschwörerisch zu. Die beiden werden mir immer ein Rätsel bleiben.

»Maria, ich hol Dir einen Prosecco, ok?«

Während ich nach einem Tablett und einer frischen Flasche

Ausschau halte, stolpere ich über Frank, der versonnen zu Marijke hinüber blickt.

»Was hast Du denn da für einen Vulkan aufgegabelt?«

»He, Bruderherz, mein Vulkan heißt Monika, wie Du weißt und Du? Wo ist eigentlich Annegret?«

»Pah. Bei einer Freundin. ›Wenn Du Dich unbedingt amüsieren willst, dann fahr da hin.‹ Sie ist so abweisend in letzter Zeit.«

»Was ist los bei Euch?«

»Keine Ahnung. Weißt Du, seit sie die Wechseljahre ins Spiel bringt, läuft gar nichts mehr. Es ist... irgendwie tote Hose.«

»Aber Du willst nicht Marijke...?«

»Keine Ahnung. Du wirst mich doch wohl nicht verpfeifen.«

»Frank! Ich weiß nicht. Außerdem musst Du Dich dann sputen. Ich glaube, unsere Rote hat schon den DJ im Visier.«

Ich komme zurück zu den Beiden, da küsst Maria meine Moni zärtlich und intensiv auf den Mund. Wie versunken wirkt sie in diesem Moment. Egon, mein Eifersuchtstier meldet sich.

»Da hilft wohl auch keine Ritterrüstung, oder?«

»Ach Blödsinn«, plappert Moni, »eine sentimentale Geste aus alten Zeiten, nicht wahr Maria? Auch Frauen haben ihre Vergangenheit.«

Maria blickt beschämt auf den Boden. Ohne das Getränk anzurühren, verschwindet sie wieder in der Menge der Gäste.

Monika will sich mir erklären, da kommt Julia auf uns zu.

»Hallo Mama, hallo Andreas. Das sind ja teilweise eigenartige Gäste, die Ihr da eingeladen habt.«

»Wieso das denn, Julia. Es ist halt bunt, wie das Leben. Warum konnte Darius denn nicht kommen. Er hätte alle wichtigen Leute aus unserem Leben kennenlernen können«, kontert Monika.

»Er hat geschäftlich zu tun, in Rumänien. Es gibt Dinge, die sind halt wichtiger.«

Monika seufzt. Man merkt ihr den Schmerz an, den Julia ihr eins um andere Mal versetzt.

»Und Radu, wo ist der gerade?«

»Unser Kindermädchen ist sehr gut. Freu Dich doch, dass ich gekommen bin. Ich wollte ohnehin mit Dir noch einmal sprechen.«

Sie wendet sich dabei mir zu in einer vertraulichen Gestik, die mich erstaunt.

»Mit mir?« Ich bin verblüfft.

»Ja. Ich dachte, ich würde hier Sabine treffen. Du sagtest doch vor ein paar Wochen, Du würdest schauen, dass ihr wieder in Kontakt kommt?«

»Ich habe was gesagt?!«

Mir ist auf einmal heiß. Ich verstehe Julias Ambitionen nicht.

»Erinnerst Du Dich nicht an unser Gespräch, Ostern in Lübeck? Mama besuchte die Schwestereinrichtung in Neustadt, da haben wir uns doch ausgiebig unterhalten.«

Was will sie. Nervös bearbeite ich meine Hände. Schlagartig kommt mir dieses Gespräch in Lübeck in Erinnerung. Alles Mögliche wollte sie von mir wissen. Ob ich Sabine einmal geliebt habe? Natürlich habe ich das, sonst hätte ich sie ja nicht geheiratet. Ob mir die Trennung Leid täte, ob sie mir als Mensch noch wichtig wäre? Ja, sagte ich, sie würde immer eine Bedeutung in meinem Leben haben, da ich ja so viele Jahre mit ihr zusammengelebt habe. Aber das sei Vergangenheit. Ob ich sie wiedersehen wolle, um ihr alles aus heutiger Sicht zu sagen?

Wenn Sie das wollte, würde ich mich nicht sperren. Es kommt mir heute vor, als hätte Julia mir lauter Fangfragen gestellt.

»Da musst Du etwas komplett missverstanden haben.«

»Komisch, Du sagtest doch, dass Du die Missverständnisse in Deinem Leben zurechtrücken willst.«

»Ja, das war doch ein ganz anderer Zusammenhang. Ich habe doch nur gesagt, dass ich auch Sabine wehgetan habe, damals. Dass immer zwei dazu gehören. Was hat das denn damit zu tun, dass Sabine heute hier sein sollte?«

»Weil Du sie wieder einbeziehen wolltest?«

»Blödsinn! Sag mal spinnst Du, Julia! Willst Du mir die Worte im Mund verdrehen?!«

Am Liebsten würde ich diesem frechen Gör eine runterhauen. Allmählich kann ich Monika verstehen.

»Na ja, vielleicht habe ich tatsächlich etwas falsch verstanden. War ja nur so 'ne Idee. Kein Grund, gleich auszurasten. Ach übrigens. Auf diese Marijke solltet ihr besser aufpassen. Die ist brandgefährlich.«

»Julia, ...«

Monika will sich Julia gerade vornehmen, da wendet sie sich schon wieder ab.

»Sorry, ich muss mal, wir sehen uns.«

Ich atme tief durch und schüttle irritiert und verärgert den Kopf.

»Was war das denn eben?«, fragt Moni mich nun.

»Das fragst Du mich? Frag Deine Tochter? Vor gut einem Jahr, als wir beschlossen, zusammen zu ziehen, waren wir doch oben.«

»Ich weiß, ich war dabei.«

»Mensch Monika. Da hat Julia von mir alles Mögliche aus

meinem früheren Leben wissen wollen. Sie war auf einmal so interessiert, gar nicht mehr abweisend. Natürlich habe ich ihr gesagt, dass in meiner früheren Ehe nicht alles schlecht war und dass Sabine unter der Trennung gelitten hat.«

»Was interessierte sie das denn. Will sie uns auseinanderbringen? Du weißt, dass sie den Tod ihres Vaters nicht überwunden hat. Weiß Gott, was noch alles dahinter steckt.«

»Ich weiß es nicht. Wir haben aber auch über uns gesprochen. Ich habe ihr in den schillerndsten Farben geschildert, warum Du meine Traumfrau bist. Und dann fing sie irgendwann an, ob ich nicht mit Sabine einen Schlussstrich unter noch ungeklärte Konflikte ziehen will. Darauf habe ich ausweichend geantwortet. Sie kann einen ganz schön in die Ecke treiben.«

Wie gestern steht mir die Szene vor Augen. ›Ich habe die Email-Adresse von Sabine. Sie kann oft nicht schlafen. Für sie ist so Vieles noch nicht abgeschlossen. Sie will Dich sehen. Willst Du das nicht auch?‹

›Nein, bitte lass die Finger davon‹, erklärte ich ihr. ›Das bringt nichts. Es wühlt nur alte Wunden auf. Wem soll das nützen?‹

›Denk drüber nach, ich kann es für Dich vermitteln.‹

»Du hast also nicht vorgehabt, Deine Sabine...«

»Vorsicht, Monika, nicht meine Sabine. Übernimm nicht Julias Worte, ja?« Ich fühle mich in die Ecke gedrängt.

»Entschuldigung. Also, Du wolltest Sabine nicht zurück in unser Leben holen?«

»Ich selber habe dazu keine Ambitionen. Wenn sie mir allerdings begegnen sollte, möchte ich schon die Vergangenheit ins Reine bringen.«

»Was gibt es denn ins Reine zu bringen?«

»Ach, eigentlich nichts. Es ist nur... Auch ich habe meine

Schuldgefühle. Habe ich nur meine Argumente gesehen? Habe ich ihr unnötig wehgetan? Das alles hat doch aber nichts mit uns zu tun.«

Sie nimmt mein Gesicht in ihre Hände und küsst mich ganz sanft auf meine Lippen. Ihr Blick spiegelt tiefes Verständnis, sie spürt meine Not, mich gegen Julia zu erwehren.

»Ich begehre Dich«, haucht sie mir ins Ohr.

»Ich Dich auch. Ich glaube, jetzt ist der richtige Moment.«

Ich gehe zu Tom hinüber, bitte ihn ein besonderes Lied anzuspielen und schon erklingt die Melodie von Katie Melua's »Nine Million Bicycles«, meinem, unserem Lieblingsliebeslied. Nach einigen Takten wird die Musik leiser und ich spreche aufgeregt ins Mikrofon:

»Geliebte Monika, meine Süße.«

Anerkennendes Geraune.

»Heute ist ein schöner, ein bedeutsamer Tag. Wir haben viele liebe Gäste hier, Menschen, die uns wichtig sind, die Dich und mich schon viele Jahre begleitet haben. Wir haben hier in Bergheim ein gemeinsames Zuhause gefunden, eines aus Erde und Stein, wohlig warm, geborgen und mit einem tollen Garten. Doch das wirkliche Zuhause, das ist in unseren Herzen. Dort wo unsere Seelen zusammenfinden, wo wir füreinander da sind, am Anderen wachsen, einander verstehen und gemeinsam ein Teil unserer Welt sein können. Mit Dir habe ich diese tiefe Seelenverwandtschaft gefunden, die einem nur selten im Leben begegnet. Zärtlichkeit und Leidenschaft sind die eine Seite der Medaille, das tiefe gemeinsame Verständnis für den Umgang mit Menschen, der Natur, das beglückende Gefühl von Harmonie ist

die andere. Lass es mich mit einigen Versen versuchen:
Ich zittre gern mit Dir,
weil Dein Wärmen von innen kommt.
Ich warte gern mit Dir,
weil Deine Geduld mich geborgen macht.
Ich alter gern mit Dir,
weil Deine Jugend aus dem Herzen strahlt.
Ich traure gern mit Dir,
weil traurig sein heißt, dass noch etwas von Bedeutung ist.

Monika, unser Start in unser Liebesglück war manchmal holprig. Jeder von uns hat seine Vergangenheit. Doch für mich gibt es nur einen Weg in die Zukunft, den mit Dir. Monika, meine Süße, möchtest Du meine Frau werden?«

Um uns herum ein einziges Jubelgeschrei. Tränen der Rührung fließen. Monika ist nicht überrascht, aber tief gerührt. Nur ihre Tochter Julia ist nirgends zu sehen.

»Mein liebster Andreas. Was soll ich sagen?«

Gelächter, aufmunternde Gesten.

»Ich kann nicht so schöne Worte sprechen, wie Du. Aber ich weiß, dass ich mit Dir alt werden will. In Deinen Armen, in Deinem Herzen, in Deinem Schoß. So. Mehr kann ich nicht sagen. Und ich liebe Dich. Und, ja ich will.«

Ich trete auf sie zu, nehme sanft ihre linke Hand und stülpe ihr - das ist die eigentliche Überraschung - diesen einen Ring auf den Finger. In seiner glatten goldenen Oberfläche birgt er zwei herzförmige Bernsteine. Symbol unserer leuchtenden, geborgenen und doch eigenständigen Liebe.

»Oh Andreas. Er ist wunderschön, fantastisch, Bernstein...«

»Wie Deine Augen. In die habe ich mich zuallererst verliebt, damals im Zugabteil. In Deinen Augen sehe ich unsere Herzen.«

Monikas Augen füllen sich mit kleinen Glücksseen. Sie küsst mich zart und innig, erzählt mir ihre tiefe Liebe mit den Lippen, mit der Zunge, die zart über die Konturen meines Mundes fährt. Wir umschlingen uns, liebestrunken, völlig entrückt. Liebespfeile durchbohren meinen Leib. Ich will am liebsten hier auf der Stelle mit ihr versinken in nie mehr aufhörendem Liebesglück.

Voller Glückseligkeit nehmen wir die Glückwünsche der Familie, der Gäste entgegen.

Mittlerweile brodeln die Rhythmen des DJs immer heißer. Marlene, unsere Cocktailfee zaubert Tequila sunrise, Cuba libre und Caipirinhas am laufenden Band. Jochen, Hildegard, Monika und ich haben uns einen Stehtisch geangelt und beobachten Marijke, wie sie gerade Tom einheizt. Auf irre hohen Stilettos, die im Gras versinken müssten, das Kleid im Hüftschwung anhebend, vollführt sie den reinsten Begattungstanz vor unserem ganz verwirrten DJ. Die Arme über dem Kopf, die Haare nach hinten geworfen, zieht sie alle Register. Jetzt schiebt sie mit beiden Händen fast ihre Brüste aus dem knappen BH und geht in die Hocke, als würde sie sich von einem aus dem Boden wachsenden Dildo aufspießen lassen wollen. Wenn ihr Kleid jetzt fallen würde, es würde mich nicht wundern.

»Ich glaub, da wird gleich jemand klar gemacht«, kehlt es aus Jochens rauem Hals.

»Du biss mir auch son Klarmacher, Jo«, Hildegards Zunge stolpert durch ihren Mund. Ihre hanseatische Zurückhaltung hat sie mit ihrem Leinenjäckchen längst an der Garderobe abgegeben. Wo andere unter Alkohol dosisabhängig langsam ihre natürliche Scheu ablegen, da verwandelt sich Jochens Liebste nach zwei

Glas Sekt von jetzt auf gleich in eine Partylöwin.

»Hörma, der Jo - hicks - hat mir von Deinem tolln Spiel erzählt. Das son Erotikdings, du weiss schon. He, lass uns das mal machen. Jess is doch günstich oder, Jochenschatzi.«

»Was ist denn mit Dir los.«

Jochen errötet leicht, was selten genug vorkommt.

»Ach, Jochen weiß davon?«

Gespielt böse funkelt mich Monika an. Es war der Knaller zu ihrem 55. Geburtstag. Aus einer Idee heraus bastelte ich ein selbsterdachtes Spiel. Mit Magneten, Moosgummi, einer Pinnwand und viel Fantasie.

»Ja, warum denn nicht. Ihr habt doch gesagt, von uns könnte man in Sachen Liebe noch einiges lernen.«

»He, ganz so hab ich es nicht gesagt«, protestiert Jochen.

»Schließlich haben wir schon viel länger, also, na ja, ...«

Jochen stottert, als Hildegard ihm schon wieder ins Wort stolpert.

»Sei man nich so überheplich. Ein klitzekleines bissss... also Nachhilfe kannsu schon nich schaden, mein dicker Bär.«

Jochen saugt verzweifelt seinen Caipi leer, wohl um bezüglich Hemmungslosigkeit auf Gleichstand mit seiner Frau zu kommen.

Ich stelle mir augenblicklich vor, wie die Beiden in ihrem Schlafzimmer unser Spiel auspacken würden. Ein Mann und eine Frau sind auf der Pinnwand aufgezeichnet, auf ihnen liegen Schichten von Kleidung aus Moosgummi, die mit einem kleinen Magneten versehen sind und je nach Spielverlauf entfernt werden. Mit einem Würfel reist man - angefangen an den Händen - auf dem Körper entlang und beginnt anfangs je nach Augenhöhe des Würfels diese zu bewundern, zu streicheln oder gar zu küssen. Eine Sanduhr begrenzt jedes kleine Abenteuer. Schafft man genügend Zwischenpunkte, darf man gezielt Kleidungsstücke ablegen. Außerdem werden die Punktwerte des Würfels zunehmend spannender. Irgendwann ist Lecken, Lutschen und der fantasievolle Einsatz von allerlei Leckereien erlaubt. Monika und ich haben dieses Spiel einige Male probiert und sind jedes Mal entflammt von dieser immer wiederkehrenden Konzentration auf eine ausgewählte Region des Körpers. Das Handgelenk von Moni 30 Sekunden lang zu lecken, ganz zart, ohne jede Ablenkung oder mich an den Brustwarzen küssen zu lassen, dabei unbedingt passiv zu bleiben, es ist furios. Egal, wie weit man kommt, der Andere darf nur genießen. Irgendwann kommt dann der Punkt, wo das Spiel in Gänze vom Bett fliegt und wir übereinander herfallen, um den seit zwei Stunden in Warteschleife glühenden Höhepunkt zu erleben.

»Da hast Du aber was angerichtet«, haucht mir Monika ins Ohr. »Wollen wir den Beiden etwa Nachhilfe erteilen?«

Monika scheint der Gedanke zu gefallen und ich? Plötzlich flammen verrückte Sehnsüchte auf. Der Alkohol, die Stimmung...

»Komm schon«, säuselt Hildegard mir entgegen, senkt noch tiefer ihre raue Stimme und strahlt mir das marineblau ihrer Augen entgegen.

»Nur son Probelauf, nur mal gucken, wie das geht, verstehsuu?«

»Vielleicht später«, rette ich mich aus der Lage. Wer weiß, was die Beiden bei dem Probelauf so anstellen.

Ich spüre den dringenden Drang, in mir Platz für neue Cocktails zu schaffen. Auf dem Weg zu unserem Gästeklo begegnet mir Marijke.

»He, mein wilder Lover. Tolle Rede. Du liebst Deine Moni sehr, stimmt´s? Schade, ich hätte Dir gern mal auf den Tigerzahn gefühlt.«

Und eh ich mich versehe, streicht sie mit ihrer Hand ganz beiläufig über meinen Oberschenkel, um ganz zufällig eine akut anschwellende Beule zu finden. Verwirrt ziehe ich mich zurück.

»Wie Du schon sagst, ich liebe Monika. Ich muss dann mal...

»Na, dann, viel Spaß.«

Super, wieso schafft die es, mir eine Erektion zu verpassen. Sie ist halt heiß. Egal, ich bin heiß auf meine Süße. Nur pinkeln wird jetzt schwierig.

Als ich zurückkomme, sitzt Marijke mit in der kuscheligen Ecke neben dem Gartenhaus. Durch die Hecke sind wir begrenzt wie in einem Versteck. Sie zündet gerade zwei Joints an und lässt sie wie selbstverständlich kreisen. Alles geht so schnell, dass ich nicht einmal dazu komme, mir Gedanken über ein Ablehnen dieser Zeremonie zu machen. Ich lasse es geschehen. Es riecht süßlich, es qualmt. Da kommt Monika vom gemeinsamen Tanz mit Vinzent.

»Hej, Monika.« Marijke glüht sie an. »Du bist eine Wucht, weißt Du das. Und Dein Kleid, erste Sahne. Ich wusste nicht, dass Andreas eine so scharfe Braut hat. Du musst unbedingt mal in unsere Club kommen. He setz Dich. Komm her, koste mal von diese Stöffje. Sowas hast Du noch nie geraucht.«

»Äh, ich, äh, Andreas?«

Monika sieht aus wie schockgefroren. Sekundenlang stehen Fragezeichen in ihren Augen. Ich klopfe auf den Platz neben mir.

»Komm Süße. Heute. Nur heute ist mal alles anders.«

»Aber ich habe noch nie...«

»Ich auch noch nicht. Dann ist eben jetzt das erste Mal, oder?«

Die Fragezeichen weichen langsam auf, wollen sich ein letztes Mal zu Ausrufezeichen strecken, erwägen vielleicht eine moralische Intervention, doch dann sacken sie zusammen zu kleinen Pünktchen. Sie ergeben sich dem süßlichen Qualm.

»Monika? Hier!«

Ein schlampig gedrehter Joint steht vor ihr. Neben ihr sitzt Maria. Tief atmet sie den süßlich-beißenden Qualm ein. Ihre Augen glänzen.

Seit einer halben Stunde können wir alle nicht aufhören zu lachen. Hinten hopsen halbnackte Tänzer im Kreis und der DJ wedelt sein T-Shirt über dem Kopf. Oh Gott, nein! Das ist nicht Tom. Es ist Vinzent und sein Bauch kullert um ihn herum, wie eine Kugel. Alle um mich herum erscheinen mir wie im Zerrspiegel betrachtet. Die Mädels haben mordsmäßige Dekolletees. Meine Hand möchte ständig unter Monis Rock schlüpfen. Doch sie schiebt sie immer wieder kichernd weg. Ich schenke ihr einen neuen Caipi. Sie blickt ihn an, als wäre es das siebte Weltwunder.

»Trinken«, sage ich ihr, »einfach trinken.«

Glasig schaut sie mich an, kichert wieder, steht auf, streift ihre Schuhe ab, schmeißt sie in den Gartenteich und läuft los. Abrupt bleibt sie stehen, dreht sich zu mir:

»Andi! Zu mir!«, ruft sie. Sie ist so süß. Ich glänze sie an, das Hemd schon halb offen.

»Los! Gehorchen! Mitkommen!«

Unkoordiniert zerrt sie mich die Treppe hoch. Auch ich kann kaum einen Fuß vor den anderen setzen. Irgendwie sind meine

Füße zu groß für die winzigen Stufen.

»Sollen wir Jochen und Hildegard beim Üben mitmachen lassen?«, fragt mich meine bekiffte Lustelfe.

»Brauchen wir denn Verstärkung?«, will ich von ihr wissen.

»Egal, wir fangen schon mal an.«

Sie reißt schwungvoll unsere Schlafzimmertür auf.

Marijke, die Hünenhafte kniet, geschürzt bis über die Hüften auf unserer Liebesstatt und glänzt ihr feistes Hinterteil Tom, dem DJ entgegen, der - nicht faul - es ihr mit seinem Joystick besorgt. Ja, von Rhythmus versteht der Junge was. Doch damit nicht genug, steht mit glasigen Augen Nachbar Winfried mit dem Rücken zur Wand auf unserem Bett und lässt sich dabei noch von der tollkühnen Hollandbraut einen blasen. Es quietscht, stöhnt und wimmert so heftig, dass Moni kurzerhand umdreht.

»Wir greifen über den Gästeflügel an«, spornt sie mich jetzt an. Im Gästezimmer angekommen, wirft sie sich auf das weiche Lager und zerrt ihr Kleid über ihren Po. Ihr bernsteinfarbenes Höschen hängt derangiert im Schritt, ihre Lippen schon geöffnet und bereit

»Los, nimm mich, Geliebter, jetzt!«

Ich reiße ihr den Stoff von den Schenkeln und schlecke diesen genialen Geschmack, der mir völlig die Sinne vernebelt. Ich ... bin ... so ... scharf auf meine Braut. Plötzlich huscht jemand zu uns. Maria? Sie beugt sich über Moni.

»Komm, küss mich«, raunt sie. Gemeinsam machen wir sie fertig.«

Kurz hebe ich meinen Kopf aus dem Marihuananebel. Was passiert da gerade?

»Mach weiter, mein Leutnant. Lassen Sie nicht nach. Wir überrollen sie.«

»Maria! Was machst Du hier?«

»Du hast es doch gehört. Ich bin die Verstärkung. Ich oben, Du unten.«

»Monika?«

»Komm! Bitte Andreas, zeig ihn mir, Deinen Husarenstab. Jetzt. Bitte!«

Für einen Moment, für einen kurzen Moment überlege ich, ob ich diese Maria gleich auch durchvö... Nein, ich versinke in meiner Süßen, sehe wie in Trance, dass sich Maria ihrer Hose entledigt, sich über meine Moni beugt. Der Anblick der reifen Möse von Maria auf Monis Gesicht treibt mich zum explodierenden Exzess. Ich falle auf ihren Bauch, Maria fällt auf mich. Oh mein Gott, was tun wir da? Es klingelt.

Jochen steht in der Tür, kreidebleich beim Anblick des Leiberberges.

»Ähem! Andreas, bitte kommst Du mal. Unten steht die Polizei.«

Schlagartig bin ich wach, ziehe hastig irgendwas an.

»Monika! Komm, werd wach! Los, Du musst Dir was anziehen! Kannst Du laufen?«.

Moni ist noch total benommen. Maria liegt zusammengekringelt auf dem Bett.

»Was ist? Warum muss ich mich anziehen?«

»Unten steht die Polizei.«

Hastig sucht sie nach den wenigen Kleidungsstücken, die ihr irgendwie noch Würde geben können.

»Wieso Polizei?«
»Ich weiß es doch nicht. Vielleicht waren wir zu laut?«
»Quatsch!«, raunt Moni rau. »Wie sehe ich aus?«
»Das willst Du nicht wirklich wissen.«
»Wo sind die Anderen?«
»Der Großteil ist gegangen, als wir die Joints haben kreisen lassen, da waren wir, keine Ahnung, noch zehn Leute.«

»Oh, Andreas, was haben wir getan?«, jammert sie jetzt.
»Wieso wir? Party feiern, einen Joint rauchen, das machen die Kiddies heute jede Woche.«
»Aber die werden nicht erwischt.«
»Unsere Nachbarn?«
»Haben mitgefeiert.«
»Der Alte von gegenüber?«
»Ist schwerhörig.«
»Wo ist meine Tochter? Wo ist Julia?«
»Ich bin hier.«
Wie von Geisterhand steht sie plötzlich in der Gästezimmertür. Die Arme verschränkt vor dem Brustkorb schaut sie nüchtern, ernst und wie das jüngste Gericht auf uns herab.
»Wisst Ihr, dass Ihr Abschaum seid?«
»Julia!!!«
Monika wird hysterisch.
»Hast Du etwa?! Sag mal ...«
»Es musste sein. Vielleicht kommst Du dann zur Besinnung. Eine Schande für Papa. Pfui! Und seid nur froh, dass Darius nicht da war. Der hätte ...«

»Der hätte was?!«
»Willst Du nicht nach unten? Die Polizei wartet.«

Es kostete Monika und mich allen Charme, alle Reife eines ansonsten gut situierten Paares, es brauchte das Verständnis von normalen Polizisten, die einer Anzeige einer jungen Frau nachgingen, die sich fatalerweise als Tochter der Gastgeberin herausstellte, um die Angelegenheit mit einer Verwarnung abwenden zu können. Irgendwie war mir klar, dass die Party ein bisschen aus dem Ruder gelaufen war. Aber, he, wir sind erwachsen und wem wurde eigentlich geschadet. Aber Julia? Monika erlebte offensichtlich gerade den Tiefpunkt des gegenseitigen Verständnisses. Was war nur in ihre Tochter gefahren?

40. Der Plan

Julia, 2013

Darius Härte zermürbt mich. Radu wollte zu einer Schulfreundin. Er mag Dorothea. Sie ist ruhig. Sie spielt gerne. Rollenspiele mit Puppen. Radu findet sich darin wieder.
»Wo ist Radu«, fragt er mich, als er nach Hause kommt.
»Bei Doro, seiner Freundin.«
Der Schlag geht wieder auf mein Ohr. Es dröhnt, mir ist schwindlig. Es ist, als klatsche mein Hirn an eine Mauer und bleibt benommen daran kleben. Im Spiegel sehe ich nichts. Kein Hämatom. Nur das Ohr schimmert rot unter meinem schwarzen Haar und in mir schreien Zikaden. Er weiß, wie er die Züchtigungen unsichtbar bleiben lässt. Ich muss besser werden. Besser aufpassen.
»Ich will nicht, dass Radu mit Mädchen spielt. Das ist nicht seine Aufgabe. Begreifst Du das?«
Er nimmt meinen Mund, meine Wangen in seine kräftige Hand, verformt sie zu einer schnulligen Grimasse.
»Das verstehst Du doch, oder? Du bist doch eine kluge Lehrerin. Und hoffentlich eine ebenso kluge Schülerin. Wann gibt es zu essen?«
Mein Gesicht entfaltet sich wieder. Meine Gedanken wandern zu einem anderen Thema. Seit den unfassbaren Vorgängen im Haus meiner Mutter, muss ich meine alten Pläne aktivieren. Wenn ich erst in Darius Rhythmus eingetaucht bin, ihn lerne, besser zu verstehen, dann brauche ich auch Mutter wieder in meinem Netzwerk. Aber nicht in dem desolaten Zustand, in dem

ich das Pack dort vorgefunden habe. Ich nehme mir die Aufzeichnungen in meinem Laptop vor.

April 2013. Gespräch mit Andreas Lobesam, Lebenspartner meiner Mutter, über seine frühere Ehe mit Frau Sabine Lobesam, geborene Strehlert. Ich hatte es über das Smartphone aufgezeichnet. Andreas kriegte nichts mit.

Julia: »Du hast Sabine verlassen. Wenn Mama nicht wäre, würdest Du zu ihr zurückkehren?«

Andreas: »Warum sollte ich das tun? Ich war schon vorher geschieden.«

Julia: »Ist sie ein schlechter Mensch? Glaubst Du, Du bist besser, als sie?«

Andreas: »Nein, Sabine ist eine tolle Frau. Wir passen nicht zusammen. Monika, Deine Mutter, sie ist im Grunde die Frau fürs Leben.«

Julia: »Hast Du ihr das gesagt?«

Andreas: »Natürlich, immer wieder. Das weißt Du doch. Warum willst Du denn Sabines alten Wunden wieder aufreißen?«

Julia: »Würdest Du es Sabine erklären, damit sie endlich sicher ist, woran sie ist?«

Andreas: »Was soll denn Moni davon halten? Soll ich sie etwa beunruhigen?«

Julia: »Mama, muss nichts davon erfahren. Ich habe mit Sabine gesprochen. Seit der Scheidung hat sie nichts mehr von Dir gehört. Sie will Dich sehen, verstehst Du?«

Andreas: »Ich kann mich nicht mit Sabine treffen. Monika würde es nicht verstehen.«

Julia: »Liebt Dich Sabine noch? Ich denke nein. Ich denke, Mama liebt Dich.»

Andreas: »Klar tut sie das und ich sie. Deswegen will ich ja keine Unruhe. Es wäre schön, wenn Du das auch akzeptieren könntest.«

Julia: »Soll ich Sabine ein Signal geben. Soll ich sagen, dass es keinen Sinn mehr hat, dass sie auf Dich wartet?«

Andreas: »Hat sie das gesagt? Dass sie auf mich wartet?«

Julia: »Was soll ich Mama sagen, falls Sabine Dich treffen will?«

Andreas: »Sag ihr nichts davon, ich sage es ihr, wenn schon, selbst. Doch sag ihr endlich, dass ich sie liebe. Und dass Du das jetzt akzeptierst.

Julia: »Und was soll ich Sabine sagen?«

Andreas: »Im Grunde weiß sie, dass es keine Zukunft hat. Irgendwann wird sie es verstehen. Gib ihr ein bisschen Zeit.«

Mit dem audacity-Bearbeitungsprogramm ist es kein Problem, das Gespräch ein wenig zu modifizieren. So wird es gehen. Der neue Mitschnitt wird schlüssig und entlarvend.

Jetzt muss ich den Kontakt zu Sabine auffrischen. Gott sei Dank ist sie noch nicht neu gebunden. Ich habe ihr einen unschlüssigen Andreas geschildert, der nach anfänglicher Romanze jetzt nicht mehr aus der Falle mit einer älteren Frau herauskommt. Wie er sich nach den alten Zeiten zurücksehnt. Es bräuchte halt ein bisschen frischen Wind. Vielleicht habe die Trennung ja belebend auf ihre doch so lange Ehe gewirkt. Sabine war baff. Offensichtlich gibt es die Tür noch, von ihrer Seite.

»Wann kann ich Andreas sprechen? Weiß Deine Mutter davon?«

»Das müssen wir unbedingt verhindern. Sie ist sehr

eifersüchtig. Deswegen spielt er ja auch seine Rolle so perfekt.«

»Weißt Du Julia? Ich finde es bemerkenswert, dass Du Dich für mich einsetzt, obwohl Deine Mutter offensichtlich in Andreas verliebt ist.«

»Ach, Sabine. Was heißt hier Liebe. Mein Vater war gestorben, Mama war einsam und dann kommt so ein junger, na ja, für sie junger Dandy und verdreht ihr den Kopf. Eine Romanze. Ich versuche, meine Mutter wieder zu erden. Bewunderer hat sie genug. Sie wird nicht einsam bleiben.«

»Na gut, Du meldest Dich. Ich habe ihn nie vergessen. Vielleicht war ich ungerecht damals. Vielleicht habe ich zu wenig um ihn gekämpft.«

»Dann kommt jetzt bestimmt die Gelegenheit.«

Und diese Gelegenheit werde ich nutzen, bevor es zu spät ist. Verlobung? Ok. Hochzeit? Niemals.

Und dann gibt es da noch einen alten Spieler, den Darius und ich nicht aufgegeben haben. Gernot von Wachtner. Ich habe Darius mit ihm bekannt gemacht. Welch ein Glücksfall. Günstiger kommt unser Herr Professor nicht an illegale Arbeitskräfte aus der Ukraine. Rumänien als Drehscheibe. Und ein paar Dependancen für die kleine rumänische Oberschicht, Gernot war aus dem Häuschen. Tja Mama, wenn Papa es nicht geschafft hat, Dich auf den rechten Pfad zu bringen, Darius und ich werden uns alle Mühe geben. Auch wenn ich es ab und zu mit Schmerzen lerne. Ich muss Darius dazu bringen, mir mehr zu vertrauen, denn manche Schmerzen... Manchmal ist es zu viel. Manchmal.

41. Wachtner und Darius

2013

Das neue Büro in den Lambertinahöfen am Rande der Altstadt von Köln ist ein Glückstreffer. Diese Stadt entpuppte sich als der richtige Ort für offene Geschäfte. Überall trifft man auf Verständnis und Kreativität.

Von Wachtner zieht genüsslich an seiner Montecristo No. 2. Er liebt diese Torpedozigarre, ihren erdigen, süßwürzigen Abbrand, der mit kaum etwas Anderem vergleichbar ist. Für ihn ist diese Kubanerin nach wie vor das Maß aller Dinge. Dazu der exquisite Delamain 1er Cru XO - Grand Champagne Cognac, natürlich im Linousinfass gereift. Dieser Moment gehört ihm. Das eben beendete Telefonat wirkt in ihm wie ein Aphrodisiakum. Übermütig legt er seine Rudolph Scheer & Söhne Schuhe auf den Schreibtisch. Ach, wenn die Menschen nur begreifen könnten, welche Bedeutung echter Luxus für die Ästhetik dieser Welt hat. Nur dann weiß man das komplexe Leben in schwierigen Zeiten zu schätzen.

Er drückt auf die Sprechanlage.

»Farida, Schätzchen. Könntest Du mir bitte diesen Darius Vargas in die Leitung holen? Sei so gut. Und dann will ich nicht gestört werden.«

»Wir machen sie fertig. Und dann Monika, meine freche, unbeherrschbare Monika, dann werden wir wieder verhandeln. Du und ich, Du wirst sehen, das wird.«

Sein Selbstgespräch wird durch die Stimme von Farida, seiner

Assistentin unterbrochen. Die noch sehr junge Jamaikanerin verstand es hervorragend, ihren jugendlichen Charme, ihr schon ausgeprägtes Gesprächsgeschick und die nötige Hingabe an ihn, ihren Chef, dosiert einzusetzen. Oft waren seine Spannungskopfschmerzen nach ihrer Behandlung wie weggeblasen.

»Herr von Wachtner. Soll ich später noch...?«

»Mh, möglich, wenn Du nicht gerade ein Date hast, dann bleib noch ein bisschen.«

»Wie Sie meinen, ich stelle durch.«

Eine süßlich-herbe Rauchwolke verteilt sich in seinem Büro, ein tiefes, behagliches Seufzen folgt ihr.

»Darius, mein dunkler Graf, ich habe Neuigkeiten für Dich.«

»Übertreib es nicht immer so, Gernot. Ich bin Geschäftsmann, kein blutsaugender Adliger. Wobei das mit dem Blutsaugen, da müsste ich nochmal drüber nachdenken.«

Das dunkle Lachen des schwarzen Darius dringt durch die Sprechanlage wie eine Pechlache in Wachtners helles Büro.

»Wie dem auch sei. Du weißt, dass unsere Expansion im Bereich ›Premium-Seniorenversorgung‹ auf Hochtouren läuft. Ob in Südostasien oder in Rio, ob in Florida oder St. Petersburg, überall wollen Sie ihr unanständiges Geld loswerden.«

»Das ist ja nicht neu. Ich habe Dir ja gerade einige sehr bereitwillige Quellen für das Wohlbefinden auch ungewöhnlicher Kundenwünsche eröffnet.«

»Genial, das muss ich Dir lassen. Wie Du Edelprostitution und harmlose Pflege für ultrareiche, notgeile Demenzmillionäre kombiniert hast, das ist schon ein Husarenstück. Aber nein. Mir geht es um den Markt hier in Deutschland...«

»...Wirft nichts ab, da musst Du kaum Energie hineinstecken.

Viel zu viel Kontrollen.«

»Darius! Tu mir einen Gefallen. Unterbrich mich nicht, Juniorpartner, ok?«

Der Dunkle murrt hörbar unzufrieden.

»Also. Mir geht es um etwas Persönliches. Du hast doch eine Geliebte, ein junges Ding, Julia, stimmt's?«

»Ein Prachtweib, aber noch nicht vollständig erzogen. Mmh, aber das Potenzial rechtfertigt viel Energie. Ich weiß, dass Du die Mutter im Visier hast. Jeder das, was er braucht.«

»Ach Darius, mein junger Narr. Du hast keine Ahnung. Diese Frau, die Mutter von Julia. Die braucht keine Erziehung. Ich will sie so wild und temperamentvoll, wie sie ist. Aber zurück zum Geschäft, das heißt zum privaten Anteil des Geschäfts. Ich weiß, dass die damals neu gegründete Investorenfirma für die Einrichtungen ›Herbstsonne‹, es sind ca. zehn in Deutschland, in Schieflage geraten ist. Investitionsstau, Personalkosten, das kommt vom sozialen Überengagement, Du kennst das ja.«

»Ja und? Kann uns doch nicht jucken. Umso mehr kriegen wir später vom Kuchen ab.«

»Richtig und falsch. Monika leitet einer dieser Einrichtungen. Deine Julia will übrigens auch so ein gutes Arrangement für ihre Mutter, wie sie es mit Dir pflegt. So, jetzt kannst Du eins und eins zusammenzählen. Ich übernehme die insolvente Kette und hole mir endlich meine Traumfrau ins Haus. Und Du kannst noch einiges an Personal unterbringen, denn die Löhne, die jetzt noch dort gezahlt werden, können die dann vergessen.«

»Mmh, das ist kein großer Brocken. Aber ich habe Julia versprochen, ihr zu helfen, ihre Mutter zurechtzurücken. Ist Teil meiner Erziehung. Sie muss noch härter werden. Dann habe ich irgendwann ein Juwel im Keller.«

»Wie meinst Du das, im Keller?«

»Ach nur so eine Redensart. Du hast doch auch Spitzenweinbrände im Keller.«

»Du bist mir unheimlich, Darius. Aber egal. Wichtig ist, dass wir den Lover meiner Monika rechtzeitig ausschalten. Der darf uns nicht in die Quere kommen.«

»Keine Sorge. Da habe ich einen Plan. Aber pass auf. Du spielst mir zu viel auf der privaten Klaviatur. Vergiss nicht das große Geschäft darüber, ok?«

»Lass das mal meine Sorge sein. Ich mache das, weil ich es kann. So und jetzt übernehme ich eine Galaxie von Herbstsonnen. Mal sehen, wie die Bombe einschlägt. Ich melde mich.«

Ein blassroter Schimmer legt sich auf den elfenbeinfarbenen Schreibtisch. Die Kunstdrucke von Harenberg verlieren etwas von ihrer Härte durch den bronzenen Hauch, der sich über die Wände legt. Er wählt eine ihm allzu gut bekannte Nummer.

42. Wachtner geht zu weit

Monika

Ich war in Sorge. Erst neulich hatte die Heimaufsicht bemängelt, dass die Pflegebetten nicht mehr den Anforderungen nach dem Sozialgesetzbuch IX entsprachen. Einige Fäkalienspülen waren defekt, die Neuen wurden immer kostspieliger. Die Anzahl der Fortbildungen reichte auch nicht, sie waren teuer und konnten vom Personal kaum selbst bezahlt werden.

Aber am schlimmsten war die Feststellung des Gesundheitsamtes, wonach das gesamte Warmwassersystem saniert werden müsse, da man in der Zirkulation Legionellen gefunden habe. All das drückte auf die Finanzlast. Der Investor geriet unter Druck. Plötzlich stand die Insolvenz im Raum. Zwar war die Kirche über die Caritas mit im Boot, doch der Verband zeigte klar die Grenzen seines finanziellen Engagements auf. Gerade erst hatte sich diese wundervolle Atmosphäre in der Gemeinschaft stabilisiert, gab es erste beständige Kontakte zur Bevölkerung über die Werkstätten und Läden. Jung und Alt fanden hier zwanglos zusammen. Die Arbeit erfüllte mich mit Freude und Genugtuung.

In all diese Gedanken platzt mein Handy mit seinem aufdringlichen Ton, der Quälgeist der Neuzeit. Achtlos nehme ich das Gespräch an.

»Hallo Monika, schön, dass Du gleich dran bist. Wie geht's meine Liebe?«

»Gernot?! Was machst Du..., was willst Du?! Ich dachte, ich hätte mich damals deutlich ausgedrückt. Ich will mit Dir nichts mehr zu tun haben!«

»Ach immer noch die gleiche Kratzbürste. Leg besser nicht auf. Du wirst es vielleicht bereuen.«

»Ich wüsste nicht, dass ich bei Dir etwas versäumen sollte, außer unmoralische Angebote.«

»Na ja, ein bisschen Unmoral könnte doch nicht schaden. Aber Scherz beiseite, nein, ich habe eine wichtige Nachricht für Dich.«

Ich widerstehe dem Reflex, sofort aufzulegen.

»Was?! Aber bitte mach es kurz. Ich habe jede Menge zu tun.«

»Zum Beispiel mit der Insolvenz Eures Investors zu kämpfen? Nein, ich bin kein Hellseher. Aber ich habe die Rettung für Euch.«

»Du wirst doch nicht etwa...?«

»Genau, Liebste. Du bekommst mich doch noch als Chef. Tja, so leicht entwischst Du mir nicht.«

Sein Lachen dröhnt unverschämt und übergriffig durch die Leitung. Er zieht meine Seele aus, gnadenlos.

»Was fällt Dir ein. Erstmal gehören da wohl zwei dazu. Ich wüsste nicht, dass wir ›Herbstsonne‹ zur Übernahme angeboten haben. Zum Zweiten kannst Du sicher sein, solltest Du es jemals schaffen, Dich in unser wunderbares Konzept hereinzudrängen, wirst Du mich kennenlernen.«

»Oh, jetzt bekomme ich es aber mit der Angst zu tun. Ich dachte, ich hätte Dich schon kennen gelernt. Soweit ich mich erinnere, habe ich Dir sogar das Leben gerettet. Ganz schön dankbar bist Du, muss schon sagen.«

Ich koche vor Wut. Hass steigt in mir auf. Ich dachte, das

Kapitel wäre ein für alle Mal abgeschlossen.

»Also, Deine Drohungen kannst Du Dir sparen...«

»Ach, arme naive Moni. Euer Kapitel ›Herbstsonne‹ ist schon so gut wie abgeschlossen. Der Vertragsentwurf zur Übernahme liegt schon bei den Anwälten. Willst Du nicht auf ein Glas in mein Büro kommen. Wir residieren jetzt in Köln, in den Lambertinahöfen. Das ist nicht weit weg von Euch. Wenn Du Dich beeilst, kannst Du in zwanzig Minuten da sein. Dann können wir noch mal von vorne anfangen, Du und ich.«

»Soweit kommt es noch. Du..., Du bist..., ach leck mich doch!!!«

Ich schmeiße das Telefonteil auf den Schreibtisch, dass die Schale aufspringt. Blitzschnell überlege ich. Nein, ich überlege nicht, ich will handeln. Hastig schnappe ich mir den Autoschlüssel. Keine Sekunde zögere ich. Ich werde diesem Mistkerl einen Überraschungsbesuch abstatten. Schnell wähle ich Andreas Nummer. Anrufbeantworter. Mist.

»Andreas, ich muss dringend nach Köln. Ich erzähl Dir später davon. Tschau, Deine Süße.«

Oje, meine Stimme war alles andere als süß. In mir steigt der Druck im Kessel. Wehe, wenn das Ventil dazu explodiert.

Noch nie war er so gefährlich, mein neuer Wagen. Ein Mini Cooper in der Stimmung? Wie durch ein Wunder stehen nirgendwo Blitzer. Auch die Gedanken rasen. Herr Winter muss noch einmal mit der Caritas verhandeln. Die Idee mit dem Crowdfunding, wir müssen es versuchen. Es gibt genügend mittelständische Unternehmen, deren Angehörige sich bei uns wohlfühlen. Kleinvieh macht auch Mist. Aber die Zeit läuft davon. Dann soll Andreas mal Frank anspitzen. Der ist doch beim WDR, Kultur und so. Es gibt doch dieses Recherchenetzwerk von

NDR, WDR und Süddeutsche Zeitung. Wer weiß, was alles hinter von Wachtners Geschäften steckt. Es ist einfach unfassbar, wie dreist dieser Professor die Leute an der Nase herumführt.

Mein Navi lässt mich ein letztes Mal abbiegen. Kein Parkplatz? Es ist spät, es ist egal, hier bleibe ich stehen.

Von Wachtner malt sich gerade aus, wie eine bockige, trotzige Monika ihm am Schreibtisch gegenüber sitzt, vor sich ein wirklich hübsches, unmoralisches Angebot.

»Komm schon, Kleine, gib Dir einen Ruck. Die ganze Welt liegt Dir zu Füßen. Wir beide, Rio, Bangkok, Honolulu. Du schaust nach dem Rechten und dann genießen wir das Leben.«

Endlich will er diese frechen Lippen küssen, sich in ihre glühenden Augen vertiefen, ihren burschikosen Körper spüren. Er ist sich sicher, dass sie etwas Brodelndes in sich trägt, dass ihm diese jungen Dinger nicht bieten können. Ein wohliges Gefühl durchströmt sein Becken. Jetzt wäre es schön, wenn...

»Farida, Süße. Schön, dass Du noch da bist. Ich glaube, ich brauch Dich nochmal. Ich bin so verspannt. Sei so lieb.«

Das Büro liegt im vierten Stock, ganz oben. Der Aufzug lässt sich Zeit. Mein Zeigefinger wird gerade von mir zerkaut. Warte nur. Ein Pling, die Tür öffnet sich. Zimmer 405, links. Jetzt rein.

»Farida? Ich höre die Tür. Hast Du nicht abgeschlossen.«

Von Wachtners Stimme bebt. Ausgerechnet im genussvollsten Moment, erschrickt ihn das Geräusch.

»Los schau nach, dummes Ding.«

Das Vorzimmer ist leer, dunkel, doch dahinter ist Licht. Da muss er sitzen.

Farida schluckt, quält sich aus dem Schreibtischschacht, richtet ihren Rock, springt zum Eingang.

Monika reißt die Tür auf. Vor ihr eine Mokkaschönheit, derangiert, na alles klar.
»An die Seite Schätzchen!«
»Sie können da jetzt nicht ...«
Ich will sie packen, dieses Flittchen. Oh mein Gott, wie ordinär ist dieser Typ.
»Wischen Sie sich erstmal den Mund ab, Sie Schlampe«.
»Lass Farida, geh, ich regle das.«
Das Püppchen geht an mir vorbei, auf einem Schuh stöckelnd. Er nestelt immer noch unter dem Schreibtisch an seinem Hosenlatz. Ich koche. Er ist jetzt reif. Mit einem Satz springe ich zum Schreibtisch, beuge mich über die Platte, schnappe seine Krawatte, er noch immer die Hände fummelnd an seiner Hose, dieser armselige Wichser, ziehe mit aller Kraft an seinem Hals, dass er keine Gelegenheit mehr hat, sich abzustützen. Ich spüre körperlich sein Röcheln. Es überträgt sich geradezu über den Seidenstoff. Angst, ich sehe Angst in seinen Augen.
»Hör zu, Herr Professor! Ich weiß nicht, was genau ihr für ein Spiel spielt mit der ›Herbstsonne‹. Aber Du machst es nicht kaputt! Und noch was! Du... gehörst... nicht... in mein Leben...! Hast Du das endlich kapiert?!«
Seine Gesichtsfarbe nimmt ein bedrohliches Rot an. Der Versuch einer Antwort ist nur ein Röcheln. Reflexhaft lockere ich den Zug. Mit einem Ruck entreißt er sich, springt nach hinten auf

seinen Sessel und reibt mit den befreiten Händen seinen Hals.

»Soll ich die Polizei...«

Farida steht kreidebleich in der Tür, unfähig in das Geschehen einzugreifen.

»Nein. Geh jetzt. Hau ab.«

Gernot reibt sich über die Augen. Ich stehe völlig erschöpft, angespannt, aufgewühlt vor ihm.

»Bist Du verrückt geworden, Du... Furie?«

»Ich würde es vorziehen, dass Sie mich mit Frau Mahlert ansprechen. Ich sehe keinen Grund mehr für ein vertrauliches Du.«

»Ok, Schätzchen. Wie Sie wollen. Sie machen einen gewaltigen Fehler. Es hätte alles zu jedermanns Zufriedenheit geregelt werden können. Aber bitte. Sie haben mich überrascht. Triumphieren Sie einen Moment. Sie werden davon zehren müssen. Glauben Sie etwa, dass Ihr mickriges Unternehmen auch nur die geringste Chance gegen uns hätte. Oh Gott, ich hätte Sie für klüger gehalten.«

Er geht um den Schreibtisch herum, Angst steigt in mir auf. Mein Überraschungsmoment ist verpufft.

»Keine Sorge, ich will mir nur einen Drink holen, Sie auch?«

»Danke, keinen Bedarf.«

Ich muss noch einmal die Initiative ergreifen.

»Verstehen Sie eigentlich überhaupt nicht, dass mit Herbstsonne ein wirklich generationenübergreifendes Lebenskonzept entstanden ist? Haben Sie nicht einen Funken von Gefühl dafür, dass so etwas unsere Gesellschaft zusammenhält. Ich weiß, dass Sie weltweit bombastische Gewinne mit ihren Luxuseinrichtungen machen. Von mir aus ersticken Sie an Ihrem Reichtum. Aber was haben Sie davon, uns zu schlucken, was?«

»Tja, das genau ist die Frage. Sie.«

»Wie, ich?«

»Die Antwort sind Sie. Vielleicht habe ich nicht immer die richtigen Worte gefunden, die richtigen Hebel bedient. Ich wollte Sie. So einfach. Nun, Ihr Auftritt war ja deutlich. Auch ein von Wachtner begreift, wenn er verloren hat.«

»Schön, dass Sie das... also jetzt einsehen.«

Ich scharre nervös mit dem Fuß auf dem Teppichboden. Das Gespräch erreicht einen sensiblen Punkt. Meine Abwehr entscheidet über Wohl und Wehe von hunderten von Leuten. Aber kann das sein? Bin ich erpressbar?

»Aber Sie werden nicht naiv sein, Monika, oder? Sie glauben nicht, dass ich jetzt klein beigebe, weil Sie partout an mir nichts finden können? Keine Sorge ich werde sie nicht bedrängen, ich sagte Ihnen schon einmal, ich bin ein Gentleman. Aber das kleine Sahnestückchen...«

Und er greift sich erneut prüfend an den Hals.

»...das bekomme ich doch. Sie sollten mal erleben, wie Jung und Alt in unseren schicken Apartments zusammenhält. Ihre Alten haben nicht halb so viel Spaß. Ich denke, Sie wollen sich jetzt sicher verabschieden, bevor hier noch größerer Schaden entsteht. Ihren kleinen Ausfall, nun ja, den vergesse ich ganz einfach. Frauen können ja sehr impulsiv sein, das weiß ich ja. Frau Mahlert?«

So drehe ich mich um, verlasse dieses Büro ohne wirkliche Genugtuung. Es bleibt das schale Gefühl, dass Menschen wie er nicht mit moralischen Argumenten beeindruckt werden können. Besitz und Macht, allein das zählt. Immerhin, meine Gefühle geben mir Recht. Es war richtig, ihm auf diese Weise meine Verachtung zu zeigen. Es wird hart werden, so oder so.

43. Sabine kehrt zurück

Andreas

Beinahe schlafe ich über dem Trinkwassergutachten ein, da ertönt mein Smartphone, der aktuelle Höhepunkt der permanenten Vernetzung unseres Alltags. Die Nummer kenne ich nicht. Ich nehme das Gespräch an.

»Hallo, hier ist Sabine. Bist Du es Andreas?«

Für einen Moment bin ich sprachlos. Diese Stimme, hell klingend, immer etwas hauchend, als wäre es gestern.

»Sabine? Woher hast Du meine Nummer?«

»Wie wär´s denn mal mit: ›Wie geht´s Dir? Schön, Dich zu hören.‹ Julia hat sie mir gegeben. Ich habe es mir lange überlegt. Ich dachte eigentlich, es wäre besser, wenn wir uns nie mehr sehen würden. Aber dann ...«

»Was? Was bewegt Dich, mich jetzt, gerade jetzt anzurufen. Sabine, unsere Trennung ist fünf Jahre her.«

Ein unsicheres Schweigen breitet sich aus. Hat sie aufgelegt?

»Sabine?«

»Ja, ich bin noch da. Julia. Also Julia hat mir gesagt, es sei nicht alles so, wie es scheint. Aber Du würdest darüber nicht reden wollen.«

»Was? Oh Gott! Kennst Du Julia persönlich? Wir reden doch über Monikas Tochter, oder?«

»Natürlich, die meine ich. Ja, wir haben uns einmal getroffen.«

»Das ist ja wohl... Julia ist eifersüchtig. Sie will die Beziehung ihrer Mutter zu mir nicht. Auf was lässt Du Dich da ein. Und warum? Du hattest mir doch die endgültigsten und übelsten Racheschwüre an den Hals gewünscht. Vielleicht nicht zu Unrecht, ok.«

Ich höre, wie Sabine leise zu schluchzen beginnt.

»He, was ist denn los, Sabine.«

»Ach nichts. Ich bin so dumm. Ich hab Dich nicht wirklich vergessen können. Am Anfang war ja alles ganz einfach. Blöder untreuer Ehemann nimmt sich junges Flittchen. Mit dem willst Du nie mehr was zu tun haben. Aber dann kamen auch bei mir die Zweifel. Was habe ich dazu beigetragen? Vor lauter Stolz habe ich nie etwas davon rausgelassen.«

»Das tut mir leid Sabine, dass wir das damals nicht aufarbeiten konnten. Aber trotzdem. Es gab ja einen Grund, warum ich ausgebrochen bin. Etwas stimmte nicht mehr in unserer Ehe. Oder stimmte von Anfang an nicht.«

»Heißt das, dass alles sowieso nur ein Irrtum war?«

»Nein, so auch nicht. Wir beide passen einfach nicht zusammen. Das merke ich doch jetzt mit Monika.«

»Aber die ist doch viel zu alt für Dich.«

»Fang Du jetzt nicht auch noch damit an. Alle Welt redet immer nur vom Alter. Glaubt ihr denn, dass mit 50 oder 60 die Liebe vorbei ist.«

Wieder habe ich Sabine zum Schweigen gebracht. Die Sekunden dehnen sich. Wohin soll das Gespräch führen.

»Ich möchte Dich wiedersehen. Ich möchte mich mit Dir aussprechen. Und wenn es nur darum geht, ohne Hass, ohne Bitterkeit wieder auseinanderzugehen.«

»Sabine. Ich kann Dich ja verstehen. Auch ich würde Dir gerne das Eine oder Andere zu damals sagen, dass es mir leid tut und ja, dass wir auch schöne Zeiten hatten. Aber ...«

»Monika muss nichts davon erfahren. Es geht nur um uns, um damals.«

»Das stellst Du Dir so leicht vor. Monika kann schon sehr eifersüchtig sein.«

»Ich weiß. Julia sagte es mir. Sie meinte, wir sollten ein Treffen unbedingt für uns behalten.«

Fieberhaft stolpern in meinem Emotionszentrum die Gedanken übereinander. Kopflos springen sie hin und her, wägen ab, haben Angst, trauen sich nicht, wollen aber doch, dann wieder nicht.

»Wo bist Du überhaupt?«

»Das wird Dich überraschen. Ich bin in Köln. In einem Hotel am Chlodwigplatz. Es gibt hier eine nette Tapasbar, da könnten wir uns treffen.«

»Sabine! Das hört sich gerade so an, als hättest Du alles systematisch eingefädelt. Was soll das?«

»Julia sagte, ich solle doch gleich da sein, falls Du mit mir reden wolltest.«

»Julia will einen Keil zwischen mich und Monika treiben, begreifst Du das nicht?«

»Das kann Dir doch egal sein. Hauptsache, ich kann Dich nochmal sehen und mit Dir reden. Es ist mir wichtig. Wirklich! Andreas bitte. Ich weiß, dass es fünf Jahre her ist. Aber wir waren auch fast dreißig Jahre zusammen. Man sagt, dass man die Hälfte der Zeit, die man zusammen verbracht hat braucht, um den Verlust zu überwinden. Bitte Andreas. Hilf mir dabei.«

»Also gut. Aber ich will Monika Bescheid sagen. Es geht nicht, dass ich mich heimlich mit Dir treffe. Sagen wir 19 Uhr?«

»Das ist super. Danke. Du wirst es nicht bereuen. Bis gleich.«
Ausgerechnet jetzt erreiche ich Monika nicht. Mein Akku ist außerdem schon wieder am Ende. Es ist immer dasselbe. Nun gut, ich kann es ihr genauso gut im Nachhinein erzählen.

Im Turista Süd sitzen wir an einem kleinen Holztisch direkt am Wandspiegel. Historische Stierkampfposter, warme Holztöne und viel Kerzenlicht erzeugen eine heimelige Atmosphäre. Sabine gehört zu den Frauen, die mit der Reife an Schönheit gewinnen. Noch immer fällt ihr kastanienbraunes Haar locker über die Schultern, rahmt ihr hübsches Gesicht mit der stupsigen Nase ein. Die dunkelbraunen Augen glänzen im Kerzenschimmer, man sieht ihr die Freude über das Wiedersehen an. Ihr tief ausgeschnittenes Kleid empfinde ich als aufreizende Provokation. Ihr Dekolletee hat nichts vom damaligen Reiz verloren. Fünfzig muss sie jetzt sein und wirkt doch aufregend, wie damals, als ich mich in sie verliebt habe.

Sie nimmt meine Hände, ich ziehe sie hastig zurück.

»Bitte Sabine, wir wollten reden. Und damit Du mich gleich richtig verstehst: ›Ich liebe Monika‹.«

»Ja, ist ja gut«, schmollt sie mit den dafür bestens geeigneten vollen Lippen. Sie weiß noch immer um ihre hinreißende Wirkung.«

»Sabine, es geht nicht darum, ob ich Dich sexy und reizvoll finde. Natürlich. Du bist hübscher denn je. Es geht um das Zusammenleben. Was ist einem wichtig? Was teilt man? Und was empfindet man füreinander?«

»Ich bin ja nicht blöd, auch wenn ich nur Verwaltungsfachangestellte bin. Ich weiß, dass ich Dich damals nicht befriedigt habe. Dass ich zu wenig mit Dir unternommen habe. Aber ich habe mich geändert. Ich habe viel nachgedacht. Du hattest fast immer Recht. Ich habe so viel verpasst. Du bist ein umwerfender Liebhaber und ich habe das überhaupt nicht in Anspruch genommen. Glaub mir, ich kann viel mehr, als Du mir bisher zugetraut hast.«

»He, Sabine. Das hier ist kein Bewerbungsgespräch. Ich habe keinen Zweifel daran, dass Du eine aufregende Liebhaberin sein kannst. Aber nochmal. Ich liebe Monika. Ich werde Dir jetzt nicht erzählen, warum ich sie liebe. Das ist meine Sache. Ich bin angekommen, verstehst Du.«

Sabines Blick gleitet in unendliche Trauer ab. Der Glanz ihrer Augen füllt sich mit dicken Tränen. Großes Mitleid überkommt mich. Da hat Julia ihr den Floh ins Ohr gesetzt, mich zurückzuerobern, und nun erlebt sie ihr Waterloo. Jetzt nehme ich ihre Hände, zart, mitfühlend.

»Ich war doch glücklich mit Dir damals. Aber es hat nicht gereicht, verstehst Du? Du bist eine wunderschöne Frau. Du wirst Jemanden finden, der Dich lieben kann, so wie Du bist. Glaub mir. Und was mich betrifft. Es tut mir leid, dass ich Dir damals so weh getan habe.«

»Das weiß ich auch. Und es gibt keine Chance Dich zurückzuholen? Auch keine klitzekleine Chance?«

Ich streichle ihr die Hand.

»Nein, Sabine. Es ist vorbei. Bitte. Auch wenn es wehtut.«

»Ich möchte Dich nur einmal noch küssen, zum Abschied.«

»Sabine, ich weiß nicht, was soll das bringen.«

Sie beugt sich zu mir, zieht meinen Kopf sanft zu sich herüber und für einen Moment berühren sich unsere Lippen, bevor ich mich bewusst wieder zurückfallen lasse.

»Sabine, Du machst Dir das Leben selber schwer. Verlass

Dich nicht auf Julia. Sie ist krank vor Eifersucht. Sie hat ihren Vater verloren. Das hat sie nie überwunden und für mich ist kein Platz in ihrer Familienwelt.«

Sabines Seidenschal rutscht vom Tisch, ein dezent in blaugrün gemusterter Stoff, passend zum türkisfarbenen Kleid. Ich beuge mich, ihn aufzuheben.

»Lass nur, ich hab ihn schon.«

Sie nimmt ihn mir hastig aus der Hand. Da spüre ich einen kleinen Knopf, der daran befestigt ist.

»Da ist irgendwas im Stoff«, spreche ich laut den Gedanken aus.

»Ja, ich weiß. Die haben das Sicherheitsetikett vergessen. Jetzt piepst es jedes Mal, wenn ich damit in einen Laden gehe. Zum Einkaufen kann ich ihn vergessen.«

»Warum gehst Du nicht hin, wo Du ihn gekauft hast?«

»Ach, den hat Julia mir geschenkt.«

Sabine errötet. Irgendwie kommt mir diese Verbindung doch seltsam vor.

»Sabine. Wir sollten keine Heimlichtuerei begehen. Wenn Du mich wiedersehen möchtest, dann mache ich Dich mit Monika bekannt. Du kannst uns gerne besuchen kommen, ja?«

»Andreas. Ich habe eine Bitte. Auch ich habe meinen Stolz. Ich möchte, dass Du über unser Treffen Stillschweigen bewahrst. Das ist mein Wunsch. Ich habe verstanden. Du liebst mich... nicht. Und Du liebst Monika, nicht... wahr?«

»Sabine, wie redest Du denn. So abgehackt. Ist Dir der Wein nicht bekommen?«

»Nein, alles gut. Ich glaube, ich möchte jetzt auch gehen. Es war schön mit Dir. Behalt mich in Erinnerung. Vielleicht bereust Du ja doch eines Tages, nicht ausprobiert zu haben, was aus

Deiner Sabine mittlerweile geworden ist.«

»Ach Sabine. Das werden Andere feststellen. Und die wollen ja auch glücklich werden.«

Ich bezahlte und wir verabschiedeten uns herzlich. Als ich sie in den Arm nahm, hielt sie sich an mir fest wie eine Ertrinkende. Noch einmal versuchte sie, mich zu küssen. So wurde es ein verunglückter Abschied, mit einer verunglückten Abwehr von mir und dem komischen Gefühl, dass noch immer keine Einigkeit über die getrennten Wege von uns Beiden bestand.

44. Der Auftrag

Andreas

Die Regenwand erschlug mich fast. Während unseres Gesprächs in der Tapasbar fand ein Atlantiktief es passend, über das Rheinland herzufallen und dem Hochsommer ein abruptes Ende zu bescheren. Hierauf unvorbereitet erreichte ich mein Auto in aufgeweichtem Zustand. Selbst die Schuhe schmatzten und gurgelten bei jedem Schritt. Ich humpelte wie ein angeschossenes Reh, als könnten meine Füße dadurch der Nässe entgehen können. Im Schritttempo durchpflügte ich die überfluteten Straßen. Zuhause angekommen fand ich das Haus leer vor, ich machte mir Sorgen. Eine Dusche wärmte mich. Kaum hatte ich mir den Bademantel übergeworfen, stand Monika im Hauseingang, der Blick so düster wie das abendliche Sommergewitter.

»Wo warst Du? Ich konnte Dich nicht erreichen«, grollte sie mich an.

»Ging mir genauso. Und dann war schon wieder der Akku leer.«

»Tut mir leid. Ich bin sauer. Ich bin sowas von sauer!«

Irgendwas muss passiert sein. Ich erkenne Monika kaum wieder..

»Was ist los? Du bist ja ganz außer Dir.«

»Wachtner kauft unsere ›Herbstsonne‹, einfach so. Nur, um sie kaputt zu machen.«

»Wie jetzt? Woher weißt Du das?«

»Ach Andreas! Er hat mich angerufen...«

Für einen Moment glaube ich, ein déjà vu zu haben. Geht das mit Wachtner wieder von vorne los?

»Ja, woher soll ich das denn wissen!«

»Lass mich mal zu Ende erzählen, dann verstehst Du. Er hat mich also angerufen und mir klar gemacht, dass er seine Pläne mit mir zusammen zu arbeiten nicht aufgegeben hat. Wollte mich gleich in sein Büro hier in Köln einladen.«

»Der sitzt in Köln?«

»Genau.«

»Und Du? Was hast Du ihm gesagt?«

»Na, dass er mich mal kann und es nicht wagen soll, an unsere Einrichtungen zu gehen.«

»Ich schätze mal, das hat ihn nicht beeindruckt.«

»Das, was ich dann gemacht habe schon.«

Ich zähle eins und eins zusammen. Monika hat ihm einen Besuch abgestattet.

»Was, bist Du doch zu ihm hin?«

»Du kennst mich schon ziemlich gut. Ich bin in sein Büro gestürmt, hab ihn mit seiner Schlampe von Sekretärin überrascht, ihn fast mit seiner Krawatte erwürgt und ihn gewarnt, er solle mich endlich in Ruhe lassen.«

»Oh, oh!«

»Was soll das heißen, oh, oh!«

»Sorry. Der war bestimmt nicht einverstanden damit, dass Du ihn fast stranguliert hast. Aber verdient hätte er es ja.«

Monika lässt plötzlich die Schultern hängen. Glasig schauen ihre Augen zum Boden.

»Der ist so kalt, Andreas. Das interessiert ihn alles nicht. Der zieht sein Ding durch.«

Dann strafft sie sich wieder, funkelt mich an.

»Ich muss jetzt unbedingt mit Winter über die Caritas sprechen. Außerdem wollen wir ein Crowdfunding über kleine und mittlere Unternehmen einleiten. Du, du könntest Deinen Bruder Frank mal fragen, ob die beim WDR etwas über seine Holding rauskriegen, wegen illegaler Geschäfte und so ...«

Ich merke, dass Monika so aufgebracht ist, dass sie am liebsten heute Nacht einen Kampftrupp gegen Wachtner zusammenstellen würde.

»Monika, langsam. Mach mal eines nach dem Anderen. Noch haben die doch gar nicht...«

»Andreas! Hörst Du mir überhaupt zu? Die Übernahmeverträge liegen schon bei den Anwälten. Es geht nicht nur um mich. Es geht um Verrat an unseren Alten, ja?!«

»Ja, Entschuldigung. Ich möchte nur nicht, dass Du etwas überstürzt.«

»Nimm mich einfach mal in den Arm. Es ist einfach zu viel, das Alles.«

Ich spüre ihr Beben, ein Vibrieren, das ihren ganzen Körper erfasst. Aber ich spüre auch ihren Körperdruck, das Gefühl, sie braucht mich.

Noch immer fand ich keine Gelegenheit, Monika vom unerwarteten Treffen mit Sabine zu erzählen. Es schien mir unvernünftig..., nein ich sollte ehrlich sein, ich hatte Angst davor. Ich stellte uns ein paar Schnittchen auf den Tisch und machte einen guten Rioja auf. Immerzu beobachtete ich Monikas Stimmung und grübelte, wie ich einen Einstieg finden könnte. Als wir später aneinander gekuschelt im Bett lagen, überkam mich ein kindliches Bedürfnis nach Frieden und Wärme. Ich schlief einfach mit ihr ein. Ich wollte sie spüren, sie trösten, für sie da sein. Das Erlebnis mit Sabine verschwamm im Nebel. Am Morgen hatte ich es vorübergehend aus meinem Gedächtnis getilgt. Es schien keine Eile zu bestehen. Vielmehr wollte ich den richtigen Moment abwarten. Der neue Tag brachte Nebel im Sommer und neue Anspannung.

Die Arbeit in der neuen Firma war gelegentlich monoton, doch die Kollegen waren auf ihre kölsche Art nett. Vieles blieb oberflächlich, doch wir lachten viel und mit der Zeit fiel ich selbst gelegentlich in den rheinischen Singsang ein, ein Dialekt, der mir gefiel.

Doch mit der Beschaulichkeit war es vorbei, als mein Chef aufgeregt in mein Büro stürmte.

»Hör zu, die EU-Umweltbehörde hat mich gerade angerufen. Ich dachte erst, die sind jeck geworden. Die haben einen ganz akuten Auftrag für uns.«

Ich verstand nur Bahnhof. Und wieso erzählte er mir das?

»Im Kosovo. Stell Dir vor, im Kosovo sollen wir einen Umweltskandal mit untersuchen. Nein, falsch Andreas, Du. Die wollen Dich dort haben, wegen der Geschichte damals in Mali.«

Mir war ganz flau, ich musste mich setzen.

»Wie jetzt? Wer will..., was wollen die?«

»Ein rumänisches Labor, das im Kosovo für einen Mineralwasserproduzenten die Qualitätskontrollen vornimmt sucht dringend einen hydrogeologischen Spezialisten. Bei denen in Lipjan war plötzlich Arsen und PCPs in rauen Mengen in der Quelle. Gott sei Dank haben die sofort reagiert. Die konnten gerade noch eine Katastrophe verhindern.«

»Und jetzt? Wann soll ich da hin? Und mit wem?«

»Gut, dass Du sitzt. Morgen. Es eilt. Der Flug von Frankfurt ist schon gebucht. Dort empfängst Du einen Leihwagen mit Navi und fährst dann da hin. Man erwartet Dich in Lipjan.«

»He, mach mal langsam. Im Kosovo ist doch immer noch... die Bundeswehr, also die NATO. Ist das denn überhaupt sicher dort?«

»Mach Dir mal nicht ins Hemd. Wichtig ist, dass Du vorsichtig fährst. Ansonsten arbeiten dort doch schon viele internationale Firmen. Du bist doch auslandserfahren.«

Da hatte ich mich bewusst für einen Arbeitgeberwechsel entschieden, um Zeit für Monika zu haben und dann das.

»Wie lange?«

»Nur ein paar Tage. Du sollst mit ergründen, woher die Mineralquelle kontaminiert wurde.«

In meinem Hirn ratterten die Neuronen. Jochen, der war ein paar Mal da unten. Der kennt fast jeden Winkel. Er beruhigte mich, gab mir ein paar Handynummern vom Feldjägerkommando und dem Einsatzlazarett in Prizren. Da wäre ich auf alle Fälle medizinisch auf der sicheren Seite. Und im Hauptquartier von KFOR, der Kosovo-NATO-Mission in Pristinë könne man gut schoppen. Irgendwie glaubte ich, im falschen Film zu sein. Schoppen? Schnell rein, schnell raus war mein einziger Gedanke. Und eine ausführliche Beichte meines Gesprächs mit Sabine ging jetzt auch nicht. Ich konnte ja nicht die Reaktion meiner Süßen darauf abschätzen. Ich wollte nicht wieder so eine Situation wie in Mali durchmachen.

Ich rief Monika noch vom Büro aus an und erzählte ihr die

Neuigkeit. Wie erwartet, war sie erschüttert.

Dennoch war ihr, war uns klar, dass wir diese erneute Herausforderung jetzt durchstehen mussten.

Wieder gab es einen Abschied am Flughafen Frankfurt. Doch diesmal sollte es nur für ein paar Tage sein. Ich spürte dennoch erneut die tiefe Traurigkeit bei Monika. Fürsorglich erinnerte sie mich an alle Kleinigkeiten und vor allem an mein Ladekabel. Meine Verbindung zu ihr, das war mir das Wichtigste.

»Ich liebe Dich und ich pass auf mich auf. Notfalls holen mich die deutschen Feldjäger da raus.«

»Damit spaß besser nicht«, entgegnete sie ernst und küsste mich innig. Dann wurde mein Flug aufgerufen.

Später sollte ich mich daran erinnern, dass der Anfang meiner so plötzlichen Reise absolut reibungslos verlief. Der Flug dauerte keine zwei Stunden. Am außerhalb der Stadt liegenden Flughafen Pristinë war alles sehr bescheiden und klein. Irgendwie fühlte ich mich in die Siebziger-, Achtzigerjahre des damaligen Jugoslawien zurückversetzt.

Die Passformalitäten waren zäh, aber letztlich problemlos. Ich war erstaunt, einen neuen Hyundai mit eingebautem Navi als Mietwagen zu erhalten. Ein strahlender Himmel ließ die Berge am Horizont in mattem Ocker erstrahlen. Die Gegend wirkte karg und ein bisschen wild, wenn nicht überall verstreut die meist halb fertigen Wohnhäuser zu sehen wären. Eine kleine Ortschaft reihte sich an die andere. Meine Wegstrecke sollte gut 30 Minuten betragen. Pro Einwohner schien es mindestens ein oder zwei Autowracks zu geben, die auf zahlreichen kleinen Plätzen vor sich hin rosteten. Auffallend viele Tankstellen gab es. Spontan dachte ich an die verschiedenen Geldwäschemodelle, von denen mir Jochen erzählt hatte. An den Straßen entlang liefen überall Kinder und Jugendliche umher. Einmal überholte ich ein irrwitziges Fahrzeug. Es bestand aus einer Plattform mit offenem Fahrersitz und Lenkung sowie auf dem hinteren Teil einer großen, integrierten Kreissäge. Offensichtlich handelte es sich um eine mobile Holzverarbeitungsmaschine. Viele der LKWs, die mir entgegenkamen, trugen deutsche Firmennamen, teilweise noch mit vierstelligen Postleitzahlen.

Gerade fuhr ich durch einen Ort mit dem witzigen Namen Hallaç i Vogël, da sehe ich eine Polizeikontrolle. Ein Uniformierter winkt mich mit der Kelle heraus. Was hat das zu bedeuten?

45. Intrige

Julia

»Das hast Du gut gemacht, meine Dev. Und Du weißt, das ist jetzt kein Spiel mehr. Es geht ums Geschäft. Also versau es nicht. Deine dumme Mutter hat es mit Wachtner fast verspielt. Die werden wohl nicht mehr zusammen kommen. Aber diesen Andreas, den haben wir jetzt am Wickel. Ich verlass mich auf Dich.«

»Aber ich wollte doch, dass meine Mutter...«

»Hast Du mich nicht verstanden! Du bist jetzt da unten in Köln und wirst mir gehorchen! Und wenn Du fertig bist, kommst Du sofort wieder zurück! Noch eine Widerrede und die nächste Strafe wird ein bisschen härter ausfallen. Wann wirst Du endlich gehorsam.«

Übelkeit überkommt mich. Ich spüre Angst, zurückzukehren in unser dunkles Heim. Und doch muss es sein. Es ist die Vollendung meiner Bestimmung. Ich habe alles geschafft bis jetzt. Andreas ist in die Falle getappt. Alle Aufzeichnungen sind überarbeitet.

»Was wird mit Andreas?«

»Das lass unsere Sorge sein. Nochmal, mach Deinen Teil, verstanden!«

»Ja, mein Dom.«

Ein Zittern überfällt mich. Es ist, als ob ein Geist in mich gefahren ist und alle meine Muskeln an kleinen Fäden zum Zappeln bringt. Papa, was soll ich tun? Was hättest Du getan? Darius hat mich in eine Welt geführt, in der heißer Wachs,

Peitschenschläge und Folienschnüre in mir nie gekannte Lustgefühle auslösen. Ich fühle mich wie in Trance. Der ferne Schmerz jagt mir eine nahe Lust ein, die ich wie eine Droge suche. Ist es das, was ich bei Dir, geliebter Papa gespürt habe? Oder war das damals mein Schrei nach Geborgenheit? Warum war mir Mama immer so fremd? Sie gehörte Papa, aber sie wollte nicht gehören, wollte nicht gehorchen. Und dann diese Schläge von Darius. Sie sind nicht lustig, sie machen mir keine Lust. Sie zermalmen mich, machen mich klein. Kleiner, als ich mich ohnehin schon fühle. Ich beginne Angst davor zu haben, meine Meinung auszusprechen. ›Du bist 24/7 meine Sklavin, hast Du das verstanden.‹ Das waren seine Worte. Albträume, sogar tagsüber, begleiten mich. Oft sind meine Schüler weit weg, hinter einer Nebelwand. Ich kann sie nicht sehen, nicht fassen, nicht führen. Nur ihr Getuschel höre ich. Tag und Nacht. Ich muss meinem Dom gehorchen. Ich muss jetzt noch einmal alles richtig machen. Dann ist er stolz auf mich. Und dann wird er mich nicht mehr schlagen. Nicht einfach so.

Ich habe sie angerufen. Sie war sofort am Apparat. Ich habe ihr gesagt, dass ich in Köln bin und sie sofort sprechen muss. Sie war ausgewichen, wieso ich ihr nichts gesagt habe, es sei im Moment schlecht. Sie müsse bei der Arbeit einiges regeln. Es ginge ums Ganze. Ich überzeugte sie schließlich, dass wir uns mittags in dieser Tapasbar treffen. Ich wollte, dass sie die Atmosphäre hautnah spürt, die ich heimlich mit dem Fotoapparat und dem Mikrofon aufgenommen hatte.

Jetzt sitzen wir hier. Mama ist blass. Dunkle Ringe umkränzen ihre Augen. Sie tut mir leid und doch, ich kann nicht mehr zurück.

»Julia, Du wirst mir immer mehr zum Rätsel. Mir geht es im Moment gar nicht gut. Andreas musste plötzlich in den Kosovo und jetzt, jetzt erreiche ich ihn wieder nicht. Sein Handy ist tot, verstehst Du, tot.«

Bei dem Wort ›tot‹ zucke ich zusammen. Ich denke an Darius Worte: ›Das lass unsere Sorge sein‹.

»Und dieser Wachtner, dieses Schwein, will all unsere Alteneinrichtungen zerschlagen, hörst Du? Nicht übernehmen, zerschlagen, kaputt machen. Nur weil ich ihm wieder einen Korb gegeben habe.«

»Aber Mama, das wäre doch die Lösung. Was ich Dir jetzt zu sagen habe, wird Dir beweisen, dass Du mit Andreas falsch liegst. Es ist noch nicht zu spät.«

Meine Mutter springt auf, wutentbrannt.

»Jetzt reicht´s. Ahnte ich es doch. Du lässt nicht locker, oder?«

»Mama setz Dich, bitte. Ich habe Beweise, ich habe sie alle dabei. Ich will Dich doch nur schützen.«

Sie steht da, schaut nach oben, Tränenseen in den Augen.

»Warum machst Du alles kaputt, Julia. Du bist doch meine Tochter.«

»Bitte, Mama. Gib mir ein paar Minuten. Dann wirst Du verstehen.«

Mein Herz rast. In mir prügeln sich zwei Schwestern. Doch die mitleidige, die Moralsaure ist schwach, liegt nach zwei Schlägen in den Tiefen meines Unterbewusstseins. Die starke Julia, die ihren Auftrag zu erfüllen hat, fasst sich und holt das Smartphone heraus. Mama lässt sich auf den Stuhl sinken.

Hier, das ist das Gespräch, das ich mit Andreas Ostern geführt habe. Wochenlang habe ich mich gequält, es Dir zu sagen oder zu schweigen. Ich habe auf ein Gespräch mit Sabine gehofft. Und das war dann die Bestätigung. Ich habe Fotos und ein wenig konnte ich auch von ihrem Gespräch aufnehmen.«

»Du hast was?!!!«

»Mama, schrei nicht so. Es war hier. Ja, genau hier. Jetzt hör endlich.«

Wie in Trance, mit tränengeschwollenen Augen hört sie meine Aufnahme:

Julia: »Du hast Sabine verlassen.

Andreas: »Warum sollte ich das tun? Nein, Sabine ist eine tolle Frau. Sie ist im Grunde die Frau fürs Leben.«

Julia: »Hast Du ihr das gesagt?«

Andreas: »Natürlich, immer wieder. Das weißt Du doch.

Julia: »Mama, muss nichts davon erfahren. Ich habe mit Sabine gesprochen. Seit der Scheidung hat sie nichts mehr von Dir gehört. Sie will Dich sehen, verstehst Du?«

Andreas: »Ich kann mich nicht mit Sabine treffen. Monika würde es nicht verstehen.«

Julia: »Liebt Dich Sabine noch?

Andreas: »Klar tut sie das und ich sie. Deswegen will ich ja keine Unruhe. Es wäre schön, wenn Du das auch akzeptieren könntest.«

Julia: »Soll ich Sabine ein Signal geben.

Andreas: »Sag ihr nichts davon, ich sage es ihr, wenn schon, selbst. Doch, sag ihr endlich, dass ich sie liebe. Und dass Du das jetzt akzeptierst.

Julia: »Was soll ich Mama sagen?«

Andreas: »Im Grunde weiß sie, dass es keine Zukunft hat. Irgendwann wird sie es verstehen. Gib ihr ein bisschen Zeit.«

Mama zittert. Ihre Augen sind starr in die Ferne gerichtet, an irgendeinen Punkt, an dem sie sich festhalten möchte, um das Fassungslose zu begreifen. Ich muss es zu Ende führen.

»Das hier war vorgestern, hier an diesem Tisch.«

Ich scrolle die Fotos durch. Sabine und Andreas Händchen haltend, Sabine und Andreas küssen sich am Tisch, Sabine und Andreas umarmen sich, küssen sich erneut.

»Und die Aufnahme, sie ist etwas schwach, aber eindeutig:«

Andreas: »Bitte Sabine, wir wollten reden. ...Du bist hübscher denn je. Es geht um das Zusammenleben.«

Sabine: »Ich habe viel nachgedacht. Du hattest fast immer Recht. Ich habe so viel verpasst. Du bist ein umwerfender Liebhaber und ich habe das überhaupt nicht in Anspruch genommen. Glaub mir, ich kann viel mehr, als Du mir bisher zugetraut hast.«

Andreas: »Ich habe keinen Zweifel daran, dass Du eine aufregende Liebhaberin sein kannst. Ich bin angekommen, verstehst Du. ...Ich war doch glücklich mit Dir damals. ... Du bist eine wunderschöne Frau. ...Es tut mir leid, dass ich Dir damals so wehgetan habe. ... Sabine. Wir sollten keine Heimlichtuerei begehen. Wenn Du mich wiedersehen möchtest... «

Sabine: »Ich habe verstanden. Du liebst mich. Und Du liebst Monika, nicht«.

Ich drücke die Taste des Smartphones. Es ist vollbracht. Es gibt kein Zurück mehr. Eisiges Schweigen. Mamas Augen versteinern zu Granit. Die trocknenden Tränen graben tiefe Furchen in ihre Lider. Sie sieht auf einmal unendlich alt aus. Ihre Handknöchel sind so weiß, dass ich Angst habe, ihre Knochen würden jeden Moment aus der dünnen, blauädrigen Haut herausspringen.

»Mama?«

Dann spricht sie leise, hart und endgültig die für mich tragischen Worte:

»Ich will, dass Du ein für alle Mal aus meinem Leben verschwindest. Ich habe keine Tochter mehr. Selbst wenn dieses Geschwätz da in Deinem Gerät wirklich so stattgefunden hat, dann hättest Du mir helfen können, das zu verstehen. Du hättest herausfinden können, was da eigentlich los ist.«

»Aber Mama, ich wollte es zu Deinem Besten.«

»Raus! Raus!!! Raus hier!!! Verschwinde!!! Lass Dich nie wieder blicken!!!«

Der Kellner kommt angelaufen. Ich zögere. Doch es ist klar. Ich bin diejenige, die jetzt den Platz räumen muss. Oh mein Gott, was habe ich getan.

46. Entführung

Andreas

Während ich noch das Auto an den Seitenstreifen heranrollen lasse, begreife ich, dass ich dieser Situation überhaupt nicht gewachsen bin. Wie ist die Sprache hier? Albanisch. Wie sollte ich in zwei Tagen auch nur wenige Brocken lernen?

Ich sehe einen Dacia mit Polizeilackierung und noch einen alten abgewrackten Transporter. Warum war ich nicht einfach weiter gefahren? Weil man in einem fremden Land ein Polizeiauto nicht ignorieren kann. Weil man eventuell dabei erschossen werden kann, in einem Land, in dem pro Kopf wahrscheinlich mehr Waffen existieren als in den USA. Kaum stehe ich, öffnet jemand meine Fahrertür. Aus dem Augenwinkel sehe ich, wie eine zweite Person alle vorbeifahrenden Autos weiter winkt. Ein glatzköpfiger, kantig wirkender Mann packt mich grob am Arm. Ich löse den Gurt, großer Fehler. Ich greife nach meinem Handy, es fällt aus meiner Hosentasche. Ein Schmerz jagt mir durch die Schulter, an der mein restlicher Körper mit heraus gezogen wird. Ich werde von einem zweiten Mann in die Zange genommen. Mein Handy ist weg, keine Verbindung. Mir wird schlecht vor Angst.

»Was machen Sie da?! He, ich bin deutscher Staatsbürger!«

Als ob sie mich verstehen würden. Als ob das bei den Absichten etwas nützen würde. Aber welche Absichten? Eine quietschende Schiebetür öffnet sich. Ein Geräusch wie ein Folterschrei. Kaum schaffe ich den Fuß auf die Ladefläche, kaum versuche ich mich in letzter Willensanstrengung davon abzustoßen, da werde ich mit einem Hieb in die Flanke auf den schmierigen Metallboden geschleudert. Ich krümme mich vor Schmerz. Meine rechte Niere pocht, wie eine offene Wunde. Ich kann kaum ein Erbrechen unterdrücken. Die Tür rumpelt mit einem dumpfen Knall zu. Es ist finster. Nur ein kleiner Lichtstreifen quillt aus der verbeulten Schiebetür herein. Es poltert, wir fahren. Es ist vorbei. Aus und vorbei, geht es mir durch den Kopf. Das war keine Polizei. Aber woher sollte ich das gewusst haben. Wie naiv! Alles an diesem Auftrag war komisch, auffällig. Und doch, warum? Auf dem Ladeboden liegend, versuche ich mich, irgendwo an den Rillen festzuhalten. Halb lehne ich mich jetzt an die Fahrzeugwand. Es holpert, der Wagen springt, als würden wir über einen Acker fahren. Ich rieche Rauch, wie verbrannte Autoreifen. Dann bremst der Wagen abrupt. Ich knalle mit dem Kopf gegen die Stirnwand der Kabine. Warme Flüssigkeit rinnt meine Wange herab. Reflexhaft wische ich mit der Hand darüber, lecke daran. Ich blute.

Der Folterschrei ertönt erneut, helles Licht blendet mich. Arme zerren mich heraus. Ich befinde mich in einem hofartigen Gelände, irgendwo in diesem Dreckskosovo, einem Land, dem ich nie etwas Böses getan habe. Humpelnd, kaum die Füße vom Boden hebend, hinke ich den beiden Männern hinterher, die mich unter den Achseln gepackt halten. Sie geben sich keine Mühe, ihre Gesichter zu verbergen. Todesangst durchfährt mich. Ich werde keine Zeugenaussage mehr machen können.

Ein harter Eisenstuhl in einem dunklen, nach Urin und Hühnerkot stinkenden Raum beendet meinen Weg, vorerst. Meine Arme werden mit kreischendem Paketband an der Rückenlehne befestigt. Eine uralte 100-Wattbirne brennt weiße

Wunden auf meine Netzhaut. Eine alkoholraue, nach schlechtem Tabak stinkende Stimme brüllt mich an:

»Du hier illegal! Nix haben Recht hier! Warten bis Chef kommt!«

»Sprechen Sie meine Sprache«, will ich naiv wissen, als ob ich dann verhandeln könnte.

»Syno!!«

Das habe ich als international eindeutige Aufforderung verstanden.

Angst, Todesangst und meine ohnehin volle Blase hinterlassen an meinen Beinen eine warme Nässe, die sich bis in meine Schuhe ausbreitet. Ein weiteres Klebeband quetscht meine Lippen zu einem fleischigen Knäuel zusammen. Benebelt, kaum bei Bewusstsein, registriere ich, wie eine weitere Person den Raum betritt. Wäre es ein Theaterstück, ich hätte gelacht über die Karikatur eines mittelwichtigen Mafiabosses in metallisch glänzendem Anzug, schwarzen Lackschuhen, pomadigen Haaren und einer Sonnenbrille, die sein halbes Gesicht verdeckte. Lachen aber war die letzte Regung, die mir in dieser Situation noch eingefallen wäre.

»Çfarë bëjmë me të?«, brachte Kahlkopf heraus.

»Në liqen, mëngjes«, hauchte der Mafiamensch heiser.

Meine Augen suchten nach irgendeiner für mich fassbaren Information. Versteckte Kamera, dachte mein albernes Hirn, um sich irgendeine Chance auszumalen. Nein. Würde man mich vermissen? Wenn ja, wann? Ich wollte gerade einen Blick vom Chef erheischen, da schlug etwas dumpf auf meinen Schädel. Rechts und links von mir klappten schwarze Wände auf mich zu. Ein letztes weißes Rauschen durchströmte mein Bewusstsein, dann war ich weg.

47. Verzweiflung

Monika

Ich weiß nicht, wie ich nach Hause gekommen bin. Im Bad habe ich mich erst einmal erbrochen, bis nur noch gallige, grüne Bitterkeit aus mir herauswürgte. Am liebsten wäre ich bewusstlos geworden, um dann frisch erholt aus einem Albtraum zu erwachen, Andreas neben mir, den Arm auf meinem Bauch liegend. Aber die Dinge lagen anders. Wie viele Male sollte ich auf falsche Meldungen bezüglich seiner Absichten hereinfallen. Aber ich hatte keine Energie mehr. Was war das? Was hatte mir Julia präsentiert? Die Bilder, sie waren echt. Andreas hätte mir etwas gesagt, vorgestern, spätestens gestern. Hat er aber nicht. Ich muss Jochen anrufen. Etwas stimmt nicht. Andreas würde niemals sein Handy ausschalten. Alles fühlt sich falsch an. Es schmeckt vergiftet, wie der Geschmack in meinem Mund. Was ist nur aus meiner Tochter geworden? Ist es Darius, der dahinter steckt?

»Monika, ich habe vorsichtshalber in der EU-Umweltbehörde angerufen. Die haben soeben mitgeteilt, dass das rumänische Labor einen Betrüger aufgedeckt hat. Es war Fehlalarm, verstehst Du?«

»Aber Jochen, das hilft mir doch auch nicht. Heißt das, dass Andreas umsonst nach ...«

»Schlimmer Monika. Ich glaube, es war eine Falle. Der Auftrag wurde fingiert.«

»Oh mein Gott. Aber warum? Wer sollte so etwas machen?

Jochen, ich werde wahnsinnig, das ist doch alles irre.«

»Sag mal. Ist der Freund von Julia nicht Rumäne?«

»Ja.«

Ein ungeheurer Verdacht zieht in mir auf. Was wenn... Wachtner und Darius, die hatten schon mal die Köpfe zusammengesteckt.

»Jochen. Ich glaube, ich habe einen Verdacht. Julia hat mich heute mit Aufnahmen von Andreas und Sabine konfrontiert. Alles scheint klar zu sein. Es soll, es ist, ich weiß nicht, ob Sabine und Andreas...«

»Monika langsam. Was hat das mit Andreas Verschwinden zu tun?«

»Hör zu. Meine Tochter organisiert ein Treffen mit Andreas Ex, nimmt das auf und hält es mir vor. Das war nicht mehr Julia. Die war wie von Sinnen.«

»Glaubst Du, Darius lässt sich auf so infantile Spiele ein?«

»Wenn Wachtner mit im Spiel ist. Der ist geradezu besessen von mir. Er tut alles, um mich zu kriegen oder zu zerstören. Mit Darius hat er die nötigen Connections.«

»Ich weiß nicht. Hört sich abstrus an. Andererseits, ein deutscher Staatsbürger wird vermisst. Die NATO hat noch immer viel zu sagen im Kosovo. Wenn ihm was passiert ist, Monika, wir werden ihn finden.«

Ich breche unter einem Weinkrampf zusammen. Das Telefon fällt mir aus der Hand. Ich knie auf dem Boden und schluchze hemmungslos.

48. Dämon Sucht

Julia

Ich fühle mich elend. Die letzten Kilometer hinter Hamburg kommen mir ewig vor. Erschöpfung, ich spüre nur noch Erschöpfung. Meine Haut juckt schon wieder, diese Aknepickel, wie in der Pubertät. Drei Tage war ich in Köln und mein Crystal ist mir ausgegangen. Darius hat es mir vor einem Jahr das erste Mal gegeben. Nachdem ich es geschnupft hatte, konnte ich powern ohne Ende. Und ich nahm ab. Endlich.

Alles habe ich klar gesehen, wie noch nie zuvor in meinem Leben. Bis in die Nacht habe ich die Arbeiten korrigiert. Am Tag darauf hatten alle ihre Tests zurück. Angst hatten sie vor mir. Unheimlich war ich ihnen. Macht habe ich gespürt.

Aber jetzt komme ich von dem Scheißzeug nicht runter. Darius drängt es mir auf, jedes Mal wieder. ›Los, stell Dich nicht an. Das tut Dir gut. Du gehst total ab damit.‹

Ich werde Mamas Blick nicht vergessen. Warum kann sie denn nicht einfach funktionieren, so wie ich. So wie ich? Wie funktioniere ich denn? Seit zwei Jahren warte ich auf den Gipfel. Darauf, dass alles gut ist. Das ich im Flow bin, und Darius zufrieden.

Ich biege in unsere Straße, die Hände klatschnass. Mein Herz poltert unregelmäßig. Mir ist schwindlig. Plötzlich höre ich hinter mir eine Stimme. Hat sich jemand in mein Auto geschlichen?

»Du hast Deine Mutter auf dem Gewissen. Erst Dein Vater, dann sie.«

Mein Schrei weckt mich aus der Illusion. Da ist niemand. Oh mein Gott. Darius, ich muss meinen Stoff nehmen. Sonst werde ich noch wahnsinnig.

»Wo warst Du so lange! Habe ich nicht gesagt, sofort zurückkommen?!«

Wieder dröhnt mein Kopf, brennt mein Ohr. Ich ducke mich.

»Ich brauche Meth, bitte.«

»Einen Dreck brauchst Du. Erzähl mir, wie es war. Dann sehen wir weiter.«

»Ich hab alles so gemacht, wie Du wolltest!«, schreie ich ihn an.

Dann liege ich auf dem Boden. Diesmal hat er nicht aufgepasst. Meine Lippe blutet.

»Sie war verzweifelt. Sie hat alles geglaubt. Sie will mich nie wieder sehen.«

Darius nimmt sich einen Wodka. Seelenruhig lässt er einen Eiswürfel in das Glas gleiten. Ich liege noch immer am Boden, kann mich kaum bewegen.

»Und wenn schon. Wenn Sie Wachtner nicht will, ist es sowieso egal. Der will seine Rache und die hat er jetzt. Das ist gut für mich. Er steht in meiner Schuld.«

»Aber Mama...«

Darius nimmt seinen Schuh und drückt ihn mir auf die Brust, immer fester, immer fester, bis mir die Luft weg bleibt.

»Zu wem hältst Du eigentlich? Wer ist Dein Dom? Jetzt steh auf und wasch Dich. Dann bekommst Du auch Dein Leckerchen.

Ich hab Dich nicht zum Jammern hier, kapiert?«

Etwas zerbricht in mir. Genau jetzt. Etwas fühlt sich auf einmal falsch an. Falsch ist, dass ich keine Mutter mehr habe. Falsch ist, dass ich alles verrate. Falsch ist, dass ich nur noch Angst habe. Ich kann nicht mehr. Vor mir ist das Ende einer Sackgasse, der Sackgasse meines Lebens. Zurück geht nicht. Da steht Darius. ›Du musst erstmal machen, was er sagt. Dusch Dich, nimm Dein Meth und dann, dann, dann... Monoton klingt meine innere Stimme. Wie ein Zombie richte ich mich auf. Im Bad erschaudere ich über mein Spiegelbild. Als hätte jemand an meinen Gesichtszügen nach unten gerissen, sehe ich aus wie eine ausgeleierte Fratze. Mit Pickeln übersät. Wer bin ich eigentlich?

Andreas kommt mir in den Sinn. Alles habe ich daran gesetzt, ihn von Mama zu lösen. Was habe ich gefühlt, als er mir gegenübersaß? Nichts? Nein. Das Gegenteil war der Fall. Neidisch war ich, weil er so liebenswert ist. Weil er zuhören kann. Eine Stimme tief in mir sagte, er ist nett. Nein er ist toll. Ein richtig lieber Mann. Die Stimme drehte sich um, zuckte die Schulter und ging wieder. Ich habe sie nicht einmal beachtet.

Ich schnupfe meine Dosis, Darius trommelt nervös mit den Fingern auf dem Tisch.

»Kann ich ahnen, dass Du Dein Zeug nicht vernünftig einteilst. Los, sieh zu, dass Du auf die Beine kommst. Der Keller wartet.«

»Können wir nicht...?«

»Können wir was?! Geht's Dir nicht gut. Los, mach Dich fertig.«

Wieder geht mir Andreas durch den Kopf. ›Das lass unsere Sorge sein‹.

»Was ist mit diesem Andreas?«

Statt auszurasten, lächelt er breit, kippt in einem Zug den zweiten Wodka in seine Kehle und schaut mich mit tiefgefrorenem Blick an.

»Das willst Du nicht wissen.«

49. Komplott

Der kosovarische Getränkeproduzent meldete seiner staatlichen Aufsichtsbehörde, dass aus dem rumänischen Labor eine Falschmeldung bezüglich möglicher Intoxikationen des Rohwassers vorlag. Ein nicht autorisierter Mitarbeiter wurde gefasst, als er die Spuren der Fälschung beseitigen wollte. Auf Anfrage der EU konnte dies dann bestätigt werden. Der zur Aufklärung angekündigte deutsche Spezialist sei überdies nie eingetroffen.

Parallel dazu erhielt das deutsche Feldjägerkommando in Prizren eine Information von einem Sanitätsoffizier der Bundeswehr, dass der deutsche Staatsbürger Andreas Lobesam seit seiner Ankunft am Mittag am Flughafen Pristinë als vermisst gilt. Es handelte sich um dieselbe Person. Sein Leihwagen wurde von der kosovarischen Polizei kaum fünfzehn Kilometer entfernt mit seinem Gepäck in einem Seitenweg gefunden. In ihm fand man sein geortetes Handy.

In einer sofort anberaumten Krisensitzung beschlossen der Polizeichef des Kosovo und der Kommandeur KFOR in einer abgestimmten Aktion der Grupi Special i Interveni, abgekürzt SIG und dem deutschen Feldjägerkommando mit seiner Hundestaffel den vermissten Deutschen aufzuspüren.

48. Auf dem Weg ins Kosovo

Monika

»Oberstleutnant Werner. Mit wem spreche ich?«

»Guten Tag, Mahlert ist mein Name, Monika Mahlert. Ein Herr Oberstarzt Schmitzler hat mir ihre Nummer gegeben.«

»Ach Jochen, der saubere Hygienedoc. Wie geht´s ihm? Rufen Sie wegen der Geschichte mit dem deutschen Ingenieur an?«

»Ja, ich bin seine... also Lebensgefährtin und ich will runter kommen, in den Kosovo. Ich muss... ich kann nicht hierbleiben. Ich werde sonst verrückt.«

»Frau Mahlert, das ist keine gute Idee. Ich darf Ihnen auch nichts zum weiteren Vorgehen sagen. Besser Sie warten ab. Ich notiere Ihre Nummer und verspreche mich zu melden, wenn ich mehr erfahren habe.«

»Nein! Entschuldigen Sie bitte. Aber dann versuche ich auf eigene Faust ..., ich werde schon herausfinden, wo Andreas stecken könnte. Ich fliege noch heute Abend nach Pristinë.«

»Frau Mahlert. Das hier ist der Kosovo. Die Kriminalitätsrate ist höher als in der Bronx. Machen Sie keinen Blödsinn.«

»Wenn Sie mir nicht helfen...«

»Ok. Ich mache ihnen einen Vorschlag. Heute Abend geht noch ein Konvoi vom Flughafen nach Prizren in unser Feldlager. Hier haben wir ein Einsatzlazarett. Sollte Ihrem Mann was passiert sein, kommt er ohnehin zu uns. Dann sind sie auch in

Sicherheit. Das kann ich Ihnen anbieten, mehr nicht.«
»Danke, das ist unglaublich lieb von ihnen.«

Hätte ich mich nicht entschlossen, selber da runter zu fliegen, ich wäre wahnsinnig geworden. Als rutschte ich in ein riesiges Magnetfeld der Täuschung und Intrigen, wirbelte mein Kompass um seine eigene Achse. Alle Gewissheiten fielen wie ein Kartenhaus zusammen. Spielten denn alle falsch? Mein Herz sagte mir, ich solle versuchen, Andreas zu finden. Mein Verstand riet zur Flucht vor Allen. Vor Andreas, vor Wachtner, vor Julia und auch vor Maria. Am besten ganz weit weg und irgendwo von vorne anfangen. Mein Herz blutete. Es schwemmte die so wunderbar geborgene Liebe zu Andreas schwallweise aus und ich schaffte es nicht, den Verlust aufzufangen. Wie findet man die Wahrheit heraus? Vertrauen. Wir haben uns Vertrauen geschworen. Warum hat er nichts vom Treffen mit Sabine gesagt? Hat er sich nicht getraut?

Die Positionsleuchten der Tragflächen blinken im immer gleichen Rhythmus gespenstisch auf. Geisterhafte Schwaden ziehen an den Flügeln vorbei. Das leise Surren der Triebwerke kann meine Nervosität nicht dämpfen. 22:00 Uhr, der Landeanflug beginnt. Nicht nur der Sinkflug erzeugt in mir ein flaues Gefühl.

49. Im fremden Land

Monika

Am Ausgang empfangen mich eine junge Frau und ein noch jüngerer Mann in Tarnuniform, als wären wir im Krieg. Sie tragen Rotkreuzbinden am Arm.

»Stabsarzt Krüger, herzlich willkommen im Kosovo, Frau Mahlert«, stellt sich die Ärztin mit der schwarzen Kurzhaarfrisur vor. Sie hat lebhafte braune Augen und einen warmen, festen Händedruck.

»Das ist unser Fahrer Hauptgefreiter Mohamed Faisal.«

Ich bedanke mich freundlich für die Abholung, fühle mich mit einem Mal geborgen, aufgehoben. Ich erwische mich dabei, wie ich mir eine so warmherzige Tochter wünsche, wie diese Frau Krüger.

»Wie heißen Sie mit Vornamen«, möchte ich spontan wissen und kann kaum die Tränen verbergen, die die Angst und Trauer in dieser Situation hervorquellen lassen.

»Sandra. Ich bin hier in der MEDEVAC-Kompanie tätig. Wir fahren Konvoibegleitung. In Deutschland bin ich Truppenärztin in Mittenwald. Ich habe von Ihrem Mann gehört. Sie müssen große Ängste ausstehen.«

Jetzt fließen sie, ungebremst, unaufhaltsam, die Tränen.

»Er ist mein Lebensgefährte«, bringe ich zitternd heraus, als ob das gerade wichtig wäre.

»Jetzt bringen wir sie erst mal in unser Feldlager. Sie haben ein Zimmer für sich. Eine heiße Dusche, ein Tee und dann sehen wir weiter. Kommen Sie. Unser Luxusmobil wartet schon auf sie.«

Mohamed, ein Deutscher marokkanischer Herkunft, fährt den großen Unimog-Geländewagen sicher durch die dunklen Straßen im Kosovo. Das Rettungsfahrzeug wirkt wie ein großes Ungetüm in oliv. Ich sitze hinten, im Bereich der Patientenliegen, auf einem Klappsitz und bestaunte die spartanische, aber funktionale Ausstattung dieses ungewöhnlichen Krankenwagens. Im Feldlager angekommen holpern wir über harte Schwellen, vorbei an Schikanen, ein hochgesicherter Bereich. Ich muss mich einer Passprozedur unterziehen, während die Beiden ihre Waffen in einer großen Kiste entsichern. Das Lager beleuchtet mit seinen grellen Laternen den kosovarischen Nachthimmel. Es besteht aus einem am Hang verteilten, gut ausgebauten Wegenetz, an dem überall zweistöckige Wohnhäuser stehen. Die große, betongraue Küche und das flach geduckte Einsatzlazarett wirken modern, man könnte meinen, wir wären in einem Stadtteil von Frankfurt. Nachdem ich ein spartanisches Zimmer mit sauberer Wäsche bezogen habe, laden mich Sandra und Mohamed noch zu einem Tee in die ›Oase‹ ein, einer kirchlich betriebenen Betreuungseinrichtung, die einen gemütlichen Achtzigerjahre-Charme ausstrahlt. Oase. Genauso fühle ich mich mit einem Mal hier. Ein Militärlager in einem Land ohne Krieg. Menschen in martialischen Uniformen, die hilfsbereit und liebenswert sind. Mir tat dieses Gefühl von Sicherheit gut. Trotz großer Ängste, trotz verzweifelter Gedanken schlafe ich kurz nach ein Uhr endlich ein.

50. Dem Tode nah

Andreas

Eine große schwarze Metallkugel füllt meinen Kopf aus. Bei jeder Bewegung stößt sie an die Innenwand meines Schädels. Wieso kann ich noch denken? Da kann kein Platz mehr für Hirnmasse sein. Meine Lippen schmerzen, brennen, fühlen sich an wie ein matschiger Fleischbrei. Ein leises Stöhnen klebt am Packband, kann nicht heraus. Es verliert sich in meinem rauen Rachen. Meine Augen erkennen nur einen schwachen Lichtschimmer in der Zimmerecke. Kantenschädel schabt mit einem Messer an seinen dreckigen Fingernägeln.

»Du Familie? Frau? Bald werden weinen.«

Er lacht dreckig. Kurz versuche ich, mich aufzubäumen. Blanker Hass gibt mir die Kraft dazu, doch der Schmerz in jedem meiner Muskelfasern überredet mich aufzugeben. Funkeln in meinen Augen bleibt meine stumme Reaktion auf dieses Drecksgesicht. Monika, oh mein Gott. Wie soll alles werden? Warum habe ich ihr nichts gesagt? Aber das ist jetzt egal. Als könnte Kantenschädel meine Gedanken lesen, brummt er:

»Morgen Du Fischfutter, hahaha. Deutsche Futter für kosovarisch Fisch. Gute Witz.«

Ich überblicke die Möglichkeiten einer Flucht. Lächerlich.

Plötzlich knallt es so laut, dass ich schlagartig nichts mehr höre. Ich bin taub. Dazu eine weiße Blindheit. Alles ist schlagartig gleißend weiß. Die Nase, sie nimmt einen beißenden Geruch nach Sprengstoff wahr. Bin ich explodiert? Bin ich tot?

Ist das die Zeit danach? Taub? Blind? Gefühllos? Dann kommt der Schmerz. Ich falle um. Ein Mensch wirft sich auf mich. Ich spüre einen weiteren dumpfen Knall. Hinter dem Weiß krümmt sich ein Mann. Ein roter Punkt wird immer größer. Der Punkt bildet einen Kreis, ein Oval, vergrößert sich, läuft auf mich zu. Fremde Stimmen klopfen dumpf an mein Ohr. Und dann, hinter mir:

»Hintereingang sicher! Zielperson ausgeschaltet!«

Ein krächzender Rabe antwortet, ich versteh seine Sprache nicht.

»Herr Lobesam? Können Sie mich hören?« Eine Maske beugt sich über mich. Ein Mensch gewordener Frosch. Er zieht vorsichtig am Klebeband. Meine Lippen lösen sich von den Knochen, mein ganzes Gesicht zerfällt. Und doch kann ich sprechen.

»Ja, irgendwie kann ich sie hören. Was ist? ...Wer?«

Meine Hirnkugel lässt mich nur stammeln. Schmerzblitze durchzucken mich wie unter Folter. Ein Messer ritzt mir die Arme auf, nein es ist nur das Packband.

»Können Sie gehen? Schnell, wir müssen Sie schnell hier herausholen. Wie viele waren es?«

Wieder taumle ich, aber ich werde gestützt, nicht geschleift. Schwarze Astronauten mit kurzen Gewehren springen umher. Ihre dunklen Stimmen wirken außerirdisch.

Eine Trage, ich werde auf eine Trage gelegt, festgebunden. Ein Gesicht beugt sich über mich. Ein freundliches, helles, rettendes Gesicht.

»Ich werde Ihnen jetzt eine Infusion anlegen. Gleich lassen die Schmerzen nach.«

Ich werde in einen Krankenwagen gehoben. Ich kann es nicht glauben. Ich bin gerettet. So scheint es. Ich bleibe am Leben, hoffe ich.

51. Die Wand

Monika

Wildes Klopfen reißt mich aus dem Schlaf. Benommen hebe ich den Kopf. Wo bin ich? Orientierungslos taste ich nach einem Lichtschalter.

»Frau Mahlert?«

Ein scharfes Flüstern. Ich erkenne die Stimme von Sandra.

Mein Herz pumpt Angst durch den Körper. Flüssige, glühende Angst. Ich will weglaufen, in einen Traum versinken, in der die Welt in Ordnung ist, am besten daraus nicht mehr wach werden. Starr sitze ich auf der Bettkante.

»Frau Mahlert. Kommen Sie.«

»Was ist mit Andreas?«

Ein, zwei Sekunden füllen den Raum. Zu lange Zeittakte, um mich zu beruhigen. Ein tödliches Zögern.

»Es geht ihm gut. Den Umständen entsprechend.«

Ich springe auf, als ginge es jetzt um Leben und Tod.

»Er lebt also. Kann ich zu ihm?«

»Natürlich. Deswegen bin ich doch hier. Kommen Sie, ziehen sie sich was an. Er wartet schon.«

Es sind seine Augen. Nur sie erkenne ich und in ihnen steht das, was ich mir wünsche und doch nicht mehr daran glaube. Vertrauen. Ich bringe kein Wort heraus. Ich würde Wortfetzen schluchzen, die keinen Sinn zusammen brächten. Ich nehme seine Hand.

Ein Kopfverband verdeckt die Platzwunden, die man ihm

zugefügt hatte. Die Lippen sind orangefarben bepinselt, dick geschwollen, wie nach einem Boxkampf. Sein Gesicht ist aufgedunsen.

Doch seine Augen sprechen eine sanfte Sprache.

»Es tut mir leid«, quält er die Worte schmerzhaft über die Lippen. Es wäre unfair, mit ihm jetzt zu diskutieren, was vor wenigen Tagen in Köln passiert ist. Immerhin spüre ich Glück darüber, dass er überlebt hat.

Es klopft am Türrahmen, Sandra steht da. Ihre Augen fragen gefühlvoll, ob sie eintreten kann.

»Hallo Sandra, bitte, kommen Sie. Das ist Andreas, mein ...« Mein Satz stirbt ab. Einfach so.

»Ich weiß. Ich hatte schon nach ihm geschaut, heute Nacht. Der BAT, also der bewegliche Arzttrupp, unser Notarzt war bei der Aktion dabei.«

»Was war genau passiert?«

»Irgendwelche Leute, die als Polizisten verkleidet waren, hatten ihm aufgelauert. Es war eine Falle.«

»Ja, sein Freund Jochen, sagte, der ganze Auftrag sei wohl dazu da gewesen, ihn hier zu stellen. Aber warum? Weiß man, wer die Leute sind?«

»Nein. Ich kenne zwar den Einsatzleiter der Feldjäger. Aber die dürfen noch nichts sagen. Das alles ist jetzt schon auf einer hohen politischen Ebene angelangt.«

Ich wagte es nicht, die Verbindung von Wachtner und Darius Vargas herzustellen. Was, wenn es wirklich so wäre? Es erschien mir mittlerweile absurd. Ich verdrängte den Gedanken.

Ich verdrängte meine Tochter Julia und ihr Umfeld, vorerst.

Zwei Tage brauchte es, bis Andreas wieder transportfähig

war. Wir wurden mit einem Airbus der Bundeswehr zurückgeflogen. Zurück ließ ich ein tiefes Gefühl der Dankbarkeit für die Männer und Frauen in ihren komischen gefleckten Uniformen. Jeder Einzelne ließ uns Hilfsbereitschaft und Fürsorge spüren. Egal ob üppige Verpflegung in der Truppenküche, einfühlsames Sanitätspersonal im Pflegecontainer oder ein Camp-Commander, der mich mit Wäschetausch, Freizeiteinrichtungen und der typisch deutschen Mülltrennung vertraut machte, ich fühlte mich aufgehoben. Sogar die Presse hielt man uns vom Hals. Es gab einen Presseoffizier, der alles von uns abhielt.

Diesmal sitzen wir gemeinsam im Flieger und ich überwinde meine tiefe Angst vor der unausgesprochenen Wahrheit.
»Andreas. Ich muss wissen, warum Du Sabine getroffen hast und mir nicht davon erzählt hast. Ich werde noch wahnsinnig bei dieser Ungewissheit. Ich möchte Dir so gerne vertrauen, aber ich weiß nicht wie.«
Er schaut traurig nach unten auf seine Füße. Seine wunden Lippen lassen seine Worte mühsam wirken.
»Ich wollte es Dir sagen. Erst bevor wir uns getroffen hätten, da habe ich Dich nicht erreicht. Du warst da schon auf dem Weg zu Wachtner. Dann danach, da sprudelte aus Dir so viel Wut und Hass, dass ich Angst davor hatte, wie Du reagieren würdest.«
»Wie ich wegen was reagiere? Julia hat mich mit Aufnahmen konfrontiert, die eindeutig zeigen, dass Du Deine Ex liebst und nicht mich. Andreas, ich halte das nicht aus. Was ist los?«
»Julia hat was?«

»Sie hat Dein Gespräch mit ihr Ostern und Dein Treffen mit Sabine aufgenommen.«

»Halt mal. Sagtest Du eben, ich hätte gesagt, ich liebe Sabine? Blödsinn, das habe ich nie gesagt. Das Gegenteil ist der Fall. Ehrlich Monika. Was denkst Du von mir? Dass ich ein Doppelspiel treibe?«

»Julia hat mir alles vorgespielt. Ok, es war manchmal holprig, die Aufnahme. Aber ich habe auch Bilder gesehen, wie Du Sabine küsst.«

»Oh mein Gott, was hast Du für eine falsche Tochter. Ja, Sabine wollte mich küssen, ich konnte es nicht ganz verhindern. Sie flehte mich an, ihr noch eine Chance zu geben. Ich sagte ihr: ›vergiss es, ich liebe Monika‹«

»Hast Du nicht gesagt, sie sei eine tolle Frau?«

»Klar, um ihr Mut zu machen, den Richtigen für sie zu finden. Du, es ist doch klar. Julia hat da was zusammen geschnitten. Das kannst Du heute ohne Probleme mit kostenloser Freeware aus dem Internet. Lass Dir die Aufnahmen geben und ich beweis es Dir.«

Ich werde ganz blass. Mein Magen zieht sich unter einem Säurekrampf zusammen.

»Heißt das, ...«

»Monika, ich liebe Dich, ehrlich.«

Eine Schutzmauer richtet sich in mir auf. Stein für Stein beschließt meine lang geschwiegene innere Widersacherin, eine Wand aufzurichten.

»Andreas, ich brauche Zeit. Ich kann nicht so weiter machen, wie bisher. Du hättest mit mir reden müssen. Du hättest Sabine nicht solche Sachen sagen dürfen. Du hättest nicht ihre Hand halten dürfen. Andreas, wenn Du mich lieben würdest, dann wäre

Sabine Vergangenheit, für sich selbst verantwortlich.«

»Das sind harte Worte. Julia hat mich immer wieder gedrängt, Sabines Wunsch entgegenzukommen.«

»Vergiss Julia. Ich habe keine Tochter mehr. Das Thema ist erledigt. Aber wenn Du mich wirklich so lieben würdest, wie ich es geglaubt und gewünscht habe, dann hätte Julia das nicht geschafft.«

»Es ist Deine Tochter. Und es geht ihr nicht gut. Was ist, wenn sie unter Druck von diesem Darius, ihrem Geliebten steht.«

»Andreas, das ist meine Sache. Julia war schon gegen Dich, da gab es Darius noch nicht in ihrem Leben.«

»Aber ihren Vater.«

»Wenn Du nicht alles kaputt machen willst, dann halt Dich aus meiner Vergangenheit heraus.«

Verletzt. Ich fühle mich nur noch verletzt. Ich soll immer alles glauben. Ich soll nichts merken, ich soll vertrauen. Aber bitte schön wem?

52. Erkaltete Liebe

Andreas

Was ich in den folgenden Wochen erlebte, war ein tödliches Patt in unserer Liebesbeziehung. Kein Wort mehr darüber, dass ich zu Sabine zurückgewollt hätte. Keine einzige Diskussion kam auf, ob und wie ich anders hätte reagieren sollen. Der Schlüssel war aus meiner Sicht Julia. Ihr unfassbares Verhalten hatte sich wie eine Giftwolke über uns gelegt. Monika lehnte jeden Kontakt zu Julia ab. Sie untersagte mir, es selber zu versuchen. Nie zuvor hatte sie so harte Worte mir gegenüber gebraucht.

»Wage es ja nicht, meine Tochter zu kontaktieren. Sie existiert hier in unserem Haus nicht mehr.«

Unser Alltag entwickelte sich zur Routine, es gab ein Guten-Morgen-Küsschen, doch die liebevolle Kaffeeportion an das Sonntagsbett blieb aus. Meine kleinen Blumengrüße aus dem Garten wurden kaum beachtet, sie machten mir keine Freude mehr. Früher küssten wir uns auf jeder Rolltreppe zärtlich, sie oben, ich unten auf der Stufe - vorbei. Genüssliche Massagen, kleine Postkarten von meinen Geschäftsreisen, ein zärtliches Dankeschön für den zurückliegenden Tag, all das ebbte ab, vertrocknete unter der Hitze eines grellen Balls voller Zweifel, den Monika hegte. Welcher Zweifel es war, ich konnte es nicht genau fassen.

Ich übte mich in Geduld. Ich wollte sie nicht verlieren. Außerdem hatte ich Sehnsucht nach ihr. Meine Begierde fand kein Ziel. Monika erklärte mir schlüssig, dass die Wechseljahre ihr unweigerlich Grenzen aufgezeigt hätten, die alles in ihr verändern würden. Damit müsse ich mich abfinden. Ich ergoss mich einsam unter der Dusche, in der Badewanne, wenn Monika unterwegs und ich alleine war. Ich erwischte mich dabei, erotische Filmclips im Internet zu konsumieren. Und doch war es nicht wie bei Sabine. Ich suchte nicht die Flucht, suchte keine neue, andere Frau. Es war und blieb für mich glasklar, ich liebe meine Monika, niemanden anders. Aber das Schloss es blieb verschlossen. Ein karger Vorgarten sollte der Ort meiner Hoffnung sein.

53. Die Freunde

Jochen und Hildegard, 2013

»Lass es uns probieren.«

»He, ich muss es zurückbringen. Was, wenn Andreas es merkt. Seit wann bist Du so..., Du bist doch wieder nüchtern, oder?«

Hildegard rückte näher an ihn heran. Die Bettdecke bedeckte eben ihre Hüften, die heiße Julinacht hatte eine schwüle Hitze in ihrem Schlafzimmer hinterlassen. Jetzt, fast gegen Mittag, flimmerte es draußen schon wieder. Das halb geöffnete Nachthemd entblößte ihre kleine Brust, die sich kaum merklich von ihrem schlanken Brustkorb abhob. Jochen hat diese Zartheit an ihr immer geliebt. Er, der so derb und jovial wirkende Lebemann vergötterte seine schlanke, ein wenig maskulin wirkende Hildegard. Als er noch öfter mit ihr Sex hatte, fand er feinfühlende und fast andächtige Liebkosungen für seine graziöse Ehefrau. Doch in den letzten drei, vier Jahren hatten sich die Abstände der amourösen Momente zunehmend vergrößert. Das Liebeswerben wich einer Routine, die oft von Müdigkeit und begleitenden Alterswehwehchen durchzogen war. So manche hübsche Liebesstellung fiel dem Rückenschmerz, dem Druckgefühl im Bauch oder den eingeschlafenen Armen zum Opfer. Doch das Gefühl einer gemeinsamen tiefen Liebe schien bei den Beiden nicht verdorrt. Offensichtlich bedurfte es neben ein wenig frischem Quellwasser vor allem dem passenden Dünger für ein Aufflammen der alten Leidenschaft. Die Feier gestern bei Andreas und Monika gab den Ausschlag. Es war dieses Spiel, von

Andreas selbst gebastelt, Thema in illustrer Runde und Beute beim Versuch im Hause Lobesam-Mahlert ein passendes Plätzchen für eigene Liebesversuche zu finden. Zu dumm, dass dort sich schon die ungemein erotische Marijke einen flotten Dreier mit zwei Liebhabern gönnte. Doch da sah Jochen das besagte Spiel in der Ecke stehen. In einem Moment des Übermuts schnappte er es sich und schmuggelte es am Ende der Party in einer Plastiktüte zum Taxi, als sie sich endlich im Morgengrauen verabschiedeten.

»Na und? Und wenn ich nüchtern wäre? Würdest Du dann NEIN sagen?«

»Aber Hildegard. Du sagst doch immer ...«

Sie küsst ihn sanft auf die Lippen, genießt das Kitzeln seines Schnäuzers.

»Wann haben wir das letzte Mal..., ich meine richtig in Ruhe, mit viel Zeit?«

»Ach, na ja, was weiß ich. Du weißt doch selbst. Der Stress und dann, wenn Du Kopfschmerzen hast.«

Sie streichelt ihm langsam über die bloßliegende Schulter, mit ungewohnt sanfter Geste.

»Jetzt gerade habe ich keine Kopfschmerzen.«

»Also gut. Wie geht das Spiel denn überhaupt?«

»Er hat es aufgeschrieben. Schau da ist ein Zettel. Ich gehe eben unter die Dusche. Und wenn Du dann auch soweit bist...?«

Hildegard steht mittlerweile neben dem Bett. Ihre schlanke Silhouette lässt sie noch immer jugendlich wirken. Das sonst so akkurat aufgetürmte Haar steht ihr wild um die entschlossenen Augen. Jochen spürt unter der Tiefe seines ziemlich üppigen Bauchs eine Erektion erwachen. Es geht also doch noch was.

Aufgeregt wie junge Teenager sitzen Jochen und Hildegard auf ihrem Bett und blicken neugierig auf das Spielfeld. Hildegard verbirgt ihre Dessous unter luftigen Shorts und einer vorne zusammengeknoteten kornblumenblauen Sommerbluse. Jochens Fantasie reichte noch für ein T-Shirt und eine kurze Sporthose.

»Ich fang an«, ruft Hildegard und landet mit einer satten Vier auf Jochens Schulter.

»Ok, Vier heißt in dieser Runde ›Streicheln‹« Fast enttäuscht beginnt sie seine Schulter sanft und kreisförmig zu berühren. Jochen schließt die Augen und findet diese Aufmerksamkeit schön, immerhin. Die zugehörige Sanduhr begrenzt die etwas fade Liebelei. Noch enttäuschender wird es für Jochen, der mit einer Eins nun Hildegards Hände loben soll.

»Findest Du das Spiel nicht doof, Hildegard? Stell Dir mal vor, Andreas und Monika sitzen da und schwärmen sich was über ihre Händchen vor.«

»He, sei doch nicht so voreilig. Probier´s einfach mal.«

»Deine Hände, die sind so... Oh Mann.«

Hildegard schaut ihn liebevoll, ja aufmunternd an.

»Also Deine Hände sind so zart, die Finger, ich finde immer, das sind die süßesten und verspieltesten Finger, die ich kenne. Wenn Du mir damit durch meine wenigen Haare streichst, dann ist mir jedes Mal ganz wohlig warm.«

»Das hast Du wunderschön gesagt«, strahlt jetzt Hildegard. Mit einer Fünf gelingt es ihr, an sein Ohr zu gelangen, die Zahl erlaubt, es zu küssen. Haben Sie das früher gemacht? Wie lange ist das her? Erst ziert sich Jochen. Es kitzelt ihn, bis er sich den flüchtigen Berührungen hingibt und erschaudert.

»Wow, das war ja ganz schön aufregend.«

»Siehst Du. Urteile nicht vorschnell.«

Jochen ist das Glück einer Sechs gegeben und kann nun die Halsgrube seiner Hildegard mit Küssen bedecken. Wie salzig sie schmeckt, wie zart ihre Haut dort ist. Dem Drang zu widerstehen und sich gleich auf ihre noch bedeckten Brüste zu stürzen, lässt ihn diesen schönen Bereich seiner Frau besonders genießen. Er ist benommen. Hildegard summt zufrieden.

»Du das ist doch toll. Ich finde es super, dass wir uns ganz und gar auf etwas Bestimmtes konzentrieren«, glüht ihm Hildegard entgegen.

»Ja, aber es könnte jetzt mal spannender werden.«

Nachdem sie begriffen, dass jede Liebkosung ein kleines rotes Holzherz einbringt und fünf davon die nächste Runde einläuten, stürmen sie voran. Vor allem kann man dann beim Überschreiten bestimmter Körpergrenzen die Erlaubnis zum Entkleiden erster Hüllen erwerben. Es ist Hildegard, die durch Würfelglück und geschickte Wegewahl Jochens T-Shirt entfernen darf und sich mit einer erneuten Sechs die Leckerlaubnis für seine Brustwarze sichert. Was für eine Erkenntnis. Jochen weiß nicht, wie ihm geschieht. Hatte man ihm nicht beigebracht, dass Frauen ganz verrückt auf das Liebkosen ihrer Brüste sind? Und Männer? Na ja. Am besten doch dran, drauf, drüber. Seinen Po ein bisschen kneten lassen, den besten Freund gerne auch mal ..., kaum, dass er sich traute, es laut zu denken. Aber jetzt leckt seine Hilde ihm um seinen Nippel, dass es ihm beinahe die Sicherung raushaut. Ein Kribbeln, ein Brizzeln, ein süßes Zucken durchfährt ihn und er erwischt sich dabei, einfach zu stöhnen.

»Gefällt Dir das etwa, mein lieber Jo?«

»Mach weiter«, haucht er, benommen von der neuen Erkenntnis.

»Geht nicht, die Zeit ist um.«

Er braucht einen Moment, um wieder in das Spielgeschehen zurückzukommen, dabei steht das Abenteuer erst am Anfang.

Jochen braucht etwas länger, um Hildegard ihre Bluse abzuschwatzen. Doch seine Reise auf ihrem Rücken offenbart ihnen dann, dass auch hier Streicheleinheiten sehr viel Freude bereiten können.

Sie schweben auf einer kaum abebbenden Welle der Erregung dahin, trinken zwischendurch einen Schluck Prosecco, freuen sich auf die nächste Schallmauer, die es zu durchbrechen gilt. Jochen genießt es, den zarten, kleinen Po seiner Hilde mit der Zunge zu umspielen. Ihr roter String, eine Überraschung für ihn, umhüllt nichts vom zarten weißen Fleisch. Wie wunderbar sie duftet, wie schön sie sich dort immer noch anfühlt. Warum hatte er das vergessen? Er schafft es mit dem Würfel weiter vorzudringen und ihre kleinen Hügelchen ausgiebig zu küssen. Es sind die wunderbaren Knospen, die sich erheben, wie schon lange nicht mehr. Es ist dieses zarte Rosa, dass ihn verzückt und ihn schon dabei fast zum Höhepunkt treibt. Als Hilde Jochens letzte Hülle, seinen schwarzen Slip entfernen darf, schafft sie mit einer Fünf in der dritten Runde eine Punktlandung auf seinen sich mutig unter dem dicken Bauch vorreckenden Joey. Frech schiebt sie ihm ein Kissen unter den Po. Jochen muss helfen, ein Bild für die Götter.

»Hier steht in Runde drei bei Fünf und Sechs: Liebkosung mit Lebensmitteln.«

Jochens Gesicht rötet sich. Was passiert jetzt. Er ist erregt wie seit Jahren nicht mehr.

Hildegard greift sich vom Naschteller einen Riegel feiner Vollmilchschokolade und lässt ihn im Mund schmelzen. Süße flüssige Glut lässt sie nun über seine gerötete Eichel gleiten.

Jochen starrt fasziniert auf diesen geilen Anblick. Sie schleckt und schlürft und rettet das süße Gut schmatzend und schluckend. Dabei bebt Jochens Schwanz nun bedrohlich. Mit einer solchen Liebkosung hat er nicht gerechnet. Innerlich aufgewühlt, das aufkommende Brodeln nicht mehr kontrollierend, aufschreiend vor Lust, entweicht ihm zuckend eine Fontäne. Für einen Moment schämt er sich seines vorzeitigen Höhepunkts, da lacht Hildegard, lacht kehlig und gurrend. Nimmt vom verteilten Samen, der sich auf ihrer Brust und auf der Wange verirrt hat und gesellt den Saft der Liebe zu den Resten der Schokolade in ihren Mund. Hingebungsvoll streicht sie über den noch zuckenden Schaft ihres Mannes.

»Das war wohl zu schnell für Dich.«

Ein wenig beschämt schaut Jochen zu ihr. Doch sie beugt sich über ihn und haucht ihm ins Ohr.

»Es war toll. Und es war garantiert nicht das letzte Mal.«

»Oh ja, da hast Du Recht. Ich wusste gar nicht mehr, wie toll es mit Dir ist. Ich kann Andreas nur dankbar sein.«

»Und Monika. Die Beiden haben uns wieder zur Liebe geführt. Verrückt was?«

»Ja, ja. Je oller, desto doller.«

»Findest Du uns alt?«

»Nein!«, ruft Jochen da aus und drückt seine Hilde an sich. Wie sie so auf ihm liegt, leicht, zart und erhitzt spürt er schon wieder ein leichtes Kribbeln in seinem Schoß.

»Oh nein, mein Lieber. Wir dosieren ein wenig. Morgen ist auch noch ein Tag.«

»Morgen?«, glänzt es auf Jochens Gesicht.

»Mal sehen. Dann kommst Du in mir.«

Jochen glaubt sich im Paradies. Die Rückkehr des Gottes Eros, er hat sie heute miterlebt.

Das unerwartete Liebeserlebnis gab den Beiden den Anstoß für frische Neugier und neue Experimente. Der Besuch in einem Eros-Shop endete mit einem Lachanfall der Beiden. Doch immerhin ergatterten sie für Hilde einen dunkelblauen, gläsernen Dildo und für Jo einen Piratenslip, der seinen Mast nach entsprechender Aufmunterung aus einem verdeckten Täschchen aufragen ließ.

Jochen fing mit Sport an und trainierte sich etliche Pfunde von seinem Bauch ab. Es tat seiner Männlichkeit gut. Das Dach über dem ›Arbeitslosen‹ wandelte sich zu einem Hügel oberhalb von Amors Pfeil, den er wieder geschickt einzusetzen wusste. Hildegard blühte auf. Hinter ihrer scheinbar kühlen, hanseatischen Fassade brach der ganz intime Liebesvulkan zu ihrem Jochen auf. Die gezielten Streicheleinheiten, das ausgiebige Küssen und Lecken unbekannter erogener Zonen während dieses Spiels hatte in ihr eine vorher nicht gekannte Lust geweckt. Was wäre wohl gewesen, wenn sie damals zusammen mit Andreas und Monika..., nein, es war besser so. Sie waren betrunken und wer weiß, welche Verwicklungen es gegeben hätte.

Doch die Gedanken der Beiden kreisten in letzter Zeit häufig um ihr befreundetes Paar. Ausgerechnet seit dieser wilden Party hatte sich bei den Beiden etwas verändert. Konnte es mit dieser grässlichen Geschichte von Andreas Entführung zu tun haben? Jedenfalls schien bei Andreas und Monika das so ansteckende Feuer der Verliebtheit in dem Maße zu schwinden, wie es bei ihnen wieder auflebte.

Jochen beschloss, mit seinem besten Freund zu sprechen. Sie trafen sich in ihrer Lieblingskneipe in Heiligenhaus, dem Thums, mit denen sie altbiergeschwängerte Jugenderinnerungen verbanden.

»Andreas, hör mal, bist Du eigentlich sehr im Stress letzte Zeit?«

»Wie kommst Du darauf. Nee, die neue Firma ist eher langweilig. Mir hängt natürlich die Sache im Kosovo noch nach. Ich hab immer noch anfallsweise rasende Kopfschmerzen. Mehr als sieben Stunden kann ich am Tag nicht arbeiten.«

»Ach nein, ich dachte nur weil Monika und Du, es hat den Anschein, als ob bei Euch irgendwas nicht stimmt.«

Volltreffer. Andreas dreht seinen Bierdeckel stoisch um seine Pappachse und schweigt eine Ewigkeit. Er schluckt, räuspert sich.

»Jochen, ich weiß es doch auch nicht. Es ist wegen dieser Geschichte mit Sabine.«

»Warum hast Du sie auch getroffen? Das bringt doch nichts. Du bist doch nicht für sie verantwortlich.«

»Fang Du jetzt auch noch an. Weiß ich selber. Ist jetzt aber ein bisschen zu spät. Es war Julia, die mich gedrängt hatte. Konnte ich ahnen, was die vorhat?«

»Na, nicht ahnen, aber Du wusstest doch, dass sie Dich auf dem Kieker hat.«

»Das war´s ja eben. Sie war plötzlich interessiert, mitfühlend und ich ...«

»... Ja klar, Du wolltest es wieder jedem Recht machen. Da siehst Du, was Du davon hast. Aber Du musst doch Monika nur davon überzeugen, dass da überhaupt nichts... Da ist doch auch nichts mit Sabine, oder?«

»Hör auf, Jochen! Natürlich nicht. Das weiß Monika auch, in

der Tiefe ihres Herzens. Aber die ganzen Aufnahmen von Julia. Die hat das so geschickt gemacht. Und ich komm nicht an die Bänder ran, logisch. Trotzdem, ich bin sicher, der einzige Weg, alles wieder ins Lot zu bringen geht über Julia. Da muss in der Vergangenheit einiges vorgefallen sein.«

»Wie meinst Du das?«

»Ich glaube, dass das Verhältnis zum Vater ungewöhnlich war.«

»Was heißt ungewöhnlich, sie war halt ein Papamädchen.«

»Nein, es ist mehr. So eine Art Abhängigkeit. Und sie redet immer davon, dass man lernen muss zu gehorchen und das ihr Vater ihr das beigebracht hat.«

»Ist ja gruselig.«

»Und dann schau Dir doch diesen Darius Vargas an. Der ist nicht normal. Der gängelt sie wie eine Untergebene.«

»Und sie lässt sich das gefallen, oder?«

»Nicht nur das. Uns vermittelt sie, dass sie angekommen sei, ihre Erfüllung gefunden hat. Aber seit dem Vorfall ist Sendepause. Monika sagt, sie habe keine Tochter mehr. Und sie verbietet mir jeden Kontakt zu ihr.«

»He, he, was sind denn das für Töne.«

»Ach komm. Sonst gehen wir schon fair miteinander um.«

»Fair? Ihr ward das Traumpaar des Jahrhunderts. So verliebt, wie ihr Euch immer angeschaut habt, das war kaum zum Aushalten.«

Andreas seufzt, nimmt einen tiefen Schluck Frankenheim Alt.

»Ich muss mit Julia reden, sie ist der Schlüssel für unsere Missverständnisse. Ich glaube nämlich, dass es ihr nicht gut geht. Sie hat sich auch nicht mehr gerührt. Schon seit Wochen nicht.

Sie sah schon Ostern sehr schlecht aus. Abgemagert, blass, fahrig.«

»Sprich mit Monika. Ich würde es nicht heimlich machen. Nicht schon wieder.«

»Danke Jochen, Du bist ein echter Freund.«

»Ich danke Euch. Auch wenn es jetzt gerade nicht so gut klappt bei Euch. Dein geiles Spiel hat unsere Liebe wieder erweckt. Also Kopf hoch Junge und greif an.«

54. Julia in Gefahr

Monika

»Liebst Du mich noch?«

Ich sitze am Frühstückstisch und blättere gerade die erfreuliche Liste unserer Unterstützer durch. Seine Frage löst Wut in mir aus. Und Angst. Eine so dämlich einfache Frage. Aber ich habe keine einfache Antwort darauf.

»Andreas, Du musst mir helfen. Hier, wir haben schon fünf Millionen an Grundkapital für eine neue Stiftung, unglaublich. Dein Bruder Frank ...«

»Monika, ich habe Dich was gefragt?«

Was ist nur mit uns passiert? Was ist mit mir passiert?

»Liebst Du mich? So wie ich bin? Ohne wenn und aber? Auch noch in fünf, zehn Jahren? Mensch Andreas, ich habe Dir gesagt, dass ich Zeit brauche.«

»Und ich habe das Gefühl, das mit der von Dir gebrauchten Zeit unsere Liebe abstirbt. Selbst Jochen ist aufgefallen, das...«

Das ist es also. Jochen und Hildegard. Tun in letzter Zeit wie ein frisch verliebtes Paar.

»Du hast Jochen erzählt, wir hätten Probleme?«

»Nein, er hat gemerkt, dass wir Probleme haben. Er ist mein Freund, vergessen? Mittlerweile sind die Beiden verliebt wie früher, weil sie uns als Vorbild sehen.«

Ein Schmerz der Wehmut lässt mein Herz krampfen. Es erschrickt, stolpert und weiß einen Moment nicht..., dann schlägt es weiter.

»Andreas, ich..., wenn das alles so einfach wäre. Erst bist Du liebevoll, wunderbar, trägst mich auf Händen, dann...«

»Dann was? Ich habe Dich nicht ein einziges Mal betrogen. Ich habe Sabine erklärt, dass ich DICH liebe.«

»Wir drehen uns im Kreis. Ich kann das aus den Äußerungen, die du ihr gegenüber gemacht hast, nicht ableiten. Und es ist doch auch egal. Ich merke jetzt schon, wie unzufrieden Du mit meiner Situation des ›Älterwerdens‹ bist. Glaubst Du, ich bin blind oder blöd? Glaubst Du, ich wüsste nicht, dass diese Situation mit jedem Jahr noch schlimmer werden kann?«

»Ich will mit Julia sprechen.«

»Niemals!«

»Zumindest will ich wissen, wie es ihr geht.«

»Warum?«

»Weil ich glaube, dass hinter Julias Aktion mehr steht, als nur eigene Eifersucht. Ich kann mich doch in ihrer Schule erkundigen.«

Wie sollen wir wieder zueinanderfinden, wenn er in dieser Wunde wühlt. Julia hat alles zerstört. Jedes Vertrauen, jedes Mitgefühl. Ihr toter Vater, mein erdrückender Ehemann ist alles für sie, noch immer. Und ich? Ihre Mutter? Ich will weg von diesem Thema. Ich habe einen anderen Auftrag, einen der mich fordert.

»Mach, was Du willst. Ich habe eher gehofft, dass Du Deinen Bruder Frank fragst, ob er schon mit den Rechercheleuten vom WDR gesprochen hat. Erst wenn wir Wachtner nachweisen können, dass er zwielichtige Geschäfte mit so genannten Altenheimen treibt, können wir sicher sein, dass er unser Projekt nicht wieder torpediert. Fünf Millionen sind für ihn Taschengeld.«

»Monika, Du hast Dich sehr verändert. Hör Dich mal an, wie

kalt Du klingst, wie eine Geschäftsfrau.«

»Andreas, willkommen in der Realität. Ich bin Geschäftsfrau. Es geht hier aber nicht um Rendite. Es geht um eine würdige Versorgung von Alten. Auch dann, wenn sie, nachdem man sie zum alten Eisen abgestempelt hat, verlassen wurden.«

Zu spät, es ist mir herausgerutscht. Nein, das ist nicht er. Das sind meine Ängste.

»Auch wenn jetzt ein schlechter Zeitpunkt dafür ist. Ich würde Dich niemals im Stich lassen, auch wenn ich im Moment noch nicht einmal weiß, ob Du für mich noch Liebe empfindest.«

Am liebsten würde ich ihn jetzt in den Arm nehmen. Doch ich habe Angst dann innerlich zusammenzubrechen, vor lauter Angst wieder verletzt zu werden, vielleicht auch diesen kleinen Rest hier zu verlieren.

»Ach Andreas, ich habe Dich auch nicht gemeint. Sprichst Du mit Frank? Es ist wichtig.«

»Gut, ok. Kann ich in Julias Schule anrufen?«

»Von mir aus.«

Es ist verrückt. Als ich mit Andreas im siebten Himmel wandelte, drohte mein restliches Leben zu zerbersten. Jetzt, da ich meine eigenen Liebeskoordinaten verloren habe, reite ich beruflich auf einer Welle des Erfolges. Die Unterstützung, die unser Projekt erfährt, ist überwältigend. Vor allem junge Unternehmen haben sich beteiligt. Eine Investition in die Zukunft. Ich habe mir hier in Bonn großen Respekt und Hochachtung erworben. Irgendwann übersprang ich die Hürde von der ängstlichen Pflegedienstleitung zur Managerin der jetzt einzig verbliebenen ›Herbstsonne‹. Ach könnte eine Herbstsonne doch auch mein Liebesleben wieder erwärmen. In mir ist Streit,

Dauerstreit entstanden. Es ist die Bedenkenträgerin, die nörgelnde Nora, wie ich sie getauft habe, die mich im Griff der Skepsis und Angst hat. Zu tief sitzt auch der Schmerz über Julias bodenlosen Verrat an ihrer eigenen Mutter. Was will Andreas denn erreichen bei ihr. Vielleicht das nächste Desaster einleiten? Hat diese unselige Aktion nicht schon genug zerstört.

Versunken in diesen trüben Gedanken schreckt mich mein Klingelton auf. Es ist Andreas. Was er mir erzählt, lässt Eiswasser durch meinen Körper fließen. Schlagartig ist mir bitterkalt, ich zittere am ganzen Körper.

Julia ist vom Dienst suspendiert. Warum? Sagt man ihm nicht. Aber es ginge ihr extrem schlecht. Und Darius solle eine wichtige Rolle dabei spielen. Die Schulleiterin fragte, warum ich mich nicht nach ihr erkundigt habe. Ich bin schockiert. Etwas Grundlegendes habe ich vergessen. Julia ist meine Tochter. Ganz egal, was vorgefallen war. Andreas hat Recht. Ich muss...

»Ich ruf sie an. Ok, ich ruf sie an. Oh mein Gott!«

55. Dunkle Wolken

Julia

Ich stehe auf unserem Balkon. Um mich herum ist alles grau und schwarz. Aufgewühlte Wolkengebirge fressen sich gegenseitig auf und speien Blitze aus ihren bleigrauen Mäulern. Krachender Donner erschüttert die Mauern, auf denen ich stehe. Neben mir, vor mir sehe ich den Boden versinken. Er zieht Bäume, Sträucher, Wälle, Türme mit sich. Alles löst sich auf in Erde, Stein und Staub. Aufwirbelnde Asche vermählt sich mit den nässenden, dunklen Wolken. Sie gebären neuen Donner, neue, jetzt schwarze Blitze, die nach mir greifen. Ich schlage nach ihnen. Ich will nicht in diesen Höllenschlund.

»Ey, hör auf mich zu schlagen. Bist Du irregeworden? Komm, reiß Dich zusammen. Du willst Dich bestimmt von Radu verabschieden.«

»Was?«

Der Dämon nimmt Darius Gesicht an. Der Donner verwandelt sich in seine Stimme. Was hat er gesagt. Radu geht? Radu, der einzige Lichtschein in dieser Höllenhöhle?

»Du hast schon richtig verstanden. Du bist nicht mehr in der Lage, Dich um ihn zu kümmern. Das Kindermädchen fängt an, Fragen zu stellen.«

Etwas klemmt meinen Hals von hinten ein. Seine Hand, hart wie ein gusseiserner Schraubstock.

»Du weißt genau, was Du zu tun hast, oder? Radu geht zu meiner Schwester nach Bukarest. Offiziell geht er zur Mutter. Ha!

Na egal, muss keiner wissen.«

»Aber..., ich mag Radu so gerne. Ich wollte doch...«

Mein Hirn springt wieder an diese Wand, meine Benommenheit lässt mich torkeln. Und plötzlich sehe ich nur eine Chance. Andreas.

56. Julias Hilferuf

Andreas

»Julia? Bist Du es? Kannst Du mich hören?«
Monika hält zitternd den Hörer in der Hand. Ich verfolge Monikas Anteile am Gespräch.
»Ja, ich bin´s. Julia, ich..., ich wollte Dich...«
»Wieso?«
»Aber ...«
Jetzt übernimmt der Angstdämon die Gewalt über ihren ganzen Körper. Kreidebleich, zitternd übergibt sie mir den Hörer. Wortlos, verzweifelt setzt sie sich auf die Couch, hier in ihrem Büro.
»Julia, hier ist Andreas. Deine Mutter, sie will Dich sprechen, hörst Du?«
»Später, nicht jetzt. Du musst mir helfen. Ich habe alles falsch gemacht. Ich..., ich ..., ich kann nicht mehr. Mein Hirn spinnt, es ist der Entzug...«
»Entzug? Von was?«
»Ich bin schon lange auf Crystal Meth. Darius, er..., ich kann nicht lange sprechen. Er kommt gleich wieder. Ich brauche Deine Hilfe.«
»Was ist denn mit der Schule?«
»Scheiße. Das ist mein geringstes Problem. Darius, er hat jetzt auch Radu weggeschickt, nach Rumänien. Jetzt gibt es nur noch mich und ihn.«
»Was macht er denn mit Dir. Schlägt er Dich?«
»Nicht nur. Ich will hier weg. Ich halte es nicht mehr aus. Ich

sterbe sonst. So oder so.«
»Nein, Julia mach keinen Blödsinn. Wir holen Dich. Wann?«
»Sofort, bitte! Ich leg Euch einen Schlüssel unter den schwarzen Stein neben der Eingangslampe. Nicht klingeln. Ihr wisst nicht, wie gerissen er ist.«
»Sollen wir nicht besser die Polizei holen?«
»Vergiss es. Darius ist geschickt. Man kann ihm nie was nachweisen. Bitte, gib mir jetzt Mama.«
Ich höre nur noch verzweifeltes Schluchzen und eine Tür im Hintergrund. Panik breitet sich in mir aus.
»Ok, warte, ich gebe sie Dir.«
Hastig reiche ich Monika den Hörer.
»Julia? Julia?! Es ist nur ein Freizeichen! Andreas, wähl nochmal. Es ist..., sie ist nicht mehr dran.«
»Ich habe die Tür gehört. Ich glaube, Darius ist zurück. Hörzu, wir müssen sofort etwas unternehmen. Ich vermute, dieser Darius hält sie wie eine Gefangene. Sie ist..., sie hat Drogen genommen. Schon längere Zeit. Ach Monika ...«
»Ich will sie sprechen!«
»Wir warnen ihn nur! Monika!«
»Ich will sie sprechen!! Bitte!! Gib mir das Telefon!!«
Ich reiche es ihr. Sie wählt. Es geht keiner heran. Wir werden fahren. Jetzt. Sofort.
»Lass uns ein paar Sachen packen. Wir müssen zu Julia.«
Monika sackt in meinen Armen zusammen. Einige Minuten schluchzt sie hemmungslos. Ich spüre ihre Wärme. Ich spüre, dass sie meine Hilfe, meine Liebe braucht. Dann richtet sie sich auf, blickt mir hart ins Gesicht.
»Los, Andreas, wir müssen zu ihr, komm.«

Zwei Stunden später fliegen wir über die A 1. Stumm, verkrampft nur gelegentlich einen Blick wechselnd, fahren wir in den herbstlichen Abend hinein. Wir trinken Kaffee aus der Thermoskanne, sie reicht mir einen Bonbon, kleine Gesten. Doch jeder von uns malt sich aus, was Julia widerfahren ist, mit ihr gerade passiert. Haben wir die Warnsignale zu spät erkannt? Nach einer kurzen Pause wechseln wir uns ab. Ich rufe Jochen an. Teile ihm mit, dass wir auf dem Weg zu Julia sind. Das etwas nicht stimmt mit ihr. Ich würde mich wieder melden. Er ist beunruhigt.

»Was, wenn Darius gewalttätig wird?«

»Darum geht es doch. Er ist es doch schon längst.«

Es ist 21 Uhr, als wir etwas abseits des Hauses unser Auto abstellen. Meine Adrenalinpumpe jagt puren Stress durch meine Adern. Der Puls hämmert im Techno-Rhythmus. Kurz greifen unsere Hände ineinander. Dann schleichen wir zum Eingang. Es ist dunkel, man könnte meinen, das Haus sei unbewohnt. Ist vielleicht gar niemand da? Oder hat Darius beschlossen, auch Julia zu verschleppen, so wie seinen Sohn?

Was wenn es eine Alarmanlage gibt? Wo ist dieser Stein? Es sind mehrere. Jetzt im Dunkeln lässt sich nicht erkennen, welcher davon schwarz ist. Ich hebe den Ersten an. Darunter verborgen sind nur Wurmgänge und eine flüchtende Spinne. Scheiße!

»Hier!«

Monika hält etwas metallisch Glänzendes in der Hand.

»Ich hab ihn. Willst Du?«

Nervös gibt sie mir den Schlüssel, lässt ihn beinah fallen. Ich nehme sie in den Arm.

»Ruhig, wir schaffen das. Wir Beide.«

Sie nickt nur. Ich bebe selber innerlich, stecke den Schlüssel in das Schloss. Er hakt. Ist es der Falsche? Ich drücke fester, da rastet er ein, laut hörbar. Ein Licht geht an, neben dem Flur. Wir ducken uns eng in die Türnische. Fliehen? Hierbleiben? Der große Stein geht es mir durch den Kopf. Aber... Wie soll ich der Polizei erklären, dass ich einen Hausbesitzer mit einem Stein erschlagen habe, als ich in sein Haus eindringen wollte.

Ich höre das Rauschen von Wasser, die Toilette. Das Licht erlischt. Es ist wieder still. Jetzt scheint ein guter Moment. Ich warte noch eine ewige Minute. Der Schlüssel lässt die Sicherheitszylinder klacken, das Schloss schnappt auf. In meinen Ohren hallt der Mechanismus wie eine laute Produktionsmaschine in einer Werkhalle. Ein Knarren. Monika und ich drücken uns an die Wand. Die Flurtür hat sich vom Windzug bewegt. Nirgendwo ist Licht. Und doch, es war doch eben jemand im Gästeklo.

»Ich ruf sie jetzt«, flüstere ich Monika zu.

»Bleib Du erst einmal hier, falls jemand um Hilfe rufen muss. Hast Du Dein Handy bereit?«

»Klar. Ok.«, gibt sie leise zurück.

»Julia? Bist Du hier?«, rufe ich.

Keine Antwort.

»Ich gehe mal hoch. Vielleicht schläft sie dort oben schon.«

Monika nickt und atmet tief durch.

Ich gehe die knarrenden Holzstufen hinauf und rufe wieder, jetzt lauter:

»Julia! Wir sind´s, Mama und Andreas!«

»Ich hör was«, ruft Monika und springt ohne Vorwarnung die Kellertreppe hinunter.

»Warte auf mich«, rufe ich. Einen Moment zögere ich.

Monika

Der Anblick, der sich mir bietet, brennt sich für alle Zeit tief in meine Seele, verbrennt alle Hoffnung. Der Schmerz füllt mich augenblicklich aus, wie eine Stichflamme aus einem Benzinfass.

In einem düsteren Raum hängt meine Julia an der Wand, wie gekreuzigt, an Handschellen, Rinnsale von Blut über der nackten Brust, rote Striemen, hohle, grauschwarze Augen, ihr Gesicht die Fratze der erlittenen Pein. Der Schrei eines waidwunden Tieres, röchelnd, gurgelnd entweicht ihrer schleimigen Kehle, halbtot im letzten Aufbäumen. Nur sie sehe ich, sodass mir entgeht, dass ein schwarzes Monster mich mit einem Peitschenknall am Kopf trifft. Mein Gesicht steht in Flammen, ich stürze wie vom Blitz getroffen zu Boden. Meine Welt kippt mit mir. Alle Kraft in mir ist auf Reset gestellt. ›Aufstehen!‹ schreit es in mir ›Steh auf! Kämpfe!‹

Da sehe ich, wie Andreas ihn trifft, mitten ins Gesicht. Die Lippe platzt. Rote Farbspritzer wirbeln in der Luft. Wird er es schaffen? Andreas, bitte, mach ihn fertig. Doch Darius ist ein Monster. Lässig schüttelt er den zu schwachen Fausthieb von sich ab und rammt Andreas seinen Ellenbogen ins Gesicht. Ein Knirschen lässt mich fürchten, dass er diesen Stoß nicht überleben kann. Mit aller Kraft richte ich mich auf. Wo? Wie? Womit? Fieberhaft überlege ich, wie ich diese Bestie aufhalten kann. Das Handy! Anrufen? Zu spät. Ich versuche hochzukommen, halb auf dem Rücken liegend, da kniet er sich über mich. ›Schlag ihn‹, denke ich. Doch ER trifft mich, mitten ins Gesicht. So sieht also Julias Leben aus, schießt es mir durch den Kopf. Ich bin benommen. Meine Hand spürt einen Griff. Etwas, das auf dem Boden liegt. Ich umfasse ihn. Ich weiß nicht, was es ist. Die Fratze der Nacht holt zu einem neuen Schlag aus. Es ist egal jetzt.

Ich greife fester, spüre das Gewicht des Gegenstands, fühle, dass es etwas Gefährliches ist, vielleicht eine Waffe. Und dann bin ich mir sicher. Seine Faust fliegt, Andreas Schatten fällt über ihn. Und ich?

Ich stoße mit was auch immer zu.

Eine lange, spitze Klinge trifft auf seinen Rumpf, findet einen zähen Widerstand, doch sie ist so scharf, dass sie nur den Bruchteil einer Sekunde benötigt, um in weiche Masse einzudringen, den Tiefen seiner Eingeweide. Bis zum Schaft, tief in ihm drin, steckt jetzt das Eisen. Mein Atem stockt, mein Herz steht still. Er hält inne. Dann ein Brüllen aus einer anderen Welt. Er reckt sich wie ein getroffenes Tier nach hinten, versucht, sich aufzurichten, die Hand jetzt an dem in ihm steckenden Dolch.

Der leibhaftige Teufel, denke ich. Sein Gesicht verzogen zu einer hässlichen Fratze, gurgelnd geht sein Atem. Jetzt lässt er von mir ab, wankt auf Andreas zu, schlägt nach ihm, trifft ihn nur halb an der Schulter. Ich versuche, mich erneut aufzurappeln. Andreas stolpert nach hinten, fällt über die Schwelle, liegt auf dem Rücken. Wie in öliger Zeitlupe, noch immer verschwommen vor Schmerz erkenne ich, dass Darius das Messer aus seiner Flanke herauszieht. Er hebt es mit beiden Händen an, hoch über seinem Kopf. Andreas liegt da, wie ein Käfer auf dem Rücken. Aus der Flanke des Angreifers fließt dunkelrotes Blut. Doch seine beiden Hände, verschmolzen mit der tödlichen Waffe, sind entschlossen, ein letztes Werk zu vollenden. Ich bücke mich, greife mit letzter Kraftanstrengung nach dem nächsten Gegenstand, eine kleine Hantel. Einmal atme ich tief durch, dann schlage ich das Eisen gegen seinen Kopf. Blut spritzt. Er sackt vor Andreas hin, fällt, das Messer noch immer fest im Griff.

Wieder stoße ich ihn, jetzt zur Seite. Stumpf stöhnend sackt er auf den Boden, halb auf Andreas liegend.

»Ist er tot?«, röchelt Andreas.

»Ich weiß es nicht.«

Endlich nehme ich mein Handy und rufe die Polizei.

Im Hintergrund wimmert Julia, ein geschundenes Häufchen Mensch, gefoltert, gedemütigt, aller Würde beraubt.

Meine Tochter, endlich will ich sie befreien. Ich humpele auf sie zu, schmiege mich ganz kurz an sie.

»Oh meine Julia. Es tut mir so leid. Warum...? Wo sind die Schlüssel, schnell!«

»Da hinten am Brett«, gurgelt sie vor Schleim und Blut im Mund.

Andreas quält sich unter dem leblosen Körper von Darius hervor. Gemeinsam heben wir Julia aus ihrer Folterposition auf das rote Satinsofa, das in der anderen Raumecke steht.

Eine Viertelstunde später dringt ein Einsatzkommando der Polizei in das Haus ein. Für einen Moment denke ich, dass jetzt der Zeitpunkt ist, an dem für uns alles vorbei ist. Der Zugriff zum Raum erfolgt so hart und rasend schnell, dass ich uns schon erschossen in unseren Blutlachen sehe. Doch die Polizisten sind hochprofessionell. Nach kurzer Sicherung und Sichtung der Lage, kehrt Ruhe ein.

»Ich glaube, er lebt noch«, bringt Andreas schwer atmend und mit verwaschener Stimme heraus.

Wenige Minuten später treffen drei Einsatzfahrzeuge ein. Nach einer weiteren Stunde finden wir uns alle im Krankenhaus wieder.

Ein dunkler Schatten legt sich über mich. Andreas Liebe, ich kann sie nicht mehr greifen. Julia, meine Tochter, hätte ich beinah durch Vergessen in den Tod getrieben. Der Weg zum Licht wird weit. Nur weiß ich nicht, in welche Richtung ich gehen soll.

57. Offenbarung

Andreas

BILD titelt: ›Das ist die Frau, die ihre Tochter aus dem Sex-Gefängnis befreit hat. Wie sie das Monster im Todeskeller niederstach.

DPA berichtet: ›Bekannter Investor fliegt auf mit als Altenheime getarnter Zwangsprostitution. Weltweites Netzwerk aus Edeleinrichtungen entpuppt sich als Geldwäschemodell. Wie das gemeinsame Recherchenetzwerk aus WDR, NDR und SÜDDEUTSCHE ZEITUNG herausgefunden hat, gab es unter Anderem enge Verbindungen zu rumänischen und russischen Banden der organisierten Kriminalität. Einer der Mittäter liegt nach der gewaltsamen Befreiung eines seiner Sexual-Opfer durch deren Mutter schwerverletzt in einem Hamburger Krankenhaus.

Ich brauchte zwei Tage, um wieder bei Verstand zu sein. Eine Kieferfraktur, einige Prellungen und Platzwunden, wieder einmal befand ich mich in einem Krankenhaus. Ich könnte darauf verzichten. Als ich den Horror der so genannten Heldenmeldungen mitbekam, wäre ich am liebsten wieder im Koma entschwunden. Alles wurde jetzt nur noch schlimmer. In Julia, deren äußere Verletzungen leicht zu versorgen waren, brannte eine schwärende Seelenwunde. Sie wirkte hoffnungslos, verzweifelt, gebrochen. Dass sie vom Opfer einer Gewalttat zum Opfer der Presse wurde, mit all den Indiskretionen über Sexspiele und Drogenkonsum, hatte sie noch gar nicht registriert. Genauso wenig den Verlust ihres Status als Beamtin. Würde sie sich jemals von dieser Tragödie erholen?

Und Monika? Meine Monika? Unser Verhältnis war nicht frei von Liebe. Mehr noch, ich konnte nicht anders, als jetzt erst recht diese Frau innig zu lieben. Was sie noch empfand war Fürsorge, Rücksicht, aber kein Feuer mehr. Etwas in ihr schien endgültig zerbrochen. Es sollte mein Schicksal sein, ich hatte es zu ertragen.

In den letzten Wochen entstand eine neue Routine. Maria brach aus ihr aus, in dem sie sich frisch verliebte. Auf dem Weg zur Arbeit bei Monika, im Zug, lernte sie Miriam, eine zehn Jahre jüngere Lehrerin kennen. Ich merkte, wie traurig Monika über den Verlust eines Teils ihrer Freundin war. War ich nun erleichtert, keine Konkurrentin mehr zu haben? Nein, es gab nicht mehr viel, um das ich konkurrieren sollte. Unser Fest, unsere Verlobung, ich erinnerte mich. Der letzte Höhepunkt unserer besonderen Liebesbeziehung. Julia hatte sie eingefroren und ich mit meinem dämlich naiven Verhalten. Jetzt war Julia gefroren. Abgeschnitten von jeder Lebenswärme. Reue ohne Aussicht auf Erholung.

Mich freute die seelische Nähe Monikas zu meiner Schwester. Ein Band, von dessen Stabilität ich mit profitierte.

Doch bevor ich es auch nur ahnte, trug ich schon wieder zu einem Tiefschlag für Monika bei. Wieder einmal spielte Julia die Hauptrolle. Ein zaghaftes Erwachen aus ihrer Resignation rückte mich in ihr Blickfeld. Schon vor ihrer Befreiung in letzter Sekunde schien sie mir gegenüber vollständig verändert. Ich drang durch zu ihr und fand eine akut vom Einsturz bedrohte Seelenruine vor. So sehr ich sie auch drängte, ihre Mutter in ihre Lebensbeichte einzubeziehen, sie weigerte sich. Auch ich durfte nichts davon weitergeben. Heute weiß ich, es war Scham. Scham über einen Jahrzehnte lang bestehenden Irrtum, den sie bis ins Erwachsenenalter mit sich herum trug. Letztlich führte er in die fatale Beziehung zu Darius Vargas, der Potenzierung ihrer kruden Lebensphilosophie.

Wieder einmal stand ich vor einem Loyalitätsproblem. Wieder redete ich mir ein, die Zeit entscheiden zu lassen, wann ich die Wahrheit offenbarte. Als hätte ich deswegen nicht schon zweimal seelisch geblutet.

Nachts verfolgten mich Albträume über die Geschichten des feinen Vaters von Julia, der sich daran aufgeilte, sie zu bestrafen, um anschließend übergriffige Zärtlichkeiten als Trost zu verkaufen. Verschwiegenheit und Gehorsam waren die Währungen, mit denen die kleine Julia lernte, dieses Weltbild als logisch zu empfinden. Zweifel wurden zu eigener Schuld umgedeutet. Das Bild der Mutter diente als Projektionsfläche der Werteverschiebung, manipuliert um den Sockel des Vaterbildes nicht zu erodieren. In seiner ganzen Brutalität und Anmaßung zeigte sich die Kette von Julias Vater zu Darius als in sich logisch und löste in mir Übelkeit und Verachtung aus. Umso mehr erschrak ich über eine weitere Projektion der fliehenden Julia, der vor diesem sich ständig wiederholenden Albtraum Flüchtenden auf mich, ihren erwählten Retter. Eine weitere Katastrophe bahnte sich an.

58. Julia und Andreas

Julia

Wenn Du Jahre im Dunkel verbracht hast, dann schmerzt das Licht. Nichts kannst Du voneinander unterscheiden, hilflos blinzelst Du in die gleißende, neue Welt. Sehnsucht nach Schatten. Wenn das Gerüst deiner alten Gewissheiten eingestürzt ist, du im Staub liegst und über dir eine Mischung aus Mitleid und Häme wabert, dann will deine Seele in die Vergangenheit zurück schlüpfen. Gewissheit, auch bittere scheint manchmal besser als Nichtsein.

Wer bin ich? Wer ist dieses ausdruckslose, verzerrte, verwaschene Gesicht, das mich unbeteiligt anblickt, als hätte es mit mir, der Erwachten nichts zu tun?

Bis zur Unterlippe schwappt in mir die bittere Brühe der Scham, die in mir hochgespült wurde, nachdem die Ventile der Verdrängung geöffnet wurden. Richtig wird falsch, schön wird hässlich, nur das das Falsche, Hässliche so falsch und hässlich ist, dass es mich zum Würgen bringt. Meine Mutter. Nie geliebte, geliebte Mutter. Wo warst Du, als ich Dich weggeschickt habe? Eine alte, klebrige, fest verwachsene Schicht haftet in mir. Nichts kann sie lösen. Mein Vater hat mich damit ausgekleidet, mich seelisch von innen versiegelt. Mir einen scheinbaren Glanz verliehen, der sich endlich gegen mich selbst gerichtet hat. Darius? Er hat diese schäbige Scheinliebe nach außen gestülpt, hat sein Schwarz darauf gemalt und es umbenannt. Hat ihr den richtigen Namen gegeben: Hemmungslose, gefühlskalte Gewalt.

Krebsartiger Egoismus. Ich fühle mich gebraucht, missbraucht, verbraucht.

Also zurück in das Dunkel? Minderwertig zurückbleiben? Der suizidale Dämon bat schon um ein Date mit mir, wenn...

Wenn da nicht ein Mensch wäre, der mich berührt hat. Getreten habe ich ihn. Verraten. Und doch. Als ich mich ganz unten am Grunde der dunkelsten Gewalt befand, hat er es gemerkt. Er findet jetzt die Worte, die ich brauche. Es ist nicht das gleißende Licht, auf das ich mich nun fokussiere, es ist der warme Kerzenschein seiner aufmunternden Gedanken. Sie tauen mich auf, beleuchten sanft meine Wunden, damit meine Hässlichkeit nicht gleich jedem ins Gesicht springt. Ich sitze mit ihm. Hier in der Cafeteria der Klinik, die mich neu zusammensetzen soll.

»Einmal, ich war noch ein Kind, wir waren im Wald spazieren, da aß ich verbotene Früchte. Sie vergifteten mich, brachten mich beinah um. Mein Vater rettete mich, tröstete mich, wie so oft. Er sagte, Wege sind dazu da, sie einzuhalten, sich leiten zu lassen, von denen, die sie kennen. Sicherheit erfährst Du, indem Du Dich fügst. Wege nicht verlassen, Schönheit von außen betrachten, so wie es vorgegeben ist. Er pflanzte in mich eine Maxime. Die Schönheit der Ordnung und des Gehorsams. Für jeden Gehorsam gab es ein Wohlgefühl. Er definierte dieses Wohlgefühl, fügte es mir zu.«

»Julia, Du bist eine kluge Frau und doch in mancher Hinsicht Kind geblieben. Stecken geblieben, damals im Wald. Wie kann ein Mensch sich entfalten, wenn er nie die vorgegebenen Wege verlässt? Wie kann er eigene Erfahrung sammeln auf festgetretenem Lehm? Wie kann er spüren, fühlen, riechen, schmecken, sehen lernen, wenn nicht durch Eroberung seiner

Umgebung? Viele Eltern geben ihren Kindern einen Rahmen, der beruhigt, lenkt, schützt. Doch was, wenn in diesem Rahmen ein Fehler steckt? Was, wenn er nicht zu Dir passt? Das Kind kann das alles nicht wissen. Aber es hat zwei Werkzeuge, die ihm helfen, einen eigenen Weg zu finden: Neugier und Vertrauen. Dein Vater hat Dich beschützt, ja. Aber er hat schon früh Dein Vertrauen missbraucht, so perfide, so tiefgreifend, dass Du keine Chance hattest, diesen Verrat zu erkennen. Ist er mit Dir durch die Wiesen und Wälder gegangen und hat Dir den Zauber der Natur erklärt? Er hat SEINEN Zauber in Dich gepflanzt. Er hat Dir Angst vor Entdeckungen gemacht, damit er nicht entdeckt wird.

Julia, sei wieder Kind. Fang von vorne an mit der Neugier, Kleinigkeiten zu entdecken, die Dir Freude machen und mit dem Vertrauen in Dich und die verbliebenen guten Dinge auf dieser Welt. Es sind die kleinen Wunder, die heilen.«

»Du, Du bist so ein kleines Wunder. Ich habe Dich so abgelehnt. Warum? Weil ich dieses Große zwischen Dir und meiner Mutter gespürt habe. Es war so anders, als ich es mir zurechtgelegt habe, das Glück. Dann kommst Du daher und trägst es umher. Ich habe Dich gehasst. Jetzt...«

Ich blicke zu Boden. Traue den Worten nicht, die sich in mir formen.

»Schön, dass Du Zeit hattest für mich. Lass uns gehen. Mama wartet. Es ist schwer für sie.«

»Warum erzählst Du Ihr nicht alles? Sie ist verzweifelt. Sie glaubt, Du liebst sie nicht mehr.«

»Ich werde ihr schreiben.«

Geh Andreas. Bitte geh, schreit es in mir. Meine Augen sprechen eine andere Sprache.

›*Liebe Mama,*
ich weiß, Du verstehst mich nicht. Früher nicht und jetzt nicht. Es ist meine Schuld. Wenn es Dir hilft, dann wisse, Du hattest Recht. All Deine Argumente, sie stimmten. Aber Du hast nicht hingeschaut, nicht wirklich richtig hingeschaut. Papa hat Dich getäuscht, dann habe ich Dich getäuscht. Das war nicht fair.
Mama, ich habe Dich lieb, auch wenn Du davon nichts spürst, momentan. Meine Scham sitzt zu tief. Die Wunden sind noch so frisch. Ich werde Dir nie vergessen, dass Du mich gerettet hast. Aber gib mir Zeit.
Andreas tut mir gut. Ich hoffe, Du verstehst das. Ich brauche ihn. Ich werde da sein, wenn ich so weit bin. Versprochen.
Deine Julia‹

Der November legt frischen Reif auf mein junges Vertrauen. Ich weiß, wo noch das kleine Feuer zu finden ist, das mich immer so stark und unbesiegbar gemacht hat. Nur es brennt so kurz. Und danach ist die Kälte noch schlimmer. Der Nebel draußen verschluckt die nackten, frierenden Bäume. Ihr Zittern schüttelt letzte Singvögel ab. Nacht legt sich auf meine Hoffnung. Ich spiele wieder. Mit dem Feuer.

59. Vorahnung

Monika

Mein Weg zurück zu Julia wurde zur Odyssee. Jedes Wochenende quälten wir uns durch Reif, Nebel, Nässe, durch einen zähen November, wenn wir sie in der Suchtklinik in Oberschwaben besuchten. Sie lag beschaulich inmitten einer Riedlandschaft mit jetzt kargen Bäumen und sumpfigen Wegen. Die romantische Bäderstadt mit ihren hübschen Cafés hätte die Kulisse für heilsame Gespräche bieten können, doch meine Tochter zog es vor, sich Andreas zu öffnen. Selbst er war nicht bereit, mich in das Seelenleben Julias einzuweihen.

»Ich lass Dich mit ihr alleine. Ich muss mir nicht gleich wieder die Demütigung abholen, dass sie mich nach fünf Minuten wegschickt. Du kannst ja durchklingeln, wenn sie bereit ist für mich.«
»Aber Monika.«
»Bitte.«
Mich zermürbte die paradoxe Situation, dass Andreas unsere Liebe suchte, die ich noch nicht wiedergefunden hatte. Gleichzeitig aber war Julia nicht bereit, mir bei meiner Suche nach unserer Mutter-Tochter-Beziehung entgegenzukommen. Ich sah uns alle ständig aneinander vorbeilaufen. Ich zog mir einen Cappuccino aus dem Automaten. Beim Schlürfen des kochend heißen, grässlich süßen und gleichzeitig fade schmeckenden Tütengetränks wurde es mir auf einmal klar. Ich Idiotin! Wieso sollte ich warten, bis Julia ihre Scham, ihren Schmerz überwindet.

ICH muss die Initiative ergreifen. Muss sie in den Arm schließen, sie meiner Liebe zu ihr vergewissern. Sie soll mich spüren, soll merken, dass alles andere Vergangenheit ist. Sicher werden wir über sie reden müssen. Doch jetzt, jetzt braucht sie meine Liebe. Bedingungslos. Vorbehaltlos. Ich würde zu ihr gehen. Ja, es ist schließlich meine Tochter. Natürlich ist es gut, dass Andreas ihr hilft. Aber ich will nicht, dass ich für sie keine Rolle mehr spielen soll. Also werde ich jetzt hochgehen, zu Julia.

Die weiße Tür. Darauf die Zimmernummer. 113. Nur sie trennt mich noch von Julia. Ich klopfe zaghaft und trete ein. Und dann sehe ich sie. Die Blicke versunken, ineinander. Sie bemerken mich gar nicht.
»Ich liebe Dich Andreas. Ich liebe Dich, wie ich noch nie einen Menschen geliebt habe. Ich kann ohne Dich nicht mehr leben.«
Ich vergesse zu atmen. Verbrauchte, vergebliche Luft sammelt sich in mir. Sie küsst ihn. Unwidersprochen.
Ein tiefes Schluchzen entweicht meiner Kehle. Andreas dreht sich zu mir. Ertappt. Julia blickt zu Boden. So sieht sie also aus, die Endgültigkeit.

In mir verhärtet sich etwas, wie eine Versiegelung.
»Ich warte unten. In zehn Minuten fahre ich los«, bringe ich mit letzter Beherrschung hervor.
Es dauert keine zwei Minuten, da ist er unten an unserem Auto.

»Monika, diesmal ....«

»Kein Wort! Ich will nichts hören!«

»Doch Monika. Diesmal warte ich nicht, bis alle Missverständnisse tief eingebrannt sind.«

»Es gibt keine Missverständnisse! Diesmal war ich persönlich Zeuge!!!«

Meine Stimme überschlägt sich. Ein Passant schaut irritiert zu uns hinüber.

»Gar nichts weißt Du«, gibt er zornig zurück.

»Ja, Julia hat sich bei mir ausgeheult. Ich habe sie gelassen. Dann sagt sie mir, dass sie mich liebt und küsst mich. Kommt Dir vielleicht bekannt vor. Mag sein, dass irgendwie die Frauen auf mich fliegen. Mag schon sein. Aber Julia ist rückfällig geworden. Sie hat Selbstmordgedanken. Sie glaubt im Moment, nur mich zu haben. Da konnte ich sie nicht sofort wegstoßen. Als Du gerade raus bist, sagte sie zu mir: ›Es geht nicht. Ich weiß es ja.‹ Und weißt Du warum? Weil ich Dich liebe! Weil ... ich ... Dich ... liebe! Verdammt nochmal. Und wenn tausend Frauen mir Avancen machen. Ich will Dich. Aber gut. Schick mich weg. Ich kann Dich ja verstehen. Es muss furchtbar sein, mit mir...«

Er atmet heftig. Er ist außer sich. Bin ich hier eigentlich die Verrückte. Leide ich unter Paranoia? Ich muss weg, ich muss...

Ich fahre los. Keine Worte finde ich. Kein Gespräch, das mir jetzt helfen könnte.

Wir trennten uns nicht. In mir breitete sich der Tumor der Unsicherheit aus. Metastasen wucherten in den Alltag hinein, infiltrierten noch mehr unsere Alltagsrituale. Worte, Gesten drückten auf die skeptische Waagschalenseite. Wir schliefen fortan getrennt. Ich wollte es so. Anfang vom Ende? Andreas hatte aufgehört, mir wiederholt zu sagen, dass er mich doch liebt. Ich hatte aufgehört, nach dieser Liebe in meinem Labyrinth aus verletzten Gefühlen zu suchen.

Einige Tage nach dem Vorfall erwachte ich in Todesangst aus einem Traum. Mein Nachthemd war durchtränkt mit Angstschweiß, mein Herz flatterte wie ein flüchtender Vogel in meinem Brustkäfig.

Da fährt dieses Auto, in ihm sitzt Julia. Ganz klar kann ich es vor mir sehen. Schnurgerade die Straße. Kein Nebel, trocken, ein kalter Dezembertag. Ein LKW kommt ihr entgegen. Er hält seine Spur. Und dann als Nächstes sehe ich einen großen weißen Ballon. Wie in Zeitlupe entfaltet er sich. Von rechts fliegt ein großer Baumstamm, von links Julias Kopf in das Bild. Dazwischen der Ballon, der jetzt wie eine Seifenblase zerplatzt. Seine Hülle ist jetzt rot. Und dann ist es still. Und dunkel.

Ich brülle meine ganze Angst in einem einzigen langen Schrei heraus.

»Was ist, Monika?!«

Andreas steht in der Tür. Er ist leichenblass. Kalter Schweiß steht ihm auf der Stirn. Er atmet heftig.

»Oh mein Gott. Julia, sie ist... Es war nur ein Traum, aber alles war so deutlich.«

»Ein Autounfall?«

»Ja! Wieso? Woher weißt Du...?«

»Ich habe geträumt, dass Julia gegen einen Baum gefahren ist.«

»Was?!!«

Mir wird schwindlig. Es war doch nur ein Traum. Aber warum hat Andreas das Gleiche... Er setzt sich auf meine Bettkante, nimmt mich in den Arm, einfach nur in den Arm. Ich spüre ihn.

Und ich spüre panische Angst, dass etwas passiert ist.
»Vielleicht ist es eine Vorsehung«, fällt es mir plötzlich ein.
»Ich weiß nicht.«
Ich greife nach meinem Handy. Wähle hastig Julias Nummer.
›Der Teilnehmer ist zurzeit nicht erreichbar.‹
»Ihr Handy ist aus!«
Meine Gedanken flattern in mir. Was ist zu tun?
»Sie kann doch gar nicht Auto gefahren sein. Sie ist in der Klinik, ihr Wagen ist in Lübeck.«
»Aber es war so echt. Da war der LKW und der Baum.«
Ich schaue auf den Digitalwecker. Es ist sechs Uhr morgens.
»Ich rufe in der Klinik an«, beruhigt mich Andreas. Sein Blick verrät große Sorge. Was wenn...

60. Wahnhölle

Julia

Der Dämon sitzt jetzt im Gefängnis. Ich lasse ihn nicht heraus. Er soll keine Macht mehr über mich haben. Doch das Gefängnis ist in mir. Brüllend rüttelt der Gefangene an die Gitterstäbe. Todesstrafe, denke ich noch. Warum kann man ihn nicht hinrichten? Weil er ein Teil von mir ist. Resozialisierung nennt man so etwas. Wenn er doch nur nicht so aggressiv brüllen würde. Ich habe die Schlüssel. Ich habe die Macht. Ich habe die Angst.

Ich muss weg hier. Kein Tag vergeht, ohne dass ich an Andreas denken muss. Und doch, wir zwei, es geht nicht. Ich muss es Mama sagen. Ich muss sie beide sehen. Alleine schaffe ich es nicht gegen meinen Gefangenen in mir. Ich brauche sie beide. Der letzte Hauch von Leben in mir schreit: Fahr los! Es ist keine geschlossene Anstalt, hier. Ich werde einfach gehen.

Der Morgen ist kalt. Trockenheit lässt die Luft wie Kristallglas wirken. Mundgeblasener Himmel, verziert mit kleinen Diamanten. Den über mein Smartphone gebuchten Leihwagen habe ich gestern etwas abseits geparkt. Wie ein Dieb schleiche ich mich um Mauern, vorbei an parkenden Autos. Mich friert es in dem nach neuem Plastik riechenden Kleinwagen. Alles ist kalt funktional. Ich fahre dem anbrechenden Tag entgegen. Von hinten schleicht sich der Kopfschmerz an. Mein torkelnder Puls erzählt mir, dass der Dämon wieder ausrasten möchte. An meine Stirn klopft jemand um Aufmerksamkeit. Ich konzentriere mich auf die Straße. Der blau leuchtende Streifen am Horizont schminkt sich mit einem roten Strich. Sonne, rette mich. Es dauert ewig, bis ich von der sich vor mir schlängelnden Bundesstraße auf die befreiende Autobahn komme, wo ich durchatmen und den Dämon vielleicht mit dem Gaspedal abschütteln kann.

Im Rückspiegel sehe ich, wie ein Transporter auf mich zurast. Aus dem weiten Horizont in meinem Nacken ist er plötzlich aufgetaucht, schwarz, dunkel, wie ein Rammbock. Vor mir auf einer langen Gerade kommt mir ein großer LKW entgegen. Blitzschnell berechne ich die Möglichkeiten. Nein, er kann mich nicht mehr überholen. Er wird nicht bremsen. ICH kann nicht bremsen, zu spät. Der LKW? Ich weiß nicht, ob er bemerkt... Es ist zu spät. Jeden Moment... jetzt... Ich reiße im letzten Moment das Lenkrad nach rechts, will ausweichen. Der Graben prügelt auf meinen Unterboden ein, hebt mich um die eigene Achse. Wie im Hansapark in der Achterbahn, denke ich noch. Ein Knall schaltet das Licht aus.

61. Julia kommt auf die Welt

Monika, November 1980

Alles ist vergessen. Die brandenden Wogen des Schmerzes bei jeder Wehe. Das Gefühl, innerlich fast aufgerissen zu werden. Das hektische Klopfen der Herztöne aus dem Cardio-Tokographen. Diese Töne? Das sollte meine Tochter sein? In dem Moment, als sich dieses kleine glitschige Etwas aus meinem Unterleib quälte und protestreich seinen Schrei in die Welt entließ, zog sich der Schmerz zusammen, wie ein surrender Luftballon. Es dauerte mir viel zu lange, bis ich dieses winzige Wesen, meine Tochter, unsere Tochter endlich im Arm halten konnte. Peter kam nach einer halben Stunde dazu. Ich hätte ihn gerne dabei gehabt, seine Hand bei jeder Wehe gespürt. Doch er überließ das den Kollegen und der Hebamme.

»Jeder hat hier seinen Platz. Du bist in guten Händen. Dafür habe ich gesorgt.«

Doch jetzt lag Julia in meinem Arm, ein Wunder, ein Glück, eine unglaubliche Lebensaufgabe.

Peter trat ein, im weißen Kittel, wie frisch von der Visite. Er setzte sich neben mich auf einen Stuhl und machte eine öffnende Handbewegung.

»Na, dann zeig mir mal unsere Tochter.«

Zärtlich strich er ihr über den noch feuchten, braunhaarigen Scheitel.

»Du bist also unsere Julia. Na dann hör mal gut zu, was Dir Dein Papa zu sagen hat. Du wirst jetzt beschützt und behütet von Deinen Eltern. Mach Dir keine Sorgen. Dein Papa hat die Mama beschützt. So werden wir es mit Dir tun. Aus Dir wird einmal ein ganz besonderer Mensch. Du kannst Dich auf uns verlassen. Nicht wahr, mein Schatz, wir werden unserer Julia ein sicheres und behütetes Leben bieten. Prächtig sieht sie aus. Ich werde mal die Kollegen fragen, ob die Werte alle in Ordnung sind. Und Du, ruh Dich erstmal aus. Es kommen jetzt große Herausforderungen auf uns zu.«

Ich fühlte mich noch schwach. Kaum brachte ich eigene Worte über die Lippen. Ich verstand aber sehr gut, was Peter sagen wollte. Wir tragen Verantwortung für dieses Kind. Das wollte ich und ich wollte es gut machen. In meinem Herzen wünschte ich mir etwas Weiteres. Möge Julia ihrem Herzen und ihren Wünschen folgen können. Dieser schwache Gedanke wurde abgelöst von einer mich jetzt übermannenden, tiefen Erschöpfung. Es sollten spannende Zeiten werden. Und ein weiterer Gedanke schlüpfte noch in mein Bewusstsein. Ist man nicht lebenslang für sein Kind verantwortlich?

62. Ungewissheit

Andreas

Seit Julia im zweiten Anlauf in mein Leben gebraust ist, frage ich mich immerzu, ob dieses Leben anders verlaufen wäre, hätte ich eigene Kinder gehabt? Ich frage mich, ob Monika und ich, wären wir uns früher begegnet, gemeinsame Kinder haben würden. Ich frage mich, ob mir etwas fehlt ohne Kinder. Ich sehe meine Nichte und meinen Neffen, Franks Tochter und Sohn. Ich bin Teilzeitonkel, freundlich, interessiert. Und doch besteht eine unsichtbare Distanz zu diesen fremden Kindern. Fehlt mir das Vatergen? Jetzt wo es Julia so schlecht geht, wo sie mich als Retter empfindet, sich sogar in mich verliebt glaubt, spüre ich dieses Gefühl, für jemanden da sein zu wollen. Nicht als Partner. Nein. Ich empfinde Vatergefühle für Julia. Ganz plötzlich. Und dann dieser Traum, der gemeinsame Traum. Wie ein Menetekel steht er im Raum, direkt vor uns. Surreal und doch wie eine reale Bedrohung.

Ich habe in der Klinik angerufen, um sechs Uhr morgens. Nach intensivem Drängen haben sie nach ihr geschaut. Sie seien keine geschlossene Psychiatrie. Die Patienten haben das Recht außerhalb der Therapiemaßnahmen ungestört zu sein. Dann kam der Schock. Sie ist verschwunden. Nein, sie wissen nicht, wo sie sein könnte. Gestern war sie in der Stadt, aber das sei normal, wie gesagt, es seien ja keine Gefangenen.

Monika hat die ganze Zeit neben mir gesessen, die Hände um die Knie geschlungen, die müden, schwarz geränderten Augen auf mich geheftet.

Man würde uns informieren, sobald man Näheres wüsste.

Gerade beende ich das Gespräch, da ertönt Monikas Klingelton. Schlagartig bricht mir der Schweiß aus. Wir sehen uns an. Zitternd greift sie nach ihrem Gerät. Ich gehe ganz nah an sie heran und höre die Stimme am anderen Ende.

»Polizeiinspektion Biberach, spreche ich mit Frau Monika Mahlert?«

Das Smartphone fällt ihr aus der Hand. Sie wird ohnmächtig.

63. Das Wunder

Der Notruf ging von einem Autofahrer ein, der unmittelbar Zeuge des Unfalls war. Er sollte der Polizei später berichten, dass die Autofahrerin vor ihm ohne ersichtlichen Grund nach rechts auswich, als ihnen ein LKW ganz regulär entgegenkam.

Die Feuerwehr, die das Fahrzeug mit einem Rettungsspreizer auftrennen musste, registrierte, dass am Unfallort tags zuvor Baumfällarbeiten stattgefunden hatten. Der noch liegende Baumstamm wirkte wie ein Katapult und schob das Fahrzeug um seine eigene Achse auf das benachbarte Feld. Die Insassin konnte verletzt geborgen werden. Der Notarzt stabilisierte sie vor Ort. Die Airbags konnten schwerere Verletzungen verhindern. Auf dem Baumstumpf fanden sich Schleifspuren vom Unterboden des Fahrzeugs. Einen Tag früher hätte der Unfall an einer zwanzig Jahre alten Linde geendet, mit garantiert tödlichen Folgen.

64. Lars

Julia

Wem soll ich danken? Dem Schicksal? Es hatte einen Arbeiter der Kreisverwaltung dazu gebracht, einen Auftrag zu Baumfällarbeiten vorzuziehen. Ich huschte mit meinem Auto durch ein Phantom.

Der modernen Technik? Ein Kleinwagen mit einem Rudel von Airbags, dass ich zuerst dachte, ich sei in einer aufgeplatzten Hüpfburg gelandet.

Nein. Ich dankte meiner Mutter und Andreas, dass sie mich wachgerüttelt hatten. Ich bin sicher, ich wäre ohne sie einen anderen, viel qualvolleren Tod gestorben, nämlich den Seelentod. Ein Zombie bliebe übrig, bereit alles mit sich machen zu lassen, solange nur das Gift der Wehrlosigkeit hoch genug dosiert würde. Der innere Gefangene jedoch verhungerte in meiner Zelle, als ich wieder einmal äußere Wunden heilen lassen musste. Nur diesmal nahm ich meine Helfer um mich wahr. Aufmerksam beobachtete ich, dass ich Menschen etwas bedeutete. Ich war ihnen wichtig.

Das alles hätte mich genesen lassen und eine um Trauer und Enttäuschung bereicherte Julia in die Welt entlassen. Sie hätte funktioniert, aus Dankbarkeit und weil das Leben einmalig ist. Irgendetwas von dieser Einmaligkeit hätte ich bestimmt auch entdeckt. Irgendwann.

Es sollte anders kommen.
Es sollte mir Lars begegnen. Wieder.

Ich lag ermattet von der Krankengymnastik in meinem Krankenbett. Der Nachmittag dümpelte trotz Klinikkaffee einem frühen Abend entgegen. Eine Woche bis Heiligabend und immer noch wusste ich nicht, ob ich mit meinem Hüft- und Unterschenkelbruch nach Hause durfte. DAS Zuhause gab es allerdings nicht mehr. Der aus Lübeck entflohenen Hölle wollte ich nicht mehr begegnen. So entsprach man zuletzt meinem Wunsch, mich in eine Klinik nach Bonn verlegen zu lassen, um meiner Mutter näher zu sein.

Zu müde zum Lesen, gelangweilt, starrte ich auf den Fernsehbildschirm, auf dem tonlos eine belanglose Reportage über irgendwas, irgendwo von irgendwem gezeigt wurde. Es klopfte. Geistesabwesend rief ich ja. Es kam ohnehin jeder ungeantwortet in mein Zimmer.

Und dann stand er da. Kaum verändert. Immer noch diese kurzen, blondgesträhnten, haselnussbraunen Haare, die gleichzeitig in alle Richtungen strebten. Augen wie dunkler Karamell. Sommersprossen, fast wie Mama, schlaksig, ein schiefes Lächeln.

Scham. Wieder kommt Scham in mir auf. Was habe ich ihn schlecht behandelt, damals vor fünf Jahren. Er gehörte zu den ›Falschen‹. Er warb um mich. Heute erinnere ich mich mit Wehmut an seine süßen, manchmal hilflosen Komplimente. Ich ließ ihn abblitzen. Ich träumte vom souveränen Macher, der mir den Weg in meine Zukunft wies. Ich verfiel auf ein Monster, der mir diese als Höllenschlund anbot. Die Zeit für Lars war damals noch nicht gekommen. Lars. Der junge unerfahrene, verliebte Referendar. 24 Jahre jung, voller verrückter, naiver, schöner Ideen prallte er an altkluger, schmalspuriger, autoritätsgläubiger Kühle ab. Unweigerlich musste ich an den silbernen Elfenflügel aus Madrid denken. Er liegt noch immer in einem Kästchen, verstaubt, um mich nicht daran zu erinnern, dass ich beinahe einmal schwach geworden bin. Hat dieser Elfenflügel mir auf seiner Schwinge Lars zugetragen?

»Lars? Lars? Du?«

Ich muss ein selten dämliches Bild abgeben, wie ich mit offenem Mund, mein Bein auf dieser blöden Schiene abgelegt, immer wieder nur seinen Namen rufe.

Er lächelt. Freut sich über meine Freude. Kommt näher. Einen feuerroten Weihnachtsstern trägt er als Stütze vor sich her. ›Weihnachtsrosen‹, denke ich bei dem glühenden Rot und sauge es als Zeichen auf.

»Hi.«

Sein erstes Wort wie ein Student. Und doch. Seine Augen sind erwachsen geworden. Sein Blick ruht auf mir, wärmt mich, durchflutet mich mit Erinnerungen.

»Wie hast Du mich gefunden?«

Wir haben uns noch gar nicht begrüßt. Ich weiß nicht einmal, wie ich mir unsere Begrüßung wünsche. Vielleicht so:

›Er beugt sich über mich, streicht mir eine Strähne aus der Stirn, überschüttet mein Gesicht mit streichelnden Blicken und legt seine so sanften Lippen auf meinen leicht geöffneten Mund. Ich falle vor Glück in Ohnmacht.‹

»Soll ich die Pflanze auf die Fensterbank stellen? Sie verträgt aber keine Zugluft.«

Zurück in der Realität nicke ich und warte bis er mit einer behutsamen Bewegung meine ›Rosen‹ in das kahle Fenster stellt.

»Seit Du nicht mehr in der Schule in Lübeck warst - ich hatte mich nach Dir erkundigt - habe ich nach Dir gesucht. Irgendwie hat man mich in der Entzugsklinik von Dir ferngehalten. Die Nummer Deiner Mutter hatte ich nicht und schließlich redete ich mir ein, dass Du mich gar nicht wiedersehen willst. Dann las ich in der Zeitung von dem Unfall. Wieder suchte ich und dann .... Also hier nach Bonn hat man Dich verlegt.«

»Ich wollte in der Nähe meiner Mutter sein. Dann weißt Du alles über meine furchtbare Vorgeschichte?«

»Nicht alles. Aber so viel, dass mir klar wurde, Dir geht es ganz schlecht.«

»Aber warum hat Dich das alles interessiert, nach so langer Zeit?«

»Warum verliebt man sich in Jemanden? Ich wollte es noch einmal versuchen.«

Ich atme tief durch. Bin ich bereit für solch ein Geständnis. Los, Julia. Befrage Dich selbst. Was war eben passiert, als er dieses Zimmer betrat? Ich schlucke, will Zeit gewinnen. Niemand in mir darf jetzt voreilig vorpreschen.

»Ich..., ich werde noch lange brauchen, bis ich gesund werde.«

Er setzt sich auf die Bettkante, nimmt meine Hand. Nimmt sie auf eine so zarte Weise, dass ich instinktiv zusammenzucke. Wo war die vorherige Bestrafung, wo war der Schlag, der eine lindernde Geste rechtfertigte? Er hält meine Finger wie eine Kostbarkeit. Ich zittere. Vor Freude? Vor Erregung.

»Spielt das eine Rolle? Ich habe oft an Dich gedacht. Irgendetwas an Dir, in Dir passte nicht zu Deiner abwehrenden Haltung. In Dir sah ich etwas, dass mich ganz kribbelig machte. Damals, ich war ja total unerfahren, da wollte ich Dich knacken.«

»Mich knacken?«

Endlich kann ich lachen. Aus dem Herzen heraus.

»Ja, ich wollte Dich erobern, Dein Prinz sein. Die spröde

Schale aufbrechen und Dich als erfolgreicher Ritter aus Deiner selbstgewählten Festung entführen.«

»Du bist süß, weißt Du das?«

Ich erschrecke über meine neue innere Stimme. Kann es sein, dass dieses unscheinbare Ding, diese romantisierende, nein diese romantische Figur mit den leisen Sohlen, den staunenden Augen bisher im tiefen Verlies meiner Selbstverachtung gehaust hat? Hungernd? Frierend? Verachtet?

»Ich bin froh, dass ich Dich gefunden habe. Darf ich Dir helfen gesund zu werden?«

Die harte, donnernde Herrscherin über mein kontrolliertes Leben, sie steht nicht auf meiner inneren Bühne. Ist sie tot? Nur krank und dann kommt sie wieder? Egal. Jetzt stehen andere in mir auf. Wollen etwas verändern, das schon immer präsent war. Wollen meine Mutter lieben und verstehen. Wollen Andreas als väterlichen Freund. Wollen es versuchen.

»Lars?«

»Ja, Julia.«

Und seine Stimme durchfließt mich wie die Verheißung eines möglichen Glücks.

»Hilfst Du mir? Ich brauche ganz viel davon. Ich hätte Dich damals beachten sollen. Es hätte mir viel erspart. Aber die Zeit war noch nicht reif.«

Lars war da. Er klatschte Beifall beim Auftritt meiner neuen inneren Bühnenspieler. Er ermutigte mich bei meinen ersten Schritten, die Welt offen, staunend zu entdecken. Unsere Zärtlichkeiten tasteten sich behutsam vor. Hand in Hand gehen, das Gesicht streicheln, in der Umarmung die Wärme des Anderen spüren. Er gab mir Zeit, ich lernte, sie mir zu nehmen. Dann kam der Einzug in meine neue Wohnung in Bonn. Bescheiden, zwei Zimmer in Duisdorf, Blick auf einen kleinen Garten im Hinterhof. Erstmals konnte ich wieder ohne Krücken gehen. Mama und Andreas, Freunde von Lars, alle halfen beim Umzug. Es war Anfang März, die Sonne wärmte uns, als wir meine neuen bescheidenen Möbel in den hellen Zimmern verteilten. Mama fing mich auf, auch finanziell. Ich hatte eine Probestelle an einer Privatschule in Aussicht. Meine Seelenwunden begannen mehr und mehr zu verheilen. Narbig zu verheilen.

Es ist die erste Nacht in meiner Wohnung. Der Tag legt sich noch früh zur Ruhe. Die Märzenwärme wird von frischer Abendluft verscheucht. Lars steht mit mir vor dem Hauseingang. Wir frieren im Häuserschatten. Noch immer habe ich nicht mit Lars geschlafen. Ich bin nicht nur verliebt. Ich liebe ihn. Mein innerer Dämon ist verschrumpelt, vertrocknet, aber er ist ein Mahnmal im Inneren. Ich habe Angst.

»Lars, kannst Du bleiben, heute Nacht?«

Er nimmt mich fest in den Arm. Ich fürchte eine sanfte Ablehnung.

»Ja, gerne.«

Wir lösen uns, er blickt mir mit seinen warmen Augen tief in meine Seele.

»Julia, Du weißt es. Ich liebe Dich, ganz tief. Ich habe Zeit. Aber .... Wenn Du soweit bist, dann bin ich da, ok?«

Ich küsse ihn. Spüre brennende Sehnsucht auf meinen Lippen. Wühle ihn auf. Wälze meine Zunge um seine. Errege mich, wie ein Vulkan.

»Ich will nicht warten. Lass uns hochgehen. Jetzt. Bitte Lars, ich will es jetzt.«

Wortlos gehen wir die zwei Stockwerke hoch. Stumm schließe ich die Tür auf. Das Bett im Schlafzimmer, es ist noch nicht einmal bezogen. Wir reißen uns gegenseitig Hemd, Bluse, Pullover, Sweatshirt, Jeans, alles vom Leib. Heftig atmend, küssend, immer wieder küssend, als wäre es der Sauerstoff, den wir zum Atmen brauchen. Lars will das Tempo herausnehmen.

»Langsam, Liebste, langsam, wir haben Zeit«, haucht er in mein Ohr. Doch sein Atem berauscht mich noch mehr. Eine dunkle Wolke zieht in mir auf. Ich sehe Lars vor mir. Etwas treibt mich an.

»Schlag mich. Los! Schlag mich auf meinen Arsch! Ich will es spüren! Los.«

Wie eine Furie kralle ich mich jetzt in seine Arme. Will, dass er etwas tut. Jetzt. Doch er setzt sich auf. Schaut mich schockstarr an.

»Julia, was ist los? Ich kann das nicht. Nein, ich will das nicht. Bitte.«

Der schwarze Sirup, der mich schon wieder ausgekleidet hat, verklumpt, drückt auf meinen Magen, mein Herz. Ich atme heftig. Der Atem geht in ein Schluchzen über. Tiefe Traurigkeit übermannt mich. Ich bin ein Dämon. Er ist nicht tot. Das verschrumpelte Etwas ist auferstanden.

Ungebremste Angst quillt aus mir. Ich weine, weine, Tränen laufen. Ich zittere. Lars nimmt mich in den Arm. Er streicht über meinen Rücken, ganz langsam mit unendlich warmen Händen. Er schenkt mir weiche Töne, verteilt sie in mein Haar. Sie durchströmen mich, lösen die Klumpen, weichen das Schrumpelwesen auf, lassen es flüssig werden wie Wachs. Alles tropft aus mir heraus, wird Träne, wird Schweiß, wird Luft, die entweicht.

»Es tut mir so leid.«

Meine Worte landen auf seiner Brust. Ich schicke einen Kuss hinterher, dann einen weiteren. Seine Finger greifen unter mein Höschen, streicheln meinen Po. Streicheln ihn. Überall in mir spüre ich seine Sonnenstrahlen. Eine andere, eine tiefe, weiche Sehnsucht erfüllt mich nun. Behutsam dreht er mich auf den Rücken, streift in einer sanften Bewegung meine letzte Hülle ab. Sein glühender Blick auf mir stimmt in mir einen Ton an, der wie tausend Glocken klingt. Eine Klangharmonie, die in ein Vibrieren übergeht. Er bedeckt meine Schultern, meine Brüste mit Küssen aus Samt. Alles an mir, in mir öffnet sich, darf, möchte, will. Seine Hände heben mein Becken, ich schwebe. Sein Blick sagt mir, es wird schön. Dann, dann werde ich das erste Mal in meinem Leben mit sanfter Lust erfüllt. Ein Branden wie die Wellen des Meeres. Eine aufwühlende Hitze in mir, wie ein heißes Bad. Nur ist es in mir. Es ist Rhythmus. Es ist Klang. Es ist Woge. Es ist Kreischen vor Glück. Die Wellen überschlagen sich, tragen mich immer höher, immer schneller. Seine Lippen, seine Zunge, all das umgibt mich, hüllt mich mit unbändiger Lust. Die eine Welle, die nach ihm schmeckt, die mich heiß ausfüllt, lässt mich zucken, ihn an mich pressen, ihn nie mehr loslassen wollen.

Teil 4 - heilen (2014 - 2015)

65. Das zweite Leben

Monika, Oktober 2014

Der Herbst schenkt mir einen warmen Tag. Mein Schlaraffenland schaukelt über mir. Letzte tiefblaue Pflaumen baumeln, zum Greifen nah. Eine weiche Decke schmiegt sich von unten an mich, pendelt sanft mit mir hin und her. Die Hängematte ist mein Lieblingsplatz, seit ich wieder denken kann. Noch sind die Gedanken Kleinkinder, die mal unsicher, mal ungestüm durch die Hallen meines Hirns tapsen. Erinnerungen erreichen mich, dunkle wie helle. Meine Sprache ist wieder ICH. Ich erkenne mich. Ich habe so großes Glück gehabt. Und ich habe Andreas. Das Puzzle, das meine Neuronen wieder zusammensetzen sollte, zeigt dunkle Flächen, angstbesetzt und zum Fürchten. Julia meine Tochter. Wann war sie doch gleich hier? Sind es schon wieder fünf Tage her? Sie half mir dabei, setzte einige dunkle Teile hinzu. Ich bat sie schließlich, noch zu warten. Es machte mir Angst. Doch da war ein Lächeln auf ihrem Gesicht, an das ich mich nicht erinnere und das so schön und klar ist, wie die Sonne in diesem Puzzle, die ich nicht vergessen habe. Ein gelber runder Ball der Liebe. Ich möchte Andreas hineinschreiben. Und Julia. Doch jedes dieser Einzelteile hat seine Bedeutung. Und so sollen sie mein Bild vervollständigen. Andreas. Den Namen meines

Liebsten kann ich auch so aussprechen. Er kam von einer langen Wanderung zurück. Er trug mich aus der Verzweiflung heraus. Er rettete mein Leben und unsere Liebe.

Ich habe so großes Glück gehabt.

Ich habe eine Subarachnoidalblutung erlitten, mitten im Wasser. Man hatte mich vor dem Ertrinken, dann vor dem Atemstillstand und in der Klinik vor dem Hirntod gerettet. Schwärme von Glücksengeln flatterten um mich herum, als der Professor in Essen mir sagte, dass es das einzige Aneurysma gewesen sei und dass das spätere Coiling, das Versiegeln der kleinen Aussackung in meiner Hirnhaut erfolgreich war. Weil alles schnell ging. Weil ein Arzt vor Ort den Rettungshubschrauber alarmierte, weil..., ja weil ich einfach noch leben sollte. Ich kämpfe. Und ich liebe. Wie lange ist es her, dass ich in mir solch eine Wärme beim Anblick meines Liebsten gespürt habe. Mein Herz brennt vor Sehnsucht, doch ich soll mich schonen.

»Hallo meine Süße. Wie geht es Dir? Ist Dir warm genug? Ich glaube, Du möchtest eine von unseren süßen Pflaumen kosten.«

Er greift in die Zweige, nimmt eine satte, reife Frucht und bricht sie mit seinen Händen auf. Sorgfältig prüft er, ob sie einen schlängelnden Gast beherbergt. Dann führt er eine Hälfte an meinen Mund. Ich sehe seine Lachfalten um die Augen, das gesprenkelte Blau und die Tiefe seiner Pupillen. Langsam öffne ich die Lippen, nur so weit, dass er nachhelfen muss. Er schiebt mit sinnlicher Zartheit das Fruchtfleisch zwischen meine Zähne, bis zuletzt die Spitze seines Zeigefingers zwischen meinen jetzt geschlossenen Lippen liegt. Ganz zart beiße ich mit den Zähnen an der Fingerkuppe. Ich glühe ihm mein bernsteinfarbenes

Verlangen entgegen.

»He! Du machst mich ja ganz verrückt nach Dir. Süße! Ich weiß nicht. Der Neurologe sagt, dass Du Dich noch nicht überanstrengen sollst.«

Ich schmolle, entlasse seinen Finger und greife mit meinen Händen um seinen Hals. Nachdem ich das Fruchtfleisch genüsslich geschluckt habe, ziehe ich ihn zu mir. Seine Lippen schmecken nach Kakao. Wilde, goldene Kaskaden des Glücks, der Erinnerung an tiefe Momente der Zärtlichkeit durchströmen mich. Ich sehe den Strand und uns. Eine Badewanne und uns, eine Wiese und uns. Regenbogenbunte Puzzleteile purzeln in mein Neuronenfeld. Ich küsse ihn innig, unsere Zungen tanzen Blues. Ich bin im Zustand tiefster Glückseligkeit. Vorsichtig lösen sich unsere Lippen wieder, behutsam, um nichts von dieser wieder gewonnenen Liebe fallen zu lassen.

»Aber Küssen dürfen wir«, hauche ich ihm ins Ohr. Und tanze mit den Lippen auf seiner Ohrmuschel.

Andreas kniet sich neben die Hängematte. Sein mittlerweile komplett ergrautes Haar leuchtet in der Oktobersonne. Er streichelt meinen Bauch. Kreisförmige Bewegungen, die sich in mir als Wellen des Glücks übertragen.

»Ich möchte Dich gerne lieben. Tief, innig, weich aber auch wollüstig. Ich habe nur Angst, dass Dir etwas passiert. Ich will Dich endlich zurückhaben. Mit Deiner Liebe zu mir.«

»Mein Puzzle ist fast wieder zusammengesetzt. Jeden Tag erinnere ich mich mehr. Jeden Tag erkenne ich mich besser. Und jeden Tag spüre ich, dass ich Dich brauche. Dich, mein heißgeliebter Mann.«

Und plötzlich erinnere ich mich an ein weiteres Teil. Da, da liegt es. Wie konnte ich es denn so lange übersehen haben?

Unsere Verlobung. Es war ein so schöner Sommerabend. Was waren wir verrückt. Wir haben Joints geraucht. Es war irre. Sogar die Polizei musste kommen.

»Andreas?«

»Ja, Süße?«

»Wir sind doch verlobt?«

»Ja, das stimmt.«

Tränen laufen ihm über seine Wangen.

»Möchtest Du mein Mann werden. Möchtest Du mich heiraten?«

Er ist sprachlos. Sein Kopf legt er in meinen Schoß, sein Oberkörper zuckt vor den überquellenden Tränen.

»Ja«, höre ich tief in meinem Bauch. Mein Herz hüpft. Ich werde leben. Mit ihm. Ich werde lieben. Ihn.

Der Herbst hat mir einen Tag geschenkt.

Der 16. August wurde zu meinem zweiten Geburtstag. Erinnern konnte ich mich kaum an ihn. Flüchtige Gedankenfetzen waren alles, was mir von diesem Tag kurz vor meinem Unglücksfall geblieben war. Doch eines hielt ich tief in meinem Gedächtnis. Es sollte ein Neuanfang werden. Ich hatte mich darauf gefreut. An guten Tagen, mit viel Ruhe und Schlaf, wie heute sah ich ein schlüssiges, wenn auch wildes Bild meiner letzten Jahre.

Andreas machte mir den wunderbaren Vorschlag, unsere Hochzeit auf einem Rheinschiff zu feiern. Im Frühjahr, wenn die Farben der Natur wieder explodieren und ich mich wieder erholt hätte. Fünf Jahre kenne ich nun diesen Mann, meinen Andreas. Ich brauchte Zeit an ihn zu glauben und vor allem mir selbst zu vertrauen.

66. Die Hochzeit

Andreas, 3. Mai 2015

Wenn ich auf die letzten fünf Jahre zurückblicke, dann sehe ich eine Zeit, die mich verändert hat. Grundlegend. Bis zu diesem denkwürdigen Tag im Oktober 2010 habe ich mich regelmäßig gefügt. Zuerst dem süßlichen Traum einer Ehe mit Sabine, einem leichten, vor Tiefe zurückschreckenden Menschen, dem ich den Mut zu mehr nicht vermitteln konnte. Habe ich hierin wirklich investiert? Nein! Ich verhielt mich selbstherrlich, selbstgerecht. Innere Nörgelei statt Konfrontation mit der gefühlten Diskrepanz. Meiner Selbstachtung wäre ich es schuldig gewesen. Um Sabines, um unseretwillen hätte ich es aussprechen müssen: So geht es nicht weiter. Lamentieren, dass wir keine Kinder gewagt haben? Schmollend die Nüchternheit des Liebeslebens erdulden? Jeannette war das Feuer, das das Dach unserer Ehe angezündet hatte, statt gemeinsam oder getrennt nach dem Feuer in der Mitte unserer Herzen zu suchen.

Und dann? Nach der Scheidung? Habe ich mich nichts getraut. Selbstzweifel rutschen leicht in Selbstmitleid ab, wenn man nicht selbstkritisch bleibt. Dann wird man für Andere bisweilen unerträglich.

Und dann? Trat Monika in mein Leben. Nicht nur sie selbst forderte mich heraus. Lebendig und empfindsam. Fordernd und verletzlich. Ein Paradies an Vielfalt. Nie zuvor habe ich so viele Facetten in einem Menschen gesehen. Doch mit ihr begannen die turbulentesten Jahre meines Lebens. Ich erlag beinah einem tödlichen Fieber. Ich sah mich übermächtigen, gerissenen

Konkurrenten gegenüber, wurde beinahe zu Tode gefoltert. Wir beide standen der Dunkelheit gegenüber und bezwangen sie gemeinsam, retteten ihre Tochter, bevor sie sich beinahe selbst aus dem Leben katapultiert hätte. Achterbahnfahrten der Gefühle durchschüttelten mich. Monikas lesbische Freundin, der afrikanische Traum Ajana, die plötzliche Liebe Julias zu mir, all das schleuderte mich hin und her. Bei alldem blieb Eines, meine Liebe zu Monika. Immer tiefer griff mein Herz in den Verstand und schüttete dort unausweichliche Botschaften aus. Ich will diese Frau niemals im Stich lassen. Ich habe gekämpft um sie und es stand nicht immer gut.

Jetzt ist der 3. Mai 2015. Ein Tag, den ich nicht mehr vergessen werde. Es ist unser Hochzeitstag. Mit feuchten Händen, wie ein verliebter Student, warte ich auf meine Braut. Die Standesbeamten verströmen die Geduld von gütigen Großeltern, obwohl ich deren Vater sein könnte. Und dann erscheint sie. Eine Schönheit in einem glühenden Mohnrot, betörend. Knisterndes Satin, zarte und wallende Stofffalten, ein fürstlich anmutender Stehkragen. Anmut und Erotik haben sich vermählt, in ihrem Anblick. Ihr Gesicht strahlt und funkelt. Ihre Bernsteine im Blick leuchten von innen, zeigen mir ein Feuer, auf das ich mich freue, ein Leben lang.

Monika

Maria und ich sind durch Bonn, Köln, sogar Koblenz gezogen, es gab für mich kein Hochzeitskleid. Alles war so... profan, festlich, glitzerig, aufgesetzt. Doch dann vermittelte Ulrike mir eine befreundete Schneiderin und die zauberte ein mohnrotes

Kunstwerk mit fließenden Linien, spitz zulaufenden Körbchen, ganz auf meine zarten Brüste abgestimmt. Ein Bolero mit Stehkragen, noch nie in meinem Leben habe ich solch ein schmeichelndes, meinem Wesen entsprechendes Kleid getragen. Ach was, sportlich wie ich mich fühlte, steckte ich meist in Hosen. Doch für Andreas, für uns will ich heute eine ganz feminine, aufregende Frau sein.

Als ich ihn wie einen kleinen Jungen vor der Bescherung auf mich warten sehe, als ich erkenne, dass er es tatsächlich geschafft hat, meine ihm zugesteckte Farbkarte richtig zu interpretieren und ein tolles rotes Hemd in dieser Farbe zu tragen, als ich den strahlendblauen Glanz seiner Augen in mich aufnehme, da fühle ich mich frei, glücklich, schwebend. Ich bin eine Königin und unsere Liebe wird unser Königreich sein.

Alle, die mitgekommen sind, uns bei diesem Schritt zu begleiten sind auf einmal ausgeblendet. Da tritt Maria, meine liebe, meine unfassbar zärtliche und treue Freundin neben mich und reicht mir den Ring, den mit den Bernsteinherzen, die unsere warme, reife Liebe symbolisieren. Jochen gibt das Gegenstück an Andreas weiter. Eine Wärme, nein eine mich fast überrollende Erregung erfasst mich, als er mir den Ring überstülpt. In den zurückliegenden Jahren habe ich mich den körperlichen Misslichkeiten des Älterwerdens ergeben, um ihm auszuweichen. Und jetzt, hier, vor dem Standesbeamten erfasst mich eine wilde Sehnsucht, ihn zu küssen, ihm sein hübsches Jackett, die Krawatte, sein Hemd vom Leib zu reißen und ihn zu spüren. Den Ring an meinem Finger und ihn in mir, tief und verheißend. Ja, es ist noch da, das Feuer.

Stattdessen bleibt es bei diesem Kuss, diesem brodelnden, uns im Glück verschlingenden Kuss, der die Zeugen erröten, aber auch freuen lässt. Wir glühen uns an, Stirn an Stirn, die Augen glücksfeucht.

»Ich will für Dich da sein. Alle Zeit«, bebt seine Stimme. Ich glaube ihm. Endlich glaube ich ihm. Endlich glaube ich mir, dass ich es will, dass ich es kann.

In diesem entscheidenden Moment der Gewissheit öffnet sich mein Horizont erneut für meine Umgebung und ich sehe meine Tochter Julia eng an Lars geschmiegt. Ein Versprechen der Liebe, so sehen sie aus und mit einem Mal habe ich das Gefühl, alles wird gut sein. Sie kommen auf uns zu. In Julias Augen sehe ich einen Schimmer Wehmut, als sie Andreas beglückwünscht und ihn umarmt. Gerade als sie sich selbst verloren glaubte, war Andreas zur Stelle. Das hat sie tief berührt. Andreas hat meiner Tochter das Leben gerettet. Und ich bin dankbar, dass er meines nicht zerstört hat, indem er sich selbst in Julia verliebt hätte. Nein, es ist jetzt alles gut. Zwischen Andreas und Julia wird es fortan für immer ein besonderes Verhältnis geben.

Lars und Julia können scheinbar ihre eigene Hochzeit kaum erwarten. Ein bisschen schmollen sie darüber, dass wir ihnen zuvorgekommen sind.

»Wir hatten einen Vorsprung von fünf Jahren«, zwinkere ich ihnen zu,

»nur dass unsere Strecke ein Hürden-Geländelauf war.«

Unsere Hochzeitsfeier verbrachten wir auf einem Rheinschiff. Es war ein romantischer Traum, an Koblenz vorbei bis nach Boppard und Bacharach zu schippern, die lieblichen Weinberge vorbeiziehen zu sehen, mit zunehmender Dämmerung die Lichterspiele zu genießen, zu tanzen, zu lachen und uns zu küssen. Zur Überraschung sämtlicher Gäste stiegen wir in

Bacharach aus und verabschiedeten uns in ein verträumtes, kleines Hotel, das Andreas ausgesucht hatte. Endlich waren wir allein.

Meine Überraschung, die ich für meinen Liebesfürsten parat hielt, bestand aus den schönsten Dessous, die mir je durch die Finger geglitten waren. Aus feinster Seide mit wunderhübscher Spitze verziert, zeigten sich BH und das eng anschmiegende Pantyhöschen in raffiniertem Perlmutt. Meine glitzernden Strümpfe und Bronze schimmernden Strumpfbänder machten meinen Liebsten so verrückt, dass er mich eine süße Unendlichkeit von oben bis unten in dieser Aufmachung liebkoste und bewunderte. Mein glühendes Verlangen steigerte er so aufs Äußerste. Mit einem Mal wusste ich nicht, wo all die Ängste und Sorgen des Altwerdens geblieben waren.

Ich fühlte mich sexy, begehrt, umworben und von oben bis unten verführt. Es war eine Nacht wie keine zuvor. Es war eine Nacht für die Ewigkeit.

67. Jeannette

Andreas, Juli 2015

Es ist heiß. Die Hitze kriecht durch unsere Markise hindurch und lässt uns knapp bekleidet in den Nachmittag hineindämmern. Lars und Julia sind zu Besuch und hocken über alten Fotoalben aus der Kinderzeit. Monika schaukelt im Schatten der Pflaumenbäume auf ihrer geliebten Hängematte. Eine kühle Rhabarberschorle täte uns allen gut. Ich schleppe mich mit diesem Vorsatz in die Küche. Unser Leben hier in Bergheim ist schön. Es ist ruhig und unspektakulär, wenn ich es mit den letzten Jahren vergleiche. Und es hat an Tiefe gewonnen. Nachdem lange Zeit Maria zusammen mit Marlene die Führung der »Herbstsonne« kommissarisch übernommen hatte, gab es für Monika wieder einen Einstieg. Die Caritas, die mittlerweile alleinige Betreiberin dieses Altenparadies geworden war, zeigte sich einverstanden mit einem gleichberechtigten Vorstand durch die drei Frauen. Er sollte jedoch alle drei Jahre von einem Beirat bestätigt werden. Die drei zeigten sich als Dreamteam, jung und reif, organisiert und kreativ. Monika ist nun überglücklich, sich mit dieser halben Stelle genug schonen zu können und Zeit für uns zu haben. Auch ich habe mich mit meiner Arbeit arrangiert, habe mich überwiegend auf Umweltgutachten für das Umweltbundesamt spezialisiert. Gerade schlendern meine Gedanken zur bevorstehenden Hochzeit von Julia und Lars im Oktober, da werde ich durch unsere Türglocke aufgeschreckt. Sonntagnachmittag? Wer kann das sein? Mein Nachbar, der verrückte Altachtundsechziger? Ich werfe mir ein T-Shirt über, gehe zur Haustür, öffne und stehe kurz vor einem Kollaps.

»Hallo. Wenn ich Deinen Gesichtsausdruck richtig deute, dann erinnerst Du Dich an mich.«

Vor mir steht eine junge Frau, deren Atem beraubende Schönheit von damals verfeinert, gereift, perfektioniert wirkt. Mit ihrem karamellfarbenen Teint, den alles verschluckenden braunen Augen und dem üppigen schwarzen Haar, mit dieser kleinen frechen Nase und den vollen sinnlichen Lippen, der zierlichen und doch weiblichen Figur lässt sie einen zunächst sprachlos ihr gegenüberstehen. Doch nicht das allein ist der Grund für meinen abrupten Blutdruckabfall. Neben ihr, fest verbunden mit ihrer Hand steht ein Junge, sieben, acht Jahre vielleicht, dessen dunkles Haar und strahlendblauen Augen einen lebhaften Kontrast erzeugen. Er wirkt neugierig, schüchtern und abweisend zugleich. Ich habe den Eindruck, dass ich es bin, der gleich entscheiden soll, in welche Richtung sich das Gefühlsgerüst dieses Jungen entwickeln wird.

»Jeannette? Du? Was? Wieso?«

Offensichtlich reize ich mein Dümmlichkeitspotenzial in dieser Situation voll aus. Die Neuronen hetzen aufgeregt durch mein Hirn, um sich den passenden Reim auf all das zu machen. Zu spät finden sie die eigene Lösung des Rätsels. Ich bekomme die Antwort von ihr präsentiert.

»Hallo Andreas. Ich habe geahnt, dass Du erschrocken sein wirst. Ich wollte Dich anrufen, doch ich dachte, Du würdest mich abweisen. Also bin ich einfach gekommen. Andreas, ich mache es kurz. Das ist Mathis, Dein Sohn. Schau Mathis, Du wolltest Deinen Papa sehen. Jetzt ist es soweit. Das ist er, nicht Jacque. Jacque war viele Jahre für Dich da und für mich, das weißt Du.

Aber er ist jetzt weg.«

Die Erwartung im Blick des Jungen hat etwas Angespanntes, Finales.

»Aber warum..., aber warum jetzt? Was war all die Jahre? Warum hast Du nicht einfach so...?«

»Weil ich bis vor drei Wochen mit Jacque zusammengelebt habe. Er hat uns verlassen. Eine Andere, wie originell. Für Mathis war es ein Schock, als Jacque im Gehen zu ihm sagte, er sei nicht sein Vater. ›Ich bin es nicht, versteh es doch. Finde Dich damit ab oder suche ihn selber‹. Das waren seine Worte. Was also hätte ich machen sollen?«

Ich überlege fieberhaft. Ich muss mich dem Jungen, ich muss mich Mathis zuwenden. Seine Verzweiflung ist mit Händen zu greifen. Ich hocke mich hin, nehme seine Perspektive ein, schaue ihm in die Augen, schaue ihm in meine Augen. Es läuft mir kalt den Rücken herunter, als ich auch in den Gesichtszügen die unverkennbare Ähnlichkeit mit mir erkenne. Ich habe auf einmal einen Sohn. Wird das alles verändern?

»Hallo Mathis. Erst einmal herzlich willkommen.«

»Hallo Andreas.«

Mehr bringt er nicht heraus. Und er reicht mir seine kleine vor Angst schwitznasse Hand.

»Spricht er deutsch?«.

»Ich habe ihn zweisprachig erzogen, da ich Deutsch gut beherrsche und nicht weiß, wo ich in Zukunft leben will.«

Hitze durchflutet mich. Was soll das heißen? Was hat Jeannette vor? Ich traue mich nicht, zu fragen. Stattdessen wende ich mich wieder Mathis zu.

»In welche Klasse gehst Du?«

»Ich bin in der École élementaire in der zweiten Klasse.«

»Wow, Du sprichst ja richtig gut deutsch. Was ist denn Dein Lieblingsfach?«

»Biologie und Sport.«

»Ihr habt schon Biologie in der zweiten Klasse?«

»Nein, aber wenn ich auf das Collège und auf das Lycée komme, dann wird das mein Lieblingsfach. Ich möchte nämlich Forscher werden.«

Es hat keine zwei Minuten gedauert und ich habe mich in diesen Jungen vernarrt. Er hat etwas Begeistertes, Wollendes, das mich anrührt. Ich erhebe mich wieder und will Jeannette gerade fragen, wie lange sie schon in Deutschland ist, da höre ich Monikas Stimme.

»Willst Du Jeannette und Mathis nicht hereinbitten?«

Wie lange steht sie schon im Schatten des Flures, unbemerkt von uns Dreien? Ich fühle mich ertappt. Wegen was eigentlich? Weil ich Jeannette immer noch unglaublich hübsch und ja, auch aufregend finde? Weil ich mich ganz offensichtlich freue, einen Sohn zu haben? Ich versuche, Monikas Blick zu ergründen, doch es gleicht dem Orakel von Delphi. Ich sehe Monika an. Selbst jetzt, in diesem Moment, in dem sie keine Regung zeigt, wird mir klar: Es wird sich nichts in uns ändern. Nichts. ›Hörst Du‹, will ich ihr laut zurufen, ›Jeannette, Mathis, niemand wird unsere Liebe zerstören können.‹ Doch jetzt erst einmal bitte ich die Beiden, einzutreten.

»Herzlich willkommen Jeannette.«

Monikas Händedruck ist förmlich, ihr Gesicht aber freundlich und offen. Sie wählt nicht den französischen Gruß, sie weiß sich auf unserem Terrain. Dann hockt auch sie sich vor Mathis und spricht mit ihrer wunderbar sanften Stimme:

»Hallo Mathis. Das ist ja alles ganz furchtbar aufregend für Dich. Bestimmt hast Du Durst. Möchtest Du eine kalte Limonade?«

»Ja, gerne, Madame.«

»Ach bitte nenn mich doch Monika, ja?«

Und dann streicht sie ihm über den Kopf mit einer leichten Geste, als hätte sie ihren Neffen zu Besuch. Sie erhebt sich.

»Ach, wie unhöflich von mir. Sie dürften genauso durstig sein. Andreas hat uns gerade eine erfrischende Rhabarberschorle gemacht. Die wird Ihnen sicher auch guttun. Andreas bist Du so lieb?«

Aus keiner von Monikas gerade verwendeten Mimikmuster kann ich ableiten, was sie denkt. Oder weiß ich nicht so recht, was ich denke und habe Angst, dass sie denkt, ich könnte denken, dass sie denkt... Die Situation macht mich unsicher. Und diese Unsicherheit könnte als ein Ertapptsein in Bezug auf Jeannette missinterpretiert werden. Alles in allem befinde ich mich in einem psychologischen Ausnahmezustand.

Währenddessen macht Monika unsere neuen Gäste ganz locker mit Julia und Lars bekannt. Noch vor einem Jahr hätte Julia frohlockt über solch eine Situation, wäre zur Höchstform aufgelaufen, um das doch geniale Wiedersehen des verschollenen Liebespartners zu rühmen. Jetzt bleibt sie cool wie ihre Mutter. Scheinbar bin ich der Einzige hier, der wirklich nervös ist.

Endlich wendet Monika sich mir zu. Sie nimmt mich mit in die Küche, ganz beiläufig, um eine Kleinigkeit zum Essen herzurichten.

»Du bist ja ganz aufgeregt. Ist es wegen Jeannette oder wegen Mathis?«

Wusste ich es doch. Die Eifersucht ist da. Und ich? Wie soll ich sie entkräften?

»War ein Scherz, Andreas. Allerdings muss ich ja zugeben, dass Jeannette ein richtig heißer Feger ist. Aber ich finde sie sympathisch. Sie hat einen offenen Blick und Mut. Da hast Du also einen Sohn. Ist das nicht fantastisch? Das hast Du Dir doch immer gewünscht.«

Ich starre Monika an, als würde sie Chinesisch mit mir reden.

»Aber ich dachte, Du würdest Dir jetzt Gedanken machen, was das alles für die Zukunft bedeutet?«

»Ach, mein Liebster!«

Sie nimmt mich fest in den Arm. So fest und warm, dass ich Wogen der Geborgenheit spüre. Wie macht sie das bloß, meine unglaublich tolle Zauberin. Sie löst sich wieder und schickt mir eine Portion Bernsteinglück in mein Herz.

»Das hat doch Zeit. Du weißt doch gar nicht, wo Jeannette gerade mit ihrem Leben steht. Lass sie doch erst einmal erzählen. Es gibt so viele Möglichkeiten, wie es weitergeht. Bleibt sie in Deutschland, wie sie angedeutet hat...?«

»Hast Du das mit bekommen?«

»Andreas. Wenn es klingelt, willst nicht nur Du wissen, wer das am Sonntagnachmittag sein könnte. Ich wollte Dir erst einmal Zeit geben, diese Begegnung zu realisieren. Na gut, ein bisschen neugierig war ich schon, wie Du Dich ihr gegenüber gibst. Aber Andreas. Misstrauen, das ist vorbei. Wenn Du eine Jüngere wolltest, egal wen, dann hättest Du Gelegenheit gehabt. Aber Mathis, den wirst Du bestimmt öfter sehen, sonst wäre Jeannette nicht hier hergekommen. Und ob sie Dich möchte, weiß ich nicht. Aber ich glaube, das muss sie sich abschminken. Ich würde mich nicht einfach geschlagen geben, wenn Du verstehst, was ich meine.«

»Ich liebe Dich, meine Süße. Ganz tief. Und ich danke Dir, dass Du so souverän mit dieser Situation umgehst. Und noch was. Ja es stimmt. Jeannette sieht atemberaubend gut aus. Und sie ist nett. Das reicht aber nicht. Bei weitem nicht. Denn, wie Du schon sagst. Wir lieben uns. Und dagegen kommt niemand an.«

Zu Jeannette entwickelten wir eine wundervolle Freundschaft. Kein einziges Mal deutete sie an, ob sie meinetwegen in Deutschland hätte bleiben wollen. Aber wir sollten meinen Sohn immer wieder sehen können. In den Ferien verbrachte er zwei manchmal drei Wochen bei uns. So wuchs eine ganz besondere Vaterschaft und darüber hinaus noch eine herzliche, liebevolle Beziehung zu Julia, seiner viel, viel älteren ›demi-sœur‹, dem schönen französischen Wort für Halbschwester.

68. reifer Liebesrausch

Monika, November 2015

Über uns fliegt ein Schwarzspecht mit seinem glockenklaren Ruf in die nächste Tanne. Eine Rarität, erklärt mir Andreas. Ich habe solch ein Exemplar noch nie zu Gesicht bekommen. Die Lichtung, auf der wir es uns mit unserer Picknickdecke gemütlich gemacht haben, schützt uns mit dichten Sträuchern und jungen Fichten vor dem föhnigen Wind. Letztes Laub klammert sich an die Äste des Bergahorns, trotzig recken späte Blüten des Habichtskrauts ihr Gelb in das blaue Firmament. Es ist ein Tag, den wir so nicht erwartet haben. Von einem wolkenlosen Himmel scheint die Mittagssonne auf uns in einem Anfall von Spätsommer herab. Eine unscheinbare Abzweigung vom Wanderweg, ein Pfad, der sich schließlich bergan im Nichts verlor, führte uns in dieses einsame Eckchen.

Alles hatte mit der Idee begonnen, ein verlängertes Wochenende im bayerischen Wald zu verbringen. Ein Top-Angebot in irgendeiner Zeitschrift versprach pure Wellness mit Schwimmbad und All inclusive in rustikalem Ambiente. Die Realität zeigte sich so grotesk abweichend, dass uns vor Lachen die Tränen kamen, über all die Klischees, auf die wir hereingefallen waren.

Die rustikale Ausstrahlung offenbarte sich uns in moosgrünen, verspeckten Sanitäranlagen, deren Armaturen in den 70er-Jahren sicher noch einen Designpreis gewonnen hätten. Das Mobiliar verströmte den Charme eines bäuerlichen Gästezimmers für die ungeliebte städtisch-bucklige

Verwandtschaft. Sperrholz mit verblasster Bauernmalerei, Matratzen, die ich vom Sperrmüll wiederzuerkennen glaubte und ein Teppichboden, der dreißig Jahre verschüttete Flüssigkeiten als Jubiläum feiern könnte. Das Schwimmbad wurde kurz vor unserer Anreise wegen überfallartigem Auftreten von Legionellen und glitschigem Schwarzschimmel am Beckenrand geschlossen, vom Gesundheitsamt selbstredend. Das üppige Frühstücksbuffet überzeugte mit pasteurisierter Kästchenmarmelade, um die Wette trocknende Toast- und Mischbrotscheiben und einer vogelfutterartigen Fertigmüslimischung. Immerhin war der Kaffee heiß. Reichlich Milch verhinderte das akute Auftreten von Herzrasen. Wir nahmen es mit Heiterkeit. Wer sich auf Schnäppchen einlässt, darf keine Sterne erwarten.

Die umwerfende Landschaft und auch die Freundlichkeit des Personals unseres ›Mittelklassehotels‹ versöhnten uns mit dem Buchungsfehlgriff. Der bayerische Wettergott setzte mit einem Föhnangriff aus den Alpen eins oben drauf und bot uns diesen Spätsommertag mit Temperaturen von über 20 Grad auf den Höhen an. Wir nahmen dieses Geschenk dankend an.

Unsere schweren Wanderstiefel haben wir abgestreift, die Zehen können sich endlich recken und strecken. Ich liege mit dem Kopf in Andreas Schoß, streife mit meiner Hand seine Wange, lege meinen Zeigefinger auf seine Lippen. Es ist ein stummes Signal. Nähe will gelebt sein. Er streichelt meinen Oberarm entlang, ein erweckendes Kribbeln durchfährt mich. Behutsam tasten seine Fingerspitzen unter den Ärmel meiner Wanderbluse, dringen in die warme Achselhöhle vor. Ich spüre, ich summe und stöhne, ich bin bereit für alles, was kommen will. Seine tiefblauen

Augen glitzern wie das Meer im Sommersonnenschein. Seine Lachfalten umhüllen mich. Ganz vorsichtig wandert seine Hand über meine versteckte Brust, die hebend und senkend die weitere Reise erwartet. Seine Finger finden einen Knopf, einen zweiten und dritten, der das glatte Gewebe an die Seite fallen lässt und mich das zarte Säuseln des warmen Windes auf meinen noch verpackten Brüsten spüren lässt. Sein Blick ist so sehnsüchtig, so wollend, dass es mich bis tief in den Schoß hinein berührt. Die Wanderer werden neugierig, sie gleiten entlang der Brüstung, unschlüssig, wie sie zu meinen sich regenden Knospen vorrücken sollen. Ich will es, ich will ihn, ich erhebe mich, küsse ihn, zart auf den Mund, das Ohr, den Hals entlang. Meine Zungenspitze zeigt ihm, dass ich zu einer tieferen, wonnigeren Reise bereit bin. Langsam öffne ich meinen BH-Verschluss, lass meine Brüste atmen, frei sein. Er liebt sie, oh ich weiß es ja. Ich knie mich neben ihn, knöpfe sein Hemd auf, fasse unter sein Shirt und streichle diese warme, so schlanke Brust. Er ist mein feinfühliger, liebevoller Liebhaber. Kein Athlet, kein Muskelpaket. Nein, er ist mein Andreas. Kurz blicken wir uns um. Es ist die schönste Einsamkeit, die erwartungsvollste Abgeschiedenheit, dieser Ort, ja wir wollen. Hastig, ja begierig streifen wir unsere Wanderhosen ab. So stehen wir, aneinandergeschmiegt, die Lippen, die Zungen in wilder Vereinigung, die Schenkel des Anderen spürend. Sein Andi drückt sich an meine warme Pforte. Langsam gleite ich hinab auf die Knie, drücke einen sanften Kuss auf den gespannten Stoff, direkt auf seine pralle Lust. Ich will ihn in mir spüren. Tiefe Lust erfasst mich. Wie er da steht, so schlank und hübsch die Beine, die begierige Lanze prall in seinem schwarzen Slip reiße ich ihn mit mir auf das moosige Lager. Mein heißbegehrter Ritter, bitte erfülle meine liebestrunkene

Sehnsucht. Liebe mich. Mit sanfter Hand hebt er mein Becken, streift er den letzten Stoff von mir. Ich recke mich ihm entgegen. Er befreit sich und mich von allen Grenzen, sein wunderschön aufragender, vor Hitze glühender Glücksstab reckt sich in die Sonne. Er nimmt ihn, liebevoll, kniet sich vor mir und gleitet langsam in meinen weit geöffneten Liebesgrund. Jedes Mal offenbart sich mir diese überwältigende Innigkeit, wenn er mich mit seinem Glück auskleidet.

Mit einem Mal reicht mir die Nähe nicht, enger, schmiegender will ich ihn erleben, hier in der unerwarteten Wärme dieses kleinen Paradieses. Ich setze mich auf, treibe ihn in meine Umarmung, sitze auf, in ihm. Unsere Hände liebkosen Rücken, unsere Lippen küssen Hälse. Küssen Lippen. Küssen Nase, Wange, Kinn, küssen, küssen, küssen. Niemals soll es aufhören, niemals. Sanft schiebe ich mein Becken ihm entgegen, kreise, spüre sein Drängen, sein Wollen. Schneller, wilder, wie auf einer brausenden Brandung reite ich auf ihm. Es ist schäumende, tosende, infernalische Lust, die mich durchfährt. Mein Liebster glüht vor Erregung, ich will ihn tiefer, schneller. Mein Rhythmus entfesselt mich, ich spüre wie mich alle meine Fasern in meiner Tiefe zum Fliegen bringen. Rasendes Glück und sein Liebessaft durchströmen mich. Er zuckt und zuckt. Und ich?

Ich warte, spüre, genieße, trinke mit meinem dritten Mund, küsse und küsse wieder und wieder. Und dann merke ich plötzlich diesen heißen Glücksstab in mir, wie er erneut zu pochen, zu leben beginnt. Ich hebe und senke mich, drücke mich seiner Männlichkeit entgegen, rufe sie noch einmal. Dann, begleitet von einem irren Lachen, einem Glucksen, einem ungläubigen Stöhnen schenkt er mir das zweite Glück, den zweiten Flug, in Wellen, Kreiseln. Ich stöhne im freien Fall einer sanften Landung in seinen Armen entgegen. Überschwemmt von goldenem Glück. Wir umklammern uns, heftig atmend, nach keinem Wort für dieses Glück suchend, einfach fühlen, lassen, schweben, schmelzen. Wir sind heißnass, glitschig glücklich, ein Knäuel tiefster Liebe und Erfüllung. Wir sind eins. Jetzt und hier.